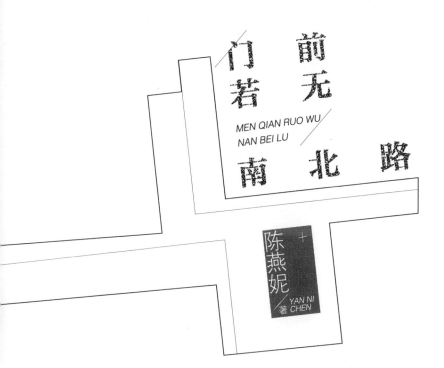

门前若无

南北路

MEN QIAN RUO WU
NAN BEI LU

陈燕妮

著 / YAN NI CHEN

北京出版集团公司
北京十月文艺出版社

旅途说穿了就是活动的标本，很多的芬芳和苍茫，你一旦眼见就成为过去，进入封存。

◀

我已经习惯了承受移动和接触陌生。

门前若无南北路

MEN QIAN RUO WU
NAN BEI LU

此行必将成为指点我们的见识和见证，就好像很多的叶子攀缘着树干，在你看不见的地方等候你的自问。

自 序

　　似乎我每一次的自序都会从自己上一本书的出版时间上说起，这次似乎也不能免俗，因为从上一本到这一本，我还真是被时间这事延误了。

　　从上一本2006年的《陈燕妮：洛杉矶已久》到这一本《门前若无南北路》，间隔八年，这八年没写字也没闲着，基本上主要分神在儿童教育，也只在这几年我才彻悟"育儿"这一所谓完整女人的重要一扣。但在"重要一扣"方面我似乎也有所收获，对我所耽误的时间也算是弥补，本书中所收的若干篇章，写的都是这个。

　　本书所收文字有的年代久远，虽然最久远也只到八年之前，但在瞬息万变的社会流转中，今天再看还是有着落后于世的磨蹭。

　　有一天，听见一位国内电视大腕说，"宁静"的心态如今在国内已经是一种奢侈，我想补充的是，在国外寻找"宁静"，其实更奢侈。不宁静在国内是四处自找的，不宁静在国外是被迫接招的。接招之余写中国字，更需要见招拆招。

　　年岁递增，下笔的时候我更谨慎，而不是让激情命笔，龙奔蛇走，这样好就好在先给自己制造宁静，再让读者分享宁静。我因此很享受自己如今的年纪与现状。

　　现状是我们这整整一代人行将谢幕，把世界留给尚无法令纹却懂高科技的新人类，这么说来，宁静也是即将的必然。对此，我已准备停当。

　　我说过我当年苟活在中国南方名不见经传某工科院校的时候就一直憧憬着能过上以字为生的好日子，我前几天告诉我的儿子，正是当年的那种总不能得的向往，造就了我绝不放弃的意志，也正是当年的那种沦陷，给了我永不回头的动力。

　　中国文字给予我的是全盘再造。

　　当然，我也感激当年朴实无华的工科院校同学们给予我的巨大帮助，人生的道路上，他们注定是我的命定组成。前几天有铁道学院机械系车辆专业比我高出一届的老同学田宇日全家到访洛杉矶，我先是出席了他大女儿的加州理工学院（这是一所在世界上极其著名的美国理工学院）毕业典礼，再听他讲别后故事，我的这同学竟然已经是美国波音公司787型飞机制冷专业的总工程师了。

　　动笔写这篇自序的时辰恰好是美国感恩节的早晨，记得我儿子在这个感恩节的感恩作文中谢过三处，一是谢自然，二是谢时间，三是谢科技。我虽然真心觉得他之所谢颇具新意，但我本人还是延循老套只想谢读者。

　　借着这个机会，谢谢所有自1994年我写《告诉你一个真美国》起就一直关注于我的读者们，将近二十年了，我的勤奋和认真，你们知道。

　　我的唯一所能，仅剩一如既往。

陈燕妮

2013年感恩节早晨

目　录

contents

门前若无南北路

思 域

行 域

思域

I

第 一 部 分

MEN QIAN RUO WU
NAN BEI LI

我所居住的洛杉矶

西班牙语也算作官方语言的洛杉矶在真正意义上的全面发展，历史一般。作为美国第二大人口城市，在我刚到这里的1994年，也就是距今差不多二十年前，很多大洛杉矶区境内如今已是万家灯火的地方，竟还都是牛羊的栖息草场，甚至还可能是垃圾山。而"垃圾山"这样一个特定名词也是我到洛杉矶后才知其有且知其然的。也似乎只有在知道了这个词的时候我才认真思索了十分钟多一点的时间，人类日复一日造出的非粪便类垃圾于每周的某个凌晨被大垃圾车拉着拐过街角之后，原来就是草率地直奔荒山野岭去一掷了之，这真的是貌似无所不能的人类迄今所能找到的最科学处置方法吗？

最近几年，确切地说应该是最近二十年来，大洛杉矶地区才被广泛地开发，在整个城市的版图中，除了往西的方向被早期的"电影开发"已直捣入海，如今东行，你可以看到成片的破落场所个个落得了好下场，它们被整合规划、由土变金。我的一位朋友十几年前在一次由洛杉矶往拉斯维加斯的路上遇到麦当劳停车吃饭，随手翻开店门口放着的免费地区小报，知道附近的一处小农场正在转让，当时开出的费用是十多万美金，他当即转头赶去看地，迅速成交。

也就是这个荒野当中只有一个摇摇欲坠小房、其余皆空的"农场"被他买下之后，没超过三年，地价突然涨到他都不敢相信的地步，他为此真的是又惊又喜。也因为这个原因，他的农户邻居在最近几年的房价狂飙中悉数中退，找地方数钱去了。和邻居相比，他还想多数点钱，因此当地只剩下他守着自己被规划能盖七八十户连栋住宅的"黄金农场"，伺机高抛。

与此并行，洛杉矶市中心的老区改造如今也已经着手实施，很多手里有点闲钱的人开始六神无主，权衡着是否该趁全球房价奇怪上涨的势头跟进。因为，在美国的这二十多年来，尤其是在纽约混事的最初五年，我个人就曾眼见那里的苏荷等区是怎样莫名其妙地从蚊蝇横飞的多事之地质变成寸土寸金的地方。在大时代中生活，我渐渐知道，为金钱赶紧辨别前程和方向，要多关键有多关键。

把赚钱这事也平俗也深奥地社会化概括，其实就是一句话，"能赶在别人之前"。

我的洛杉矶履历不厚，但它在我平淡的一生中也算是花色烂漫。这个地方爱自己，娇惯自己，端一副大城的架子，况且这里气候温良，花开整年，夏天也需棉被。

建　筑

洛杉矶的住宅建筑样式一定让看惯了正常民居建筑的人觉得别扭，用国内目前流行无比（其实就是北京土话）的话说，叫作"拧巴"。

"拧巴"一：这里的房屋外观几乎都一眼看不见真正大门，迎面见到的只是各宅的车库上卷门，房屋的人行大门多屈放在整幢房屋的最边一角，并具有质朴、单开门、乏人问津的特点。

"拧巴"二：这里几乎每家都有一个客厅是很少使用或是从来不用的，因此，你可以看到所有房屋的设计都有两个客厅。无论是用当年房价每平方米一千美金还是如今四千多美金的意义衡量这一建筑特点，都活似暴殄天物。

"拧巴"三：无论外表多么豪华的房屋因为地处地震带原因也皆采用木材构筑，而且所用木料尤其是立桩之细，令人对整栋房屋的牢固程度深深忧虑。

"拧巴"四：在世界各地都必是"高等配备"代名词的游泳池在洛杉矶几乎半数住宅都有，虽然每月打理起来费时费钱，但在房屋交易中，"游泳池"在交易内所起的作用有限，只能把房价提升区区五千美金，仅相当于不到两个平方米的价钱。我甚至见到过老年夫妇买家闻听"有游泳池"几字掉头便走的局面。

"拧巴"五：世界都进入地球村时代了，洛杉矶这里却还在为白蚁这样人类早期生活的低等敌人头痛不已。与此连带，清除白蚁的办法也非常原始，竟然是让若干壮汉把整个房子用巨大布匹包扎起来，房内清空了人类和食物之后迅速着药。这和人们已能重建若干万年前太阳黑子活动周期，在科技含量上有着天壤之别。

但洛杉矶还是有一些世界级名楼的，可惜年份一概偏晚，和古迹沾边不易。洛杉矶举世皆知的比如迪斯尼音乐厅、盖蒂博物馆等都是近些年的新作。还记得迪斯尼音乐厅竣工未几，就有周围住户抱怨音乐厅太过现代的淡金属色外墙的反光，把他们室内的温度上升到不能忍受的地步。此事不知结尾如何。

可喜的是，无论迪斯尼音乐厅还是盖蒂博物馆，如今建筑的使用都揉进了对建筑本身弘扬和夸奖的步骤。比较下来，盖蒂博物馆在这方面算是做得最彻底，馆方会人手一册地发放建筑描述手册，从建材到风格、从主楼到园艺逐一介绍整个馆体建造的煞费苦心。这个博物馆的建立可说是洛杉矶硕果不多建筑史中的重中之重，耗时13年，落成于1997年。我本人也曾花五个美元买过他们的一小方建筑石料，盖蒂的这些石料号称与古罗马大竞技场的用料出自同一矿址，也就是意大利的Bagnidi Tivoli。这个自意大利远道而来的五元小石料被我作为镇纸，一直用到今时今刻。

这让洛杉矶相对轻薄的文化气层开始被注入阳光。

阳光的效力，有时是温暖，有时是标志全新季节的众望所归。

舞台剧

在纽约混事的那些年，我喜欢看几乎所有的舞台剧。现在想想，我所看过的演出实在是像良莠不齐的一茬茬韭菜，好的很好，糟的也能假借"皇帝的新衣"把持住好场子，不免让"老少通吃"的人上当。

美国的舞台剧应该说是通俗群体舞台艺术中最发达的一种演出，因为具有通俗、热闹的特点，商业价值一向很高，一台演出动不动就是一演十几年。但我除了惊叹他们演出的硬件（包括演员嗓音、音曲旋律等）装备之外，永远觉得这一类把直白对话唱出来的做法别扭，我从来认为歌词和白话虽然越来越有殊途同归的意思，但细小的区分还需讲究。观看这些演出的同时我曾成千上万次地想象，如果把这些英文发音的不伦不类的一问一答，改用中国的普通话发音再加上载歌载舞，我会不会觉得是糊弄？我成千上万次的答案是：会，会觉得。

和纽约比，洛杉矶也有不少演出，但线索杂乱，祭出的演出人马也非高等原班，总觉得洛杉矶像是他们巡回演出匆忙旅途中的一个站点。这状况和洛杉矶以通俗艺术闻名的传闻其实不符，按理说这里应该是通俗受众的大本营。而且，洛杉矶的舞台等级也不像纽约那么场地清晰、高下分明，比如刚刚过去的圣诞节，我在离家不远的橙县艺术中心反而看到了来自纽约无线电城的"The Rockettes

（大腿舞）"。须知这是通俗意义上的超一流舞蹈，在纽约是历史悠久、无比著名的无线电城成年累月的招牌节目，这场舞蹈不但对演出女郎的面目、身高、肩宽乃至大腿的粗细等细微处均有无与伦比的挑剔，而且舞蹈编排也无与伦比的独到。这种水准的表演在西岸的洛杉矶，似乎实在不应该出现在橙县，尤其演出开始前听到主持人刚一出场即大叫"哈啰，橙县"的时候，我心里有些哑笑，真好比竟然在苹果树下忽然看到果农在读莎士比亚。

但如果把离洛杉矶只有三个多小时车程的赌城拉斯维加斯的演出也算进来，那则所有划分又得重来。2013年春节的年初二我去了那里，实话说，那里的消费人群也多半来自加州，尤其是洛杉矶。在那个国内鞭炮震耳的时辰，我除了重新回看了让我深感舞台养料深厚的"O秀"之外，还看了让我觉得养料更多的"KA秀"（MGM的赌场秀）。记得"KA秀"才刚出来的那阵，有朋友就曾经告诉我这是"声光电结合得真好"的演出。口耳相传能否在同一重量级延续，关键在于下传的上线之嘴是否生动到位，果然，听闻如此平淡无奇的形容，我的内心波澜不惊。但是，在今年春节的前一个星期我和另一群人偶尔又说起这场演出，一位平时不常言语的女朋友给了我如此一句描述："你以为舞台都是平着的，但'KA'的舞台是立着的。"

一言既出，振聋发聩。

等我真正看到演出，才分阶段明白，人想不到的，也演到了。

当然，"KA"的演出人马和"O"一样，都是加拿大的太阳马戏团。这个粉碎性改变了人们对"马戏团"概念的组织，说它什么好呢？

加拿大，越说越远了。

好莱坞和比华利山市

（一）

20世纪初洛杉矶被东部的一些电影公司看中，陆续就有人提议西迁，到1912年，洛杉矶已经有了十多家电影公司进入。六年之后，这个城市里的电影风气成了气候，也带给年轻人无限的未来，使得当时的城市人口从五千人迅速蹿升为四万人。那时候，电影属于时髦和前卫，具有不可限量的前途，因此洛杉矶城市里电影院也一家家地开始兴建，如今还在的著名的埃及戏院、中国戏院（门口有明星手印、脚印的地方）都是那个时期与时俱进的产物。

这些当年电影兴旺的见证地，我已经久不曾去了，那里漫长而复杂的几条商业街道里曾经的辉煌，不翻看历史书根本再想不起，如今它们可能在度过此生最暗淡的时期，充斥着低质招贴和廉价商铺，徘徊街头的人不是游客就是游民，我两者都不是，也就不宜莅临。今天的好莱坞，实在空有虚名。

记得刚来洛杉矶时我曾激动无比地在山顶耸立着"HOLLYWOOD"白色大字的Cahuenga山的住宅社区且走且看且停，那个时期是我对洛杉矶多有仰慕的初期，文化养城，此国独此一城。也在这时，我突然看到兀立路旁的多块警告牌："此地有武装警卫巡视。"

武装？这里曾经有过什么等级的惊险？

到底惊险不惊险？

怎么惊险？

（二）

"好莱坞"似乎不应该包括比华利山市，虽然这两者边界划分简单，却因为内在机理的暗扣而显得区割暧昧。如果你从洛杉矶二号公路走，一过南Doheny街，就是比华利。这时候，你的眼前必定豁然为之一绿。

这里仍有着美国最好的房子和绿化，但早不是唯一，最近多年来它越来越像半老徐娘，全靠粉饰了。当年中国画家丁绍光住在这里的时候，我曾经无数次前往丁宅，既参加过丁之子的生日聚会，也聆听过丁本人的长篇高论。而老丁所不知道的是我还最喜欢应邀带着从外州或者国内来的朋友到比华利山市丁宅门前转上一圈，在着意和不着意中显露老丁的生而不易。

后来丁又买下了位于比华利山半腰、号称"比华利之钻"的大宅，这笔交易曾经轰动不已，因为歌星迈克尔·杰克逊也曾经租住过这幢房子，说得明确一点，就是这位整容歌星曾经是丁的房客。当时耳语传出的说法是整容者"要付的月租金是十万美元"，而那时整容者的经济状况一团糟已经举世皆知，果然后来听说租方因无力续付原因而被丁赶走。

这里已经是有些浮乱的小城，几乎每天都有成千上万车辆出入其中，目的不明。比如我，带各种人在门外久久凝视丁宅也是目的（现在想想，真够讨人嫌的）。可想而知，这些外人的"目的"虽多和见识富贵有关，但却多么千奇百怪。有鉴于此，比华利山市警察多年来一直保持各种层级的严查，在街头遇到行色犹疑的破旧车辆多会拦下盘问。

这样也好，不然窗外流车如帜宛若市场，豪宅之豪，豪也不豪。

比华利的Doheny

值得一提的是刚刚提到的所谓"南Doheny街"的这一位"Doheny"，很多年前第一次见到这一小串英文字我曾因其发音奇怪而稍有思绪停顿，哪知没过多久突然撞上了一件与这名字有关的事，把我吓了一大跳。

十几年前的一天我去参观比华利山市举办的室内设计展览，这种展览在洛杉矶很流行，主办方几乎无一例外的是在自己城市选定某栋住宅，所选房屋多为地大房大、符合各种预先框定条件的豪宅，一般而言，主办方喜欢选接近古董年代的民居。房屋一旦选好，主办方会为每间屋子找到一位或者一组室内设计师免费进行改装设计，庭院的设计则分按各平面和各角落划分区域。事成之后，主办方再组织各界购票参观，所得票款用作公益。这种思路巧妙的良性循环，把商业掩饰在行云流水之后，其实中国有关方面似也可以挪借效仿，一招一招地走下去，必处处芬芳。

那一年我在比华利山市看到的展览是在市政府所属的一座大型公园内的豪宅举行，室外同时还举办着婚纱走秀。就在这样平静温煦的时刻，在随着众人排队进入大住宅逐屋参观时，我不经意地看到楼内最靠边门的一间展示房中有两个制作拙劣的塑胶假人一站一倒，站立者身穿风衣、一脸匆匆，而地下的那一位甚至是穿着睡衣就地侧倒，它们的脚边还有一个摔在地上、碎了半角的花盆。

这间房屋的设计师是位身材微胖的美国中年妇女，她就在这两个拙劣假人的前面与迎面缓缓而来的参观队伍中的一些好问者侃侃而谈。我认为这是匆匆布展时的一个让我觉得奇怪、可能当事人并不非常在意的纰漏。当我和身材微胖的设计者四目相对时，本想提醒她一声，但阴差阳错就没说出口。

这一被选中改装的豪宅总体设计不甚高明，房屋主体的正中完全没有入口，也就是说，房屋的正面看上去活似没有大门。大门位在后山的一个侧角，这意味着人要先完全上到后山才能从后侧面的位置进入大门。大门上方是密不透风的瓦顶上盖，门里门外有点黑云压顶的不畅，让人觉得哪里不对。

随队伍绕场一周出门之后，婚纱秀场仍在行走飘逸，就在这个百无聊赖的时辰我随手翻看有关此次被展豪宅的简介，赫然知道此房产的所有人在房子里发生过一件凶杀大事。这房子的主人是近百年前全美最著名的石油大亨之一Edward Laurence Doheny的儿子Edward "Ned" Laurence Doheny Jr.，他1927年开始建造这个位于906 Loma Vista Dr.、被叫作Greystone Mansion的房屋。此房当时是比华利山最大的住宅，拥有五十五个房间，共四千三百平方米，按当时的币值就耗费了三百多万美金。建好这所大房搬进去半年不到，男主人就在一个夜晚被自己的前心腹一枪打死在我看到过的那个放着一站一倒两个假人的房间里，时间是1929年2月16日。

这房1971年归了比华利山市政府，1976年被评为美国国家古迹，声名赫赫、华人观众熟悉的美国影片《教父》就曾借用这里拍摄。那两个假人的存在，相信就是市政府与被害家庭之间的纪念默契（似乎也是为满足人们对这一轰动事件的好奇）。

这一知道，瞬间浑身冷汗。

听说后来在美国出尽风头的电影《血色黑金》（*There Will Be Blood*）说的就是Doheny家族的事情，比华利山的背后原来还曾如此石破天惊，人生的奇特安排，多少人感叹不知是后天天成还是前世注定。

电　影

　　洛杉矶当然是美国电影的老巢。但这里电影观赏的便利度却和美国的其他城市相差无几，没有因为地利的关系而有太多的优越，城内会播放一些难得的艺术片。影院数量，用十以下的数字就能数完，大批独立制作、探讨人类内心最深层感受的低成本电影在这个老巢中缺乏展示出口。中国导演王小帅的《十七岁的单车》，我是在帕萨迪纳老城中的一个新电影院中偶然发现的，那一次巧遇，原本是想观摩新影院，不想却逮到了好片子。以我后来的了解，方圆半个小时车程或者更久一些的范围内，放映此片的影院，绝无仅有。

　　在这个城市久了，我渐渐对电影和它周边的一些事有了些疑惑。普通百姓想看好电影，虽然制作场所近在咫尺，却也并非易事，是为疑惑甲。

　　而且，在国际各电影节中所向披靡的美国电影其实在洛杉矶得到的待遇也相当简陋。单看在这个城市里举办的各种影片的首映式，也能看出将就。

　　在洛杉矶，我曾经无数次参加各种电影首映式，整个感觉是结构松散、把关不严甚至无关可把。犹记得陈凯歌的《和你在一起》在洛杉矶的首映位于市中心一个卖相陈旧的小型影院中，非但来自中国的陈凯歌，据知无数好莱坞电影也都首映于此。这影院位于威尔希尔大道一处中等繁华的角落附近，所谓的首映礼也不过是在影院出口外的瘦小人行道上铺了一块半长的、五成新的红地毯。地毯一侧用小铁栅栏拦着一些来历不明、目的模糊的男女。而大家身边的大马路上，车照开，人照行，波澜不惊。

　　和在纽约参加过的一些电影的首映式及影片的媒体见面会相

比，纽约的则有请柬、有酒杯、有西装。

有关电影这事的疑惑，洛杉矶"本土"的关注过于草率，是为疑惑乙。

某部影片当年拍摄时急需众多华裔演员，因此，整个洛杉矶的华人都被形形色色的传说鼓动得有志一同，连无数前来美国探望儿女的老人也跃跃欲试，因为听说如果能到片场当主要角色身后的背景人物，哪怕就是直眉瞪眼走过去的行人，每天管饭不说，还能拿六十多美元。如果更进一步，能押着男主角走来走去、甚至还能说一句"给我老实点"者，则能得到的美元相当于每天一千五百块人民币。

在很多中国导演于洛杉矶制作后期时，我也曾多次去片场作壁上观。那类地方简洁、程序化的制作链接让人觉得国内片子动辄追捧的"在国外做后期"这事也没什么大不了。记得郑晓龙在拍《刮痧》时，闻听他每一小部分拍摄母带都是用邮寄方式来传递的，当时我就问："如果寄丢了呢？"

他的脸这时"嗖"的一下转向我，目光灼灼地问："你说什么？"

"如果寄丢了呢？"

我觉得他这时连汗毛都炸开了，他连声说这片子就是我的命，我每天都活在这个命里，而且我们一直都是走邮寄的，我根本就没有想到过能丢了，你这个乌鸦嘴。

时隔几年，真的听说另外一位华裔制作人在美国寄丢了片子要告官的事，结果如何，都不忍去问。告了官又如何，人走巢散的场面再想拾掇起来原理上不是不能，却伤筋动骨。

前一阵郑晓龙的电视剧《金婚》上市，里面命运多舛的大女儿名字就和我犯了名讳，不知与我相识已过30年的郑某，是否在报复我的"乌鸦嘴"给他带来过的短暂恐慌。

这个城市里，全城都在用电影说事，制造"胶片土特产"内销全美乃至出口创汇，一直听说洛杉矶方面已渐渐因为费用高涨、工会难缠等原因而将卸下"国际影视第一城"名号，疑惑丙是，"什么时候？"

我后来想，是否首映式红地毯的半新不旧，其实都是一再表明洛杉矶全城对电影的见怪不怪。

这就好像是火腿之于金华、茯苓夹饼之于北京。

奥运会

1984年的洛杉矶奥运会，看到的时候我人还在北京，和父亲一道在中国北方的夏季看完所有转播。那一年是我待字闺中的最后一年，也是我将去美国的前四年。

1984年的7月28日，当地时间下午4点15分，奥运会于洛杉矶纪念体育场开幕，开幕式歌舞由好莱坞著名导演戴·沃尔帕统编。当时，在父亲家的客厅里看到整齐划一的美国式"团体操"我相当惊讶，那时虽然我正沐浴着计划经济末期的洗礼，但对美国社会中的个人性情散漫和人际关系冷漠多有被教育，那么，我和父亲互问：美国人怎么了？他们闻名遐迩的个性呢？

当时45岁的彼得·尤伯罗斯一派风度，连带着他给死气沉沉的奥运会注入的经营理念也让我觉得眼界一开，须知当时的中国连合资企业都少有，"经营"二字应该只在广东倒卖旧衣服的人脑中打过转。那次的奥运会总预算为4.5亿美元，但是尤伯罗斯硬是用各种商业方式让整个盛会盈余了2.5亿美元，也难怪后来公布出了尤伯罗斯和罗马尼亚美丽如花的体操运动员科马内奇的一帧美妙合影，郎才女貌得让我嫉妒。

如今，二十多年过去了，和新一届奥运会在中国的妇孺皆知相比，我觉得美国人实在对其缺乏关注度。北京奥运那年，我儿子幼儿园班主任的孩子原本要随她所在的学校去北京做学业项目，时间就在8月，在我告诉她飞机票一定会因为奥运会原因涨价的时候，她才知道北京要办奥运会了。确实，那一年进入2月的几个星期以来，我一直为能否买到价格适中的奥运期回京机票而郁闷，此前我听到多方面的消息说，7月底至9月初的中国国际航空公司中美机票票价将升为平素的一倍。而中国东方航空公司的奥运期票价则直到2月底都还没有出台。这时再问幼儿园老师她儿子的行程和票价，对方竟然告诉我，"儿子的学校临时更改了去北京的日期"。那就是说，连她儿子学校赴京活动的经办人也未必知道8月的北京奥运。

但当时我大约可以断定，那次是我人生在世能赶上的唯一一次在北京家门口看奥运的机会，一边是"唯一"，一边是高价，迁就谁，谁也难断。

奥运、燠热，8月份的某个时辰真能和朋友在奥运比赛场馆的某门口蓝天下相见，我就是断了。

说回洛杉矶。说到底，这是一个温婉之地。

洛杉矶以它温婉的耐受，让人耐受。

让我耐受。

2009年

亲历湖人队胜利之夜

当我从网上查到我将要带儿子去看"电玩音乐会"的诺基亚剧场真的位于洛杉矶市真真正正的市中心时，我心即刻紧张不已，几乎在同一瞬间，基本上感觉已经退无可退的我在心里拼命地巴望它千万不在斯台普斯球馆附近，我其实是在几个小时之前才知道湖人队今晚要在这个场地争夺2010年度NBA冠军。

我预备要去的这个剧场是一个开业才三年多的中等偏大型纯戏剧类剧场，7000人座，这几年当中，不知道有多少次我在网上订购演出票的时候，都因为觉得它似乎应该位在市中心而选择放弃。毫不夸张地说，无数洛杉矶人一提到要去市中心，心头都会掠过严重不快，那是声名在外的"敌占区"。

洛杉矶的市中心有些类似华盛顿的市中心，每个工作日阳光普照的标准上班时段还好，会有因为工作原因不得不汇聚而来的中青年白领，人气消融了阴暗，真正的危险潜伏在下班时间之后，等白领们撤出，整个市内几乎全部留给了让人心生畏惧的那一干，一向昼伏夜出的流浪汉也出面亲自寻找当夜的就寝窝点。近年来，洛杉矶市政府曾多次主持对市中心施加改造，早几年还曾经出台了不少既有设定区域又有具体规划的一揽了整改方案，但多年来，市中心的名声一直都没能有所大改。在这一点上，它实在没有纽约的市中心那么幸运。

而且，一旦进城，整个环绕市中心的高速公路也似乎因为规划年代过早而显得破败凋敝、错综复杂，一路开过去会遇到无数枝节蔓杈，稍不留意就开往了不知所在的去向。在这个城市居住将近20

年，我对市中心那个地方提起来就头皮发麻。

哪知道我的这一"市中心恐惧症"才上心头，眼前电脑显示屏中在剧场的地址旁赫然就出现了特别用小号字体标明的如下文字："坐落在斯台普斯球馆的街对面。"这小小的一行字，对当时当刻的我而言，活似晴天霹雳。

这是2010年的6月17日，我们的演出晚上8点开始。我上文说过，就在斯台普斯球馆，2010年决定湖人队能否重当NBA冠军的最后决赛6点钟开始，历史的经验告诉有关人等，这一晚，必定火爆。相比人们总结过往球迷闹事时总在讨论"如果湖人队赢了"将会导致重大的治安问题云云，我则觉得如果湖人队遇输，场外更加完蛋。

其实早在前一天就有来自洛杉矶警察方面的不断要求，在专门召开的治安新闻发布会上，洛杉矶市长维拉莱戈萨曾专门呼吁，没有湖人决赛比赛入场券的球迷在决赛当晚应该待在家里看电视，不要去球场附近，他明确地说："明晚我们要开开心心，最重要的是安全第一。"

作为市长，他一定对去年的相关经历难以忘怀。去年的6月14日晚间，当湖人队在总决赛中以4∶1战胜奥兰多魔术队后，成千上万的洛杉矶球迷涌向斯台普斯球馆附近，庆祝活动旋即演变成严重骚乱，球迷在街头纵火，一家鞋店和加油站被抢劫，地铁和路边的公交牌、十几辆警车和多辆公交车乃至私人车辆被疯狂球迷破坏，与此同时，多名警察被球迷伤害，最终有8位闹事球迷被警方拘捕。去年听到这个消息时，我一瞬间甚至觉得遇到有如此赛事的夜晚，待在洛杉矶这个城市都不那么安全，更别说深入"敌后"。

我买自己和儿子的这两张诺基亚剧场演出票的时间是在两个月前，那时候整个NBA的赛事都还没有什么局面，或者说就是真的有了局面也不会让篮球盲如我者明白分寸，直到恐惧真的来临，我才知道我的确凿处境。这时候的我想到过放弃这两张票则如何的问题，这票是那种在售票网站上购买后自行在家打印出来的入场券，耗资真实却观之平淡无奇，似乎使人有理由对它不那么珍视。

整个下午我都在左思右想，基本就在"去"或者"不去"三个字两种选择上打转，我这两张票的价钱加上"购票便捷费"和各种税项需要将近200美金，在这景气低迷的节骨眼上，我无论如何对这笔钱有着万分的不舍。

我也详查了"篮球比赛整场时间"这一概念，结果我得到的网络查询结果是"各节12分钟，共48分钟"，至此，我紧绷的神经多少有些稍释，我心里盘算着我们的演出是在8点开始，如果按照"共48分钟"来计算，我想这场声名显赫的全国大赛应该在7点前结束，如果我能拖延过球迷们赛后荷尔蒙冲动最盛的狂欢高潮，我们似乎能够躲过危机。于是我当下就去和某男证实篮球比赛的时间，似乎男人都精通篮球乃至规则。果然，某男立即告诉我，所谓"48分钟"是比赛时间的净长，如果加上所有的周边时间，他举例说比如暂停等，大约全长应为两个小时。

两个小时？！意味着我和儿子8点钟正往诺基亚剧场移动的时候，完全可能和居心叵测的湖人球迷撞个满怀？时间的玩笑，开得我六神无主。

后来我独自决定将我们的进场行程从"设法拖延"骤变为"设法抢先"，一定要在斯台普斯球馆篮球比赛结束之前进入我们的剧场，这样才能真正避免"撞个满怀"。这样一来，我们所有的进场之前的序列动作都必须提前。因此，虽然地址搜索引擎告诉我从我家到诺基亚剧场的整个路程大约需时40分钟，但晚间才刚6点，我就拉着儿子出发了。

　　这整个一天一直听说这一晚从6点钟湖人开打算起，路上一定空空荡荡，几乎每个人都待在家里围着电视观战。果然，车一上路，顿觉高速公路宽广明亮，有点像每个周日早晨人们已赶去齐聚教堂之后的路况。但公路的另外一侧，下班的车流仍在排队而行。

　　市中心还好，虽然6点已过，却不像我想象的那般诡秘，有行人、有秩序，非常如常。从高速公路找到出口下来，在很多个等红绿灯的时候仔细察看，觉得车前车侧偶过的人等甚至流露出某种漠然，我高悬的心，有些稍放。

　　高速出口下来之后其实走不了多远就能到斯台普斯球馆，我因为道路过生，还出错了出口，这样就耽误了一些想抢出来的时间。在我的猜测中，我们所将见到的斯台普斯球馆不外出现两种局面，第一是民众的水泄不通，第二是警察的重兵把守。当然，我所惧怕的是前一种"民众的"状况，这种状况毫无头绪，此一时不知下一时，悲喜无常地可以点燃一切。

　　犹记得当年北京申奥成功之夜，正在国内的我和若干朋友兴奋地去了天安门，那一晚整个北京闹闹哄哄，天安门的人头多到不计其数，人人脸上笑模笑样。等到兴奋稍降打了个人力三轮分头奔赴某朋友家想闹第二茬时，车在平安大道上遇到了成团成簇还处于原始兴奋状态的北京人出手狂拍我们的车，没几分钟，周边人群没有原因地涌了过来几乎要把车围死。

　　"几乎要把车围死"这一举动让我瞬间见识到了"人民的癫狂"之没有来由，或者说高兴（也可能是不高兴）就是来由。这种"拍车""围车"甚至会发展到"烧车"等信手而为的发泄方式，选择对象随机、简便而奏效，占尽了天时地利。遥远的北京旧事似乎也暗合了湖人球迷一旦亢奋，必定会在不确定场地推翻车、火烧车的原理。

　　一路窜行，心绪如麻，预感时好时坏。车子一拐进菲格诺路，才走了若干个街口就看见预料之中的橙色警察路障，我着实地告诉自己，我的首先要务是要找一个最靠近"中心地带"的车位，以防在散场时步行而归的过程中可能遭遇不测。

　　这里一如各种赛事举办的当口，纵横几个街区之内都是兜售停车位的人，这些人手持大幅停车价看板，板上价码从50美元（我简直怀疑我看花了眼）到15美元的都有。我万不舍得把车停到50美元的去处，况且我稍加目测，那里也绝非位置最佳之去处。后来等我真正步入"中心地带"才发现，之所以让我目测出如此结果，全是因为"50美元区"靠近斯台普斯球馆一侧已然停满了电视转播和警察车辆。

　　我们下车的时间已经是7点40分，这基本就是我所认为的"最差时段"，时间最终还是和我开了玩笑。我把车停靠在距离斯台普斯球馆两个街区的某停车大楼内，停车费15美元，这是最合我心的一个价钱。

　　我们才出停车场兜头就看见了无数警察，他们和在等候主人的豪华加长礼车的司机们一起三三两两分布在路边，这种应该还算正常的场面让我多少填补了一些心中的无底。路边的酒吧当中充斥了一些身穿湖人队紫金衣服的人，看似准备在集体看球之后顺便集体欢庆，也许是因为酒吧四周警察密布的原因，这种森严壁垒中出现的小轻松，显得有点假冒伪劣。

　　这时候篮球赛还没有结束，越到临近斯台普斯球馆的地方看到越多的警察，先是整条街道每走五步必遇到警察，等到即将穿过菲格诺路，确切地说距离斯台普斯球馆所在路口还有20米的时候，警察已经排成了"人线"，对路人也开始出现详细盘问。这种盘问虽在意料之中但刚一开问还是让我觉得突然，我向对方结结巴巴说明了自己要去诺基亚剧场之后，还是被要求出示票据，而且，从此之后一路都需要出示票据。

非常奇怪的是，在过菲格诺路与奇克哈姆法院路交会的十字路口时，形同虚设的红绿灯下有大约四五十名身穿湖人球衣的球迷被准许驻足灯下大声喊叫，手持"票据"以示身份的我们必须从他们的侧面挤过，一些全国大电视网的摄像机对着他们反复拉摇。这一夜其实还是需要立此存照的，相信这些大声喊叫其实是被获准保留的当晚"市容"，也是另一种"假冒伪劣"，没想到美国也来这套，恶心巴拉。

挤行之便，我也趁乱拍了一些照片，由于心中没底，手有些抖，若干张照片还没聚好焦就按了快门，但这已实属不易。设想一下，一个中年妇女拉着孩子高举戏票还要兼顾拍摄，场面一定凌乱。更煞风景的是被我拍到的一众警察完全不笑，对镜头回以冷眼，这让我混得有些臊眉耷眼。

进入诺基亚剧场，我们的位置位于第二排正中，其实看得出来我们的所在是剧场方面为了多卖些票出去而加出来的五排位置，此类座位生硬不说，应付演出的很多舞台器械比如音箱等，都被放在了和我脸近在咫尺的地方。我从来没有在看戏的时候如此心神不安，演出中的无数时刻我都把脸沉在音箱的黑暗中苦苦思索，究竟这越走越深的胜利之夜是否会重蹈去年的覆辙？

在我们这边的演出才到第二与第三个环节之间时，主持人在中间串场的时候就说了一句以"湖人队"为开头的纯美式激昂短句，内中没包含"输""赢"这两个英文单词，这短句瞬间引起整场热烈的掌声，我一边猜测一边就问儿子，果真他告诉我"他说湖人队赢了"。

我们所观看的演出品质不是非常理想，但总的来说还算过得去。和一街之隔的篮球赛几乎一模一样，我们这里的追随观众其实也都是青年人，"电玩"一词甚至比篮球年轻了将近一百年。

我们的演出完毕时分是在将临午夜的11点20分上下，越临近这一时间我越恐慌，不知道外面的状况究竟是杳无一人还是完全失控，我也不能猜测警察今晚会为民守更到几点？他们知不知道我们这里还有座无虚席的7000多个洛杉矶年轻人（除我之外）终将心怀狂喜地散入街道？说起来就是一句话，到底我们这临近深夜的平安有无保障？

我们步出剧场的时候没有发现火光和叫喊等异样，几步拐上奇克哈姆法院路的一瞬间，停满整整一条街道、完全望不到底的警察车辆之多立即让我惊讶得说不出话来，那实在是见头不见尾的警车长龙，每辆车都车尾朝向人行道斜身而泊，我猜想当晚本市全部的警力都布置在这儿了，我内心悬起的十五个吊桶，桶桶落地。

沿着来路步行而归，我见识到的真正是警察之海，随便一眼所看到的警察人数必定超过十个，而且其中居然有不少女警。他们个个手持警棍外加手枪，用我儿子的话说就是他们想"先打坏人几棍子再给一枪"，这才是正经八百的专政威慑。

更威慑的是斯台普斯球馆外墙沿墙坐满了警察，把偌大的体育馆用"警墙"围满，警与警之间的距离也就在一尺之间。而我们来时所经过的那个戒备森严的十字路口，警察人数绝对在500名以上，活生生、黑压压的一片。

这夜，这里，已经不能有什么"坏人"，但我们还是在往停车场方向走的时候，被站成人墙的警察顶头拦住要求绕道而行。路上，走着走着四下里就剩下我们两人，儿子开始左顾右盼，小声告诉我："我有些害怕。"

这时的街道上已经完全看不见我们剧场散出的那7000多人，只是偶尔零星地能看到一些身穿紫金运动服的球迷开着花瓜一般的破车呼啸而过，风声中这些人已约略显出嗓音沙哑，我不知道是闹剧已过，还是根本就无从开始，更明确地说是我们不知道自己是处在喧嚣之前的短暂寂静还是好戏早完。我看见直到这时还有各大电视网的记者盛装以待守在现场，对这些同行，我只有报以苦笑。这波澜不惊的凉爽夏夜，他们内心的无边遗憾可想而知。

我们随后顺利地进入到了我们的"15美元停车场"，进入电梯之后死命猛按我们将去的四楼（其间成功地阻止了一位探头探脑犹豫着要不要和我们同乘一部电梯的流浪汉），上到四楼之后电梯门一开我们两人撒腿就跑，默契十足地各奔各的车门飞速而入，进车之后从车镜上再看儿子和自己，两张脸写满了惊魂未定。

这恐怖一夜的最恐怖时段，我们过了。

（第二天看报才知道过去的这一夜还是出了些小岔子，某些小岔子甚至就发生在斯台普斯球馆附近。整夜共有3辆汽车被烧、15处垃圾被点燃、一辆公共汽车曾被500多人团团围住。整夜的闹事过程中，共有40个人被捕，警方称大多数被逮捕的人都是因为醉酒、涂鸦和参与骚乱。还有两人因袭击维持秩序的官员而被逮捕，并有一名警察的鼻子被飞来物击中，导致骨折。）

发动引擎，打火上路，扑向洛杉矶剩下的小半城灯火。

这夜与不夜，怎么区隔？

2010年

小贾斯汀的演唱会

　　算是后知先觉，演唱会还没有正式开始的时候，我就意识到，我为儿子所带、最终需要垫在他老人家盛臀之下的小小脚凳，算是白带了，因为在场的所有人都像被谁打了鸡血似的站起身来，打眼一看，一派跳跃和摇动。

　　她们大多数是十多岁的少女，无数的热裤在眼前掠过，儿子那天还穿的是下午放学虽然回过家却没来得及换下的校服，外加我这么一个万不该出现在此类人群内的中年妇女，母子二人都显得有些特别。

　　只有我才知道当初为了把上面说到的这个脚凳带进场花费了多少周折。先是守门的高个儿男士不确定是否应该准我带入，他把疑问告诉了身旁正疏理另外一列长队进入的黑女士，这黑女士对这事看上去也没什么大谱，只是听我"我次次都带这个"一说之后，又带我横跨整个入口区域去另外一侧面见更高一层的上级。该上级也是位黑女士，看到我的脚凳之后正欲申明"别人走路的时候会绊住脚"之类的借口，我赶紧先重复了"次次都带"的版本，然后明确地告诉她，这是为儿子的屁股而不是脚准备的。

　　黑上级沉吟片刻，终于应允。

　　我们遭遇的相信是洛杉矶演唱会类项目中空前严格的安全检查，我们还因为携带了Ipad的问题而有惊无险地勉强过关（听我一位晚到的朋友说她甚至还因为携带了专业长镜头照相机而遇到麻烦），除此而外，很大比例的可疑人物都还要经受"搜身"筛查。

　　后来，在演出中间，我被儿子央求出去买水的时候，才知道在这个演唱会上瓶装水的水瓶也概不准入，售卖柜台的人会把瓶中的水"哗啦"一声倒入一个软软的大塑料杯中，加一个软软的盖子才放手给你。

2010年10月27日，洛杉矶本田中心，贾斯汀·比伯（又称"小贾斯汀"）"我的世界巡回演唱会"洛杉矶东区专场如期举行。

一

本田中心距离儿子的学校只有两个高速公路出口，因此，但凡这里有意思的大事件，我和儿子都会参与。相比去年小甜甜布兰妮的演出，此次算是我第二次混迹于满场的少男少女当中，这和我所多处的一派银发之观众场面相比，天壤之别。

来的时候，我们的车才开到距离本田中心两个半出口的地方，右边的出口线道就已堵出了长队。这时候距离演出开始还有整整一个小时，秋冬季日短夜长的关系，此时的洛杉矶颇有夜色，右边线道连成长串的红色尾灯因此在黑暗中让人有些着慌。

我这时明确意识到，真正的大家伙来了。

真实地说，贾斯汀·比伯是我七岁儿子的第一个人生偶像，此前，他对任何人事偶尔会爱，却不曾热爱。直到有一天我告诉他最近一年半载有一个叫做"贾斯汀·比伯"的加拿大孩子突然走红，我记得当时当刻他在自己的书桌上放下正看着的数学家庭作业、紧握着铅笔的尖头一端跑向我的电脑，我们两人随后在YouTube上观看了我所说男孩的几个演唱片段，这以后他告诉我，"我喜欢他"。

在此之前，他喜欢的歌手是美国的两个多人组合"后街男孩"（BACKSTREET BOYS）和"超级男孩"（N'SYNC），那时候冷眼见他把这两个组合的三两首曲子输入他小小的Ipod中，也曾多次聆听，但一两个月后，眼见得他的热度，渐渐有些没了。

而这次的对小贾斯汀，在最开始我还有些将信将疑，我根本疑惑我儿子这个年龄层的人之所谓"喜欢"究竟能维持多久，因为"喜欢"到底和"爱"甚至"热爱"还有若干等级的区分。我甚至不知道他所谓"喜欢"，是不是与我之间的一个礼貌之谈。

但当我应他的要求把贾斯汀·比伯的CD买回来之后，我才明白，这次的他，有些当真。每天，只要一上我的车，儿子必定要我播放小贾斯汀的歌，而且必会要求把其中的某首歌曲反复播放，一直听得我开始反胃。

伴随日月的更迭，他也会选换另一首或再另一首歌曲反复播放，每次在这种时候，后座上的他必闻声而嚎。

说他的这种后座跟唱为"嚎"并不过分，这种特定时刻我通常不敢去看他的脸。我儿子是偏于内向的人，在他这个年纪上，他连和人对话时必须直视对方眼睛的基本技巧都还非常不娴熟，何况在有"他人"（比如我，并仅限于我）在侧的时候唱歌。

有一次我从后视镜中偶尔看到正忘情狂嚎着的他，但见得一派声嘶力竭、龇牙歪嘴的怪样，从此以后，我再不敢了。后来，就形成了一个定规，每到这个时候，我基本上不说话，很怕我的突然插入破坏了他如入无人之境的放松。

而我又非常鼓励他在现在乃至未来的人生中多靠歌唱自娱，因为这也是我偏爱多年的自娱方式，回想我们当年大学中的那些个无所畏惧的水房歌手（专嗜在洗衣房或者淋浴间等拢音场所引吭高歌者），其实也都是靠这种旁若无人的方式进行宣泄，干净彻底。

既然深谙内中构造，那轮到儿子发泄的时候，我早想好坚决要让自己充当默默无言的水龙头。

如此这般延续了很多个月之后，我知道，儿子平生的第一个偶像，已然出现。

二

在本田中心停车场停好车随着人龙蜿蜒而行，场馆路口站立的警察经验十足地把人海按照时间段分割成左右两路，我们被分走场馆的后侧，这让我们得以路过场馆外的内部停车场。

我们走过的时候看到内部停车场并排停满了演员锃光瓦亮的超大型工作车和化妆车，给人万分专业的震撼。若干膀大腰圆、一看便知是高级技工的中年壮汉，正准备把最后的一些声音器材拉拖入场，和这些人擦身而过的时候，我实在惊叹一个16岁的男孩竟能创造出如此宏大的专业气派和就业规格，这似乎就是"流行"所涵盖的惊天力量。贾斯汀·比伯1994年生在加拿大，单亲家庭出身，父亲已经又结婚了，并生了两个孩子。在演唱会上，舞台上方和左右两侧的巨大屏幕在最后时段播放了数十张他从小到大的照片，其中就有他的母亲，那可真是个不该成为失婚之妇的靓丽女人。

她其实至今也只有30多岁，她生小贾斯汀时只有18岁，多月前闻听《花花公子》杂志出价五万美金要拍摄她的上空照片，相信面对这事，做儿子的定会替母做主。因为如果你看到满坑满谷的观众排成前所未有的长龙边唱边跳地耐心排队等着听他唱歌，如果你知道他在短短几个月内就为签约公司赚进了七个亿的美金，你就会知道《花花公子》的五万块钱对他们母子而言，已经显得多么苍白。

三

我从来没有见到过本田中心会坐到这么满，观众黑压压地一直蔓延到了四层，也就是顶层的最高一节，而且，场地正中平层搭出的临时座位因为位置优越，全程被无数工作人员双重把守着，自始至终严格审票。

我随后听到的是整整一夜的尖叫之声，那种尖叫我相信对于中国女孩来说，是绝对羞于出口的一种人体器官的声响，显得丧心病狂。

本田中心的此次音乐会采用的是"单边舞台"模式，截掉1/5的观众坐席之后，总共还剩18325个座位，想想看吧，这18000多个座位上坐满了具备高声尖叫本钱和动力的雌性荷尔蒙最旺盛者，她们所发出的声响就好像有成千上万个钢勺在你耳边刮碗那么让人痛苦难耐。很多时候，我看见儿子也有些皱眉，说真的，我自始至终相当担心他还在发育的耳朵会因此受到重大的伤害。

这一次，我也才知道，某些人的嗓子竟然能够尖叫三个半钟头都不会嘶哑，而我只是在演唱会期间（还是在中间休息的时候）接了一个电话，对方的声音几乎全无，我好像握着一个空旷的话筒在史无前例的噪音中载沉载浮。

整个演唱会中，几乎所有的时间里我都有用手紧捂耳朵的冲动，这才明白为什么一进场的时候我会看到这里的工作人员，尤其是中心平面场地的工作人员，双耳都塞着通常人们在飞机上会免费得到的软质耳塞。这么说吧，如果你在这个晚上持续用手捂住双耳，你听入耳的分贝才符合正常人类的听觉标准。

而且，整晚巨型喇叭里传出的鼓点声吻合着我心跳的频率，从未有分秒停歇，这种说高不高说低不低的鼓声沉闷而铿锵，夹杂着近在耳边的超高分贝尖叫，我这个年龄的人被来自耳、胸的冲撞几乎击疯。

这一晚的演唱会后来知道是要上"电影"的，所谓"电影"，我想大概也就是顺水推舟地为小贾斯汀拍摄一些随场纪录片。因此，在演出的间歇，主办单位曾经教授观众如何制造更高分贝的尖叫和制造更高规格的疯狂，这恰巧和正寻觅死忠感受爆破口的少女观众内心不谋而合，如此催情剂爆破出的现场，对我这样上了点年纪的正常人来说，真正形同炼狱。

四

贾斯汀·比伯的人生里程相当简单，与时俱进地是网络捧红的超级人物。他在12岁时获得过加拿大家乡城市歌唱比赛的第二名。除此而外，他自学过钢琴、鼓、吉他和小号。最初，为了让一些不能出席看他表演的家人和朋友看到自己的表演，他和母亲在2007年底往YouTube上传了他的演出录像。

那些录像在他成名后我也逐一看过，却实在不敢恭维。那时候的他相当瘦弱，声音一般，不那么差也远没那么好，而且很多录像中供出的就是他的一张黑脸带着一个瘦小的黑黑身影，究竟他用的是什么办法引起行家的极大注意，我有疑虑。

他很快就被多伦多的一家名为Rapid Discovery Media的公司发现，并在YouTube和MySpace申请了账户，编辑和推行他的演唱影片。在一开始，他的歌唱星路并不非常好，由于没有雄厚的"下家"，他的很多作品都不得不在网络上推出。

资料中对他第一首赢得行家"狂喜"歌曲的认定有些不一，但大约也只是在两首歌曲中徘徊，一是《Respect》，另一是《So Sick》，但两首歌在我看来似乎听上去都挺平庸，后者比前者似乎还要差一些，无论哪首，都不过是儿童演唱会中的一个普通片段，音准虽然不错，音质却不那么完美。他从2007年开始用了两年多的时间大红大紫到如此地步，这里面应该也有些宿命的成分在吧？不大确定。

直到他和他妈妈前往后来的经纪公司谈合约的签订事宜，至少对小贾斯汀来讲，那次是他第一次坐飞机。他后来的包装恩人布劳恩说："小贾斯汀的家庭并不富裕，他的母亲为了生计做过很多份不同的工作，还时常需要家中的长辈贴补家用。"

两周之后，经过几个回合的谈判，布劳恩最终签下了当时年仅13岁的小贾斯汀。但此后，布劳恩在推销小贾斯汀的时候遇到了所有可能遇到的障碍。推展不力的时候，他开始将目光转向新媒体。他和小贾斯汀本人花了近半年时间在网络上为新歌手建立了强大的粉丝基地，在YouTube上发布新歌让歌迷订阅，并直接从YouTube和Twitter上与歌迷建立真实又真诚的联系。

在此之后，黑人歌手亚瑟小子正式和他签约，小贾斯汀遂成大腕。

他确实已经是真正意义上的大腕，他的所有歌曲，演唱会在场的一万八千多人也都曾附和而唱，形成了只有在中国听《大海航行靠舵手》才能体会到的万口一词和万众一心。我曾提到"流行的力量"，饱受折磨的我可真体味到了切肤的含义。

五

小贾斯汀本人是在演唱会开了两个小时之后现身的，他中等个头，的确很酷，除了依旧偏瘦，其他远瞻过去一概零缺点。

演唱会很时尚，运用了3D的舞台搭配，背景屏幕颜色绚烂，相当跟得上。在他到来之前，演唱会数次亮灯等候大驾，不知道他被什么更大的大事绊住了腿。

7点开始的演出，到了10点才是主角出现的最高潮，这加拿大男孩也十分卖力，一个人唱足了后来的一个半小时。

想必是为了迎合少年男女的需要，演出的入场券票价相对体贴，没有想象的那么贵，最贵的一档也不过60多美金，而最低档的票也就40块美金一张。但美国的门票通常必定包含名目繁多的"附加额度"，票务专家有的是"名目"往应付总额里面加料，结果，60多块钱一张的门票，三加两加，两张门票的票价就成了163.25美元（而且完全没有半价的"儿童座位"一说）。

从整个门票出售的顺序和推进来看，也看得出是经过细致商业布局的，必有高手参与其间。演唱会门票最早一轮的发售是与小贾斯汀粉丝俱乐部的见面会票捆绑销售的，此举赢得了我的冷笑。在我看来，这种和粉丝的收费见面实在是费心敛财的一个陷阱，如此远远望上一眼某人就要付钱的事情我是绝不上钩的，我也绝不让我儿子上钩。

等到第二轮票开始发售的时候情况果真正常了，但这时候，好票的分布已重新洗牌。所谓"鱼与熊掌不可兼得"，说的就是这回事，好价钱和好位置常常硬碰硬地联姻。好在我们因为提早了将近半年订票，因此座位算是差强人意。

但我的一个带着女儿从国内刚刚过来的好友，在演唱会举行日期的前三天订的票，花的几乎是同样的钱，得到的座位竟然惊悚到只能看到小天王的后脑勺乃至小半个乐队。

就在临近演出的前一周，儿子有天忽然问我："贾斯汀·比伯怎么上学呢？"

我知道小贾斯汀绝对是有家庭教师随从在侧的，但我还是对这位少年丧失了应有的"平民权利"而略感遗憾，正跟随儿子在密集学业中激烈打滚的我当然知道这种"平民权利"在少年未来人生中的需求比率，这真是人生的一题两做。

16岁的他在做现场演唱的时候嗓音有些沙哑，听说这就是在变声，不禁为这位少年天王杞人忧天，倘若真变了声音，他的新声音乃至发声位置还能适应盛名之下的旧他吗？

他的新嗓音能否重登我们这些旧船？

六

走出剧场，夜幕很浓，周围一片人海茫茫，这时候我在想，所有荣耀都会变成"曾经"，在信息飞驰的今天，抛开"变声"与否的敏感，这英俊少年的当红，还会延续多少时日？

回到家，将近午夜12点，儿子冲上楼去马上沉沉而睡，我站在原地仍旧觉得大地有些微旋。这大概就是一派白发和满耳尖叫在生理买单中的巨大不同吧。

仍旧回想小贾斯汀，他的走红归根到底是因为网络所赐的偶然，但网络也会带来另外的新一番人事，那时候的他当然因曾经的大红而幸福大大多于包括我在内的普通人海中的任何一位，但颓败的滋味，却也会是他一人坐拥。

还有多久？

希望更久。

听凭造化。

2010年

我家的大麦町走了

一

14年前我开始圈养的大麦町狗（所谓"斑点狗"）在2010年9月22日的上午最终走了，享年差一点14岁。这一天正好是中秋，它死的那一刻我正陪伴儿子在上他的大提琴课，一则忽然而至的"死亡电话"，让我百感交集。

死者在美国洛杉矶郡的注册全名叫做"Gogo Chen"，中译为"陈狗狗"。其实它姓名中名的英文拼写有误，因为如果按照中国汉语拼音全拼拼法，"狗狗"两字的拼写应为"Gougou"，但在如此英文国家，和形形色色的美国人（比如说狗医生、为狗剪毛洗澡者、狗旅馆的登记人等等）说来说去其名最终还是将错就错地被拼成了"Gogo"，美国人心目中一定天然地认为此狗主人希望的是让它得令即走。但跟别家狗处心积虑阖家协力想出一个有来龙去脉狗名的超关爱做法比，我的狗基本上算是无名。

它其实在我家只生活了9个年头就辗转去到了朋友小金家里，从那以后，它过起了幸福快乐的晚年。而且有一天，我在金家的时候亲耳听说金的丈夫正在车库里"为狗按摩"，听时我曾经大愣，反复确定了几次才知道没有听错或者听反。

金家没有孩子，是标准的富绰"丁克一族"，过各种年节的时候每次见到"我们"的狗，都看它穿着应节的衣服在金家后门之外隔着锃亮的玻璃喜迎佳节，有时它嘴里还会叼着应节的骨头，有时不叼。

二

我不得不让狗狗走的原因是它在我儿子出世之后开始肆意咬人，不过说起来后来发生的系列恶狗袭人事故似乎也不应全怪狗，因为自从我儿子出生后，曾经在家中无比受宠、每晚必会睡在主卧室大床之下的狗狗陈就被限令不准入室了。这对狗，奇耻大辱乎？

在此之后，它开始寻衅咬人。

最先咬到的是一个准备来带我儿子的毛姓保姆，其人自称在国内是小学教员、信主，刚来我家大约第三天就传出被咬。案发时我和家人都不在，不知道真实过程如何。但狗咬了人的事情当然证据确凿，这之后的一两天内我发现我们一家其实还根本不知道其真实全名的保姆对方已经情绪亢奋，用我家电话和外界频繁通话，偶有听到的都是"雇主给个三五万美元千万别要，一告就要告个三五十万下来""这一辈子这种好机会等都等不来"云云，不知道这些"留言"是不是刻意让我"恰巧"听到，这让我本来已经摸向怀中钱包的手缩了回来，旋即懵懵懂懂地就走上"被法律"的善后之路。

这个事故是我在美国经历的第一场官司，历时两年，惊恐异常，也把事和人的正反两面看全了。

三

我实在不知道狗在咬了人之后会不会意识到它犯下的是滔天大错，我只是从育狗教科书上不止一次地看到如此教导：如果狗犯错之后没在5秒钟内得到惩罚，它将不会意识到错在何处。而书本上罗列出的所谓美国式的"惩罚"，不过是大声地说"不"，我个人觉得如果你凝视过狗们顽劣的眼神你一定知道，这种教训的意味轻微得简直像是笑话。中国的相关教本上也慈悲得一塌糊涂，最残忍的方法也不过是"用报纸卷成一个卷轻轻地、示意性拍打狗头"。

我百分之百坚信那些被训练得令人叫绝的聪明狗受到的严格管束绝对不止是听主人说"不"和被报纸卷"示意性"地打头，须知对于一个比如说60磅的大型狗而言，上述惩罚我甚至觉得是在鼓励。

总而言之，狗狗陈是我平生所养的第一条狗，我的初级狗类知识完完全全都是从它身上得来。说起来惭愧，我过了很久之后才最终明白，如果一条狗在你身边围绕跳闹，是表示高兴。可受到过无数次"高兴"礼遇的我曾经为此多次斥责过狗狗陈，现在想起来，就好像养第一个孩子的父母都对育儿不那么在行一样。难为了这只狗。

这么一想，狗狗陈最后得到的迁徙结局，也是命定。好事。

四

狗狗咬人之后我其实最担心的是年幼儿子的安危，从此我对家人要求绝不能让狗和孩子共处一处，而且家里的后门再不能大敞，所有人出入后院都必须立即把门带上。那些岁月里，我看到狗狗陈每天都在后院门外的花红草绿中伫立，它标致的身材和漂亮的毛色在绿茵映衬下，真好比一幅美画。

狗就这样跟画似的又生活了两年左右，直到它一手挑起了另一次咬人事件。

这一次它咬到的是一位和我关系非比寻常朋友的女儿，这位已然二十多岁的女儿曾经是一项高知名度选美比赛的优胜者。那一次，按照女孩母亲的话说是"谁都有点错"。事情的原委是美丽女孩随同其父母进入我家，看到坐在"画面"中的狗之后问我，"为什么不放它进来？"我当即告诉她，"这狗很凶，一定当心。"话一说完，我转身正要和她母亲接着说话的时候，猛然听见狗的一声大叫，再回头看时见那女孩不知什么时候已把后玻璃门打开，此时此刻正面对着狗，手捂着脸吃惊得说不出话来。

这狗咬了她的脸。

我当时大脑瞬间变成一片空白，女孩的母亲立即带她到水池边去"洗脸"。我看见我两岁的儿子手扶沙发双目圆睁地目睹了一切。

（再见到美丽女孩已经是一两年之后，她的脸已经完全没有痕迹，可是对这个孩子我始终愧疚异常，从那时，到今天。）

五

两次事故发生之后，我开始无数次想到过要把狗送到动物中心去听凭上天安顿，为这事也曾经和我家的老欧先生舌战不止。我有时候觉得似乎男人间的示爱都有点漫不经心，平时也没看见他和雄性的狗狗陈之间有多浓厚的情谊传递，但此时此刻的老欧跳将起来告诉我他甚至考虑把狗就此送到狗旅馆去，即便按照每天20多美元的住宿费累计，他愿意砸锅卖铁地付狗狗自此到死的旅馆花费。这数目，他说他已经粗估，可能在30000美金。

事情烦人，钱和爱，似乎都不全是水榭清谈。

但我的意志已决，我坚决认为，人的生活绝不能被狗牵累。多月之后的一次老欧回国出差，我知道我的机会来了，在送老欧去机场的车里我就明确告诉他，我将趁他不在美国的时候把狗送往动物中心。美国的这种中心以收容为暂时目的，以"处理"为最终结局，收容的期限多为5天，如果没人收养，则必"人道"地把动物送往天堂。

这时候的老欧在车中的副驾驶座位上登时咆哮流泪，看得出带着无限的无奈和不舍。他从来不善言辞，这时候更是如此，只是反复说着"我每天在家里后院刨地整花的时候，只有这只狗一直陪着我"。

在我的心头账中，这算什么？这难道不是所有狗类生存讨喜的有限几项功能之一吗？这难道堪比人的重大安危？

我认为这是"假贵族"言行的具体体现，人吃点好的、穿点好的之后很容易犯这种毛病。

打倒"假贵族"。

六

把狗送到动物中心，轮到我该和狗狗陈告别的时候，我才知道我对此狗深具感情，那一天我正因为知道自己别无选择，所以内心哀伤得遍地清霜。

从我家去动物中心的路不是非常远，那地方离我的公司尤其近。记得我按照动物中心方面指示把狗放进一个冰冷而标准的白铁笼子里，扭头该走却最后一回头的时候，我忽然满眼是泪，我看到我的狗狗陈独自卧伏在我和它都完全陌生的铁栏里面哀切地看着我，我刹那间又有把它带回家去的冲动。

那个时候我刚做母亲，对人生的真正负担才刚开始承受，相当吃劲，我告诫自己，绝不能心软。

我这时候想起了9年前带这"孩子"回家的往事，想到当年的它刚入家门的彻夜哀嚎，老欧甚至曾经陪伴它在楼下沙发同睡了很多个夜晚。我心知肚明此一别后它的最终去向，但比起人类的担惊受怕，我似乎也只能用"咎由自取"四个字开解它的提前离席。

感伤完全淹没了归途。

办这事，我其实是犹豫了很久才痛下决心的，因为我在真的付诸实施时老欧已经离家很久即将回美，我知道我不能错失最后的动手时机，因此，基本上已经挨到了最后一刻我才动手。

老欧返美之后当夜就去了动物中心门外高喊狗名，他告诉我，他的一声长唤之后，虽然听见无数狗参差不齐的狂吠，却还是捕捉到了狗狗陈对他的心有灵犀的遥远呼应。

真的假的？！

七

现在想起来，应该是老欧出面背着我去说动了小金，反正，就在狗狗陈大限即将届满的最后一个半天，也就是它被送到动物中心之后已达四天半的关键时刻，小金给我打来一个电话，她要我准许她把狗领回她家。（写此文时，我曾有数次冲动想致电小金查询此事，但即便有一次已经把手都放到电话握柄上了，最终还是自己说服了自己，一来整个事情已时过境迁，问也枉然。二来，即便是，那狗也已最大获利。是与不是，了无意义。）

说实在话，她打电话过来的时候我正一如前四天半一样心情颓丧，我说过我已深知以狗狗陈具备如此恶劣的前科是无法被人领养的。我在动物中心办理手续的间歇曾经问过中心方面它被其他人领养的可能，对方告诉我，"狗一旦咬过人，是不能被任何家庭领养的"。我也深信在狗类的犯罪分档中，"咬人"必定是最严重的刑事犯罪，应该类比人类各罪中的"杀人"吧。

就金家把狗接着圈养下去的事情，我心里一直有结，也知道小金曾告诉我她要花些时间跟老公（我们称其为"老孙"的）细磨。就在狗即将进入金家的前一天晚上大家一起吃饭时分，我还曾在饭局行将结束前对老孙直接面谢，但他当即起身走人，留下一句"狗的事情你别来问我"云云，留我一人在原地有话无从再说。现如今仔细玩味，相信一定是老欧的请托让金家万分为难、夫妻不睦。

　　其实把狗送到金家，老欧早就提议过，但我从第一秒钟就认为不能把一颗自己不想要的"定时炸弹"塞进朋友家。这狗后来到了金家还咬伤过小金母亲的嘴，详细地描述就是把金母的嘴撕开了一个口子，虽然知道狗有问题，事发突然而严重，还是让我震惊无比。但狗的如此滔天大罪，却被小金和老孙用一句"狗狗是无辜的"一语带过。

　　这种回答，实在是比狗的新恶还让我无语。

　　狗干这事情的时候，还没被更改主人，依旧挂在我的名下，我在震惊、愤怒之外当然担心，小金立即告诉我，她马上会为狗重新登记。两天之后，她再次致电给我，说是"Gogo Chen"已经变成"Gogo Jin"了。

　　这金，让我感佩。

八

　　这狗后来曾被车严重撞伤过，整个受撞过程我没亲眼见，只知道它的后腿变得完全无力支撑身体，治疗过后后腿也基本不能使力，状至可怜。因此，每次遛狗，小金和老孙必须用大毛巾作为粗绳吊住狗的后腹将其后半身高抬起来，两条狗前腿外加两条人腿共同挪移前行，天天搞到人困马乏。

　　其实它后来几年一直疾病不断，稍有动向金家必奢侈地将其带往医院。我曾数次在我家的信用卡账单上看到多笔数千美金的动物医院费用赫然在列，相信金家只会比我们花费得更多。

等到我后来知道狗得了癌症的时候，它已经病快快度过了一两个年头。知道狗也会得癌症，而且还能诊测出来，这让从没仔细想过这一类问题的我深感惊讶。小金告诉我，医生说，百分之×的狗（她转述了医生所说的一个惊人高的比例数字，我因为怕引发讹传而不那么想写出来吓人）都是罹癌去世的。她并说，只要你看到狗的身体在抽搐，那表示它正在剧烈疼痛。得知此说法再去看狗狗金，觉得它的身体果真隔三差五地在抖动。

其实，在狗狗陈进入金家旋即成为狗狗金的稍微后来，整个狗的生命存续完全倚靠老孙在运作，从遛狗到上文所说的按摩，当真难为了他。我不知道在狗的事情上他的内心是怎么转化的，可知的是直到狗去世之后，他还告诉我他每天都要在狗的骨灰前为它烧三炷香，相信怕的是这狗到天堂没有沙发坐。

狗的骨灰在其被安乐死之后的第七天最终拿回到了金家，装了满满的一个小坛子。这让我忽然疑惑，就人的骨灰而言，那么大的躯体焚烧之后家属得到的竟然只是渺小一盒，灰中的重大比例都去了哪里？

播撒到树下做了草木灰？

纷乱的杂念瞬间露出无边的宁静，听听，这世界。

九

狗狗金是在它差几个月就满14岁生日的时候被安乐死的。其实早在2010年的6月份，相关彼此的一个饭间会议，就决定它的最终去向了。所有的原因，都是我上文所提的医生所阐述的癌症理论，而且医生也做如此建议。但是等我8月下旬从中国返美，仍见那白狗卧在金家花园门外爬行和抖动，相信原因必定是金家的不舍。

狗是死在小金的怀里的，她告诉我是她坚持要这样做的。"一针下去，狗马上就不动了。几分钟后，医生还过来仔细听了听心跳，然后告诉我确定狗狗已经走了。"这针之毒让我听得心惊肉跳，如此疗效的一针，医生可千万别当成感冒疫苗错打了他人甚至自己。

那一两天小金都哭个不停，倒是老孙具备幽默，曾经面无表情地描述自己当下的心情是"白发人送黑发人"。

整个丧事金家大概花费了四百多块钱要求完全"私人火化"，而且七天之后送来的骨灰坛上也注明了这一说。

狗狗的生日是在1996年的11月8日，和我的生日日期正差两天，2010年我的生日就和狗过在了一起，对它，是冥诞。

其实在狗狗出生的同年同月，靠近月末的一个日子，我的一位至爱亲朋的第一个女儿在上海出生，如今，这女儿正在抽条拔节，青春得让人嫉妒，而狗狗，则已在天国安详。

于狗，无疑是善终。

祝永垂不朽。

2010年

那些个中外厕所们

×家菜馆的厕所

详谈饮食与排泄的感受，是件很民生的大事。无数个生命段落过去之后，你会觉得，人间万事，唯此为大。更何况在饮食上，我这个吃军队大院食堂长大者既无资质也无兴致，多谈厕所，似乎别无选择。

（有关美国厕所，其实我在很多年前就感慨过了。但因为实在兹事体大，就一直认为还得细说回头。）

今年夏天的某天我在北京和神秘而著名的×家菜馆打过交道，很多年前就闻听此×家菜馆外籍拥趸众多，被无数驻京欧美人士景仰，就也去吃。

此一盛名在外的私家菜餐厅在我感觉实在乏善可陈，请客的朋友一再强调也就是吃一个"知道"。"知道"之后往外走时，在小院的右侧隔窗看到该是正堂的大饭厅内恰好坐了整整一桌子外国人，那一天正值夏季的正中间，炎热难当，但正堂内气氛安宁、一派和谐，大概又是被哪个使馆包了场。

看完整桌外国人，刚出大门我就觉得有就便排毒的必要，遂赶紧着进了设置在院外两三米之遥的×家菜馆厕所。进门之前，从欧美人士一向注重如厕情调的角度猜想，我觉得×厕必定格局虽小却不失精致，充满欧美情怀。想着这个就伸手推门，人未完全进入就被看到的第一眼弄得头皮一紧。

×厕的清洁档次实在不堪，长条的白纸零落拖地，地面有来历可疑的浑浊溢水，让人有些无从下脚，这种级别的厕所让很将就的人使用也不在格局，我马上万分疑惑，门内的那一桌子疑似"大使馆"的包场者乃至频繁出入于此的外国人，真不在意？

此乃谜团。

美国的厕所对美国人而言实在重要透顶，我本人早年曾写过若干有关厕所事宜的中西比较，但当时居美未几，所知不免皮毛，实话说，我其实是很晚之后才知道几乎所有的美国男女在使用了公共厕所马桶之后，都会用厕纸把用过的座板擦拭干净。而且，讲究的美国女人还会在公共厕所使用过洗手池之后，把洗手池周边也一并擦拭干净。

在这方面，中国人在富裕起来之后也一路跟进，每年回国，都觉得中国的居家在厕所方面用功很多，只是公共厕所的诸多状况还有些滞后，相信在不久的将来也会整洁大方。

但某些中国人如厕的独特习惯还是值得一提。

我的一位美国白人律师朋友家里有一年住进了两位独自在美上学的中国中学生，他们一概来自中国最富裕阶层，其中一位甚至家住北京地标建筑星河湾，这曾经是北京售价最昂贵的楼盘之一。住这种级别房子的公子实在应该完全没有卫生缺陷，但我的朋友在兴高采烈地安顿他们入住数天后就大感不解地告诉我，两位学生竟然把便后净身用纸一五一十丢进厕所内的纸篓中，整整一个纸篓的白中带黄，事间嗅觉与事后清理都是障碍，既有视觉惊愕也有味觉冲击，这使得此美国人再不敢进入家中专为中国学生准备的这一间厕所。

这样一件小事后来引发房东房客关系变得处处不洽。事情的最终结尾是，这两个中国孩子学习不力，独自在美也缺乏人监督，因期末成绩没达到学校要求的最低标准而双双被学校开除，他们两人是在回中国安度暑假时知道这一消息的，均遂再未回美。

多不冲水的习惯

然而，中美厕所的习俗异同远不止这些，在纵向比较中，习惯是小头。前几天进入加州橙县儿子学校的厕所，赫然看见厕格中张贴着巨大的英文标语："便后请至少冲厕所两次。"

这让久居美国的我也有点目瞪口呆。在我的理解，它说"至少"，意思应该是比两次更多，也就是说，制定此标语者绝对没有从节省水资源方面考虑过得失，一门心思都在维护便池本尊上。这让我慢慢想起中国厕所内其实多年来也有标语，二十年前以及更往前的时代一概都是"请节约用水"。我不夸张地总结，正是如此口号造就了中国整整一代人上厕所不常冲水的"节约习惯"，如若不信，请多所回忆，在你我周围必定存在不太冲厕所的个人或者家庭，他们或者因为想利用其他用水另行冲刷厕所（最多被用来利用的是涮拖把剩水），或者根本就是本着少冲一次是一次的心态面对便后清洁（此一项里中老年人居多）。这样的人和现象波及之广，无远弗届，不是你的父母就是你的远亲近邻，或者就是你本人。

大约怎么也到了90年代后期，我才在国内若干装潢中高级别的酒吧看到如下厕所标语："来也匆匆，去也冲冲。"短短八个字，既是对"请节约用水"提倡的公然反动，也是对一代不冲者举止的直白匡正。

划时代得振聋发聩。

2011年年底我回国的时候下飞机后进入北京国际机场如厕，刚进入一格的我忽然听见紧邻的某格爆发欢呼："二姐，里面有纸。"

那种狂喜，让人无语。因为如果细分便后冲水和擦拭坐板还是截然不同的两个概念，前者是基本程序，后者则是升级格式。两件小事代表着两种层面的文明，进程可能跨越几代人。但如果时常连纸都没有，擦拭的锤炼还需再拖。

回顾人生，我本人的人生和厕所其实是有重大交集的。记得当年我从一个相当"边缘"的工科院校毕业，分配到铁道部下属某车辆段当助理工程师，那时候段里的专业分四大块，我至今还能记得的是其中三大块：制冷、内燃机和车辆，而我因为所学专业关系恰是分管"车辆"一项中的第一线"技术"。再细致地说，我分管的车辆"技术"中，重中之重就是"大便器"。写到此处，任凭我如何回忆，都已经不很记得这重中之重究竟被叫做"大便器"还是"坐便器"，前者称谓不雅，而后者，根据我大学毕业的年代推算，在飞驰的列车上实在不大可能便时得坐，疑惑间只能算是前者。

也是，以我的专业管辖，整个车厢除了座椅，也就是"大便器"略具有技术含量。我也是在那个时候才知道，原来所有旅客无论排泄还是呕吐，排经此虚晃一枪之"器"后，一概落入铁轨，奇特一些的还能飞溅到车厢下方的车轮转向架上，跟随列车山南海北奔窜。

蹲式便池

不知道男厕那厢如何，我知道当年有不少国内的老年妇女是有只要一上厕所立即进行上下双排泄习惯的。说得更到位一点就是：边撒尿边吐痰。这种双排泄行径多发生于蹲式便器，造成国内"蹲便器"半圆前那如出一辙的好一片痰迹风景。

详细地说，这一类女人大多把痰吐在蹲式便器的半圆形外一两寸的地方，极少的时候痰也会正好着落在半圆形上。

去年回国时我妈告诉我，她亲眼看到"一个穿的戴的都挺讲究的女的"，刚一蹲在半封闭式蹲式便池上，即刻把手提包放在了半圆形前，我妈当时整个脸都皱了起来："那个地方，你说是个什么地方？"

听着她的述说我也有些愣怔，因为我实在太谙熟半圆风景了。

在美国，我无数次在女厕所我之一格内隔着隔板看到旁边厕室内的如厕女人一进门就把包袋放在地上了，更有甚者，一些年轻无比的女孩还会把外套、围巾之类的衣物随地而放，有时候她们的围巾就蜿蜒进入了我的这厢，让人印象深刻而胸闷肝颤。她们对厕所地面的放心，让人不放心。

关于蹲式厕所，我本人是具备亲切感的。深深以为这实在是为我这样的中国人发明的如厕利器，因为它符合了我的卫生距离、生理需求乃至着力角度的三重标准，但是对于我儿子这种生长在海外者以及我父亲这种腿肌无力者，蹲式厕所简直要了他们的命。

我儿子从两岁开始跟随我进入四海之内所有的女厕接受半辅助或独立自行完成所有新陈代谢工序，等到他六岁左右的时候，这种不男不女的如厕状态就维持不下去了，在他被迫改成进入男厕所内"自主作业"之后，他的自行操作在国外百分之百为坐式马桶的厕所中，我除了担心男厕里是否藏有娈童癖患者，还万分担忧公厕坐板的清洁度。

但是，回国的时候他的上厕所环节就有重大抓瞎，因为他遇见蹲式厕所的几率实在太高，他告诉我他"蹲不了"。最一开始我还以为他在装蒜，想都不用想，同样的人体结构从来没听到说有人"蹲不了"的。结果，当有一次我亲眼看到他蹲给我看的时候，我真的看到他持续地在前仰后合，整个人的重心永无着落，虽然跟随我的指导他最后隔三差五地也能偶尔蹲个若干秒，但整个人却接连不断地摔出过很多个后滚翻和未遂后滚翻。

知道了这样的一个现实之后，我在不断让他练习的同时，回国只得遍寻坐式公厕，一旦全部厕格内全为蹲式的时候，我知道他完蛋了。

不知道有多少次，在他高声告知我男厕方面只有蹲式便器的时候，我不得已只好在辨清周遭没人或只有一两个人的时候冲进男厕所，用手紧紧地拉着他的手搞"辅助作业"。这时候的他双手紧握我手活似幼猴攀缘于老树，双臂前伸下身后沉整个人处于剧烈抖动中才可以勉强拉直在一个奇怪的姿势中平衡而蹲，张皇中因为双方拉扯较劲，两人的手心都在冒汗。

而我父亲在厕所中的蹲不能蹲是因为老迈年高得只能座便了，因此，一旦合家出门遇到厕所，一旦听到"没有坐着的"，一老一小乃至全家心即拔凉。

女厕外的长队

美国公共女厕所的长队是著名而无奈的，不同于中国，她们的长队永远只是一条，也就是说，即便厕所内有二十个厕位也只是一队长排，而且这长队永远从厕所门口处起排，这样一来，无论队有多长，如厕者仍有舒适的善后空间。

这种文明的等候让"上公共厕所"成为我的一块心病。不知道有多少次，我在观看演出的中场休息时前往厕所，结果直到下半场的演出行将开始之前数秒才把事情办妥。更有一次记得是在某体育场看演出，中间休息的时候女厕所门外一如既往长龙蜿蜒，我和排在队尾的另外几位中年妇女在听到重新开演的第一遍铃响之后无比恐慌，这时候一位刚从男厕出来的男士提醒我们"你们何不到男厕所去？那里没什么人"，一语中的，我们几个眼看着就要赶不上下半场开头的女倒霉鬼立即协商着相互壮胆转身冲进了数米之隔的男厕所。我们冲进去的时候那里正有三两位男士背身"操作"，看到我们的进入，也不惊讶，只扭头笑笑。

说到这里，记得儿子在自己进男厕如厕的最开始几次中的一次后问我："为什么有一个叔叔和我一起站着撒尿的时候冲着我说'哇，你可真大'？"

2011年的圣诞在三亚，在解放路步行街口麦当劳方便的时候看到了那里门前的一溜女性长队，一时间让我有时空转换的疑惑。中国女公厕的长队一直都是按照厕格排的，每个厕格门外堵着一溜人，这看似秩序的排法其实不很公平，既让先来后到失去了秩序，也让整个进程加剧了拥挤。如果我们每个人都能够静下心来排成松散的一列，而不是全挤进不大的厕所，紧紧堵在每一个厕门前，大家都会多些从容不迫。

这几年回国，觉得国内的排队状况略有改观，但却还是急切有余、耐心不够，争先恐后的气息还在遍地开花。在国内三亚的居民小区里领取小区每天一趟的大巴乘车证，虽然基本上能保证人手一证，在领证的时候还是看到小区内的老人们把自己用来换发车证的证件几乎伸到了发放车证人员的鼻子底下，那一片苍老手臂的丛林啊。

小区的大巴开回，未等最终到站，大巴的这几十号人在车还没有停稳的状况下先行前冲，从狭窄过道人贴人地拥挤向前，弄得前排座没那么早起身参与拥挤者只得留在原位无法动弹。

这两年我回国一向基本混迹于老人和孩子的人群中，相信我所遇见的急切都还算是"二线"局面。"一线"的厮杀我虽没有质的了解，但情形必定更加惨烈。

其实如今中国全民都已经是国外诸势力垂涎的富绰人群了，富人都是不很急切的。在这方面我们应该学学富久了的国家，把争先恐后先行消除，才能呈现祥态。

人没有了祥态，根本不该提起文明。

遍寻祥态。

2012年

大河之舞的谢幕

那些个让我难忘的脚和挺直的上身，那些个响声。

《大河之舞》说是要解散了。

《大河之舞》是一出踢踏舞剧的名字，印象中他们总是在做世界范围的巡演，来自爱尔兰。多年来他们声名远播，慢慢演变成为踢踏舞种的代言。整出舞剧的特点是把脚上的节奏戏剧化了，跳得让人着迷。几乎每年，他们的世界巡演都会履及洛杉矶，我就爱去看。

可以想见，2011年10月的一天，在我已经买好他们这一季的演出票之后，忽然听说舞团即将解散，这对我的打击来得多么突兀匆忙。

一

《大河之舞》的起意和结局有些云开云闭、扑朔迷离，它是把一种草根艺术演变成国际盛事的夺目过程，但以为因其夺目就能从此颐养天年，就又错了，时间一晃15年过去，前面说过它已将死。可是它的死并不非常"匆忙"，据知他们的告别巡演前后竟然将为时3年。

《大河之舞》的诞生雏形是1994年4月30日欧洲电视网歌唱比赛中出现的一小段踢踏舞，虽然是一场7分钟的过场表演，却成为整个赛事的高潮。这让主办方看到了爱尔兰踢踏舞的市场潜力，遂把这个"7分钟"拓展成2个小时左右的《大河之舞》舞剧，并向里面放进了很多本民族和其他民族的东西，很融合也很耐看。

自《大河之舞》面世以来，他们创造出的一些数据相当惊心动魄。比如整个十多年的演出共有1200位舞者曾参与，演员们共穿用过12000双舞鞋、9000套服装，舞者们为增加体力已吃掉48000磅的巧克力、喝掉过15万加仑的矿泉水。在乐队方面，舞团乐队共耗损了15500条吉他、贝司与小提琴琴弦。

其实，行内人都知道，全盛时期的《大河之舞》在服装制作和调度上达到了极致，为达到服装的专业和系统化，舞蹈团在爱尔兰都柏林设立了专门的服装管理中心，中心数据库中详细记录了舞团每个演员的身材尺寸。

《大河之舞》演出的所有服装都是在爱尔兰本地手工制作，即便是在洗衣专项上他们也比世界上几乎所有演出团讲究，他们把洗衣机干脆堂而皇之地安置在舞台现场，一边表演一边清洗、烘干服装，无所不用其极。

他们于1995年首演，每年的演出都沿用同样一个舞剧套路，只不过各年在细节上略有不同，运气好的观众看到的技术和细节多一点，运气不好的则反之。现在想想他们走过之路，似乎也因为总格局已被圈定，就形成了一个步入自杀的活扣，基本上大部分人看过一回就了然和索然了。

但舞团本身还是奇迹，一个以脚功见长的舞剧竟能演出长达15年，比照百老汇音乐剧老寿星《猫》的18年、《歌剧魅影》尚未死去的25年，艺术运势端的不俗，算是中长寿了。但既然知道有完结的一天，既然有技术也有想法，干吗没能及早推陈出新善加演变？

费解。

也难说，如此舞蹈如此独特，若干年后又是一条好汉的或然率也不是没有。

二

说到《大河之舞》就必须提到"麦克·弗莱利"这个名字，前面提到的"7分钟"，其实就是由麦克本人自编自导自演的短舞，相信他在制作这"7分钟"的时候绝对想不到自己竟会被此"7分钟"改变一生，也为同类舞蹈人打开了以舞为生的缺口。

从"7分钟"开始，整个爱尔兰从一个专业踢踏舞团都没有的局面，逐渐衍生出两百多个专业的踢踏舞表演团队，当然，这都还属于宏观概念。而微观的枝蔓竟然也可以延伸到我的身边：我一个超级好友的混血女儿因为仰慕踢踏舞的声势，也研习踢踏舞多年。据知这位混血女儿在美国东部的新英格兰地区还获得过踢踏舞大奖。我的好友，也就是这位做母亲的每个周末都会从纽约千里迢迢把孩子送到康奈迪克州去练舞，甚至为此还在那里租了一栋房子供周末家用。

比较戏剧化的是，麦克·弗莱利本人其实是美国人，追根究底地说应该是"美籍爱尔兰人"，他在11岁的时候被父亲送进了当地的一家爱尔兰舞蹈学校学舞，16岁那年就曾以每秒踢踏28次的成绩打破了吉尼斯世界纪录，第二年，他成为第一个赢得"世界爱尔兰舞蹈大赛"冠军称号的美国人。直到1998年，他还曾以40岁的舞蹈高龄和每秒踢踏35次的高速，创造了崭新的吉尼斯世界纪录。

麦克·弗莱利1958年7月出生于美国芝加哥，在"7分钟"出现之前，他办过舞蹈学校，也在建筑工地干过粗活，而"7分钟"之后的康庄大道生活却又养成了他的孤傲性情，就在把《大河之舞》一手缔造并推至全球之后的1996年，他负气离开了《大河之舞》，转身创办了《王者之舞》。

身在洛杉矶，我是幸运的，2009年3月，麦克·弗莱利和他的《王者之舞》到洛杉矶演出时，我曾经在整个演出的最后部分看到他本人的披挂出场，这时候的他已经有些老态了，他刻意保持的夕阳身材和年轻舞者的天然纤细已不可同日而语，但他一出场，一副桀骜不驯、目空一切的仪态让人一眼察觉这必定是个"重要人物"。

《王者之舞》也是一场大型演出，和《大河之舞》相比较，《王者之舞》显得内容过于庞杂，开演没几幕，就让基本上只展现腿脚功夫的踢踏舞显出舞技的苍白和局促。

但无论是《大河之舞》还是《王者之舞》都其实是登过场面的名堂，《王者之舞》曾经于1997年在奥斯卡金像奖颁奖典礼上登场演出。而在2009年，《大河之舞》也出现在中国的春节联欢晚会上，此虽并非绝高级别的场面，却敢说是观赏人数最多的表演。

三

《大河之舞》在多年的巡演过程中架子并不非常大，从巡演线路上看，他们不太在意城市级别。尤其是从去年3月18日《大河之舞》在纽约宣布举行告别演出之后，他们先是在都柏林连演68场，随即展开全球告别演出之旅。这三年，他们扬言要演遍地球上所有可以去演的地方。

《大河之舞》最早是在2003年十一期间首次前往中国演出，那一次，他们在北京的人民大会堂连演8场，造成了可以想见的场场轰动。我青少年成长时期所生活和战斗过的那个军队大院的子弟共享一个联谊网站，院内子弟以从事文化事务者居多，本月的某天大家在网络论坛中偶然提到《大河之舞》时，我的一位曾亲临人民大会堂《大河之舞》现场的邻居如此描述："记得我看《大河之舞》是2003年北京正闹'非典'时的事，那几年我们的文化公司做了很多外国人来华演出的节目册，包括这次的《大河之舞》。原以为这次和那次前南斯拉夫使馆被炸一样，又会因所谓不可抗拒的原因赔钱了。好在拖到10月份，终于爱尔兰人来了。当时，票确实很难找，我又是个习惯于看'蹭戏'的主儿。直到离开演还有不到一个小时我才接到能看'蹭戏'的电话。那天北京大雨，人民大会堂门口也没有看'蹭戏'人停车的地界儿。从地铁出来走到门口即使打着伞裤子也湿到裆了。现场的感触以我的笔是说不明写不出的。之后这个'大河之恋，舞起狂澜'（当时的广告词）又多次在国内商演，节目册、宣传单以及特地制作的扇子着实为我们换了满钵的烤鸭子、天福号大肠之类的。"

如他所述，自2008年开始，《大河之舞》来中国的频率忽然加大，而且演出城市毫不挑拣，从2008年的仅仅北京一地推广至2009年的在中国6城市演出，而2010年，他们在中国11个城市进行了巡回演出，这11个城市包括了深圳、广州、武汉、长春、苏州、南京、天津、福州甚至舟山等二三线城市。不出意外地，他们在中国所有城市都获得了火爆的票房和极佳的口碑。

在台湾方面，他们也分别于2006年和2008年两度前往演出。而同列华人三地的香港，2011年5月份他们也去连演了16场。

纵观《大河之舞》2011年整年的脚步，眼见得他们一直在奔波，从1月份的中国，5月份的香港，再到10月份的洛杉矶，与我关联的几个落脚点都被掠到，在城市扫荡上实在是巨细靡遗。

也没错，把资本最大化利用，本来就是圭臬。只是眼看着这杆踢踏舞大旗日渐倾斜，多少不忍。

一切都结束后，都得回家。人皆如此。

四

他们的衰亡是有征兆的。2011年洛杉矶的《大河之舞》演出票在早期推广中，竟然是以整个舞蹈季套票买家的免费搭配票面目出现的，具体地说，就是如果某人买了整个舞蹈演出季节近10场演出中的某4场门票之后，可以免费得到一张《大河之舞》的门票。最初看到这种"撮堆"和搭配，我曾不怎么理解，看着提早邮购来的演出布局清单直恍惚。须知参加此一演出季的蒙地卡罗舞蹈团水准其实未必高过《大河之舞》，就为这个，我还曾经感慨过《大河之舞》的容忍度，如今陆续知道了行将解散的说法，就也难怪。

我所亲临的《大河之舞》应该说是洛杉矶的最后一轮演出，剧场内倒还算人头挤挤，不知道是不是因为有免费赠票的原因，演出大厅上下三层的上座其实不错。可惜的是这一次看到的《大河之舞》已经品质粗糙，舞台上的舞者数量看上去似乎也清减许多，尤其是乐队方面，根本就已经减少到不能再减的地步。这一次舞剧的展现，除了大框架还保持着原来骨骼，其他细部能省则省，清汤寡水，让人失望透顶。

犹记得第一次观看时中年气盛的他们在舞台上给我的节奏冲击，他们的脚曾让我惊叹"眼睛不够看"，舞团诸位制造的绝对是人类的生理奇迹。2009年的《大河之舞》洛杉矶巡演时节正好我的父母来美国看我，我是带着他们同去的，那一次，分毫不通英文的他们从头目不转睛直看到结尾。那一天时值冬季，坐在我父亲位置后面的一位中年白人女士咳得厉害异常，因为当时猪流感盛行，听得出来她多有顾忌，但每当雷鸣般的掌声响起，她必定趁乱狂咳、乘虚发泄，知道了她的手法之后，我和父亲调换了座位，结果，我和紧坐在我身边的儿子回家后集体感冒。

那次也是儿子在最近多年当中的唯一一场大病，如今抚今追昔，仍觉得用两个感冒换取那年细致入微、荡气回肠的一场演出，倒算值得。

这一次的告别演出，依旧有全场不能录音录像的庄严提示，依旧是由一贯的威严男声在开场前播出，声虽依旧，却物是人非。演出之后大幕落下，我觉得以如今的卖相，《大河之舞》根本就辜负了他们自己的远道而来。

无独有偶，《王者之舞》早在此前就已悄无声息地偃旗息鼓。

黑暗把沉吟全握在手心，许多人看到万物虚弱而严酷。

五

关于《大河之舞》的解散，似乎还有着一些疑惑，国内有人说"解散"是假新闻。我这次在洛杉矶看到的《大河之舞》演出前并没有宣布告别一类的说辞，也没有丝毫离情依依，因此，看到"假新闻"的说法，还真有些狐疑。

为了质量，我干脆去亚马逊网站买了一盘麦克·弗莱利的《大河之舞》演出DVD，免费邮寄。在它的专属网页上，有61个人留下评价，好评指数为"四颗星"，差强人意。此DVD贵在名家领衔，价钱不高也不低，16.99美金，和所有的美国DVD价格上下不多，标准的艺术价格。

拿到DVD之后，因为知道舞团甚至有"专用洗衣机"等故事，就无比珍惜。片子到了之后我一直没有去看，我需要一段专属的、整段的、全然安静的时间来对其细品，但此类时间在我如今的生命里尚无。

等也该等。

遗憾的是晚期他们的将就，不知道是小错还是大谬。说好的水准呢？

天鉴回音。

（正当此文编校进入最后关头，忽然看到《大河之舞》推出了带有中国元素的姊妹篇《舞起狂澜（HEARTBET OF HOME）》的新闻，名为《大河之舞2》，此剧自2013年11月25日至12月8日在北京、上海两地举行首演，2014年起开始在北美进行为期3年的巡演。不禁感叹为事者的执着与狡猾。）

2011年

II

MEN QIAN RUO WU
NAN BEI LV

行 域

第 二 部 分

我在2012年暑假去过的那些缤纷灿烂的地方

引 子

直到2012年6月16日中午该登上全日空飞往日本东京的飞机了，我的慌乱之心才开始趋向平静，就好像行将比赛的选手，真跑起来后反而周身一懈。

几个月来，面对暑假中执意要带儿子长途一走的环球绕行之路，我当然心中没底。详细点说，将近两个半月的准备时间，我写了密密麻麻3页A4纸的飞行行程，外加三四趟已经订好了的欧洲某城市与另某城市间的往返火车票，以一己之力，我带着9岁的儿子在6月16日中午就这么上路了。我们的归期是8月25日的深夜，所有的行程都已相互嵌接，没有哪怕半天的差池。

我手握着厚厚一沓行程单，整个身心潜入一个密匝的植被，不易移动。这个关节，我自己对自己说，只能往前走。

闻听我要独自带儿子远行，知道这事的儿子学校不少家长大都吃了一惊，我听从一位韩国家长的力劝在出发前一周开通了另外一只世界漫游手机，因为我自己的手机型号已被告知根本不具备在欧洲漫游的功能。也正是在与手机公司这次冗长的沟通当中，我才第一次彻悟什么叫作手机的"飞行模式"。

后来在远处，这个手机的用途实在无远弗届，既为手机，也是怀表，更兼闹钟，很多重要透顶的时间制定、接送预约各项，都由此机沟通完成。

记得上述这位力劝我的韩国家长当时坐在春末生机盎然的校园

木椅上对我一个字一个字地这样说过："在这个世界上，只有你这样的一个女人会想到不跟丈夫一起，独自带孩子去这么多地方。你疯了。"

经她一说，我心深处，打了一个冷战。

行　程

我其实是个坚定的人。

暑假前，当学校里的各位家长互相探问彼此的暑假安排时，我的回答有些微妙，"这个暑假，我和我儿子要去证明地球是圆的。"这种描述往往让听者陷入半信半疑的思维困窘，玩笑也不玩笑，有的人迟疑着就没再说什么。

我们此行的确壮观，路程包括了日本的东京，韩国的首尔，中国台湾的台北、台中，首都北京，奥地利的维也纳、萨尔斯堡，捷克的布拉格，英国的伦敦，法国的巴黎、依云，瑞士的卢森堡、日内瓦、洛桑，意大利的米兰、维罗纳、威尼斯、蒙特卡罗、比萨、佛罗伦萨、罗马，德国的柏林、慕尼黑、法兰克福，希腊的雅典、圣托里尼岛，西班牙的巴塞罗那、马德里，丹麦的哥本哈根，美国的奥兰多。在这总共15个国家的30个城市中，我们除了其中的10个城市是跟随旅行团粗走11天之外，其余一概独闯。一般而言，我给每个城市留出的逗留时间大多为3～4天。

这些天里，我们还要历经15段长短不一的航空飞行，最短飞行时间为一个多小时，最长十个多小时。而牵涉其中的航空公司分别为日本全日空、韩国韩亚、中国国航、奥地利航空、瑞士航空、北欧航空、德国汉莎航空、美国联合航空。

全部行程中，我们在大约7个城市当中是有朋友的，除此之外，在其他的陌生城市中我一概要关心从城市机场到预订酒店的那第一趟交通。我是亲受过欧洲出租车之苦的人，尤其在罗马，10年前到欧洲时我和几乎所有的出租车司机都冤家路窄，在这个意义上，公交的运用对我而言极其重要。

在准备行程的那些长长夜晚，面对着陌生城市的陌生公交线路，我不知道读了多少前人的长文，很难忘那些平实的文字带给我的隐隐约约的指导和了然。

仰赖这些文字的无私帮助，我真的把旅途的哪怕细部也制定得完备精致，光是行程的各种分类列表，就占满6份大大的文件。

旅途制定完成的那个晚上，我的身心倏然松弛，如释重负。不嗜烟酒的我一时不知道该用什么来辅助庆贺。那时那刻已是初夏的凌晨时分，我太明白我们的这趟旅行，不走也得走了。

如果弄得美满一点，制造一家三口联袂出游的机会不是不能，但最终还是二人行的原因，实在是从多年来与不去的那一位的相知中已彻悟出人与人之间的趣味千差万别，无从勉强。

实际上，长游动议刚露雏形时我也曾邀请家中的那一位加入，怎奈永远"膜拜高尔夫球杆"的对方觉得人世间所有的城市观光均属无聊透顶，我遂进一步明确此行我独扛大局的必须和必然，因为二人行从格局构造到兴致走向都比三人行来得融洽和谐。

在我看来，认真的规划永远是旅途愉快的关键命门。其实在后来的行程制订上我也多次抵制过"膜拜高尔夫球杆"者关于旅行城市乃至走行方式突然强加的意见，有时候，这种抵制竟然激烈到莫名其妙的地步，对方那种不由分说的心血来潮，次次让人不寒而栗。

由此，通畅地说，最为良性的出行应该就只剩下单独携子而往这一条路。

以我的个性和职业，独自一人去世界的哪个角落理论上都完全不成问题，造成我内心慌乱的关键在于我还要携带一名9岁儿童，这给我一向万分重视的家长权责加进了无穷砝码。我不很知道我将在路途中面对什么，因为上述长长一串城市名单中，有不少我自己也没去过，这次远行，其实是我需要向儿子兑现的一个承诺。

此次长游的来由平淡而确凿，在儿子三年级的这个学期开始之初，我一直告诫儿子，如果你拿到了一流的学校成绩，我一定给你一流的暑假假期。三年级的儿童应付这整整一学年，其实并不好混，这个岁数的儿童开始真实面对社会新知，曾经围绕在侧的故事童话之类渐次散去，而男孩的浮躁也大约是在这一年开始被现实蚕食，因此，整个学期的学习过程都是在蚕食与反蚕食的纠结中蹒跚而行。

好在结果不坏，我认为儿子给出了超乎我所能想象的高级结果。

那么，该轮到我兑现我的承诺了。

则是所以。

行　前

大约从3月份的上半个月开始，我把家里闲置多年的地球仪拿到自己的书桌上，在面对地球仪做思考状的日子里，我回忆起自己小时候的一些事。那个年代的地球仪一概是上地理课才用得上，我和我周围的孩子们对地球仪的所有凝视都注定是一种"遥看"，无一例外。因为那时候，中国之外的世界与我的人生不可能有任何直接牵连，我的父母双方都是道地汉族土著，既没血统也没关系，没有任何迹象让我想到自己能和域外的风云构成连接。

当年的中国人，对距离永远有着一种距离感，认命地知其不能。

这也算是时势造狗熊吧。

所以，2012年3月的上半个月，当我把地球仪放在自己眼前凝视良久之后，我忽然有一种犹疑，我惊讶我竟然从来没想到过我一个中国土著子弟可以这么轻易地就把玩地球，我从来没想到我竟然可以在地球仪上做"指哪儿打哪儿"的实施。也就是说，过往的各种假期使用，我相关的念头从来都是回到北京老家去待着，至于为什么一定要回到北京，我也不知道。

换句话说，我轻忽了翱翔的自由和应该。

凝视地球仪的分分秒秒对我而言实在是大胆假定与小心求证的过程，想想看，面对着水多地少的蓝色圆球，你的想及念及将是你的践及履及，这辽阔的空间忽然就撞进眼帘，反而让我下手踯躅。

真实的明亮反而畏惧起陈年的虚空，我那几个月时常问自己：为什么不？你为什么不？你为什么早不？

问自己的时刻多半都是在晚上，我伴着夜色浏览过太多个曾经在我心目中虚无缥缈而又如雷贯耳的城市之名。与此同时，我开始熟悉星空联盟的世界环游机票联票系统，常年心细如发的我甚至会把航空公司、直飞时间乃至飞机机型的选择都放在通盘考虑中，时常为了相对的两全，牺牲相对的不全。

更加上要考虑比如每个周日才有马德里斗牛夜场等更为细节的附加制约，那一阵子每天必定要搞到凌晨两三点钟，我也是在那个时候才渐渐熟悉凌晨时分的人体感知。

每个凌晨，家里的另外二位早已入睡，整个楼下空无一人，在这种近年难得的无人搅扰片段，缓缓地放出细细一丝背景音乐，我独自一人细细尽释情愫。我并不知道这里面是否有玫瑰到刀锋的距离，我却知道人的走行完成的是心灵的痊愈。

可惜的是，所有这些，我没能早点明白。

在那些天多如牛毛的旅程选购当中，对旅途酒店的选择最为耗时长久。在漫无边际的互联网内，点击任何一个酒店都会涌现出浩若烟海的网络评价，面对资讯的大江大浪，爬文者必须将其化作涓涓细流滴滴细读，那可真是个细水长流的复杂工程。在没有去过的城市中选取街道，在从未谋面的陌生中断定熟悉，只要你有时间，就会有足以让你初衷全改的说法等着你去颠覆。

最终，我制定的各国酒店投宿登记单据打出来，竟然是狂厚的一沓，自己看了都有些心惊。我必须用最大号的公文铁夹固定住，它们才不至于散落。

在这个过程中，我无比感激前人的很多热情，他们的感动和厌恶，活似霞光为我打开了白天之门，助我走向遍地宽阔。也因为这个，我后来欧行每到一城住过酒店之后，酒店网站必会发来邮件问询意见，对此，我永远不厌其烦。

我知道，我有义务继续把静物指点成风景，我的回馈时分，到了。

那些个为制定酒店而忙乱亢奋的夜晚，这么说吧，心有多大，路有多长。

青年旅社

后来在欧洲，我见到了闻名遐迩的青年旅社。

青年旅社，英文为Youth Hostels，由一百多年前一位名叫理查德·希尔曼的德国教师带领一队学生徒步旅行时起意发明，那一次他们突遇大雨，只能在一个乡间学校暂住，由此，德国教师萌发了建立专门为青年提供住宿的旅舍的想法。青年旅社提供的住宿服务和真正的酒店之间在理论上是有很大差别的，旅社提供的是以床位为出租单位的寝室，往往多人一间，根据预定情况有可能男女混住，且多有双层床，房间里大多提供存放私人物品的带锁衣橱、桌椅，除此之外不提供其他设施，例如洗漱用品、电视及电话；旅社内的被褥基本上能做到一客一换，房间却不会定期整理，有整理需要的旅客可以向旅社方面提出。

我没有真正意义上进入过青年旅社，但是我对它的好奇从未泯灭，当我突如其来地撞见它时，我被吸引住了。

这一次吸引我的是在德国的慕尼黑，因为有两个青年旅社就在我住的酒店对面，和我们只隔着一条三四米宽的小马路，青年旅社这重神秘，彻底昭然若揭。

我眼见的所谓青年旅社可真是个鱼龙混杂的居所，很多的人头攒动、很多的意向漂流、很多的不定与确定、很多的在我看来危机四伏的诡谲。那里永远房门大敞，永远门口挤满了青年人，永远可以看到各种肤色各样神采各类大包。

真的，他们几乎无一例外都身背大型背包，而且似乎从来没有其他旅行箱，我坚信，在他们眼里，旅行箱们，尤其是近年来红透旅行界、超贵的Rimowa硬箱绝对是一摊恶俗。

这一路上，我和这种大包族一直前后脚走行，有一次在汉莎航空公司排队交验行李的时候，我看到我前面的一对大包男女把自己的若干布制大包干脆就横放在地上，豪气干云地用脚踢着往前走，只见那若干大包在他们风尘仆仆的脚下服帖地碾地而滚，酷毙了。反观跟在他们身后亦步亦趋的我，周身鸡零狗碎交叉披挂弄得跟个肉粽子似的，面目猥琐。

我对青年旅社的震撼还包括对青年旅社价格的见识，其实它的价格并非想象中那么便宜。还是在慕尼黑，当我们在自己的酒店登记之后，曾经压不住好奇，特地去对门过问了费用，结果，我听到的说法是，"因为你是一个带孩子的人，所以我们就不能给你们多人合住的房间，只能给你们双人房间。我们的双人房卫生间是全楼层公用的，每间每晚的价格是78欧元。"

78欧元还不能自用厕所？我不知道哪个人会上这个当。须知我们所住的对面四星级酒店，设施齐全，每晚的价格也就是110多欧元，如果把78四舍五入成为80，那和110多块也就只差30多块钱。我想象着如果和三星级酒店比，相信青年旅社的价格会比得不分伯仲，那，则何必？

我所谓"78"欧元的不合算还有安全因素考量，综合我多年来对青年旅社的各种爬文观感，完全的就是一个"乱"字，几个，甚至十几，更甚至几十人同屋同宿的情况很多见，最要命的是这里很坦然地采用男女混住的方式。

记得某位出国时住过青年旅社的中国女孩描述说，某天深更半夜的时候她的房间内到了两位新住客，来者是一男一女，进门就把沉重的背包摔在地上将她吵醒，结果女的很快在床上没了声息，男的则慢慢打起呼噜来云云。看到这里，基本上让人不忍卒读，实在不敢为这个被吵醒的女孩张罗安全，试想在这种男女混杂的住所，比如说这房间是四人房（这种同房人数在青年旅社据说颇为常见，甚至还属于高档一类），如果深夜破门而入的不是一男一女，而是两三个男人，这不是要了命的恐怖？

更何况青年旅社中东西被偷的事件层出不穷，一屋喊叫"捉贼"，其他屋子里的人都来看热闹的盛况在网络上也时有所闻，在凡此种种安全隐患夹击之下，再谈78欧元，我觉得殊为荒谬。我以为这种凶险的杂居环境，每晚的住宿价格都不该上20块，因为，风险必该折冲价格。

在慕尼黑的那几天，有一个或者两个晚上，我竟然在对门青年旅社的大厅里看到几个身材曼妙的亚洲女孩在联网阅读，青年旅社的门厅处是公共免费上网区域，上网密码用大号字体大大咧咧地写在前台显眼处。这让我慢慢地想起了我自己青春期时的张扬和无惧，那种年月里，每天都渴望结交新人，面对新的沟通永远有无比的好奇，就好像还没长熟的青涩之果彼此间渴望问候。

那真是臆造天堂的年代，人人都在不经意间秘密成熟，很多的浪费、混淆和遗憾。

细细地反刍这些，似乎也能理解对门年轻人们习以为常的悠然。在慕尼黑的日子，每天我都会指着人进人出繁忙无比的对门告诉儿子：这地方，就是今后你和你同学结伴再来的住处。

刹那间，他无语。

疾　病

涉及旅途的种种不安中，我最担心的是儿子在长游途中会生病，我曾在以往的每次中短途旅行中都多次预设过"如果儿子生病了该怎么办"的境况，因此，所有的旅途预定我必挑出有后路的选项。即便是在此次旅行数目繁多的酒店预订中，我也把所有的预订都选成有"可取消"选择的一种，这样一来，价格难看不少，动作却可灵活很多。

结果，长长的两个多月行程中，除了我和儿子两人在台湾都因为蚊虫的叮咬而用过风油精止痒外，再就是我自己吞服过少量的消炎药片为小腿消肿。需要消肿的事情发生在希腊，某个奔忙的下午我忽然发现左脚靠近脚踝位置不明原因地肿了起来，想来想去只好怀疑我在前一天晚上去做"让小鱼吃脚皮"的水疗时处理脚踝的细小伤口太过匆促，当时我的脚踝那里有一个小小伤口即将痊愈，水疗中心的人看过之后只是连声说"不是大毛病",然后用简单的防水胶布把伤口草草粘上,我的脚就被放进有鱼的水里让鱼去咬着玩了。

脚肿的日子正好在"让鱼去咬着玩"的第二天,一度肿得很厉害,在不连贯的某些小时中,有时还需把腿架高才能平缓肿痛,我当时甚至担心自己还能不能继续应付未竟的欧洲日日长行。最严重的一两天里,左脚肿得沾地就疼,我凑合着用了一路带着走的抗过敏药跟冰水服下,明知道不怎么对口,也只好苟且。

对应着我的麻烦,儿子方面也不全平安,他摊上的大型急症还真有。

那是我们在瑞士卢森,事发地点在卢森著名的花桥正中,那里有一个小号礼品店,儿子的脚步停在那里,吵着要买一把瑞士军刀。结果,就在他把玩价值29块欧元的军刀时,他的手被刀刃割得鲜血长流,那刀锋利得让他在不察之中割破右手食指,事发最初的那一瞬间他甚至奇怪地举着自己的手指问:"我的手指头上怎么会有血?"

那是一次忙乱的创口处理,儿子的食指大约有20多分钟持续血流不止,一向怕血的我真的内心仓皇,跟随着为儿子包扎的年轻女店员手足无措。沿着路边聚而不乱的早市场一路疾走,我们最终被指点着去了与花桥相距不远的卢森火车站医务室。在那里,我们等了将近一个小时才得到包扎。

包扎由一个貌似医生的白大褂主持,那里的前台告诉我,这里"并不是医院",是个什么,她说了,我没懂,这也造成我对白大褂的医生身份有些存疑。

好在儿子的手应该可以不动用医生,貌似医生者让前台小姐倒了一些液体在杯子当中,要儿子把受伤食指浸泡进去。我其实要的就是我认为是消毒创口的这样一个程序。浸泡之后他接过前台小姐递过来的纱布为儿子受伤的食指包了一个小型胡萝卜粗细的白色纱布棒，举着这样的"白胡萝卜"，儿子后来挨过了摘摘放放的将近一个星期。

这个"白胡萝卜"要价92欧元，约合美金100出头。

三个多瑞士军刀，包扎掉了。

除此以外，在此行中儿子掉过三颗牙，第三颗牙掉的时候整个牙被他误吐到垃圾桶中。我一直有保存他所有掉牙的习惯，他掉这颗牙的时候正在吃德国爆米花，嘴中一硌他以为是未爆到位的玉米粒，因此，就着大号垃圾桶他张口就吐。牙一吐出，但见得似乎有白光一闪，这时他才察觉是牙被吐出了，在垃圾中急寻了好几下都毫无着落，他为此整个人立即快快然。

他其实还有第四颗牙齿松动，但这牙一直松动着回到洛杉矶。

儿子的三次掉牙都有血出来，每次在为儿子止血的当口我都内心难过，觉得实在难为了孩子，颠沛流离当中还要忍受身体部件的缺失。好在止完血之后，儿子在一分钟之内又恢复原状吃喝照旧，这让我暗暗提起的心，又暗暗放下了。

只是此几次掉牙儿子都曾觍着脸问我，"你说牙仙子还会来吗？"

我迎着他超出9岁孩子该有的那略显沉稳而坚定的目光，暗自冷笑。当天真的时代全部过去的时候，我们似乎应该有个仪式，因为这意味着很多天真特权的丧失，不知该喜该悲。

综上所述，这大概就是我们两人旅途中身体发生过的全部异状。

苍天眷顾。

有时想想，不知道该谢谁。

沿途洗衣

沿途洗衣，是我所关切的重中之重。

为了此行，我帮自己和儿子买了很多易干型盛夏衣物，款式基本限于短袖和短裤这通俗的"两短"之类，每人七身，儿子方面就干脆成了上下一水的篮球场上行头。即便如此，出外10天之后，我还是面临着意料之内的严峻洗涤难题。

酒店衣物的湿洗我认为纯粹属于"刮钱"手段，一件衣物酒店湿洗一次三四块的花费，几次洗下来就超过了衣物本身的买价，而且在洗涤中，一定随同被其他住客踩在脚下当垫脚毛巾的种种酒店织物一起沉入水锅。

但如果每天在酒店厕所自行湿洗，除水花四处飞溅有很多恶果之外，阴干的衣服永远让我觉得味道可疑。在欧洲那些阴雨连绵的城市中，我怀念透了烘衣机烘出衣物的干爽触觉，反观自己每晚临睡前悬吊于酒店阴暗衣柜不可移动衣架上永远处于半干半湿状态的"两短"，心情随之晦涩、陈败得一塌糊涂。

我决定寻找街头洗衣自助店，我要把"亲自完成"和"花费不多"这两个完美洗衣境界，诠释得淋漓尽致。

我的第一次自行洗涤是在德国柏林，那一次是我最详细预计、周密落实的一次，实施虽有些慌张，记忆却不失美好。

我非常明白所有需要去公共洗衣房洗衣的人都不是富绰大户，我实在不能确定究竟会遇到怎样的公共洗衣房，但我还是期待有一个高标准的遇见，我希望和我使用洗衣机沾前搭后的人家，具有越高越好的卫生素质。

结果我没有失望太多，虽然在找洗衣店的时候我们走了若干米冤枉路，但最终我和儿子拉着脏衣箱子走进的是一家窗明几净的去处。

我们所去的这家洗衣房位于柏林最热闹的"裤裆大街"旁的一条支路上，虽然繁华，洗衣房周围却显而易见住的都是都市蓝领。原本我还想先将我们两人的裤子和袜子单独分出先洗，然后再洗上衣和内衣，这样做的目的是想用自己的裤子等为别人留在洗衣机内的痕迹消毒，哪知道到了地方一看，一缸衣服洗涤加烘干竟要耗时将近3个小时，惊讶之余，只好忍着万般不适，硬着心肠将满满一箱物件分两个比邻滚筒全塞了进去。

洗衣房中有一处于值班状态的妇女，一看便知是某国移民，虽然是自助洗衣，很多按钮却都是她径直走到中央按钮区域代我按下的。

总的来说，这一次的洗衣经验，惊艳。

第二次洗衣是在瑞士日内瓦。那一次，我们的酒店不巧位于城市最黑暗的地区，毒品贩子钢钉一般遍布每个街口。

那时候我们的待洗衣物又已经到了不能坐视的地步，就硬着头皮向前台询问公共洗衣的去处，同时我告诉儿子，我绝对不要和黑人或毒贩前后脚共用一个洗衣缸。

去找洗衣房的时候我们在城市的黑暗区域几乎兜了大半个圆圈，最终还是靠一位不知道为什么英文极棒的黑人女郎指点着才找到地方。

进了店内，我才知道自己关于不与黑人怎样怎样的想法有多天真，那间洗衣房屋内面积狭小不堪，所有的洗衣机挤挤搡搡地纠结在一起全在不堪重负般地"吱吱"转动，在这当不当正不正的大白天，这里竟然客满。猛一看，有些发蒙。

不得已，这一次我们等候空下来的洗衣机等了相当长的时间，用这个时间我让儿子在附近的剃头店剃了个头，我们当时满大街所能找到的最便宜的剃头价也要25欧元，约合30美金。一个头剃下来再去洗衣房，眼尖地发现正好而且只有两个洗衣机轮空，这时候的我们哪里还管这两个洗衣筒的使用者是否是黑人，我们飞身上前实施占领，在这里我深知耽误的分分秒秒都是昂贵的"旅游时间"。

第三次洗衣是我们沿途唯一的一次洗衣未遂。那是在德国的法兰克福，地点也是从前台问到的，位于城市火车总站的另外一侧。我们到达洗衣店的时候看到的是一间黢黑的屋子，很多空的机器，随手一摸半开着的洗衣机滚筒小门，我竟摸到一手油腻。

就很害怕，就挺恶心，就立即走了。

这一行的最后一次洗涤是在美国佛州的奥兰多迪斯尼的酒店，很美国，很随意，很熟悉。

我儿子是如我一样的那种衣服绝不连穿两天的人，但在旅途中，圆满这种朴素又不朴素的癖好实在是"时间紧任务急"。想嗅到衣物中烘衣机的干爽是我巨大的动力之一，因为这也是我在路途中确认家园感受的一袭脉络。

这一恶仗，我胜出了。

所幸。

欧式吝啬

有别于美国的随意，欧洲街头各项收费多到令人讨厌。

欧洲的街头厕所很少有不要钱的，要完成"自然的召唤"，少则0.5欧元多则1.5欧元。

讲究一点的比如说火车站的厕所收费是有专门收费机的，主事者把这种机器安装在厕所的大门口，如厕人把足够的硬币塞进去之后，门会自动打开。这么折腾着，在欧洲内急，能遇到不收费的公厕，反而觉得难以置信。

但很多时候，欧洲厕所的收费显得有些即兴，比如说，不少昂贵餐厅的厕所也会有人收费。

跟团的时候，每到一处，导游在广播中三番五次反复传颂的都是哪里有免费厕所可以使用，如果不是识途老马的引荐，在欧洲各城市白撒白拉的事是一般人碰不到的。我本人也只有在团的时候安享过免费出恭，除此之外，一概交钱。

算下来，拉出去的费用要比吃进来的便宜不了多少。

这样比较，欧洲的格局，显得小气，也让人感叹这是一个不那么好过的地方，所有可以设卡的地方都设了卡，对钱的感慨，就很感慨。

欧洲街面上的美国货不少，但与厕所事项同样，一概没有了美国的慷慨，所有的关卡都设在你不得不为的细微之处。比如在我所见到的欧洲麦当劳中，所有番茄酱一概收费，零点几欧元一小袋。与此相对应的是，麦当劳中可乐之类的垃圾饮料也不准免费续杯。而且餐厅内所有的餐巾纸、吸管等都必是柜台给你，虽不至收费，却也让你必须用得精打细算、捉襟见肘。

即便如此，麦当劳在欧洲仍旧非常盛行，它们大多数被建在最忙碌的地段，也见到过被建在最高级街道两旁的。欧洲的麦当劳店里时常挤满了人，与美国同类店不同的是，为了缓解客流，那里甚至有电脑即时订餐选择，也就是说客人可以在与柜台近在咫尺的地方用店内的电脑订餐，这样可以省却排队之苦。这一隅，当然充斥着年轻人。

我觉得最离谱的收费出现在丹麦古老而著名的Tivoli乐园，如果你要进入乐园内的演出场地看演出或者专程到乐园内做游乐之外的事，也一定要付公园门票。仔细比照美国的迪斯尼等乐园的规章，如果说去园内餐厅吃饭要买门票似乎倒也不算苛求，但我活活见到美国黑人舞团Alvin Ailey American Dance Thater在园内演出，问过当地朋友，说是观众即便持票去看演出，入园时也要收入园费。对此我有些将信将疑，因为吝啬至此，我担心有谁会上钩。须知这是一个非常不便宜的舞团，在洛杉矶橙县演出的时候，这个舞团演出票价堪与上流欧美舞团平齐，如果"平齐"票价上再加游乐园门票，那总价，还有斩获力吗？

但紧随其后我遇见的一件事情让我怀疑飞散，觉得"欧式吝啬"实在是什么事都干得出来。

这件事情是我和儿子在游园时因为要回与乐园近在咫尺的酒店房间去取御寒衣物，回来再接着玩，结果即将走出公园大门时被告知，如果你当天还想回到乐园，则要另购一张十五丹麦克朗的票才能再次进入。

这地方，这些人。

我曾经在10年前所写的《讨厌欧洲》长文中对美国文化对欧洲市场的冲击做了分析，此次欧行一路上这种冲击看上去就更明显。从我们人在法国开始，儿子就知道美国的新蜘蛛人电影《黑暗骑士崛起》上映了，当时我们在团，团里的若干青少年还聒噪着要结伴去当地影院观看，从那时起到我们两人后来陆续走过的20多个城市中，几乎处处都能看到这部电影的海报耸立在所有电影院的正前方。在德国的很多城市，我们甚至找不到这部电影的英文版，哪怕是英文字幕版也没有。走进当地电影院，永远被告知只有当地语言一种版本，连海报都已经是"外文"连连，让人看得一个头两个大。

这也就是说，欧洲各国在和美国同步上映美国片子的同时，已经把电影的配音也完成了。

我们最后和这部电影擦肩而过是在丹麦哥本哈根，在那个昂贵而寒冷的城市里，我和儿子最终决定放弃在欧洲观看此电影的念头，因为即便排除语言的障碍，按照欧洲的花费格局，我们觉得自己犯不着。

在这里，还想纠正我的《讨厌欧洲》一文的一处小错，《讨厌欧洲》中提到我曾在丹麦看到过卖8欧元一根的黄瓜，此次再到丹麦，惊见丹麦的丹麦克朗符号和欧元一模一样，而丹麦是个未曾加入欧元区的国家，心下觉得应该是自己当年弄错了。再问当地朋友，据他推测，多半也应该是8个丹麦克朗一根黄瓜。

即便如此，实在也贵，须知这"一根黄瓜卖8块丹麦克朗"的意思，是卖8块人民币或者1美金左右的意思。

最后，《黑暗骑士崛起》这部电影我们还是回到洛杉矶后在家附近的AMC电影院看的，当时当刻，AMC已经被中国东北人主导的万达买下，我们等于在中国人的电影院看完了这部向往已久的片子。

看这部电影时，我提出要在场外看报纸等儿子，此提议未获当事人批准，我猜他是因为独自一人观看有些肝颤的原因。向他核实我的猜想时此人一言不发，我就只好硬着头皮坐在一干男人的天地里熬着漫长的分分秒秒。

片子不是我的胃口，但作为逗男孩玩的娱乐，倒也不坏，分级为PG13，却很多暴力，结局奇特，堪称上流动作戏编剧的果实。

难怪在欧洲就听说此片一放就有真枪暴力在剧院上演，我们看这部电影的时候，AMC头一次出现了荷枪保安，泥塑一般伫立在放映大区内的两处关键位置。

惊到。

最后一夜

无可否认，在欧洲的最后一夜是在我们两人的热盼中到来的，还是在德国的法兰克福。这个城市是汉莎航空的三大集散城市之一，汉莎把它的仰慕者吸纳到这里来，再扩散出去，就像一条鱼的鱼鳃一样吐故纳新，而法兰克福充当的，就是这样一个衔接城市。

这是一个在旅游意义上乏善可陈的地方，我和儿子在这里只是吃了一顿饭，距离是从我们所住酒店走出去三个街口，之后还有一次刚才提到的未遂洗衣，除此之外就再也没怎么出门。

2012年8月20日下午3点10分，我们从荷兰最终回到我们在法兰克福曾经住过的酒店，两天前，我们为了去荷兰的阿姆斯特丹把大件行李寄存在这里，这将是我们在欧洲所过的最后一夜。

这一晚，法兰克福空气干热。这天下午外出洗涤全盘失利后，我把我和儿子在下站奥兰多还要待足的若干夜晚里所需穿的易干衣服算个数，掐着衣物数字在浴室把数字内的衣物全部洗掉。

晚上8点多，我开始整理所有行李。

我将用了无数天的防盗胸前挂包彻底换下，换上普通的斜挂书包。为了防范欧洲声名在外的小偷们，我草木皆兵得有些忍无可忍。我要回去了，那是我熟悉的地方，在安全上，我明白应对之道。

在欧洲的多少天来我都是把平日的美国钥匙链包当钱包来用，而把真正的厚大钱包放进每个酒店的保险箱。如今的这个晚上，我把我的美国信用卡们一一拿出，把它们排列在法兰克福干热空气中的桌上，再慢慢地一一放回我真正的钱包。

慢条斯理地做着这些久违了的事情时我内心激动，这一趟，走得实在太久。多少天来，我每天不得不把所有的纸币每个以它们自已为单位，折叠成薄薄一片密实地紧贴着放进钥匙链包，怕的是当众抽出钱来的时候不小心泄露出一大把，引人觊觎。这些个日日夜夜，我的内心设定了万千警戒。

儿子告诉我："我太想美国了，等我回到美国的佛州奥兰多，我真的想亲吻那里的土地。"

他接着问我，你也想亲吻美国的土地吗？

我告诉他，曾经，在我离开中国超过5年的时候，我想亲吻那里的土地。

其实，行程进行到一半的时候儿子就开始告诉我，"我实在实在太想我的朋友了。如果可能，我都愿意和我平时最不喜欢的人玩，只要让我能看见他们。"

认真地回想，这真的是他离开美国最久的一次，久得他在后几周的时候老是央求我跟他说英文，他非常担心自己回到美国时发现自己不会说英文了。

儿子对我说，"我真的真的都想念我上学用的书包了。"

在这欧洲的最后一夜，儿子告诉我他的感受是很多的兴奋和一点点难过，而他的难过，竟然也和我一样，是对旅途完结的惋惜。我问过他，"你真的在意旅行生活就此结束？"我以为他不会在意金钱与筹备的割舍与痛苦。这两个半月，我觉得儿子的成长跨度，不可言喻。

有一天的一个炎热下午，我听见他竟然对我说，"妈妈，谢谢你。"

在最后一天夜深人静的晚上，我把罗列在Ipad中的所有和此次旅行有关的行程单和酒店资讯慢慢地一一删除，那可真是冗长的一串啊。我一面慢慢做着这样的事，一面在内心为自己过往的无畏而身心松弛。

我做了。我到了。

我做到了。

美式安检

离开欧洲，最终的华彩我觉得是机场安检，准确地说是欧洲各机场对前往美国班机的安全检查。

在欧洲走行，恰如其分地说，"美国"这一国名真的是意义重大。在英国，我甚至听到当地的朋友说，他们在内心中很崇拜英语中带美国口音的人，这立刻让我觉得疑惑不解，我告诉他，"我们那里正好相反"。

从法兰克福机场回美国，预先虽然风闻前往美国航班的安检很严格，但被机场标志指到单独的一个专门安检处的时候我还是觉得太郑重其事了。我不知道在别的机场飞往美国的航班使用的是什么登机门代号，在法兰克福，往美飞机要去的登机门全部是"Z"。听说有的欧洲城市甚至会给飞往美国的飞机单独辟出一个航站楼来安检，那我们被集中到法兰克福的"Z"门，应算阵仗不大。

其实，美国运输部要求欧洲各国严格安检的起始时间大致在2009年，那一年，美国西北航空公司253次航班12月25日从阿姆斯特丹飞往美国的底特律，在飞机降落阶段，作为乘客的尼日利亚男子阿卜杜勒穆塔拉布试图引爆带上飞机的炸弹，但最终被制服。从那以后，美国要求欧洲国家对飞美航班乘客代为进行严格检查。从2010年开始，美国政府更进一步要求，所有飞往北美的各国航空公司在订票时必须登记旅客的全名和生日、性别等资料，起飞前72小时仍未提供此类资讯者，将不发登机牌。

而且，除了严格检查旅客本人之外，在旅客携带物品方面也有相对严格的限制，比如说，英国航空公司就要求"由希思罗机场和盖特威克机场乘机前往美国的旅客只允许携带一件手提行李"，而从上述两个机场前往其他国家的旅客则不受这一规定限制。

搞到如此宛若惊弓之鸟的地步，让人唏嘘，曾几何时美国的宏伟都化作了谨慎。

我和儿子通过安检时，尤其是我，全身被摸，这种摸法实在是我遇到的最贴身的触碰，女警的手指尖干脆地说触摸到我周身的所有部位，好比水流一般沿着身体弧线（感激上苍，还存留了一点点）触及全身，比在美国本土受到的搜身待遇更真实贴近。看到我的疑惑，女警告诉我："是美国政府付钱让我们这么做的。"

原来，这水流一般的待遇是我参与付钱而为，如果美国不那么跋扈，不那么视他人如无物，对世界和平和美国纳税人钱款的撙节，该记多大的一笔。

那一天，排在我们后面的一个男人被查到带有一个盒装新式电子设备，这东西立即在安检人员中传阅，引起搜查方的最高重视。

我回头看时，只见引起重视的是小小的一个盒子，只听见那位被检男士带着压抑着的紧张，热情过度地解释说："这只是一个99块的东西，Ipad上用的，很便宜。"

他甚至跟那个看着像是首领的搜查官说："你也应该去买一个。"

看到9岁儿子近几年来越来越迷恋枪支和战争，我一方面时时告诫自己要提防少年可能出现的暴力倾向，一方面怀疑那几位先后让美国陷入战争泥淖之中的总统们，是不是老是在用战争来圆潜意识中男人的战争梦？

这是一场人人皆输的闹剧，除了总统本人，每一个美国人也都付出了代价。近期有宗教人士呼吁应该让当年伊拉克战争的英美主政者受到审判，此说我略有赞成。

　　阳光练达，河流知情。

结　尾

　　欧洲之行，很多的步行。综合地说，我瘦了5磅，儿子的体重消长，他坚不让说。

　　毫无疑问，此一密集而杂乱的两个多月必将成为我和儿子生命中的重要依据，成为指点我们的见识和见证，就好像很多的叶子攀缘着树干，在你看不见的地方等候你的自问。

　　也是过程，也是开始，也是结果。

2012年

欧洲火车之经验

一

在欧洲的日子，我已经习惯了承受移动和接触陌生。

旅途说穿了就是活动的标本，很多的芬芳和苍茫，你一旦眼见就成为过去，进入封存。

旅途是标本。

跟欧洲高贵的古老相比，欧洲人直到如今的基本移动工具还沿袭着古老习惯，短途仰仗走路，长途偏爱火车，朴实到家。

在我和儿子同行的2012年暑期欧洲游中，我们两人很多的共同记忆都是关于火车的。但真的要写那一年欧洲火车感悟的时候，我才厘清我们坐过的欧洲长途火车其实有限，大约只有两次奥地利火车（来回）、一次英国火车（单程）、一次西班牙火车（来回）和两次德国火车（来回）。

做这些回忆的时光，我满腹祥和，远离了所有的紧张和找寻，远离了所有的晨起和赶紧，回忆关头，我整个人连嗟叹都没有了，心神涌现难得的一片晨曦。

我知道自己之所以封存了太多有关欧洲火车的记忆，之所以一手拉行李一手牵儿子在火车站等车的场景在旅途中重复上演，是因为我们的很多欧洲城市内短途的移动，也都依赖了火车。最起码，一行中多不胜数的机场到市中心火车总站的穿梭火车，我们就乘过不知多少趟。

欧洲无论国别，火车的普及度和车辆的相似度都很高，在各个城市等火车，等到的车型和座位构造大体类同，这时常让人滋生此地是何地的恍惚。

中国早几年也开设了欧洲火车的售票办公室，并开辟了全面的中文欧洲火车售票网站，出售几乎所有欧洲火车的车票类别。但我的感觉是，在中文网站上购买的欧洲火车票价格过于昂贵。此次行前我也上过中文网站查看欧洲车票，撞见过不少两三百欧元一张的票价，但是买到之后毫无时间弹性，退票条款无比含糊，种种有言在先的申明犹如一把把钢刀插满行走的任何空隙，不留余地。

而翻查欧洲火车官网方面，不巧涌现出更多的未知，这票订是不订，让我颇为纠结。

最终我还是提前了一个月在德国火车的官网上把德国的那两次来回车票订好，这么做是因为我听从了儿子学校的一位刚从德国回来的家长提醒，她告诉我，在欧洲，尤其是德国，现场买票和提前订票的票面额度是有差距的。她的忠告最初我决定罔顾，因为漫长的行程中，我需要的是时间安排的机动，价格考虑位在其次。后来，她在某次偶尔为之的补充提醒中又加了如下一句，她说，欧洲火车票提前订票和现场买票的价格差距"常常是每张票一两百美金"。

这话一出，我回头盯着她有些发愣，回到家中，即刻订票。

事实上，我后来在欧洲，甚至还看到过前一天订票和后一天订票票价就相差到一两百美金的玄事。

同样是这位家长教导我在所有可以和德国火车沾边的地方，最好都用德国火车或进或出，她说，"对我们这样的携子出行者而言，德国火车对跟随大人出游的小孩免票。"

她没有告诉我这一专项在哪里有专文可查，她只是坚持说："你把你自己的德国火车票价格打进去看看，你会发现即便你带着一个小孩，火车票价和你一个人是一样的。"

我后来没有真查，我相信她所言千真万确。

后来我在整体思考德国周边顺道游网络时，都是一五一十按照那位家长的方针去办的，而且到了德国后才知道，那里的火车线路复杂到令人发指的地步，售票中的各种优惠条款也是五花八门，依照季节、时间、乘客年龄等前提都有多种优惠票价组合，即便是当地人也未必能搞清楚。

我本人对德国火车票价除保留预订和不预订的思考外，其他一概抱持全盘放弃解析态度，只因为那里是好一片浩瀚无涯的湖面，我担心越走越深。

我需要的只是"火车向着韶山跑"这样一种直奔主题的刚性完成。

二

相比中国国内坐火车是件大事的生活安排而言，欧洲的火车宽松随便，车站内的自动化程度极高，整个月台时常除了乘客再无主事人，乘客方面似乎也没什么疑惑，人们默默地等在他们各自预知的位置上，车来即上车停即下，淡定得似有似无。

唯这种车站的高度自动化让如我这样的旅行者相当不便，加上完全不懂德文（儿子号称在学校是学了多年西班牙语的，结果到了西班牙去跟人家讲他的"西班牙语"，没人能懂），千头万绪的异地疑惑几乎无处问询。而我应该是职业习惯使然，对很多事情还必须历经反复核实才感安宁，我把很多问题一并写在手边的一张纸上，偶尔在火车边遇到身穿貌似火车系统制服的人时，总像一个拖儿带女的上访者一样，一溜小跑满面堆笑尾随而去。

有时我，或不仅限于我的外来人被逼无奈，只得拿各种高深的火车搭乘难题去问月台中心的零食售货员。记忆中那些售货员中倒也有人让问者不至落空，至少我本人就问的时候，遇到的售货员正好回答了我所有的问题，他们甚至有据可查，参照物时常是贴在门上的一个表格或者根本就是手中的手机。

欧洲的火车车厢大多都只分两个等级，一等座和二等座，一等座座位宽大，并可享用貌似皮质的座椅椅面，座椅的纵向方面比二等座少一竖排座位，因此它的全价票也几乎是二等座的一倍半。但也见到网上有人得意扬扬地说他们买到的欧洲车票因为吃透了优惠精神，因此，一等座的票才用了区区几十块甚至几块欧元就拿下云云。我曾说过我的乘车需求是直奔主题，基本上无法吸收优惠，因此也从未碰见过值得得意扬扬的待遇，只觉得欧洲的火车票价堪比飞机票价。

欧洲城市内的火车站在一些超级大型的车站内通常会和地铁站共用一个地下中转站，动不动就是上下多层，乘客进入站内活似误入迷宫，并且还需克服地铁和火车都开往同一目的地的去向混乱，很容易迷茫。但这种火车与地铁相连的处理，却无疑最大限度地满足了所有人的出行需求。

这一行，我们接触最多的确实是德国火车，前面说过，长途方面，我们和德国火车共处了两个来回，也就是四趟完整的火车时光。以至于到后来，儿子一见到胸佩德国火车"DB"标志的人就指点着大声提醒我，"你可以找他问问题"。

在德国的火车站，月台上所有资讯虽然一概德文，却有着比其他欧洲火车更周到的细节装备。在中等以上的大站，所有的车辆即将进站之前，火车站台上都会在月台显示牌上准确标明进站车号、进站时间、距离目前还有多少分钟等细节，它甚至会显示来车将停靠长长月台中的哪几个编号的位置，甚至会清晰到把一等座和二等座的停靠编号也清楚列出。

如此一来，站台中默默地充满了很多心照不宣的秩序，你看见人来了又看见人走了，看似随意，却有铁律。

我坐过的德国火车甚至有某趟车的后若干节车厢和前面车厢去的不是一个地方，这种车会在中途的某站让不同的车厢分离单走，飞驰向另一个去处。这其实还是要求乘车人胆大心细、遇事不慌，我本人在这方面其实很欠缺，就老是在站台纠结和不安。德国的火车很肃静，时常悄无声息地停在你身旁，然后悄无声息地开走，你如果在这两次"悄无声息"中没有把握好自己，那你的行程说时迟那时快地即刻大乱。

我们所谓的"坐德国火车"，大部分说的是坐德铁的火车，德铁的英文简写就是我提到过的"DB"。

"DB"所缩写的全称是"德国铁路股份公司"，德语中，这个公司的全名叫做Deutsche Bahn AG，由西德的"德国联邦铁路"和东德的"德国国营铁路"在德国统一后合并而成，总部设在柏林，它是世界上第二大的运输企业，仅次于德国邮政股份有限公司，在欧洲，它当之无愧是最大的铁路企业。

"DB"的运行线路长达34000公里，每天运行39000车次，业务遍及150个国家，每年载客18亿人。德国的火车按照速度区分约可分为以下几个种类："ICE"为城际超高速火车，每小时最高行驶速度300公里，是德国最快速的火车，主要往来于欧洲主要枢纽铁路车站；"IC"为城际高速火车，最高时速能达200多公里，往来大多数的德国城市之间；"RE"为地区之间的特快火车；"RB"为地区之间的火车；"S"则为郊外至市区的火车。在德国，因为"S"标志在城市中触目皆是，我一度以为它是城市地铁，由此，可以想见德国火车在德国的深入人心与遍地开花。

三

在欧洲选订酒店，时常要面对浩如烟海的选择。过来人告诉我，作为一个陌生城市的旅行者，永远应该找火车总站周围的酒店，这样一来方便了搭乘火车去各地不说，还把从市区到飞机场的交通问题也解决了。

欧洲大多数城市的飞机场都有直达城市中央火车站的火车，我对此最初还有着很多怀疑，生怕很多欧洲城市因为近几十年的工业转型而在旧城边缘发展了新城。但到了欧洲之后觉得那里其实不像想象中的那么激流勇进，人民也非喜欢"砸烂一个旧世界"的那一类，这就造成了城市格局几百年来的墨守成规，市容市貌都陈旧而古朴，说是文化传承也好，说是珍惜遗产也行，总之，没有惊讶没有异动，一切照旧。

在萨尔斯堡的莫扎特故居，我们所能看到的所有街景据说都和两百多年前莫先生出生时见到的一模一样，我们还可以逐门逐户地在莫先生当年爱去的饭店和咖啡厅中吃喝，整个城市弥漫着旧日的粗糙和空旷。不光是莫先生的故乡，欧洲的很多城市至今都还保留着几百年前的碎石路，我明白他们不愿意效仿非富国家乍富之后立即山河换装的俗气，但很多的古旧不适，其实在当今社会中必定消化不良，不然，为什么欧洲人把女士服装一改再改呢？

沿袭古旧习俗，欧洲城市的中央火车站一般而言一直还是建在市中心，但在若干极大的城市当中，城市会有好几个火车站，比如说德国的柏林就有着三个火车站，在这种超级城市决定居处，偶尔会陷入不知道该把酒店订在哪个车站附近的头痛。但这种情况并不多见。

德国的中央火车站简称HBF，在德国的时候，这样的一个简写充斥着我的行事日历。

但几乎所有城市的中央火车站附近都存在治安不靖的麻烦。在我们跟团的日子里，整团从英国乘火车到法国，一出巴黎中心火车站的门口，我们团里的一位陆客模样的老赵即刻遭人尾随，很多先上了旅行车的团员在车上眼睁睁地看到他险遭暗算的全过程。我心里一直在想，欧洲城市中心的火车总站应该就类同中国各地的火车站，云集着四海之内的武林高手各显神通。

实话说，北京火车站我已多年未曾亲近，那一望无际的人头攒动与险象环生，想起来就肝颤。而"总站"二字也总是渗透着复杂含义，当年小时候，离我家差不多有五站地的北京动物园汽车总站，就是个云山雾罩之处，无数的公交组合吸纳了各怀鬼胎之人，就像城市的肺叶一样好坏兼并，无从挑剔。

在慕尼黑，当我和儿子从机场乘坐火车到达市中心中央车站的时候，车站内四通八达的各路出口宽敞得让我们眼花缭乱，"肩扛手拽"的我们无从选择地随机拐出了最右边的车站大门向右走，虽然知道酒店应该就在离车站几百米远的地方，却无从确定准确的方位。这时候，我忽然见到在离开出口不远处立着一块警局的牌子，下面还站着一个好人模样的彪悍老兄，我们赶紧凑前，向他递过去酒店地址纸条，那人一笑，遥指了方位并告诉我，"还是希望你们不要从我身后的这条路经过"，他让我们走回车站，从另外一个出口进入市区，"因为我身后这条街很麻烦"。

道谢之后，临抽身要走，问他"是不是警察"，这一彪汉微笑颔首。

警察和"麻烦"近在咫尺，他都不能奈何，谁都不能奈何。

后来在慕尼黑，每天去那个城市的著名玛利亚广场必须经过那条"麻烦"的道路侧面，想起彪汉的提醒，每次就都和儿子侧目那里的状况。那其实是一个长度中等的小型路口，也有商业也有人流，只是多了一些伫立街头的人。

仔细地分析我们此一行的"火车总站酒店们"，确实大都不具备完美优雅的店外风光，在复杂的人文环境中，酒店们显得都有些苟且。这样，店方就比较吃亏，星级虽然标志得很清楚，却永远让人因为周遭的脏乱而觉得有所糊弄。不知道是对我们的不公还是对他们的不公，把这一问句条理分清，也麻烦。

四

没坐过德国火车之前就知道德国火车以准点闻名，这方面的口碑可以验证也可以想象。验证方面其实多看看前人的"驴评"就略知一二，而想象，则说的是按照德国人品格的推演。

但我所经历的德国火车，却是噩梦几场。

在德国柏林，我们有一段必须搭乘德国火车的路途，此行关系到我能否拥有亲临包豪斯发源地德国魏玛的荣幸，对我而言，关系重大。

从柏林去魏玛，只有乘坐火车一途，和柏林比，魏玛是个区区小站，沿着城市的火车站一直往市里走，借助步行就能走到所有地方，不存在迷路问题。这样规模的城市不是ICE所横扫得到的城市。在洛杉矶订票时我就知道这两个城市间没有直通ICE，全长3个小时左右的火车车程，需要在中间的某城市换乘IC火车（此为速度比ICE略慢一挡的城际高速火车）。

单为这换车一事，我犹豫良久，须知换车一事对异乡人而言实在是大大的"多一事"。虽然票面标明了所有火车乘坐明细，可对几个月后的行程本来就有预估偏差，更何况面对因为"准时"而闻名遐迩的德国火车，以陌生人在陌生城市的犹疑，我能行吗？

当时的境况算很无助，我人在洛杉矶，在不冷不热的春季正中的晚上，需要对几个月之后炎热夏天中的德国火车车次做出决定，实在太多未知，真的难为。更为重要的是在洛杉矶订票的时候，我看到柏林到魏玛间火车换车的时间只有六七分钟，心中更加畏缩。记得我的一位朋友在乘坐德国ICE的时候，曾经因为心中狐疑，觉得列车貌似已经略微提前到站，遂果断地带领全家人提前5分钟下车，没想到，他们下车的地方距离他们的目的站真的还差5分钟才到。因此，一家人为了这5分钟的提早下车，付出了另外花费100多欧元坐出租车奔赴目的地的代价。

在网络上，记得有一位驴友在此方面的经验之谈也触目惊心，他说他带着一众家人也是需要进行ICE之间的五六分钟换车，结果他们的下车站台和要换车的站台中间相隔了三个月台之远，在换车的那分分秒秒中，他带着很多包裹及一家老小千辛万苦地冲刺前行，惊险万端，毫无疑问他文中有着"脚刚踏上车门，车就启动了"的描述，这让飞速换车之实成为后人头上高悬的警醒之剑，我不知道自己究竟能不能负荷如此惊险。

我在那个阶段思忖良久，来回推敲"前往魏玛"和"惊险换车"之间的轻重缓急，很长时间的自问自解之后，我的心告诉我，不能不去魏玛。

那就只好在"惊险换车"上和前辈找差距。分析下来，和前辈比我没有那么多家人，一般意义上儿子跑得比我还快；我也没有那么多的包裹，短途行走的我们永远保持手边只有一个小号拉杆箱。

我渐渐觉得我能。

而且后来持续地查询德国ICE其他去处火车的换车时间，发现它们总是给人个位分钟数的换车时间，这就有点铁面一律的味道。

最终我也想通了，既然统统如此，想必ICE方面有自己专业的换车间隙时段的考量，我同时再三看到柏林去魏玛途中换车的站台与原站台只是"站台二"和"站台三"之区分，我强烈怀疑这其实就是一个站台的左右两侧。

对柏林前往魏玛ICE转IC订票的按键，就释然而击。

五

被我释然而击所订的那趟ICE出发之始就晚点了，以我所理解的德国人之严谨和自制，我总以为它会在行驶中自动找回被耽搁的时间，结果它却是站站都晚。对此"站站都晚"，整个火车车厢内寂静安然，没有解释，没有愧疚，没有责怨。

我的德国ICE体验，一开始就让我惊讶。

其实，对我造成惊讶还在其次，首要的是它对晚点态度的缺乏自省让我直接联想到我能不能最终把握好六七分钟换车时间之考验，对此毫无经验的我不知道将要换乘的下趟火车究竟会等着两车交会，还是不等。

我这么担忧的时候，火车已经晚点15分钟了。车子走着走着我就慌了，就换车能否成功这一疑问，我也问过车上难得见到的列车员，他言语支吾，未置可否。

我已经忘记了其他欧洲国家是不是也要在查票的时候查验购票信用卡，反正德国ICE是这么做的。也就是说，如果你是在网络上买的票，查票时你应该出示的是一张用A4纸打印的、带有条形码的车票，而德国火车方面还需要你出示购票时使用的信用卡。

我在检阅网评时就已经知道这个规矩，当时还为此一愣，但随即明白列车方面需要确定的是你是否真的就是购票人，此举对客人而言是一种出其不意的保障。

果真，上车查票时，我每次都被要求出示信用卡，所以，每次乘坐火车，尤其是乘坐长途火车的那天，我总是再三提醒自己要带全美国信用卡，以备查询。

但以我的经验，欧洲火车除非长途，否则是极少有查票举动的，基本上车来就上到站就下。而长途的火车查票，多发生在离开发车站10分钟之内，其他时间，旅客很少被打扰。

说回到我所担忧的柏林至魏玛区间的严峻换车关头，我们的站站晚点之车一到站，我一眼看见我们要换乘的IC，还在那里。

那是一辆相对老旧的短款列车，土头土脑地停靠在若干月台的最边缘位置，确实位于抵达的这一ICE的对面，我带着外乡人的高度狐疑走向它时，反复核对站台和车号，不太敢确定这是否就是仍在等候我们的魏玛之车。须知欧洲铁路的站台处处一台多用，每几分钟都有不同的车次借停之后走向不同的远方。从这种"站台"概念和功能上看，快车能足足等候超过15分钟，当然可疑。这时，就见我们将换的这辆IC的火车司机上半身斜倚在最前面的车头中，悠闲地眼观穿梭往返的芸芸众生，看到我们疑惑万千地走近，他甚至探头招呼上车，并亲自仔细看过我们印满密密麻麻德文的车票。

感激又疑惑的是，这司机亲切而有礼的一系列动作把时间就又延续了将近六七分钟，再加上等候的15分钟，德国火车准时的闻名遐迩，靠什么累积？

后来听到新火车上我们的德国邻座说，当天早上在临近的城市中有人在火车轨道上卧轨自杀，因此，所有的车次都有些乱。

自杀？在这天气最为适合旅游四方的季节？在这经济大局已经比前两年看上去好了不少的夏季正中？

六

值得提到的是，我们从魏玛回柏林的火车又晚点了。那时，已经是当天的下午5点多钟，列车驶离魏玛火车站还没走多远，广播里就出现了疑似晚点的说法。

虽然不谙德语，我们却能从语调中明辨晚点与否，那是那种略显急促的语调，带着插播的味道，这应该是人类面对小状况的惯常语调。未久，趁着有列车员模样的人走经我们的车厢，赶紧就问，结果我们被指点着一路杀到了当趟车的终点站，再从那里自己找DB的其他火车转回柏林。记得列车员当时看着DB行程表，熟练地翻查着，5分钟之内就给了我一个在终点站所要转换的车号建议。

这一趟大挪移费时说多不多，说少不少，呆坐在奔向陌生终点站的我看着身边的儿子倒卧而睡，自己却一脑门热汗，这给本来就对德国火车有些战战兢兢的我带来的是无穷多未知，比如说我手里的现存火车票到底还算数不算？要算，怎么算？须知我们被当车的列车员圈定的下一个新转换列车是去慕尼黑的，那趟车的主事者知道我们这车的晚点发生吗？如果知道，他是怎么知道的？依照德国火车上车10分钟内就检票的通常做法，他怎么会不怀疑我们一直要坐到慕尼黑去？

可能这些疑问对熟知德国火车系统的旅行油条来说不是问题，对我一个越来越爱循规蹈矩者而言却是一堆自问自答的折磨，万千问号，没处多说，这浩瀚的陌生城市之火车网，给我惊险。

ICE是德国最具名气的火车，具有票价超贵、速度超快的特点，乘坐ICE3个小时左右的车程，单程一等座位的一张票卖个100多美金是一定的，但如果我百年不遇地来到欧洲就"偶尔"遇到了到处都是的晚点，那么，高价没有换来的高速，这里面的失去，用什么弥补？有没有人想到过弥补？

在这里这么一提其实是长话短说，于下文中与此文相隔一节之处你会看到我们除此之外，还用高价买到的是什么。

让这两次晚点经验相隔一节，是怕我自己写的时候先倒了胃口。

期望越高，失望越大，应该说的正是我和德国火车。如果我对德国人的准时不那么倚重，如果我对德国火车乃至ICE的风评不那么入耳，如果我对德国这个欧洲范围内超级大国的崇拜不那么热切，可能这区区晚点之类都会被纳入常理。但我心目中的德国，不是这样。

后来，我们在不得已而去的陌生车站中最终手忙脚乱地顺利换到了车，我们换的是另外一辆当地查询处给出的火车班次，因为我们的列车晚点到连"圈定"的那趟慕尼黑火车也走之夭夭。在新火车上挨到查票时分，我心中空虚地举着手中的旧票正想展开冗长解释，对方眼神稍微一定，就转身查别人去了。

看来，闻名遐迩的实在是个传说，如果"晚点"和"找补晚点"这事普通到了常态，"准时"二字，应该早就盛名之下其实难副。

七

德国的火车硬件不错，作为一个普及万众的公交工具，它的内部设计兼备豪华和舒适两种功能。

印象中几乎所有欧洲火车的一等座座位旁都是有座位信息显示的，显示的数据包括预定此座者是要从哪站上车及要到达哪站下车，这样一来，某一座位乘客的来龙去脉就让旁人一目了然。

列车上无论一、二等座都是航空座椅，可自由调节角度，腿部屈伸的长度也并不像很多亚洲出行工具那么拘谨。在订票时，网站会让你做很多座位选择，比如是否封闭车厢？是否靠窗？是否要坐可以打电话的区域？凡此种种，你会惊讶火车座位竟然有如此多的分类。

德国的火车在发展上曾经经历曲折，20世纪80年代中期之前，德国火车日渐老旧，火车站台也年久失修，受欢迎程度日渐式微，铁路公司也连年亏损，甚至由于一些偏远城市的线路经常跑空车，铁路当局不得不关闭那里的火车站。

为了提振铁路，联邦政府曾经在80年代中期投资了50多亿马克更换列车并重新翻修火车站，在售票方面也编排了多种优惠乘坐条款，克勤克俭地坚持到90年代，德国火车的乘客开始回升，购买火车票宣告需要排队。

1990年德国统一，东西德边界打开之后，火车更成为东西德国民众的沟通工具，起了重要的人员传送作用。由于地理位置在欧洲的重要，德国成了通向中欧及东欧各国的桥梁，这也为德国火车的重振，起到了利好辅助。

在德国乘火车也并非全然枯燥，我曾眼睁睁地看到传说中的德国人之古板还是有缝隙的。在法兰克福前往阿姆斯特丹的ICE快车上，一位餐厅服务员前来询问乘客就餐意向，他竟被允许是位庞克造型的时髦青年，身着DB制服的他把头剃花了一半，非但半个头都是斑驳的花朵图案，而且眉毛胡子都剃出了相呼应的图案。须知德铁是个正规无比的机构，人员的面貌关系到品质乃至人命。换个说法，如果如此扮相的一位就是你所乘列车的司机，你觉得你的列车能安全吗？

我心虽怕，却也惊叹德国机构对雇员自由度的宽容。

严格来说，1994年之后的德国铁路营运系统已非私有化，大局面是权力下放由各联邦政府公营、部分外包给私人企业，所以DB的工作人员身份颇为复杂，其中有一部分属于公务员编制。但我宁愿相信，这半个花瓜头，属于公务员编制之外。

应该如此。

但愿如此。

德国的火车站模式大多同一，大的车站一溜十多个火车月台一直通进车站内的半敞开式建筑，建筑内部密布着各式商店。这里的商店并不凑合，绝少中国火车站内常见的以盒饭为主的普通便食餐厅，我甚至看到那里有着高档美容院开门营业。

在一些相对"不发达"的德国城市，反衬车站外的浑浑噩噩，反而火车站内窗明几净的连锁商店给人安神醒脑的舒适。据说就在我们停留在那里的时候，德国的法兰克福火车总站甚至还开设占地180平方米的塑料免费冰场，冰面材质颇似切菜用的塑料案板，此冰场一共开放10天，甚至还免费出租冰鞋，可惜我就顾着张嘴望天低头看路了，这180平方米在哪里我都不知道。由此，也可见德国火车总站的宽广和多面。

但一般而言，德国各地的火车站没什么可资消磨等候的名堂，站台上有车停靠不是你的就不是你的，乘客一般提前几分钟才能真正知道情况。在欧洲很多国家的火车站，大多在车到半个小时之内才在候车区大屏幕上显示车辆将停的站台号码，因此，在那些国家你常看到无数人先是仰头痴痴看屏幕，旋即才低头匆匆奔月台。

遥远带走四季，车站留下余温。

八

我说起过我在这一节里要说的是我更可怕的另外一次ICE经历。这说的是我们从法兰克福到阿姆斯特丹所乘坐的ICE。

那一天是8月16日，如上所说，我们的ICE从法兰克福前往阿姆斯特丹，起初，此ICE没有从出发就晚点，一路准时通行无话。

结果，在距离终点站还有将近一小时路程时，列车方面忽然宣布"车坏了"。

自从我吃惊于德国ICE把晚点变得跟吃饭一样平常，我已经对德铁正点到达这事情不抱太多幻想，反正最终可以绕着邻近城市穿梭迂回，但"车坏了"这事真的让我大吃一惊。

正当震惊无比的我还在分析坏车事件属于常态还是非常态，火车方面正式广播说所有旅客都只能去前面一个小站转乘另外一趟慢车去阿姆斯特丹。

我看到所有的旅客听此广播都开始一言不发地默默拿起自己的行李跟随人流下了车，空气有些凝固，但绝对没有愤怒，我甚至觉得连抱怨都不存在。我周围的这些乘客大多是老年人，其中不乏西装笔挺者，我诧异这些人的容忍功力，竟然一概沉默以对，不知是自知无力抗争还是文明习惯使然。我自然明白旅客之于火车当局的抗争乏力，但这种一而再再而三的走行变故，实在很伤人心。

车到所谓"前面小站"如约停下，轮到我们下车的时候我才发现车门外等候双脚的只有刚开始的几米是站台尾端，也就是说虽然路面为水泥铺地，几步之后立即变成遍布中等尺寸石块的铁路路基，我们必须从两三条铁路路轨的路基中歪扭而下，整火车的男女老少无一例外地要绕行到列车的尾部，再集体拉着行李横跨自己车停的铁轨并横跨另一条铁轨，从而爬到另一站台搭乘慢车。

须知这趟车的全价一等座票要价三四百欧元（约合四五百美金）一个人，而慢车的票价通常只有几块到几十块钱，站站都停不说，车内设施也与昂贵的ICE不可同日而语。

我看见我们这一车人无怨无悔地都上了慢车，这一段变故之路竟然也需要争分夺秒，没过几分钟，我和儿子两人已是被甩在最后的乘客，因此，在急急寻找慢车车厢的时候我告诉儿子尽可能在车外往前多走几步路，这样就能省却在车厢内举步向前寻找座位的磕绊，从维也纳到布拉格的时候，我们曾经饱尝在火车车厢内艰难走行之苦。

结果我忽然看到我身边的慢车最后一节车厢门眼看着要关，几个乘客合力在为一位女乘客用力推挤着门，而她在千辛万苦上去之后又转身充满善意地为我卡住了门要我快上，这时候转头看顾儿子，竟见他以为我正紧随其后，匆忙中自己已经跑到前一个车厢门准备上车了。

一瞬间我的思维有些错乱，觉得如果他从那个门我从这个门双双都上车，似乎也能达到目的，但还没等我话说出口，儿子已"啪啪啪啪"地从那边跑向我这儿的门。这时候我面前的车厢门再一次准备关闭，车上的人再次为我卡住车门，我把儿子一把拽起先塞进车门自己随后费力挤入，10秒钟之后这车就开了。

我这时忽然一阵脑后发凉，试想如果儿子已经从前面上车，而我又因为这边车门关闭了的原因没能上车，后果不堪设想。

我立即告诉儿子："不论有没有下一次，咱们两人一定要在一起，哪怕都不上火车了，哪怕火车票作废，哪怕地球毁灭。"

九

我们所挤入的慢车上充斥着一窝子携带大号背囊的年轻人和自行车，很多人都坐在车厢衔接处的地上，挤行几个车厢之后我们运气不错地都在他人身边找到了座位，两人的座位虽不紧邻，却也能隔座相望。

慢车车厢内几乎没有空调的凉意，或者说虽有空调却冷力远远不够，车内很多人活似七八十年代的北京夜晚纳凉者，用各种物体扇着凉风，每人脸上都密布着细密的汗珠，双颊绯红。

在他人身边闷坐，我心中有气，犹记得当时在网上买票时还被认真地问到过是否要带桌子位置？是单独小间还是开放大间？这和后来遭遇到的被迫在骄阳和乱石中集体爬行小镇站台的场景相比，幽默。事实上，此一趟ICE之旅，火车公司只兑现了三分之二的路程，剩下的三分之一得到的是重金买下的炎热和痛苦乃至惊险，如果能得到规模中等的比如说短途免费车票的补偿等，我觉得实在是情理之中。

我满脸是汗地在慢车车厢中真的一直在想这个。

这时候再环顾四周，我竟然已经看不出我们原来火车的那些人了，那些个衣冠楚楚的银发老人们似乎瞬间蒸发，留下我和儿子两张憋得通红的汗脸面面相觑。

这满头大汗的慢车且走且停，"咣当"了半小时后突然再也不走了，同坐的人竟然告诉我，它已经到终点站了。我带着儿子不得不再次走出火车，在并不很拥挤的陌生站台上四处寻找可以问路的高人。

我们最终问到自己最快的选择是下午4点半出发的另外一趟慢车。

4点半？！须知我们原来的ICE是在3点半钟到达阿姆斯特丹的，

这发生在时间上的折扣，谁来买单？

4点半的车快要进入炎热的小镇车站的时候，我儿子忽然问我："我们拿着ICE原来的票，还能去坐一等座位吗？"

我不禁哑然失笑，这真活似破落贵族，已然沦落至此，还想着自己的那点曾经。

在这方面我不敢想，这时候的我觉得我们两人能挤上这趟车、能跟查票人道明处境，已绝大满足。我想，这也是我们原来ICE难友中大部分人的想法吧。或者他们早已饱受坏车的折磨百炼成钢了，不然我实在不能理解他们紧急关头树倒猢狲说散就散的那份淡定。

3天之后，当我们从阿姆斯特丹回法兰克福的时候，车开到一半，广播里又猛然传出急促的女声，这时候，儿子的脸骤然发白，以他来时的经验，只有在最特殊的状况下比如车坏了，才会有不规范的女声出现。结果，事情的发展没有辜负他的满脸发白，我们的车竟然真的又坏了。

这真是确凿的暗算，暗算者我不知是DB一方还是上天。如果这事情发生在非洲或者哪怕是在中等发达的国家，似乎都还在可猜测限度内，但发生在德国这个以机械技术闻名于世的国家，以我百年不遇地来这里坐车却几乎次次遭遇状况的境遇，我终于间接明白我们的去程车坏之后出现的公共坦然。

这回程车最终在数次小停之后恢复常态，一路到底。

这回程车在一路到底的同时，没有解释，一路无话。

德国火车，谁在辜负？

2012年

让我疑惑不解的日本人

日　本

6月中到日本，简短而扎实。细看日本人，整个人虽还激愤，却也惭愧。

6月的东京温和湿润，天气尚未进入真正的炎热，也绝对不冷，一如日本人如今的脾气。来到东京，在这个让我一向远瞄却从未近瞻的国度，我意外地碰到了一位又一位温存多礼的男男女女，他们就像一群不动声色的肥蚕，一截截吞噬着我对日本人的怒火中烧。

"二战"以后，日本被迫取消了军队，连带着如今日本的青年人气质中也匮乏雄性，一眼看过去，他们阳春而浅显。在这样的国度中行走，我惊讶自问：这是那个穷我半生仇视无比的日本吗？

十多年前曾经过境东京，那一次是因为美联航误机，把我耽搁在这个让我恶心巴拉的城市，唯一还记得的是那时东京旅店内的厕所就已经配备便后冲洗器了。

那次一直滞留在机场附近，无法进城，"无法"的原因，以前说过。

日本字

小时候就听说，日本人的文字是在"恰巧捡到了半个中国字典"的基础上建立的，而且以前就知道很多很多的汉字在日本是通用的，但来到日本之后，我还是感到震惊，没想到两国间可通用的字是那么多。至少在东京，绝大部分市内地名都由汉字构成，也就是说，一个中国人，绝对可以依靠日文地图在日本找到任何所往，因为上面的日文地名标识几乎全是中国字。

我看清楚这一点之后，忽然觉得自己心底对这个民族生出一种奇特的情愫，多年的怨恶，略有松动。

在这个意义上，一个中国人即便毫无日文口语基础，在日本仅仅凭借一张汉字纸条也能四面八方投石问路。我在东京往返富士山的回程中就遇到过这一类文字的惊奇。

那一次，我和儿子从富士山五合目下山回东京，在两条城郊铁路的衔接处被弄得头晕眼花。让我们开始困惑的那个地方叫作"大月"，日文地名和中文所写一模一样。去问大月站方人士的时候，遇到的是一位瘦高的年轻人，他当时正在为车站新人做工作示范，或者因为必须四处兼顾或者因为耍酷，我那次得到的是相对浮皮潦草的答复，这在我所经历的日本街头问路体验中极为罕见，但对方在犹疑了一下之后还是应我的要求为我写下有如下字样的纸条："大月—高尾，高尾—新宿。"

这是一张告诉我们应该在哪里转换短途火车的字条，四个地名词组中的所有文字，都和中文一样，甚至个个都还是简体字。

手握这张"汉字"纸条，我有了若干镇定。

到了高尾站，又见人潮，随即举着大月高瘦青年用他的"日本手"写的日文纸条和高尾站台人员沟通。其实那次因为我没有拿出我的特快火车加票，大月站高瘦青年给我指出的换车站对快车而言是错的，日本人的英语普遍很差，又带着略微奇怪的口音，在高尾站我弄了很久才搞清楚加快部分不适用于高尾各车，但比较戏剧的是，交涉几乎进行到尾声，高尾站人员才知道我手中的纸条并不是我自己的手迹。

手拿纸条不禁内心一凛，同文同种到了如此地步，也就是中日两国了吧？那究竟是什么原因让当年的他们竟然对中国人痛下毒手？又是什么使得这一代的日本人似乎已经完全关闭了暴戾的内心？

文　明

在东京的很多个夜晚时分，我独自一人翻开东京地图，寻找我几十年来累积心头的地理名词，我在所有这些不时跃入眼帘的地名上加注圆圈，这十几个圆圈串成了我对东京绝大部分城市的好奇。

结果好奇——破解得很快，彻底而平淡，它们其实都是让我在繁华程度上期望过高的地方，它们的洋场风闻因为年代过久而繁华半褪，比如东京的银座，和中国的新兴超级城市上海的大型繁华相比，它实在是超小规模，尤其遇到上班时分，整个商业街道有点人去楼空的感觉。

和中国台湾一样，东京街头也是几乎没有垃圾筒的，这使得在街道行进过程中产生的任何垃圾都必须跟垃圾制造人如影随形。这种超高级别的市政举措，我从在台湾的最早见识到在日本本土的故伎重温，适应级别已从大惑不解发展到痛并快乐着。尽管有着无穷的不便，但不能不说这是对人性宏大无边的细微提醒，在人的灵魂深处给予轻轻一叩。

压下对日本的诸多历史成见，你会惊讶于在日本这个类似精品店的国家里，治国的人制和国人的自制形成了高度默契，把人类的公德之光发扬到了极致。

在日本的时候也曾经看到有人自杀的消息，分析说，这都源于日本人大多不愿意把自己的麻烦倾倒给别人，全民性地不擅敞开内心所致。这种归纳也让我一震，这真的是一个内敛和有自我分寸的种族。

在日本民间，也曾听到过很多当地中国人评价说"日本人做的是一套，想的又是另一套，他们骨子里还是看不起中国人"，对此，我觉得有些求全责备，在我看来，能做出来已经不易，你实在不知道我作为一个中国人在日本街头向日本人问路，反被人家鞠过多少个躬。

回想我们自己，南方人看不起北方人，上海人看不起上海之外的人，我们什么时候掩饰过那种同胞相煎的不屑和倨傲。这么想，日本人掩饰内心地成全大局，就算有难度。

二十多年前刚到美国的时候，我对礼貌有加不太以为然，觉得泛泛的虚伪实在做作。很多研磨下来、很多对比过后、很多尴尬之余，如今的我认真清楚，满水才不晃荡。

红灯区

在东京，我特地打听了红灯区之所在，我对这种地方，因为无知就老好奇，并坚持认为人性中太多的真实一面，可以在这里一览无遗。

从成人产品的数量和质量上看，日本的色情业是亚洲超级发达的地区。在美国的很多重要的黄色网站中，日本的色情制品是能够分离于亚洲各国之外单成一格的，他们的产品有着质量高强、花样繁多、品种齐全的各种优点。

走在日本街头，我尤其关注青少女的风貌，我自己认为这其实就是城市乃至国家的"成长后院"，是立国的标志性指标。除了放学归来的初高中少女，日本街头的青少女样貌不很淳朴，普遍打扮精细，浓妆很多，我甚至在东京迪斯尼广大的游乐场中看到过无数足蹬超级高跟鞋、眼配超长假睫毛、眼线3米之外就惊悚入眼的女孩子。她们身材都好、神情遥远，加之文化几乎毫无重合之处，我与她们从无交集。

其实，我深深了解，这是一批敢想敢为的生存斗士，中国人几乎在一夜间就突如其来地熟悉了的"援交"一词，就出自妆容精致的她们。

"援交"两字是"援助交际"四字的简写，这个词最早从日本少女当中发展出来，迅速延烧到台湾。

"援助交际"的实际行为就是未成年少女和成年男人之间的不定期约会，明面上的解释是，这种不定期约会，"不一定"会发生真正的性关系。但几乎所有人都明白，所谓"不一定"，其实就是荤菜上的最后一缕苍蝇罩残片，看似有防范，其实无意义。

再往纵深去想，何止无意义，根本就是个笑话。所谓"援交"，其实就是低龄女孩用肉体向成年男人换取物质满足的代名词，"不一定"的性关系，能有价值？

"援助交际"于90年代初在东京首现，确切地说，是在1994年9月20日被日本的《朝日新闻》晚报第一次报道出来，后来发展到可出现于以日本高中学生为对象的深夜播出的交友节目，最终演变成社会问题。据统计，如今，日本高中女生中参与援交热潮的比例几乎占到百分之四十，而台湾方面有样学样，少女们也早早开始了援交风潮。

这算是古老行业中的一个崭新细胞，日本这个精致而温存的社会，竟是菌种。

其实此次去日本，本来已经安排好要去东京附近的箱根泡温泉，我甚至连当地酒店都已经订好了，但考虑到那里男女同浴旧俗的突兀和观念突变新俗的奇怪，思索再三，还是算了。

新　宿

东京的色情，最名声在外的是在新宿。

不用多说，"新宿"的日文写法和中文简体字也是一模一样，从东京地铁的地图上看，它位于整个城市的左端，这里也是东京各交通干线的重要枢纽，我的很多进出东京的动作，都是在这里起承转合的。

问过当地人就知道，新宿的色情集中在"歌舞伎町"。

这是一个很怪的名字，"歌舞伎"，一般人包括我的理解就是那种把脸抹得煞白的日本古老艺术。"新宿"的起名渊源来自"二战"后，当时新宿方面曾经想让日本的传统歌舞伎这门艺术在当地扎根，但这一构想最终没能实现，只空留下一个艺术之名。

"歌舞伎町"泛指新宿范围内不到一个平方公里的地区，统计说这里拥挤着近5000家成人酒店、风俗店、餐饮店及赌博中心，这里好像是遵循城市布局规划完成的聚集区，只不过聚集的是不怎么大雅的夜色生活。

我去歌舞伎町的时辰是在某个下午，走出地铁站，沿着新宿街头问过几个人就知道去路的大概了。来这里之前看过很多的歌舞伎町的照片，我这样的一位到这样的地方，内心深处其实还是郑重其事的。

那时候是下午两三点钟，作为风月场所，完全不是营业的时间，整个场所范围内非但完全没有照片当中那么多的灯火辉煌，还有着光天白日下原型尽显的颓败，白天的这里真的很不生动，人也没有，车也不多。

沿途问路，回答者的神情都略显古怪，有些人的脸上甚至立即就出现些微微笑，看来在日本这个开放之地，色情业其实也并非平白。

整个歌舞伎町前后左右没有很多条街，街道拥挤逼仄，路边店铺的装饰并不高级，大多都因陋就简，很多花哨铜版纸海报拥挤地贴挂在店门左右窄小的玻璃区域，像是仪态不很好的蝴蝶的两个花哨之翅。

招贴画大多很花，杂乱而张扬，招贴中剪短发的女孩和留长发的男孩让人不辨雌雄。几乎所有店铺的海报贴法都不很讲究，透露出行业的急切和粗俗。

我们到的这个时辰，街头几无人迹，只有一些形迹可疑的男人胸有成竹地站在街道当中左顾右盼，这让我立即想起国内曾出现过一位叫作"李小牧"的留日人员，他坦白地用中文写过自己在新宿街头14年为妓院拉生意的所见所感，他的书名叫《歌舞伎町案内人》，这人物一时间成为日本问题专家。依据这条线索，想来我见到的这些"胸有成竹"，定是业内熟手。

沿着路面慢慢前行，道路并不宽敞，即便是在歌舞伎町的主要干道上也不时要绕过一些街头阻碍，忽然，我发现在我的迎面竟高悬着一个道道地地的中国"小肥羊"店招。

当时一愣，以为自己竟眼花了。

仔细再看确凿之后瞬间无语，这只名声不小的中国羊，怎么搞到身陷重围？！

上下班

东京的人潮景观毫无悬念地发生在上下班高峰时刻，那两个时刻的前后左右，整个东京地铁系统拥进整齐划一的上班族，这些人面目同一、步伐一致，因为这个原因使得他们远远看过去无论男女都有些举动机械。有多少次，当我和儿子在地铁中不巧遭遇这一重要时间关口，说时迟那时快，那个队伍说来就来，声势浩大到我必须即刻对着儿子大喊"闪开，他们来了"。

尽管历经无数城市的下班洪流，我仍认为东京的洪流在步速和姿态上堪称一绝。

"他们"是刻板一致的巨大人流，所有参与者均面无表情。据我留意，人流当中男士占了十分之九，他们大多身着深色西装或至少是正式衬衫，在行走仪态上基本都手夹公事包上身不动仅靠双腿疾行，表露不动声色的急促。这个时候是城市呼吸的重要时刻，肺叶的脉络支配风云。

在"城市呼吸"的关口，东京的上下班人流在两个时段都硕大恢宏，不是说日本男人下班之后都不回家，会直接去和同事喝口小酒的吗？那我所眼见的上班和下班人流湍急如一，"喝口小酒"的分支，有还是没有？

在东京的那些天里，我说过我和儿子不知道有多少次要为这个高度社会化的洪流让路。记得有一次我们两人因为地铁转换城铁遇到了购票麻烦，好在日本所有的地铁站都有值班人员坐镇服务，他们大多坐在众多机器收票口的尽头，人工回答各种现场问题。那一次的购票麻烦在请教了票务员之后我已知晓大半，但对方依旧替我们不放心，要带着我们到装备在机器收票口正前方的自动售票机上详细操演。那站正好是一个"L"字形的站口，我们和票务员所站为"L"字的一端，如果要抵达自动售票机，我们三人必须切入"洪流"的一个角，也就是需要从几乎走成直角的队伍的一个边缘切入，与队伍成45度角地斜蹿出一个角，其实真正操作起来也不过就是半依半就地随洪流走过三四步之后随即抽身撤出这么简单。

票务员定了定神，昂扬地找到一个缝隙闪身而过。这个一脸客气的家伙端的是经验十足，在一个短暂得只能以秒计的空当中瞬间大功告成。

轮到我们横切游行队伍的时刻了，我暗吸一口气，因为具备成年人的切入判断，我的横切也算还好，只是儿子在我侧前方横切而过的时候因为各项指标预留不足而让"洪流"切割得先是趔趄两步再随着众人方向裹挟着冲了半步，某个瞬间他人头一晃，整个人差点完全摔倒在地。

此后很多日子里，每当想起这一情景，我都无法遏制地大笑出声，我亲眼目睹的这一场景就好像是一条无足轻重的鱼企图截断尼亚加拉瀑布，那种自不量力的类比落差，造成了巨大的视觉幽默。

儿子却不这么想，很多次，当我再笑的时候，他都会悻悻地如此一问："你这个人是不是又想起那件事了？"

他言之淡定，因为他并未眼见。

靖国神社

最终确定要去靖国神社之后，我自己接着又默坐了一会儿，作为中国人，这是一个特别的决定。当然，这个决定并不是到了东京才作出的，早在洛杉矶这么想的时候还和一位韩国朋友谈起这个神社来，话说到此，彼此都摇头。他说，每次日本首相参拜靖国神社，韩国方面也抗议，这是一个能惹起亚洲多国众怒的特殊之地。

在东京街头穿梭，神社并不罕见，只是规模不等。在日本，神社是神道的信仰中心，也是日本民众的精神寄托处。日本人在每年的新年都爱到神社参拜，为自己和家人拜求新一年的吉利。除此之外，在各种人生重要的时刻，日本人都会去拜神社。

大名鼎鼎的靖国神社位于千代田区的九段坂，最初是奉日本明治天皇的命令而建。该神社供奉自日本明治维新时代以来为日本战死的军人及军属，这些人大多数是在中日战争和太平洋战争中阵亡的日军官兵及殖民地募集兵，因为战争的色彩，此地常被反日人士视为日本军国主义的象征。最为敏感的是"二战"之后，日本将"二战"乙级和丙级战犯祭祀在靖国神社，而且于1978年开始加入14位大名鼎鼎包括东条英机在内的甲级战犯，导致日本政治人物从此开始以公职身份参拜靖国神社，这让神社在性质上发生了改变，成为国际瞩目之地。

去靖国神社，我们是靠乘地铁加走路而往。下了地铁之后四处问询，我们被路人好心地指出了各种近道，结果转来转去，我们还是发现自己兜了个不大不小的圈子。6月的东京艳阳温情还在，却不很通融，这一个圈子走下来，有点汗流浃背的意思。

靖国神社自外远瞻场面宏伟，进深很深，其实一下地铁走不多远我就曾遥遥地看到了巨大的暗色"开"字形高柱。奇特的是这种高大、洗练的柱式牌楼在日本人口中竟被叫作"鸟居"，而从城市进入神社的第一道牌楼就叫作"第一鸟居"，日本的旅游书上解释，此乃日本最为高大的牌坊。知道这点的时候我忽然想起北京有一位和日本人联姻并活跃于解析日本万象的中年人萨苏，他的某部著作书名就叫做《在日本，我忍不住又笑了》。在看到靖国神社的中文解说当中标榜此为"耸入云霄的大鸟居"时，我忍不住也笑了。

所谓"耸入云霄"其实没有耸入太多，整个净高25米，除了设计干净、线条利落之外，没什么特别。

与第一鸟居相类同的还有第二鸟居、中门鸟居以及石鸟居等，这些鸟居全部潜在神社内，跟"耸入云霄的大鸟居"辉映着酷似多代同堂的建筑盛会。

在刚进第二鸟居的左侧地方有着一个奇怪水槽，神社方面叫它

"大手水舍"。这是一个长方形的容水高池，内中的水面与池子的外槽齐平，稍有搅动，一些略显多余的水就会自上池源源而下注入下面的排水池。此池是1940年由侨居在美国的日本人捐献。整个池子用花岗岩制成，重达18吨以上，这是我在靖国神社看到的最出乎意料的一个设计，夏天当中遇见如此一池，瞬间有些清凉的异感。

很久之后我才搞懂这是神社方面要求前往参拜者参拜前洗手、漱口的地方，池中摆放有若干大铁皮勺，民众可以直接使用，但我觉得区区若干大勺，两项功能其实都应无法落实。因为，如果漱口，公用大勺的洁净度实难控制；如果洗手，一手掌勺一手清洗的作为，常人似乎不利兼顾。

我带着儿子用那勺和那水洗了脚，我看见水池四围略有零星日本人在，我们的水溅八方，周遭平淡无争，视若无睹。

膜　拜

靖国神社在"二战"结束前一直由日本军方专门管理，是国家神道的象征。说起来，这里还是特别的，因为日本全国其他神社都由内务省管理，唯独靖国神社一直是由军方管理。但是在"二战"后，遵循战后宪法政教分离的原则，神社的管理人改组为宗教法人。

其实，早在1966年，日本厚生省就曾经将含有远东国际军事法庭判决的甲级战犯的祭祀名录，交给过靖国神社宫司（即负责人）筑波藤磨，但筑波没有把他们供奉上去合祭。但到了1978年的10月，靖国神社宫司松平永芳把14名甲级战犯的名字列入靖国神社合祭。从此，靖国神社的性质发生了重大变化，纠纷四起。

靖国神社有着很多的祭拜建筑和场所，但不知是不是因为曾经是军人治理的原因，综合地看，点和面的铺陈相当散漫。通俗点说，就是外面虽然"耸入云霄"，里面却散布凌乱和格局无序，这让总是承载国际"庄严"的这里显得有些玩笑。

在神社算是很里层的地区，竟然还设立着一个著名的相扑场，在每年春天日本举行的例行大祭中，相扑界最大名鼎鼎的人五人六都会到这里来免费奉献相扑表演。

相扑和战争，这都哪儿跟哪儿啊？

神社参拜的地方分内外两个地区，最核心的部分叫作正殿，也就是所谓最内部的参拜殿堂，是普通意义上祭祀神灵的地方。其实在这正殿之后有着靖国神社真正的核心所在的，是灵玺簿奉安殿，殿内收藏有灵玺簿，用日本纸制作的该簿之内记载着合祀神灵的姓名。可惜，隔着所谓的本殿，奉安殿无从端详。

神社开放着的参拜外殿叫作拜殿，和正殿相隔大约三四十米的样子，虽然正殿里面大致可以远眺一二，但在我停留神社的那若干小时里，拜殿两侧通往正殿的小门始终紧闭。

问过参拜处侧面接待室英文极差的前台，对方边鞠躬边不停地比画着说出一些我完全不懂的英文，后来她又给了我一张压了塑封的纸板看，我看了那上面的英文之后，不幸更是迷惑。

那天远远看过去，拜殿是有人顶礼膜拜的，看上去组织良好的他们一直在持续着自己的持续，认真着自己的认真。

就在我从拜殿向正殿眺望的时刻，不断地有日本平民在我的面前进行膜拜，看来靖国神社发生的也不总是举国严肃，有时真的也是日常小民的精神寄托。

拜殿是有膜拜规矩的，用我完全认识的汉字（这当然是日文）写明了参拜步骤，要求如下："一、拍手。二、拜。三、拍手。"

这一瞬间，我心为日文汉字又是一动。

只是，挺不那么的，老拍手干吗？

游就馆

靖国神社凝聚着无数中国人的单一情感，但很少有人知道，神社内所有的歪曲讲述部分，发生在参拜堂右边的游就馆中。其实，游就馆的位置并不显眼，必须站在距离拜殿几十米的位置往右看才能看到，无论从造型还是地理上看，它都有点分离于整个神社的意思。

游就馆不很大，有些类似于中国当年文化刚开禁时期北京专放内部电影的红塔礼堂规模，简单无奇。该馆最早于1882年开馆，展品随着社会的变迁而更改，展馆本身也多有动荡，是日本历史最悠久的军事博物馆。

全馆最近一次的整修于2002年进行，这次整修工程不小，整修的同时还进行了扩建，主要是想把若干大型的战争展品纳入屋内。这里所谓大型战争展品真的大型，包括了各种真正的战机、火车、加农炮和坦克之类。

如果说靖国神社拜殿的象征意义大于文字，游就馆则在缺失的方面给予了补足。馆内的纪录片声称"'甲午战争'是日本帮助朝鲜实现独立""'卢沟桥事变'是中国首先开枪""'珍珠港事件'是美国将日本拉入战争""远东国际军事法庭对东条英机等是甲级战犯的指控是战胜国强加的"等，这就是国际社会不能接受的。

后来，日本因受到美国的压力，终于删除了游就馆对美国批评的内容。

共有14个展厅的游就馆进口在我去的时候被移设在扩建部分，那是一个光亮建筑，很多玻璃，不怎么肃穆。但即便加上正式建筑部分，我看过世界上那么多精美绝伦的博物馆布置，游就馆从面积到装帧，都极其一般，须知这究竟还是个举世瞩目的是非之地啊。

游就馆仔细地说，是靖国神社内的一个博物馆。游就馆的取名，是源于荀子《劝学篇》中"故君子居必择乡，游必就士，所以防邪僻而近中正也"的"游必就士"之意。原文白话文意思是居住要选择合适的地方，交游要接近贤德之人，是以免入歧途，做正确的事。资料分析说，在此处，"游就"意为要遵循这些被纪念的军人的道路。

但此词说起来颇为绕口，作为一个军事博物馆，还是矫情。

留 言

游就馆的真正展览是从二楼开始的，林林总总，作为一个"军事博物馆"，它的展览主题当然必定是"战争"，展品主要有日本在近代战争中所使用的武器、军人遗品、战时资料等约10万件。另外，日本进攻珍珠港成功后所发的电报、战败后日本陆军大臣阿南惟几自杀之前的遗书也陈列其中。馆内在即将结束的部分还展出了军人遗照约5000张，它们被密密麻麻地嵌贴在一起占据了好几面墙。

游就馆是收门票的，但明摆着高度提倡亲子游，成人票价每人800日元，而小学生则只收100日元，价格仅为成年人的八分之一，这应该是为篡改历史行为拍出的王牌。

而靖国神社本身是不收门票的，说起来和听上去都像一个山门开敞的大庙。进入其中，只须走过若干"鸟居"，就妥了。

同样是在二楼，我先后在几个位置上看到了专门的留言桌和留言簿，这让我高度好奇，预感到里面一定有让馆方自讨没趣的东西，趋前仔细翻看，里面果真有多处中文留言，搜寻着中文留言没翻几页，就见到一处触目惊心，原文是："小日本，你妈×。"

见此，小惊之余，满脸一笑。

也见到用中文斥责其他不雅中文留言的，不外是"上一代的事情和这一代没关系"云云。

站在那里浏览留言，心情有些复杂，也感佩留言者的直抒胸臆，也感佩保存留言者的襟怀宽大，这一本留言其实划分着人们复杂的国界限制和民族角度。我当然也留言："人干坏事是会得到报应的，福岛就是，还没有完，等着吧。"

我的手写汉字一向力度和形态都很不错，在字如其人的年代从来没有给我丢过脸。

写完，长出了一口气。

神风敢死队

早知道日本人作战历史中最让人变色的就是神风敢死队，这支队伍的年轻和死法，让人瞠目。

我很小的时候就知道日本有一部描写神风敢死队的电影，当时在中国放映的时候还是内部片，那时只留下了"十八岁的飞行员"和"开饭馆的老奶奶"等模糊的印象，把这样两个煽情的字眼联系起来，其内容可想而知。

敢死队由日本海军中将大西龙治郎首倡，最早是用来对付美军强大的海上优势，首现于"二战"末期。当时的要求是"一人、一机、一弹换一舰"。敢死队使用的飞机俗称"樱花机"，能高速飞行，却没有起落架，在飞行员的操控下它根本就相当于一颗精确制导的炸弹，运作好了，极可能炸沉一艘驱逐舰，甚至航空母舰。

想想看，这根本就是一个人工操纵的鱼雷，只不过来自天上。

国际曾有资料显示，日本的敢死队员其实是被绑缚于特攻机或战机上，不提供伞具，断绝其求生的希望；也有史书说长官采取的是把机舱门反锁的做法迫飞行员就范。但以当年日本军国主义的高度煽情，我以为这些机上冤魂都是自愿。

后来，从对许多生还了的飞行员的采访中发现，敢死队中能够生还的人是因为任务中途取消，或他们找不到合适的攻击目标，或他们自己被击落坠海，或他们迫于天气恶劣或机械故障不得不返航，除了这些特定的因素，敢死队员一概无从回头。

神风敢死队所用的飞机多由轻型轰炸机或战斗机改装，设备简陋，攻击力弱，但如以自杀式的方法撞向敌方军舰却有非同小可的破坏力。其实在游就馆中就有被漆得煞白的樱花机11型飞机的复制品，机尾部分涂有红膏药，机头部分涂有简陋樱花图案外廓，这种特攻飞机只有非常有限的动力，通常由轰炸机挂载至敌舰近处放出，油料也只够单程到达目标区域，因此一旦出发，几乎毫无返航希望。

这种攻击方式在出现的初期，的确给美军军舰造成了相当的损失。但在美军加强防空火力后，这些攻击就鲜有成功的战例。到战争末期，由于日本缺乏汽油，燃料仅能以酒精混合代替，其战斗机性能已经远远落后于美军，难以在空战中取胜。

在第二次世界大战期间，靖国神社曾经是神风敢死队队员出发仪式举办地，所以，这里对于神风敢死队而言，有着特殊意义。其实，在进入游就馆之初，我就看到入口处的左端有一个半大不小的青年飞行员雕像，不用思索，那一瞬间我就猜到，这一定说的是神风敢死队的人。那个雕像准确地说是一个大男孩模样，脸上还带着很多天真，半仰着头在阳光下什么都没想的样子。

在靖国神社，不免要照相，儿子在拍照的时候一直问我"该不该笑"。

对这一问，我竟无言以对。

青少年

我们的日本之行处在暑假的开头，此时，正值东京当地的中小学还没放暑假的就学阶段，因此，地铁里、近郊铁路上经常能看到一众男生嫩白的脸们。我们所见到的几乎所有男生一看便知是美发厅常客，头发们被烫卷然后再行修剪过，他们一概很文弱、很电子、不很喧闹。每次在公交路途上偷窥着这些日本年轻一代的尊容，我会设想，凭这种面容和发型，还能有军国主义复辟的一天吗？

长年生活在东京的朋友告诉我，如果你在日本丢了钱包，一两个小时内循着来时之路找回去，钱包一定还在原地，包里的钱和卡一定完好。这位朋友这时咽了口唾沫，"如果略有不同，那就是钱包已经被人用手绢包好从人行道正中挪到了路边台阶上"。

这让我听得有些发呆。

另一居住在日本的朋友在我转述此话时也证实了如此说法，我甚至看见在我还没有说完我所要引荐的"钱包"理论的时候，他的嘴就开始嚅动，我话音刚落，他说他自己就有所亲历，在日本他曾丢失钱包，因为里面没有什么大不了的东西，在丢钱包之后他本人很快就释怀，完全不去想钱包的事情了。

"你知道后来吗？"他问，"没过几天，我的钱包被按照里面证件的地址邮寄到我家了。"

回到北京，和一位大半生研究中国国际战略的男人吃饭，说起对日本人的情怀，他说他见到过很多到了日本之后就中日芥蒂全扫的中国女人。那么，话题很快就转向了中国男人，他说在中国男人心目中，心结是永远的。"因为，我们曾经败给他们。"

当天的新闻就是日本钓鱼岛国有化的问题，由此，"战略男人"分析说，中日之间，打一仗最好。

战败的心结，沉重得经年累日。

东京有着世界上独一无二的迪斯尼海洋世界，儿子理由简单地爱上了那里的"印第安纳·琼斯之旅"游戏，那是一款让他这种喜欢分析游乐项目意外发生几率多寡的儿童感觉正中下怀的小型惊险游戏，我和他用尽各种办法来回奔腾了三四趟之多，到了不得不走的时刻，他竟然眼眶微红地告诉我："这个城市的这个地方，我一定还要再来。"

我其实早就告诉过他中国和日本的世仇，我告诉他我面对日本人的重大纠结，我不知道中国人积攒了两代人的血仇到了儿子这辈还能不能引发仇视，总之我对日本人的感受在这个暑天被初知的日本颠覆了很多，许许多多丝丝入扣的意料之外让我自问连连。

有些事，不适深想。

我怕揣摩不透的日本人开放而古板的概念无从概念，也怕性情不明的日本人原始而现代的戒律无从戒律。

这一天这一地，非常非常。

2012年

所谓斗牛之围观死亡

一

围观死亡，出奇的恶心。但很多西班牙人不这么想。

马德里的8月是最难捱的一个月，空旷像一个幽灵一样阴魂不散。这是这个城市里约定俗成且行之多年的"休假月"，很多人在这个月份里把一年中一个月的法定休假日一口气用光。这么做的原因是人们认为这个月份中马德里的天气最为闷热，但我个人猜测必定还有学生放假的原因。因此，八月的马德里，全城的公务员只剩下平日的三分之一。

我去马德里，完全是为了看斗牛，这是这个城市，乃至这个国家最惊世骇俗的玩意。

每年的5月是斗牛最盛时节，但在我去的8月，就只有周末两天中的星期日才有斗牛。去西班牙前我半信半疑地知道这点，为防万一，我迟疑着把整个行程中在马德里的日程为这样一个"星期日"而挪移了一下。

这么做，很周折也很无底。

后来到马德里，问当地的朋友为什么8月的斗牛日单单选在星期日，对方也有点迟疑地说，这样一来，星期日大家都可以睡懒觉，"因为这一天只剩下去教堂和看斗牛了"。

如此答复，听着牵强，等我真正见识到斗牛之后，才觉得把"去教堂"和"看斗牛"相提并论，竟是个天大的讽刺。

二

直到从罗马临去西班牙的前一周，我都还在犹豫着是不是真的要前往马德里看斗牛，犹豫不决的很大原因是如此一来，我必须得把事先已经订好的西班牙巴塞罗那4天的酒店全部取消。这个动作包括减去前往马德里的一夜（你已经知道，此一夜必定是周日那夜）之后，还要重新订一个两天的和一天的巴塞罗那酒店。这一连串删改是烦琐的程序，想着要做相关的动作都一脑门子闷热。

这其实也说明了我当初拟定大行程时就很迟疑，内心始终处于"去看"或者"不去看"的犹豫中。如果硬是不改巴塞罗那的那个连续4天，我实在怕万一又想去马德里了却再没了回转余地，就此，余地在两可中留出了。

最终，实话说是巴塞罗那在2012年开始实施的禁止斗牛令让我痛下决心，这让我意识到，再不看斗牛，这项"西班牙之怪"必将遍寻不着。

追溯着说，虽然贵为国家级别的国粹，但西班牙的各大城市对斗牛的态度从来都分为正反两极，其中，以巴塞罗那这个开化城市为最著名的反对之都。在他们的议会决议之前，曾经有18万加泰罗尼亚大区（巴塞罗那所在地区）的人签名请愿取消斗牛赛。2004年4月，巴塞罗那市议会正式通过决议谴责斗牛，并宣布成为第一个反对斗牛的西班牙城市。紧随其后，全西班牙的另外42个城市也宣布反对斗牛。最终，加泰罗尼亚大区政府在2010年7月份作出议会投票，决议从2012年1月1日开始，整个加泰罗尼亚大区禁止举办斗牛赛。

与此同时，由于前景不良，西班牙的斗牛士们也纷纷改行，如今业内只剩下几百位斗牛士。曾经，斗牛士这个行业在西班牙地位高尚，崇尚此道的西班牙人认为斗牛士们具备高雅的外形和勇敢的灵魂。而且，一场斗牛赛至少有100多人在现场的台前幕后服务，众星捧月般的待遇使得斗牛士的自我感觉越来越好，多少年来，这种职业成为无数西班牙英俊少年的职业首选。如今时过境迁，拿已经废止斗牛业的加泰罗尼亚斗牛界人士举例，除了当地几个最富名气的斗牛士被邀请去尚可以合法斗牛的西班牙马德里、安达卢西亚等地的斗牛场重操旧业外，其他的斗牛士为生活所迫全部改行。武夫转行，新业务中可选不多，他们中有的加入了保安公司当保安，有的则去当了私人保镖。虽然斗牛行当已经日薄西山，但西班牙有些大公司的老板还是喜欢在保镖队伍中安插进若干斗牛士，认为这样可以提升形象。

而斗牛场的命运也逐渐改变，到2011年，整个西班牙只有马德里、瓦伦西亚等六七个大城市还保有斗牛的传统表演，其他城市昔日繁华的斗牛场有的被拆除、有的被改为商场。

这在当地是一种最基本又最高端的进化。

三

从巴塞罗那去马德里乘火车最好，一行坦途，毫无悬念。

西班牙的火车质地不错，从外形到内在都可堪与盛名之下的任何其他欧洲火车匹敌。西班牙地属南欧，人种有点随意而热辣，没坐过西班牙火车前曾经害怕拥挤和无奈，但真正到了恰好就位在我所住酒店下面的巴塞罗那火车总站，才知道这里并非人潮汹涌，火车本身也斯文而无语，质地上不像欧洲其他地方比如德国火车那么硬朗。

在我们初到马德里的这个白天，我一直在各种画廊作品的惊讶中打转，这里聚集着最写实和最抽象的美术之大成，这些收集，犹如一记记重锤一再敲醒我珍重以对，这国家一个个以斗牛精神激励起来的骁勇彪悍，曾经为世界之马首是瞻。

马德里这个城市在本质上仍然带有当年辉煌的痕迹，旅游季节，马德里满城都是外籍游客，艳阳之下，到处可见异乡人穿着T恤和短裤排出的长队。我就是在这样的多次排队之后看到了无数盛名之下的超一流世界级作品。有一个时辰，在索菲亚王后国家艺术中心博物馆无边的画作之海中走得精疲力竭的我被迫驻足，对眼睛随便扫过的视线界面偶一关注，恰巧面向正挂在寻常走道边的四幅小张，一看署名我差点站立不稳，这竟然是大名鼎鼎的抽象艺术先驱康定斯基的大作。

在这前后的几个小时之内，我也看到了毕加索的《格尔尼卡》。

这幅《格尔尼卡》是我少年时期所崇拜之作，知道这幅画最终落脚马德里普拉多美术馆，也为此次马德里专程的一到叠加了砝码。

在普拉多美术馆中找寻这幅画的过程稍微周折，辗转地问过几位画廊内当值人员，这些人的指点有如接力比赛，因为路程的曲折蜿蜒他们必须一个接一个地帮我阶段性指点前路，最终，在一个不很起眼的中等展厅里间我忽然遇见这画。

和我几乎在同一时间流连马德里各画廊的儿子的画画老师事后问我："你看到当时放在《格尔尼卡》前面的一个大型有轨仪器了吗？你知道它是做什么用的吗？"

她告诉我，那是测量艺术品损坏程度的仪器。

我们到的时间是下午，马德里的确不大，加上人去楼空，城市内完全没有喧哗。都说西班牙的经济在近年来有了很大的滑坡，可看到满城空巷的这一刻，我又很有些疑惑，须知"度假"这事可以说是人类娱乐最有花费的实力项目，如今亲眼所见马德里全城人都外出花费依旧，西班牙的衰退是真是假？

其实，我们在马德里城内打转、排队、惊叹都还不是目的，我们所为是想把白天的时间慢慢销蚀，等待斗牛。

四

马德里名为"拉斯文塔斯"的斗牛场是一个环形的专用斗牛场地，红砖到顶，号称象征着斗牛士们的"红披风"。这是马德里最著名的斗牛场，也号称是"全西班牙最大"。它可容纳25000名观众，在西班牙现存的300个斗牛场中确实首屈一指。

没有斗牛表演的一周大部分时间，这里空旷极了，除了前来拍照的游客之外，唯剩燥烈的南欧热风沿着斗牛场前的广场伏地而过。后来，我们又曾专门去看了巴塞罗那已经废弃了的斗牛场，一见之下，猛然惊叹这实在太像马德里的那一个了，一样的空旷前厅，一样的红砖到顶。

因为有儿童能不能进场看斗牛的疑惑，所以马德里的朋友在接待我们之前一直致电各界详询，最终说是"可以"。也因此，儿子得以看到了他似乎不太应该看的东西。

此是后话。

斗牛表演在晚间7点整开始，这在当地算是下午。如果你不非常了解西班牙，你一定不会知道，他们的晚饭时间是在9点。也就是说，西班牙人通常的做法是看完斗牛之后才吃饭。

9点！晚饭在9点？！当地朋友说，他时常因为接待公司的客人要参加饭局，一般这种饭局是从晚间9点或者10点开始吃起，慢慢会吃到11或者12点，因此，回到家中真正能开始进行睡眠准备的时段已近午夜1点。我也因此很疑惑西班牙人中胖子为什么不多，因为日复一日地吃了就睡，该是多么囤积脂肪的做法啊。

去斗牛场，马德里很小，车子一兜就兜进了场。我们到得早了，红砖到顶的斗牛场还没有脱离中午的痕迹，须知当地人的下午上班时间迟至下午5点（注意，是5点开始上班），中午12点之后到下午上班之间的四五个小时全为午休时间。

可能还是因为时值8月的关系，我们抵达的时刻，整个斗牛场门庭冷落、毫不繁荣，门外的小摊也只有一两个，而且摊贩们彼此似乎熟谙，完全没有竞争，让人的心境有些讪讪的。

拉斯文塔斯斗牛场于1929年建成，1931年6月17日开幕，此斗牛场直径约65米，是世界上最大的环场之一。在洛杉矶为此次旅途做功课时，就知道马德里8月份哪怕接近9月份的太阳也是很毒辣的，攻略中说，在买斗牛票时需要注意的是务必要把座位买在没有太阳的阴面。事实上，如果你到斗牛场买票，没有太阳的部分票价也比有太阳的部分高。

我们的票不错，阴面，七排。水泥台阶座位，可以租用看上去细菌丛生、形状可疑的屁股坐垫，印象中是7欧元租一个。

很久之后，当我回到洛杉矶大半年之后开始整理这篇文字时，我看到无数中文游记中提到这个斗牛场，但因为游记写手前往的当时当刻不是斗牛时间，因此几乎所有贴放上来的纪念照片展现的都是空无一人的斗牛场外观，这让我实在不知道该为自己庆幸还是追悔，因为，我后来在这个直到晚间7点才升起人烟的红色建筑内看到的一切，都是我无从想象和无力描述的。

人之残忍，最是极致。

五

西班牙晚间7点，马德里城里硕果仅存的斗牛如期开始。这一天的上座不非常好，偌大的场地只坐满了二分之一。

斗牛的开始倒是很草根，现场内音乐和掌声都有，乐队也现身观众席，龟缩在有太阳的一面中不很妨碍的一角，恍惚间我似乎看到的还是两组乐队人马，明晃晃的清一色管乐在各种节骨眼上不土不洋地轰鸣。

斗牛的正式开场由乐队齐鸣引导，老实说这个阶段没有什么章法，乱成一锅粥。

在我观看此场斗牛前所理解的所谓"斗牛"，其实进入了简单化思维陷阱，我以为所谓"斗牛"就是一个人和一个牛斗。而且在此之前，我甚至搞不很清楚每次斗牛是不是真的非要把牛斗死。因为斗牛士们英挺身躯充斥各种宣传品的作态，模糊了斗牛"体育"本身的阴暗。所以，当我听说每次所谓斗牛，一定是要把牛斗死才算表演完毕这事时，惊讶得顿时说不出话来。

整场斗牛表演，是有顺序和有规则的，并非我想象中的只有斗牛士一人在场中众目睽睽之下和一牛来回回地冲杀和转身。

整场斗牛表演一般要斗六只牛，斗每头牛的过程都如出一辙。斗牛场地中间是巨大的一片黄土，牛和人一同生也在这里、死也在这里，整片黄土红了又黄黄了复红的程序中，牛出场是一个关键。

六

七点稍微过了一点点的时候，我们围观的第一只斗牛，出场了。

上场来斗的牛都是黑牛，全为雄性，学名就叫作"斗牛"。西班牙斗牛英文名为"Spanish Matador"，一般是生性暴烈、血统纯正的北非公牛，它们在牧场里处于放养状态，饲料齐备、照顾全面、营养均衡，牧养条件无上优渥，据说是目前欧洲硕果仅存的放牧行为。

牛出场之前会有专人高举着即将出场斗牛的公斤数和出生年月之大型木牌绕场走行展示给观众。这些斗牛的公斤数多在450到550之间。养殖多年，终被斗死，这根本就是斗牛之牛与生俱来的宿命。

行家说，公牛好斗的本性不是经人训练出来的，而是天生的。我们的第一头牛刚一出场，有些发蒙，它从斗牛场中牛的入口被放进场内，这时候的它独自站在场地当中呆愣很久。据说斗牛在踏上斗牛场之前驯养场很少让它们见人，为的是能更好地保持它们的好斗性。

我们的这第一只斗牛周身鳖黑，黑暗中看不到它的眼睛，我悲哀地想，你真的不知道这个地方、这个时辰、这种众目睽睽、这堆喧嚣噪闹就是你年轻生命的终结所在。

一如我所已知，斗牛对服装的要求相当严格，这也构成了这项运动血腥而浮华的外在，务求不同凡响。每个步骤进入斗牛场地的人都穿着不同的衣服各司其职，把整个斗牛搞成一场生死相随的臭显。

所谓斗牛，分四步进行，此所谓"斗牛四部曲"：引逗、长矛穿刺、上花镖和正式斗杀。

第一步的"引逗"，是将放出来的斗牛引逗得发狂，这需要由三个斗牛士助手把牛搞得满场狂奔，希望能够消耗其最初的锐气。

让牛这么绕场狂奔过很多个圈子之后，手拿长矛的长矛手骑着马出场进行所谓的第二步："长矛穿刺"。长矛手的工作是用长矛头刺扎牛背颈部，使那里的血管被刺破，进行放血。他们这么做，也是要为主斗牛士开出一个下剑的通道。

这种长矛刺扎很有讲究，业中高手会让长矛刺入颇深，直达牛的肺脏。

　　我们当天所见长矛手个个身材粗壮，所骑之马一概被蒙上双眼并用铁质护甲把马的身体两边兜住，说是"怕马害怕"。当天曾有一只牛在受刺之后猛撞马身，那种带着钝响的冲撞力度之大，几乎将长矛手掀下马来，引来无数观众的惊呼。一说长矛手稍不留神就被掀翻刺伤的事情其实经常出现，也因为这个原因，在成功放血之后，场上还需要有三位助手上前引开公牛，保护长矛手顺利退场。

　　长矛手退场之后，就开始"上花镖"。此一环节让我无比心悸，如果不是因为我们在马德里城内无所事事地早到了斗牛场，如果我们没有提前看见后来被扎在牛脊背上的花镖镖头回钩有多么尖锐，我可能对斗牛濒死的痛楚还没有那么切肤，那种回钩的钩尖我看到是一个锋利无比的小小阴险。场外的小摊上有卖这种东西的，想起来，场外那些应该是模拟品种，尺寸略小而逼真，当我试着用最轻缓的触摸速度接近回钩钩尖的一刹那，还是觉得指尖被它的锋利削开了一下。我随即告诫儿子不要去动，结果，未几便传来他惊讶的大叫。我知道，他还是偷偷地刚试过花镖之尖。

　　所谓"花镖"，是一种通体木制、饰以花色羽毛或花色彩纸、前端带有金属利钩的棍状物。骑在马上的长矛手在牛脊上扎满两枪之后，三个花镖手要徒步进入场地，站在场内选择不同的位置先后将六个花镖全部扎在牛脊上。如果刺中，花镖锋利的倒钩会挂在牛颈背上，既进一步挫杀了斗牛的锐气，也起继续放血作用。

　　牛的血会在那一瞬间开始大量地顺着前脊下流，被扎得狠的牛，整个前半个身子都是血。

　　斗牛，斗的就是这种已然浑身是血、历经两重折磨的伤牛。

　　看出这点门道之后，我觉得有点鄙夷，斗牛士所标榜的勇敢和机智，原来是和已被众人折磨得奄奄一息的牛在过招。

七

斗牛是一个仪式繁多的所谓"体育"，在西班牙号称曾经是贵族级别的享受。但以我看到的残忍和血腥，想来当年的西班牙贵族口味实在过重，我更无从想象贵族的各女眷是否真的能全心欣赏这种惊悚。

我们通常在影视中所见的斗牛，指的其实是斗牛四部曲中的最后一步：正式斗杀。

和前置步骤相比，正式斗杀的时间算起来不长，主要体现的是斗牛士来回挥舞着红布做地球人熟悉无比的"鲤鱼打挺"。斗牛士的身材大都姣好、躯干瘦长、满面古气，所着服饰也都还沿袭十六世纪遗风，衣服上镶嵌着各种在阳光下熠熠生辉的零碎，充满旧日的绚丽和考究，这似乎也是斗牛项目一直让人感觉神秘的主要原因。

主斗牛士的衣服一般为耀眼的大红色，据说可以起到让场内观众兴奋起来的作用。斗牛士按等级可以分为"见习斗牛士"和"正式斗牛士"两种，按规定，"见习斗牛士"只可斗三岁以下的斗牛，牛的体重一般为二三百公斤，只有"正式斗牛士"才可斗五百公斤左右的公牛。除此之外，斗牛士中还有"女斗牛士"和"小斗牛士"，西班牙在20世纪30年代前一直是有女斗牛士的，但30年代后即被禁止。

我们观看斗牛当天的斗牛者都不是顶级斗牛士，看上去才入行不久，在这夏季的寻常晚间，在这并非一流斗牛士云集的8月斗场，所能排列出来的斗牛士阵容，也就是这种品质了。好在对于我们这种远道而来的外行而言，也算物尽其用了。

在主斗牛士出场之前，会有斗牛士副手出现，他们三人一组，和主斗牛士一样披挂斗篷和一面双侧不同色的"红布"，还是级别所限，他们手中的"红布"红色的一面为粉红色，行家说，真正红色（一面为红一面为黄）的"红布"是主斗牛士的专利。

所谓斗牛士副手应该就是更加资浅或者尚未毕业的斗牛士，他们在主斗牛士出场之前也会上场先行"鲤鱼打挺"好一阵，我在想，这里面也有再多劳牛筋骨一个时辰的意思吧。如此，主斗牛士的所谓勇敢，更暗淡了一些。

我们在的那天，观众席中明显地坐了某斗牛士的亲朋，他们一众用最大的嗓音为场上亲人鼓掌呼喊，其实聒噪。

我们这场的主斗牛士个个精瘦，沿袭着一贯的斗牛士标准仪容，也沿袭着一贯的斗牛招数。表演一开始他们用长剑支撑红布引诱公牛，一如我们在电影中所见，斗牛来回冲刺，斗牛士来回"打挺"，众目睽睽之下这么一去一回腾挪良久。

这些回合实话说有些乏味，老生常谈得让人视觉疲劳。

动荡当中就到达了最后的所谓"刺杀阶段"，这个阶段的到来是很容易看出来的，这时候的斗牛士一心想做表演的收尾和刺杀的准备，你会觉得他似乎在找位置和找时机。这一部分，号称是斗牛的最最高潮，也是牛们的生死关头。

我第一次看到的这一最最高潮来得实在迅猛，只看见斗牛士将手中的长剑在自己的眼前横比不动，面向斗牛似乎在做瞄准状，这么着怎么也停滞了有三四秒钟的样子，紧接着大约在我这种毫无防备的外行还没看清所以的一个瞬间，斗牛士把整个长剑全部（注意是全部）从牛的后脖子位置飞速插入牛体，整柄长剑瞬间只剩剑把。

那长剑，大约有两尺长。

讲解书中说，此时对长剑所刺位置的要求是"从牛脊最前端

部位顺着牛骨缝隙直捣牛心"。何其深奥的"牛骨缝隙",属于
高级解剖范畴,我们所见,斗牛士长剑才入,黑牛当即双腿一软
倒地立毙。

这一杀惊天动地,真堪称毫不迟疑的毒手。

八

在这第一只牛倒地立毙的瞬间,我的眼泪登时喷涌而出流满
全脸,感觉心脏被人重重地猛力一击。这一刻我马上转过头去看
儿子,看见儿子也瞬间一脸的诧异满眼是泪,我们二人震惊得对
望无语。

这时候全场欢声雷动,长相一望便知是当地土著的西班牙人们
在座位上疯狂地挥舞起不知打哪儿弄来的诸多小白手绢,那些白手
绢显露出仪态拙劣的欢庆,形成好大一片哆哆嗦嗦的白色浮动,这
帮人眼看着乐得快昏过去了。

这时候,我听见儿子恶狠狠地对我说:"我不想看了,我想
走。"他盯着我的脸说:"你走不走,你不走我走。"

处在牛死的惊愕和儿子逼问再次给予的犹疑当中,一时间我有
些回不过神来。以一个旅行策划人的角度来思索,我飞快地在脑海
中做着利弊权衡,我们这几天西班牙周转所为,其实不就是今天的
这一场、这一刻吗?而且,为了挪出这个星期日,我甚至改动了整
个旅途的先来后到,很多时间与时间的矛盾、很多地点与地点的
权衡,如果才一开场就匆匆撤离,我们的重点旅行意义,则到底
不逮。

这一时辰我显得有些失语,儿子一直在侧追究:"你是属牛的
人还能眼看着牛死?"

谁说不是？谁说这种围观有任何道理？谁说这种没有任何道理的事情没有人做？我颓然而想，这事情，做了二三百年了。根据西班牙动物保护团体"动物平等"的发言人所表示，西班牙每年有1.2万头斗牛被斗牛项目所杀害。

后来我知道，在我们当天所看到的三个斗牛士当中，只有第一位的这个"第一次"达到了一刀毙命的"境界"。后来的牛们被刺后虽然未死，但却斗性全无，未死的原因是剑刺得不够深或牛过于强壮。每当进行到这种时刻，我次次听到观众席间白手绢们喝起了倒彩，倒彩声中，斗牛士从身上摸出匕首，当众在牛头某部位做出另外一刺，这一刺号称是在刺牛的"中枢神经"，几乎每只牛都会在如此一瞬刀到身倒。

一说斗牛在上场前就已经被放过血了，不然的话，"人哪能和牛斗"（当地人语）？在看斗牛时我确实看到若干牛上场之后，在被挑逗的间歇显出一阵阵腿软，有的甚至就前腿双膝着地半歪半倒过一两次。我总是在想，如果一个斗牛已经在幕后遭残害几近半死，仅靠若干cc的残余血量硬撑着表演死亡，那斗牛士之神勇又打了多少折扣？

牛死之后，一定会重复而集中地流血遍地，当然，它们的很多血已经在前几个"戏弄"环节中流遍全场。

处理牛尸时，几挂装饰着媚俗装饰的骡子车伴乐而来，这车装饰得花瓜一般，随三四匹骡子欢跳进场。骡子车走出的通道也是斗牛曾经的进口，斗牛们一进一出，一生一死，一到场就交代了一整世。

骡子车踩着乐曲节奏来到斗牛的遍地血迹旁，车上的人跳下车来把死牛挂上车尾，复又吹吹打打而去。这死了的斗牛被拖着血水一径强力拉走，和血之躯在黄土地面留下一路触目惊心的红色。这时候的斗牛场内欢声雷动，死亡带来的亢奋停留在每个本地人的脸上。

我想，在我亲眼所见中，这也算是最大限度地翻新死亡的意义了。

欧洲的死亡欢庆其实很多，比如法国断头台的观礼就也曾人山人海，这让人觉出欧洲世界一向傲慢中的粗鲁和残暴。

九

第一头牛死之后的观瞻，我都是在一边安抚儿子一边将就以对中完成的。我在反复地思忖及犹疑之后确定自己需要目睹的是一个完整的过程，不然我专门而造的马德里之行最重要的一环，就未曾扣合。

内心当中我也矛盾，残忍还在其次，重要的是我不愿意给这种残忍充当围观分母，我更不愿意儿子在过小年纪就提早目睹这些疯狂。我要儿子不要再看，捂着眼睛等我看完这些土著之于斗牛的恶形恶状全过程。

从事后的回顾看，我当时选择留下来是正确的，否则，我们必定会错过斗牛场中唯一一个让我们二人（儿子后来又曾偷看）破涕为笑甚至鼓掌而呼的环节。

那是牛竟然在进场之后又活着出场的喜出望外。

大约斗到第三只牛的时候，我们看到在扎枪已入、花镖未及的时刻，曾经出现了一个说长不长说短不短的停顿，这个停顿有些诡异，所有程序完全停滞，场外白手绢们嗡然躁动。此后不久，场内围牛不放的众人忽然悉数退出，斗牛场的斗牛入口处这时放进来七八头体型硕大、姿态憨厚的大花奶牛。当地人说，这种牛都是被阉割过的，也因为阉割的原因，它们个个体型肥大，但它们具有让斗牛跟随而走的奇特秉性。很多华人在电影中看到的西班牙盛行的另外一种叫作"奔牛节"的，就是最先让这种花牛带路，后面紧紧尾随着斗牛，跑起来之后才造成满巷奔牛的局面。

这些被放进场中的花牛进场后没走几步就停在入口附近，立定无言。这时候场地中孤独的黑色斗牛一瞬间有些呆滞，面对花牛的出现现出少许迟疑。若干分钟之后，黑色斗牛最终加入了花牛的圈子，牛们竟然从入口处直接消失。这样，斗牛从斗牛入口的一出一进，竟然达到了活着进来活着出去的格局，乍然一看，反而有些不很习惯。

当地人告诉我们，被花牛带出斗牛场的斗牛从此就走好运，它们回家之后会直接被封为"牛皇帝"。当地人说因为它们已经经受过斗牛场上的考验，证明自己比别的牛好勇斗狠，因此，养殖场将为它们仔细疗伤，然后充当种牛，一辈子尽享吃喝嫖赌之风流，永世不得再拉出来被斗。

花牛初现时让人云里雾里，直到完全知道了原委之后心里一暖，我和儿子两人泪眼相望，从此之后场场都巴望能有花牛出现。

我们幸运，整场斗牛中，我们眼见有三只斗牛就是这样被花牛解救而去的，每到此时，我和儿子都带泪大喊："花牛快走。"

这真的是一个让人代牛百感交集的规则，忽然之间你会看到向观众展示一圈之后被高悬在斗牛场边的斗牛资料牌被人拿下，若干分钟之后，花牛们来了。

原先我以为西班牙如此运动的阴险其实是人性的彻底沦丧，结果，还有余地。虽然余地也是为了更多残害，但暂时，死亡的突逝让人觉得心神一爽。

十

斗死的牛其实还是很有价值的，当然，可以想见，价值一定在牛肉。

巴塞罗那的朋友说，他们在巴塞罗那还可以斗牛的时候，看到过斗牛结束时斗牛场门口在卖刚被斗死的牛之牛肉，这时候的斗牛肉已经被详细分割得和寻常肉铺中见到的商品肉殊无二致，人们在围观了它们的死亡过程之后，终于搅和进来分享它们的死亡。

在西班牙，这其实是一个盈利颇丰的行业利益链，一头黑色斗牛由斗牛养殖家族卖给斗牛场要价一般在6000欧元。这些已经成年的斗牛其实都已经跟随养殖主人四年或者六年之久，人和畜的经年过从想必一定也会有情愫产生，曾有人问过斗牛养殖者："每次，当你把一只牛养大之后再亲手送它到斗牛场去送死，你会心疼吗？"

养殖者告诉问话者，有些斗牛在成长过程中会和同伴发生顶斗，这样的顶斗有时就会把牛角顶坏，"到了这时候我会心疼。因为这样一来，这条斗牛就只能当做肉牛来卖，价格从6000元一下子降到600元"。

阴险和沦丧，还是老姿老态。斗牛业界，我觉得人所不人。

好在西班牙全国整个的趋势是要废止斗牛业的，进入新世纪之后，该国步步紧逼地出台了不少对斗牛业的限制和禁令。自2001年7月起，西班牙政府宣布禁止在市场上销售斗死的公牛肉。这一举措其实就已经让斗牛业界出现崩溃前兆，因为对斗牛养殖业而言，卖公牛肉一项也是他们重要的收入，这样的一个禁令意味着斗牛养殖场的人将因无法负担高额驯养费用而放弃饲养斗牛，这样一来，作为斗牛行业的终端环节，也就是斗牛场将出现无牛可斗的局面。

即便面临严峻的封杀前景，如今的马德里报纸上还会每周都刊登斗牛的预告和简介，其中包括行将登场的斗牛士详细介绍，拉斯文塔斯斗牛场也是每个到马德里来的游客必到之处。文明遍地的今天，这个红砖及顶、血流成河的场所实在讨厌，责罚与取缔，早该为之。

讽刺的是，在拉斯文塔斯斗牛场门口还供奉有多年为牛治病的医生铜像，而在他面前向他脱帽致敬的竟然是一尊斗牛士铜像。

大庭广众之下，特别装。

十一

夜间九点多的时候，我们离场去吃晚饭，离开新鲜的死亡去维持自己的生存，有些黑色幽默。这时候的马德里夜色刚临，正式晚餐上桌其实还嫌略早。

晚饭的时候，我们都有些无语，每个人都好像刚从战场上回来，心头湿漉漉的。我知道，在动物保护之风吹遍环球大地的今天，斗牛已然风行两三百年的功名与云月，不出两年，一定消遁。我们今晚，成全的是为了忘却的纪念。

我跟儿子说，牢记这些，因为它马上就成历史。我告诉他："我担保这是你此生最后一次见到这个。"

马德里的这夜，茫然而命定。

为牛当哭。

2012年

我的巴塞罗那高迪不见了

一

西班牙巴塞罗那如果活到现在已经160多岁的老头高迪，是我十多年前结识的云端高人。那年整整一趟的欧洲多国行程中，高迪给我的心灵重击醍醐灌顶。

十年后再回巴塞罗那，因为带着儿子想搭乘大航空公司更安全一点的飞机，因此在欧洲变得路途很绕，最终我们由希腊转机经由瑞士日内瓦才迂回进入西班牙。在洛杉矶制定行程的时候，在想着怎么把在欧洲大地的飞行勾勒得自如一体时，在地图上具体指点到巴塞罗那这个城市的时候，儿子问我："我们干吗到这个地方去？"

我告诉他，那里"有我一个老熟人"。

毫无疑问，这一趟巴塞罗那，对我而言，全是为了重逢高迪。

上次那趟，我在高迪设计的古埃尔公园中买过公园的象征物，那是一个橡皮质地的花乌龟，颜色中带着巴塞罗那大区特有的缤纷，偏绿，这玩意一直被我放在洛杉矶家中浴室的梳妆镜前，每天早上当我从与睡眠的缠斗中推门而入，高迪，已经等在那里了。

这么说吧，这花乌龟就像是闯入我心海的巨大船头，十年来横泊那里，霸住我心一方。

可能也完全因为这样一个花乌龟不计分秒地陪伴，对我来说，和高迪十年未见从不觉得遥远，他是深植于我之四季的白昼与黑夜。

二

重回巴塞罗那，这个城市忽然让我觉得有些异样，空气中带有一点难言的诡秘，在洛杉矶预先订好的巴塞罗那酒店，竟然和十年前我住的是同一家。

巴塞罗那机场距离市区并不很远，也就是十多英里的样子，加上西班牙懒洋洋的空气，让人觉得车还没怎么开起来，市区就到了。在朋友的车上远远看到我们要住的酒店轮廓时，看到它骑坐在都市天空正中的模样，我忽然惊讶得说不出话来，这真的是我十年前住过的酒店。

当年，这个宣称四星级的酒店给我印象至深，我至今记得自己曾经在饭店电话中对着消极懈怠的服务人员大骂出口，因为，酒店的所有服务都恶形恶状，我房间的浴室几天内根本就没有打扫过，放在浴室的牙膏硬得用尽了全身的力量也挤不出来。

更可恶的是，那次给我的房间正好位于电梯大厅等候区旁，照单收下这地方本来就令人不愉快，更何况某天早上我吃完早饭临时再回房间，惊见我房间的门是大开着的，酒店方面的打扫车正歪斜地横在门前，打扫者却不知去向。趁着这个空当我进到自己屋内，打开保险箱把钱款拿出再从容而出，自始至终没人理会、没人出现，打扫的人始终不知去向。怒不可遏的我冲到底层的服务台，冲着那里又是一通火冒三丈。

这是一个骑跨在火车站上方的庞然大物，建筑构想很胆大，订下它，是因为描述中说它恰好位于巴塞罗那火车站上方，我认为这对我们后来乘西班牙火车去马德里是一个巨大方便。在洛杉矶对着酒店订购网站斟酌权衡的时候，心里还一直浮现着自己上次火冒三丈地冲到巴塞罗那酒店服务台暴怒的场景，没想到，下手一订，却又是它。

这酒店的模样如今已经无从比对，除了外轮廓还是那么粗大厚重、凌空而起之外，在介绍当中说整个酒店已经全部装修成太空舱模样的格局，酒店名字也换了。此次最终进驻之后，觉得确实很"太空舱"，进入每个房间都犹如进舱，但这种细节过多的设计让观者明眼看得出用心不少却做作多多，力气用大了。

（再次入住此酒店出来，自脱身两天后起直到上个月，将近一年的时间里，我一直都持续收到该酒店的意见调查表和未来的酒店订购邀请，尤其是意见调查表，事无巨细竟然有着长长四页的篇幅，这让我被感动了好几秒钟。生意昌盛的关键，慵懒的西班牙人终于意识到了。）

三

刚到巴塞罗那的下午，放下行囊，就随着朋友上到了酒店附近巴塞罗那的高处，那是景点，有游人有大炮，还有巴塞罗那奥运会旧址。这几个月是欧洲不景气中越来越难熬过的夏天，这在游人数量上多少有所展现，整个景区原本是巴塞罗那除了高迪之外的最大卖点，但我们到的时刻游人寥寥，各个地点无须排队，大可直奔主题。

从那个高山上远远地向城市方向看去，不知道别人，我必定一眼就看到高迪的圣家族大教堂。十年前的某天，我也曾经在巴塞罗那市区的高处回眺过高迪，当时真觉得这实在是建立在无数平庸之上的电闪雷鸣，高迪的奇特和高耸会让你觉得，城市中其余建筑满铺满盖接到天边的生存好像一张素色之网，高迪的凸显，是网中鲨鱼。

十年后的这一刻，在午后的城市顶端望过去，高迪还是那条鲨鱼，在巴塞罗那市中心桀骜不驯。巴塞罗那的夏天太阳毒辣艳丽，强光中我觉得我的这个朋友其实一直站在原地等我。

下山的时候，儿子执意要去滑他上山时就瞄到的高长滑梯。这滑梯的出现说起来也很奇异，概括地说是在景区内、在下山的路旁、在完全没有其他相关儿童游乐设施的佐伴下，它被建在上下两条"之"字形人行走道的当中，由于两条人行走道高度差距很大，因此滑梯看上去让人狐疑不止，我真的是面对瘦高超长的它思索过"这究竟是不是专为儿童所建"这一问题。

结果，怀揣Ipod的儿子在我再三阻拦未果之后，在大家的注视下从顶部沿着被照得发亮的钢制滑梯飞速一滑到底，在众人还来不及反应的瞬间，他已经跌落在滑梯下的黄土中。这一跌完全出乎他本人的意料，他跌坐而下激起的粉尘飞扬而起即刻包裹了他的全身，烟尘散尽之后我看到儿子小腿的前部自膝盖以下被全然划破。看见儿子腿上血的颜色似有似无地浮现，我又有些惊讶，巴塞罗那这个我心神往之的地方，怎么此次一到就觉得地气不合。

儿子这时候立即开始埋怨我为什么不用成年人的心智去阻拦他下滑，两人为此还唇枪舌剑了小小一番。人生当中，这真的是为人父母者的两难艰局，去顺应还是做砥柱？把这联想扩展到高迪为建筑的理念之上，高迪的不媚不阿，让人自惭。

四

认识高迪才知道艺术可以恣意到无以复加的地步，视觉可以打乱到无与伦比的境界。我一向喜欢没有拘束的人事，看高迪，正好让我挥霍这种感觉。

　　高迪的设计准则是没有直线，其设计的经典口号是："直线是属于人类的，曲线是属于上帝的。"统观他的所有建筑，确实都以曲线连接伸展，如果不是见到了高迪的设计真身，建筑与曲线间这么绝对的说法还真难想象。就好像如果把一句话这么说："一座楼房可以做到看上去没有任何一条轮廓线是直的。"你一定觉得说话的人不是疯了还是疯了。

　　生前曾被误认为是"要饭老头"的安东尼·高迪可以说是西班牙巴塞罗那的标志，到这个城市来的人，很大原因是因为他。十年前知道这一点时我颇有些失望，我还以为他的特立独行只有我一人欣赏。

　　他生前的确是孤独的，无论是从建筑上还是亲情上，终老一生他都不是个有钱人。绝大部分艺术家一生和贫寒纠结，高迪也不例外。早年还好，他在26岁的时候遇到了城中富豪古埃尔，也就是最终出钱让他设计古埃尔公园的那一位，也正是他，最终推荐高迪接手设计了圣家族大教堂。而连高迪自己也没有想到，这教堂一建就是130多年。

　　这整件事情的接承转合最终还是让人看到艺术家与富豪间的施舍或说是恩赐关系，即便狂傲如高迪，也得对钱就范。但他的所谓"就范"是仍旧必须展露曲线的就范，也就是说，钱可以接下，风格却从未改变。我所谓"不媚不阿"，就是这个意思。

　　恰巧当时巴塞罗那富豪当中尚有寻求新奇的小社会之风，追求奇特者们希望能争奇斗妍，这点从高迪设计的巴特洛公寓和米拉公寓就能看出究竟。这两幢高迪设计的"居民楼"我们这次去时正好完全开放，门口当然有着等候参观的队伍，但长度还好，人们排队沿着高迪建筑的内里攀行而上，亲临高迪所谓曲线和曲线的扭转，实地体会奇思和奇思的渐进。也看得出为了曲线和奇思，"居民楼"室内的布局乃至尺寸都有做忍让，难得富豪一家不为此纠结，房子不直就歪着住，承认曲线也扶植曲线。

很难想象如果没有这两幢建筑业主的首肯，高迪还能用什么途径为后人做才华陈述。

巴特洛和米拉公寓位于巴塞罗那城市正中最繁华的大道旁，都是非常大型的高层住宅楼，两处相距不远，在巴塞罗那鳞次栉比的正常房群中像是两个永远立正不好的士兵，显得硕果仅存、鬼魅横生，远远地一看到它们，我心就笑了，想象着长眠地下的高迪带着坏笑怎样地早早就给今天留下自己独特的都市烙印。

五

从滑梯高山下来直奔高迪的圣家族大教堂，车行一路，看到巴塞罗那整个城市历经经济萧条的痕迹和远邻希腊相比似乎不很明显。这些年，西班牙是欧洲经济危机的重要灾区，它和希腊并称欧洲衰退的"搅屎棍子"，但就市面景气而言，这里一眼望去的概况还好，没有希腊那种满城闲置商铺的惨相，酒店价格也没有希腊那么卑微。

而我们的目的地，再拐过一个弯就到了。

就拐弯。

可是。可是，我看到的是怎样一个神采顿失的高迪啊。

拐弯之后，我吓了一大跳，圣家族大教堂到是到了，我们的车一穿就进入了教堂的底座之畔，这时候从大教堂的底下看整个建筑，冲进满眼的是"属于人类的"直线，我竟然几乎认不出我的高迪老头。

和我们上次来这里还是一个彻头彻尾的大工地比，此时高迪的圣家族大教堂，已经算是一个可以使用的建筑，虽然屋顶一直都还有巨型吊车在做不知所以的各种悬吊，教堂方面却早已经开始出售教堂内部的观光门票了。

这里是顶级的巴塞罗那观光重镇，毫无悬念地有着阳光下的长队和耐受。那天的太阳那种直晒下来的酷热夹杂着我的严重失望，给人以艰难苟活的感受。说是圣家族大教堂如今已经是由第五代建筑师在设计了，所谓群策群力的结果把高迪的初始闪光合力鼓捣成了四不像。

教堂内里的各面柔和平静，小灯光酸酸地打着，有很多奇怪的墙面装饰，比如说矫揉造作的宗教小像之类，那种构思上的拙劣和愚笨真的是无可言喻。全身冰冷地站在教堂内，膜拜逐渐变成了冷眼，我曾追随的高迪精髓，已经在传承中完全走样。

既然已付使用，教堂内部当然已经封顶，但和上次来时仰头见天的感受相比，倒还不如让整个屋顶与天相接，不然期望过高如我者内心那种怨不可遏的喷发毫无出口。

这么反过来说吧，这教堂，进门之后，别管外边多热，心跟着视觉一扫就全凉了。这是那种一惊之后的骤凉，这是那种绝望之间的无望。

六

安东尼·高迪出生在巴塞罗那附近的一个小城，后来进入巴塞罗那建筑学院学习，之后一直在巴塞罗那从事设计工作，他可以说至死都在巴塞罗那的大地域圈内。

这个地方是怪杰层出不穷的地方，看看稀奇古怪的毕加索和达利就明白了。前者自10岁起就开始长住巴塞罗那，14岁进入巴塞罗那隆哈美术学校，得到绘画的最初启蒙。也因此，世界上总共只有两座毕加索博物馆，一个在名都巴黎，一个就在巴塞罗那。后者是费格拉斯人，此费格拉斯是距离巴塞罗那仅两个小时车程的小镇，再加上我的高迪，可以说根本就是三个老乡亲把整个世界艺术史圆润了很多。

记得在巴塞罗那去达利博物馆的路上，车子开了很久，大路走到变小，小路又走到变大，走过重重空旷田地，见到很多农业作物，一直走到了以为人烟断绝的天地。我们那天反复迷路，开车的当地朋友在那个城市已经一住7年，面对肥沃而缺乏人烟的一望无际，有几个时辰，我看到他都迷茫了。

在这种迷茫的意义上，想象着当年的达利根本就是一个雄心勃勃的农村青年，如果在中国，他可能早早就成了进城的民工，躬身流汗在各建筑工地。

我们最终到达达利博物馆后，才知道这人又把荒凉变成了闹市，博物馆的等候队列仍旧暴露在艳阳之下，排队的人流拐了很多个弯。正是在这个细长的队伍中，我身后，竟然出现过上海口音。

高迪也不是城里人，出生的地方距离巴塞罗那也有距离，但却是在巴塞罗那地理大范畴之内完成的审美品格培养。他的父亲是一名铜匠，而他也曾是一名铁匠学徒，这两种匠人的审美融合应该还在中规中矩理论内，那么，让高迪后来设计出各种凌乱扭曲线条的，应该是地理。所谓此间地理，是允许古灵精怪的地理，这是他们三位的人生万幸，如果生在性格严苛的城市，这三个怪物的思绪之美必死无疑。

上文中的"允许"二字关系重大，基本就是都市开化的标尺，美国如今在这方面相比之下有些拘谨。

同样提到建筑，我在洛杉矶也曾设计过自己的住宅，认真说起来，在美国，这种放置于公众视线之内的建筑必须具备与公众的协调关系，如果不然，市政府审批乃至公听会等关节都会在前路埋伏。因此，在设计之初我就一直在构想和现实中天人交战，在中式建筑中我首爱四合院，但我的四合院思维和房子在美国市场再售乃至公听会能否通过的种种关节，让人自己教会了自己妥协的应用乃至妥协的尺度。

七

圣家族大教堂东大门和东部的侧立面是高迪自己完成的，也就是这个教堂中所谓的"耶稣诞生"立面，这个立面凝聚了建筑高人的审美精髓，可以说是分寸之间见细致，人像物像一气呵成，视感偏执狂放，看上去带有高迪特有的心乱如麻感，虽然我不很赞成他的凌乱，却颇欣赏他的奇思。

如今教堂的西门外已是一望便知的他人手笔，一说这是简约派艺术家约瑟夫·萨巴拉奇斯于1990年完成的作品，我不由得怨愤主事人选才的牵强，须知高迪和简约派实在是两个极端相反的概念，彼此衔接，都不好受。

在教堂的北面，不知出自哪位高人之手的新设计更让人震惊，那里竟然成为了一个平面，跟人们平日所见的筒子楼外立面殊无二致。高迪的东西中忽然被带入直线，这教堂如今已成杂烩。

我坚信主事人是明了高迪的，让曲线消失不是来自理解的故意错误，就是来自资金的真正短绌。

总的来说，高迪算是多少有一点点商业化了的艺术家，自我又不能自我，靠赏识他的富豪找到设计项目。这应该是无数为艺术者的悲哀。记得多年前看过一个舞台剧，其中的情节乃至剧名完全忘记，唯记得舞台中间有一个无家可归或靠捡破烂为生者偶尔得到了一点好吃的，一声呼哨，舞台上的各个垃圾箱中忽然冒出不下5个头来，这些人竟然是他豢养的诗人们，吃喝靠他。这极端化了的例子说的其实就是为艺术者的重大悲哀，而且，艺术在散播途中还存在一个品味衔接的问题，磨合中，艺术只有无奈地走向妥协和迎合。

这一次，我们又去了古埃尔公园，这里如今不幸有点暴土扬场的感觉，很多的人挤塞在公园的每一个角落。我也重回公园内的花乌龟真身旁边照相，那里更必须排成长队，无数只手无数次地紧扒着乌龟，各种高叫此起彼伏。而要想进入设立在园内建筑里的纪念品商店转转，则必须在几乎所有楼梯转角侧身让过或上或下的人潮。这无疑在冲击着我对高迪独有的静谧崇拜，我对巴塞罗那的无限爱意，在满头大汗的拥挤当中，颓然而散。

我明白这是旅游城市繁荣指标的另外一个侧面，但一旦身临其境，逼仄。

八

巴塞罗那民风全开，在习气上虽然不能和相邻的北欧的风气过开比，但到了海滩上，还是处处可见无上装的裸体女郎或在晒或在游。那种一家老小互相观摩彼此躯体的举措，尽管我早有思想准备，但真正看见还是瞠目结舌。

这里的人也都是生意高手，在高级餐厅吃饭，即便你是花钱吃饭的人，但想和店内展示出来的大鱼合影，店家也一定铁面要收两个欧元。

记得在圣家族大教堂内的礼品店中，我还能看到一些高迪的思想被制成了纪念品，一如我多年前一直留存的橡皮花乌龟，我只能在这里默想高迪思维的线条。那是一种才华横溢的毫无头绪，具有介于疯癫和理性之间的绝妙。这正好契合了我对万物都想迁就的狂放和痴迷以及都想保持的远离和审慎。

可是，高迪不见了。

几何图形代理了所有的才华，这教堂，虽然是大半能用了，但"能用了"这重意义，对高迪本人我敢打赌必定毫无意义。按照这一脉络，巴塞罗那于我而言，也就谈不上魅力无穷了。我不知道我还有没有重返巴城的第三回了。

有或没有，都行。

即将离开巴塞罗那的那天，朋友问我还有什么想去的地方，我告诉他我还想再去一次高迪的教堂，我想跟高迪告别：

那天的我独自一人绕行圣家族大教堂，最后一次用步伐丈量高迪的难过。那天的巴塞罗那正好没有那么热，我带着些许落寞，从教堂的东南角起步，绕右手边拐行。我用这最后绕场一周的分分秒秒，在内心的最深处向用一生演奏一生的高迪老兄告别。

那种感觉，竟是悲愤。

乌龟仍在，偶像没了。

高迪明察。

高迪不知。

2012年

我与柏林墙的过往和重逢

一

我总是爱带那些我认为稍具历史感的客人来到我洛杉矶家的二楼，在转角楼梯上到二楼稍微往走廊过去一点的墙壁上挂着一个镜框，镜框中有两块很小的石块，它们是真正的柏林墙砖块。

被我展示在"稍具历史感的客人"面前的柏林墙砖块，靠近观者的这面是有着斑斓色彩的，碎块的另外一面被我粘在了镜框内侧，我知道它们是无色的，如果水泥也算有颜色的话，或者可以说它们是只有水泥颜色的。在砖块的旁边，在同样一个镜框内，我还贴放了卖给我这两块柏林墙碎块的某柏林中年人的照片，这张照片被制成了明信片。

在明信片中，这位柏林中年人蹲坐在正拆除到一半的柏林墙下，表示他真的就是柏林墙历史的见证人。十多年前我到柏林的时候，看到这位中年人在柏林墙的一个角落支了一个摊位，专卖柏林墙。这人很瘦，当时看上去就已经到了中年的后半截，脸上泛着昔日劳工粗糙的光芒。

说回到我家墙上的事情，每一次，我都会问我家"稍具历史感的客人"："这块柏林墙一面是彩色的一面是无色的，彩色的一面必定是当年写满了'要自由要人权'之类的涂鸦，你认为，哪一面是东柏林？"

我留给客人回答这个问题的思索时间很短，短到通常只有三四秒钟的地步。因为这曾经是位于洛杉矶尤布林达尼克松博物馆的工作人员给我提出的问题。

在那个博物馆里，德国当局曾经赠送给他们很大一块柏林墙，馆方把这块庞然大物竖立在很靠近展示由尼克松推动、而由卡特总统任期内实现美国和中国建交的馆藏部分，因此，作为中国人，很轻易地就会走到这扇柏林墙的面前。

我的客人中很少有把我的问题回答正确的，他们对自己不假思索地冲口而出，事后一想都有些暗自沮丧。

正确答案是，写满"要自由要人权"的，当然不是东柏林。

我酷爱柏林墙的历史感不是没有原因的，这种原因一直都和走到极致的欢喜和血泪相连。我总觉得人们来到柏林墙的时候，内心一定会有大量喘息，觉得很多历史在撕心裂肺地跟你诉说。

这是在德国，这是在曾经自认为血统高贵的德国，一道墙，把他们自己的无奈弄得灰头土脸。

在我们抵达柏林的短短四天中，我接连几天和儿子步行出暂居的酒店，右拐之后沿着小型街道一直走到大路上去。那里是在全德国都大名鼎鼎的"裤裆大街"，我们通常会找到两人都觉得合眼缘的餐厅坐下来，我们甚至在那些个餐厅中看到过电视屏幕中播放的中国体操男队参加伦敦奥运的完整实况。

在这条被誉为"柏林的香榭丽舍大街"上，看着人来人往的德国街区，心里五味杂陈。距离我们的所在位置不远，有一个叫作"断头教堂"的所在，这是1943年盟军轰炸造成的结果，整个教堂的头顶被削得斜平。德国人最终选择不做修缮，因此不论你什么时候去，这个德国之"头"一直会断在那里，很屈辱很惊悚，这其实很不德国。

一如柏林墙水泥色的质朴和纯净倔强无声地一言不发，德国在也屈也伸的历史中掣肘过世界。

二

重回柏林墙，是我保留欧洲质感的一个重大步骤，因为我对这个墙前前后后的故事一直非常着迷。

如今，在柏林市内，柏林墙被拆除得比较彻底，但整个城市又似乎处处都被柏林墙的阴影设下的重围包裹，柏林墙根本就已经成为柏林的灵魂。柏林当局其实深知存留历史的重要，因此，在市政建设过程中，当局在几段重要之处留下了完整的柏林墙。

现存的柏林市内的柏林墙大概可以说有三大处，一是东边画廊，二是查理检查站，三是恐怖地形图。必须说，这三处的第一和第三处，名字取得都让人觉得有些费解，"画廊"和"地形图"成为对柏林墙的定义，有些不知所云。

我把真正意义上自己的"重回柏林墙"时间放在了逗留柏林的最后一天。那天是个在欧洲太阳下暴晒的一天，我们乘坐着环城的旅游车，在柏林墙下车，这所谓柏林墙，就是首先要提到的"东边画廊"。

东边画廊的英文名字叫作"East Side Gallery"，此段柏林墙位于柏林东火车站和奥伯鲍姆桥之间，全长超过1316米，是柏林市内柏林墙最完整和最长的存留部分。十年之后的柏林墙内外，规划得已经有形，这一段并不是闹市，街道宽阔，能看出当年规划时期地理上的从容，让人觉得这里与生俱来就是如此。

在此之前，我们在柏林市区先行参加了"免费柏林一日游"。在德国的很多旅游城市都有"免费一日游"这样的项目，导游基本上都是年轻的当地在校大学生。在柏林众多的游览选择中，我挑选了"红色柏林"一项，我坚持认为，柏林是一个政治城市，也就是说，它在政治方面的象征意义远大于旅游意义。记得柏林旅游会议局中文官方网的网站名称也是"来柏林"。如果有人说"玩柏林"，那则把历史轻慢了。

要加入我挑选的这项"红色柏林"游览，必须和其他人聚集在勃兰登堡门后广场的一个星巴克外，在约定的时间当口，我们一行六人彼此打量了一下就一言不发有志一同地走了。我们这六人中，有一对来自美国波士顿的姐弟，他们有着一半的犹太血统，这样的人来到德国，相信心绪别样。

我们在柏林市区走动未几，导游就要我们留神脚下，因为，"地面上就是柏林墙当年的线路"。我看到当时自己脚下确有印记，两行长铺的红砖，上面有"柏林墙1961—1989"的铁质纪念牌，设计简约厚重，让人看后很有印象。

这一印记时断时续，在市区之内延绵不绝。

当年要想跨越这印记两边，是生命之重。统计说，柏林墙大约终结过136～206条人命，而我最难忘记的是一个叫作彼得·费彻的英俊男人的死亡。1962年8月17日，越墙者费彻已成功攀上了柏林墙头，但却被东德方面击中，他立即身受重伤跌落回东德一面的墙下，在此之后大约一个小时左右的时段内，东德的守墙士兵和西德的无数民众目睹了他在柏林墙下东德一侧慢慢死亡的全过程，尽管西德一面的民众因为目睹他的垂死而激愤呼吁东德施救，但却无人施以援手。一个多小时后，费彻在众目睽睽下血尽而亡。

这一次，我在有关柏林墙的各个纪念地点寻找他英俊的遗容，可喜的是，他从来没被忘记。我在他的各处遗照旁留影，我太想告诉他，我深深明白他的渴望和飞翔。

三

和"红色柏林"的免费导游分手时，我把20欧元捏在手心，我觉得他有所付出，必须有所获得，和他握手的时候我把这20欧元顺着我与他两掌之间的摩擦滑入他手。这一游，虽然有些马虎，但却让我和柏林当地人有了交流和勾兑，让我的柏林政治意识，有了感性的出口。

其实这次去柏林，已经没有那么大的"柏林墙冲动"，也不想再买柏林墙碎块了。一来是故地重游，已经没有当年的大震撼；二来我在想，历经了又一个十年，如果柏林墙还有得卖，还真得了吗？

这个疑问也曾向"免费导游"探过口风，对方斩钉截铁直断现在还在卖的那些柏林墙是假的。仔细分析起来也只得赞同其断，距离1989年拆除的柏林墙，时光已过20多年，有多少岁月可以重来？有多少墙体能够连年好卖？

所谓"东边画廊"柏林墙，确实也是个画廊，而且还被评为世界最大的露天画廊，此画廊有别于世界上任何画廊，它的绘画载体是柏林墙。1990年9月28日，在柏林墙被拆除一年之后，来自21个国家的180位艺术家在保留下来的长达1316米的这一段柏林墙上，创作了不同主题的绘画。其中最著名的作品有Dimitri Vrubel的《兄弟之吻》，Gunther Schaefer的《祖国》，Gerhard Lahr的《柏林—纽约》等。自1991年起，加了1990年绘画的这段柏林墙被列为保护建筑。

这段墙的存续，其实也行为艺术地解构了我老是在问我家"稍具历史感的客人"的那个问题。柏林墙还有着区隔意义的时候，艺术家们一直都有着在柏林墙西侧作画的传统，后来，也正是刚才说到的1990年，柏林墙拆除的第二年，画家们终于可以在墙东作画了。

但不论墙东墙西，不论传统还是新潮，此举创意虽好，实在说真不是个明智的做法。须知，换个载体来说，这基本上好比是在长城城砖上搞当代涂鸦，无论你日后把这地方叫怎样的"画廊"，历史的和当今的，已无可弥补地严重混淆。

缅怀的和现行的，谁糟蹋谁有病。

也是在东边画廊这里，我见到了那幅最著名的接吻画《兄弟之吻》，这画描述的是前东德领导人昂纳克和前苏联领导人勃列日涅夫的一个历史性接吻定格，两国元首苍老的嘴对嘴互吻曾经让我联想起老年男人身上和嘴里的怪异之味，不寒而栗。可站在柏林墙下瞄准原作仔细端详，倒觉得不怎么恶心，这让我后来站在这二老的嘴中间拍照，感觉自己真的也随同横跨了人间重大的沟壑。

东德与西德，韩国与朝鲜，当然还有在动荡中干脆完全分崩离析了的众多国家，这么多的恩怨情仇与前赴后继，了解清楚所有的所以然，可能真的只能靠时间的推移和老男人间的带味一吻。

四

在东边画廊，看过老男人接吻画之后时间有些从容，墙的后面就是贯穿整个柏林市的施普雷河，河不宽，也不非常美，有游船可坐，和儿子商量了一下，结果先想坐后不想坐。我们两人最终沿着东边画廊不很有目的地走了起来，我提到过，这是我们在柏林逗留的最后一天，我的行事历上已经没有更多的必到之处。

但是，正在我们商量着准备离开的时候，我忽然觉得自己眼光一闪，恍惚中觉得有什么熟悉万分的景象一掠而过。

我有些狐疑，定睛一看，眼前却也没什么可以看见。把视线重新拉回刚才眼角扫过的一长串景色和人物，猛然知道我看到的是我无比熟悉的那张卖墙老头蹲在柏林墙下的明信片。

就是。它被放大了的身影在我逡巡的视线余光中一闪，吓我一跳。也就是说，我又看到了已经在我家二楼墙上挂了十多年的柏林老头的拆墙照。

自拆墙照往左侧一点点，我看见了所谓东边画廊周遭唯一一个贩卖纪念品的小屋。这小屋我其实刚到这里的时候就见过，但它的凌乱和无序让我兴味索然，眼角一扫之后，就再不曾关注。

但此时的我忽然有些激动，那张明信片真的让我有着故交重逢的不安，这时的我顺着我认为极符合老头性格的花乱箭头之类，三步两步就进了必定是故人所开的小店，指着店内也贴了满墙的老头旧照直突突地问："这店是这人开的吗？"

果然，对方说："这是我的老板。"

此"对方"，是个看不出国籍的中年妇女，她的回答，在我的意料之外，也在意料之中。如果不是在余光中看到当年老头熟悉的粗糙之脸，这人海茫茫的十年之后，我和他必定失之交臂。

闻此，心头一热，你好，久违了的老朋友。他一定忘记了十多年前在一个寒冷白天光顾他摊位的我，我却不知道多少次和我不同的"稍具历史感的客人"在洛杉矶著名的阳光中，重复地在照片中打量他。

他不在，说是如今的他每周都还会抽出一天的时间在店里工作一个整天，算了一下自己的行程，我知道自己此行无论如何也不能和他再次遇到，就遥远地以最熟悉他的一个陌生人身份祝愿他能够再活十年。

他其实在柏林墙界算是个名人，名叫"弗尔克尔·帕夫洛夫斯"，在出售柏林墙块的业界，当地媒体说他一人的市场占有率达到百分之九十以上。我后来知道，柏林墙倒塌的时候还是一个建筑工人的他立即加入了出卖墙块的大军，在1991年他正式放弃原有工作。

与此同时，他开始四处打听柏林墙的"进货"渠道，最终，他总共买下了300米长的柏林墙墙体，每段墙体重2.6吨，高2.6米，为这一大堆墙体他总共花费了5000美元。他把这些墙体存放在市郊仓库里，据他自己跟媒体讲，他买下的这些墙体一块压着一块，堆满足足一个篮球场大小的地方。

他是西柏林人，46岁那年历经柏林墙倒塌，20多年过去，他应该年在七旬。

一个人的一生，伴随着柏林墙逐渐老去，被柏林墙阻隔，也被柏林墙滋养。

五

在不期而遇的故人这里，我下手又买了十多块柏林墙墙块，这么多年过去了，他的砖块价格似乎没怎么上涨，但他对墙体碎块的装潢有了一些小小的变动，这样一改变之后，决定墙块价格的关键似乎全在于用了多少辅助的装潢材料。我这故人所用的辅助装潢材料挺庸常，也很男性，构思一般，基本上就是把墙块粘在一个拱形透明硬塑料当中或者粘在一个明信片上面等等，一旦有了如此装潢平俗的附件，砖块的价格立即上涨一倍。

在我看来，此乃当代版的"买椟还珠"。

我当然挑的是"裸体"一群，最小碎块两个欧元，中等的也不过五个欧元。

说到这些砖块真实性的最症结处，我只有一点点小疑问：在柏林，如今出售的每块柏林墙砖块上都附着有或大或小的彩色颜料痕迹，这当然会被立即解读成是当年墙体在西柏林一侧充满了喷漆画作的原因，但是多年已过，真的还会有那么多附着了颜色的墙体可卖吗？有颜色墙体背后厚实的水泥们哪里去了？为了人们喜欢带颜色墙体的原因，卖者会不会采用人为着色的办法以方便销售？

在交钱的时候，我手捧一堆我心目中的珍贵之物移向柜台，我把这些历史们一个个慢慢排开，像是在重温我遥想中的过去时光，柏林墙风起云涌的时候我还没有出生，之后，我在遥远的亚洲度过的也是自己人生的闭塞岁月，四周只能看到红色的懵懂，世界也因此而显得偏颇无理。

就在我思路渐远的时刻，只见面前的女店员忽然用手拣出我所排列出来的墙块之一赞叹地说："这真是一块美丽的石头。"

美丽？石头？不确切，也唐突。她说的是"美丽"和"石头"，确凿，她用的是英文的"beautiful"和"stone"二字。

正犹疑间，听到她接着说："你看它背面的这一些暗黄色。"

我凑近一看，当即觉得自己刚才有点下手没准，因为被她指点着的墙块反面现出了点点黄斑的痕迹，如实描述，它们有些像人类排泄物的风干体，心头一紧我忙想伸手取回那块"美丽"的"石头"，哪知道女店员比比画画地告诉我："这是当年柏林墙中的钢筋留下的锈迹。"

墙中的钢筋？！这一晴天霹雳般地描述把我立即从"美丽"中拉回，这一个瞬间让我霎时难忘。

往事如潮，刹那间涌入心头，当年，这些带着钢筋颜色的美丽石头曾阻挡了多少颗想飞的心。

我把这称为，恶变的源泉。

六

我们后来也去了查理检查站，相比东边画廊的悠扬，那里忙乱繁杂，由于它地处某繁华的十字路口，因此就有成群的柏林政治寻找者在那一带逗留。

查理检查站是1961年至1990年东西柏林之间三个边境检查站之一，之所以命名"查理"，是因为它的英文"Charlie"是英语字母"C"的代名词，查理检查站即"C"号检查站之意。此检查站既是当年东西柏林间盟军军人唯一的出入口，也是所有外国人在东西柏林间唯一的一条市内通路。

1961年9月22日，就在这个查理检查站曾发生过历史上著名的美苏坦克对峙事件。

稍微详细一点说，事情的最初起因是一位美国士兵过到东柏林去看了一场话剧，但是在散戏之后想回到西柏林时却被扣押了，为此，在东西德国当局都还没来得及插手的情况下，美国和苏联各有30多辆坦克紧急冲到检查站两侧，彼此的炮口瞄准对方，一场恶战箭在弦上一触即发。当年的士兵这样回忆："我们的心在跳手在抖，那个关键的时刻，哪怕一个错误的命令也会使这个地方陷入火海。"

这所谓"一场大战"，后来被称为没有发生的"第三次世界大战"，动用了如此大词汇，可以想见当年的局势有多么吃紧。

最终解决问题的关键是当时的美国和苏联最高第一人直接进行了电话连线，其实美军一开始就发现自己的兵力过弱，仔细想想，从西柏林的地理位置都能明白这一战一旦开打，美军方面绝对会吃眼前亏。

而最终，是苏联方面先于美国20分钟撤走坦克。

检查站的岗楼真品于1990年6月22日被拆除，存放在不远处的联合博物馆。

可笑的是我们来到查理检查站的时候，在复制的检查站岗楼正当中，有一位带着刺青的"士兵赝品"横行，他穿着当年的士兵制服，占据了几乎所有可以拍照的位置。仔细看过他几次三番的来来去去，我明白他要的是收费合影。

查理检查站周边有着大片的柏林墙露天纪念场地，大概由于是露天，就显得不怎么精致。我们去的时候正值烈日当头，很多展品潦草粗糙。在这个闹腾腾的中心所在，让我感觉震撼的是竖立在检查站岗楼侧面的一块木板上的两面文字。

这是一块制作粗糙的高大木牌，此木牌之两腿深植于查理检查站旁边直向人行道两侧，高过行人头顶。在东柏林进入西柏林的一面，你可以看到木牌上用英文、俄文和德文三种文字写出的句子是："你正在进入美国占领区，禁止携带武器进入，遵守道路规则。"

而同一块木牌，从西柏林进入东柏林一侧你能看到的句子是："你正在离开美国占领区。"

美国。我心一动。

国际警察的讨厌和国际纠纷的琐碎，在在都有美国阴魂，这个国家这种秉性早就形成，迄今没改。

一说查理检查站尤其吸引美国游客的关注，作为在美国生活了二十多年的我，确信此说。这个时候，我看见九岁儿子凝视路牌的眼神有些疑惑，这千丝万缕的战争风云，哭泣、欢笑和疑惑都是真实。

我告诉儿子，世界的风霜雪雨从来盘根错节，而你所疑惑的那个美国，就是这个美国。

七

其实，历史倒也不是那么容易就留在身边的，和各种历史遗物一样，柏林墙也需要金钱来修缮。

2007年，面对东边画廊部分柏林墙濒于倒塌的现实，柏林市政府曾经筹集大量资金进行整修。当时，柏林墙内部的钢筋腐蚀严重（就是我那块"石头"的"美丽"所在），部分墙体的外表也开始碎裂，加上附近夜以继日路过的汽车排放的尾气、雨水和冰雪的腐蚀，柏林墙上出现长长的裂痕，大块大块的颜料脱落，一些著名的涂鸦作品，包括我上文重点描述过的《兄弟之吻》等画作开始变得模糊。当地的市政官员说在游客的观光过程中，也出现了很多人为的破坏："人们喜欢从墙上抠一些碎片带回家作为纪念，或者在墙上写自己的名字。"

但是当时的柏林市政府的确拿不出钱来，直白一点说，柏林市政府的财政官员曾经透露，"如果柏林是家私营企业的话，它早就破产了"。

当时，柏林市政府的外债高达600亿欧元，并毫无好转迹象。柏林市政府官员弗拉明戈直言不讳地表示，光是对柏林墙墙体结构进行维护就要大约180万美元资金，而且，为了维护墙内腐蚀严重的钢铁支架，工人需要整块地把涂鸦作品铲下来，等维护完成后再重新砌上去，这需要更多的资金。

但最终，在2009年，为了庆祝柏林墙倒塌20周年，东边画廊的所有画作还是全部进行了修缮，整个修缮工作花费了250万欧元。我在想，这也是为什么我们去到柏林墙的那一刻，墙上的画作看上去并无异样的谜底。

我不很同意对历史进行复杂意义上的修缮，无论是最早的作画还是刷掉重画，我坚定地认为，把历史修改了之后，历史造作。谁，能比时代伟大？

在古迹维护上，欧洲人一向行为不错，此次这一修，有些没分寸。就好像我前几年回国陪儿子参加夏令营前往北京居庸关长城走动，到那里一看，我敢跟你打一块人民币的赌，那里的城墙样貌之新，年份绝对不出15年。坐在见棱见角的城砖上，我告诉儿子，我腿发软，都没劲爬这所谓"长城"了。

把故意的和伟大的一起存留，为保留而保留，土得掉渣。

不能相信的是，到了2013年3月，柏林墙竟然又涉及一场拆墙与反拆墙运动。当地某开发商为了要在墙附近建造高级公寓的通路，悍然拆除了几块东边画廊的柏林墙，以便运土车辆行走，此举掀起了柏林人的柏林墙保卫战，柏林人组成了营救"东边画廊"联盟，开展"护墙行动"，共有七万人在"护墙请愿书"上签名。为防止开发商偷偷施工，尊重历史的柏林人还请专人看守该历史文物。好在那段柏林墙其实不怎么长，先是拆墙也不至于非拆那里，后是看守也应该易于看守。

对柏林墙残留的这一点历史，我有一些忧虑，来自金钱的压力层出不穷，每隔几年就爆发一次危机，我儿子成年之后若想故地重游，还有没有得一游？

八

说到柏林，必须提到柏林的勃兰登堡城门，这是德国最重要的象征，更是我们曾参加的那个"红色之旅"的开头。

儿子在勃兰登堡门后巴黎广场正中位置的星巴克（也就是前述我们"红色之旅"集合的地点）旁边的一个面包店里，发现了他认为美味得无与伦比的德国面食，为着这个原因，我们几乎每天都要到这里报到。

"红色之旅"的开头是在一个美国的著名咖啡连锁店里，这几个概念本身就构成了一些冷战幽默。如今勃兰登堡城门之后的巴黎广场周围聚集着美国、法国和英国大使馆，须知这是在当年东柏林最重要的土地。而过去的苏联大使馆，如今也改成了俄罗斯大使馆，我们的"红色之旅"导游曾经隔着铁栅栏指点着我们仔细去看还完整保留在大使馆建筑上的前苏联镰刀斧头小型浮雕。

整个巴黎广场最本土的德国东西，应该就是方方正正、敦实厚重的奥德隆凯宾斯基酒店了。这个德国最声名卓著兼最历史悠久的绿顶黄墙建筑，曾经是数代德国人的骄傲，可如今这里的每晚住店价格低得两三百美金也能住一夜，这柏林最黄金的地带和最黄金的名声，与德意志当年的不可一世，貌合神离。

我在那一带曾经吃坏过肚子，就赶紧晃进奥德隆酒店如厕，相比美国大众牌子的高层酒店品牌希尔顿之类，奥德隆的内装潢并不震撼。这里曾经是进入普鲁士王朝中心城区的通道，是全市最心脏的部位，也曾经是东西柏林的重要分界点，人如潮花如海。

我们在勃兰登堡门旁的巴黎广场曾遇到过一组十多个人的纯男孩唱跳组合，跟所有街头艺人一样，他们之于观众的是先免费听看后挨个收费。这一水的20多岁年轻人，把音响开得声震八方，哪怕是在收钱的关口，他们也大声放着ABBA的《MONEY MONEY》，从容的幽默让人莞尔。

我猜想，在这么重要的场所进行这么震天响的表演，应该是获得了执照的吧？可是在柏林逗留的后几天我们再去的时候，却再也见不到那一水年轻人的踪影。

儿子为此的怅然若失，让我心头也有一些丢失心爱之物的遗憾。直到我们离开，都没能再见到他们。

连带遗憾的是，柏林市内柏林墙的另外一处保留地"恐怖地形图"，我们干脆连端倪都没摸到。

如今，勃兰登堡城门前仍旧有着一道黄线，这就是柏林墙当年所在的位置，很多人走过那里的时候都会低头俯瞰历史。这是一段宛若过眼云烟的体制变故，却牵带着全球风云的重要格局。

一堵墙能要了那么多人的命，全世界无出其右。

九

行文至此，距离我们造访柏林已将近一年，确切地说，此文的提纲在去年的暑假过后就已拉出，整整一年的人事飘忽让我把续写这事耽搁下来。此时此刻是2013年的6月开头，即将完稿的这一时刻，我对柏林其城的无限眷恋忽然再上心头，也惋惜很多柏林的珍贵上一年其实未曾认真细看。

遗憾的是2013暑假的新一趟全球行程已全部排定，我再次要带着儿子重返澳洲、亚洲和欧洲，行程中加上了葡萄牙的里斯本却没有了柏林。

追溯着说，我自幼对柏林的敬畏来自小时候看过的一部电影《攻克柏林》，整部影片给我的最大难忘是希特勒下令水淹柏林的地下铁道线路，这使得原本在那里避难的成千上万德国妇女、儿童和伤兵被活活淹死。记得电影中有这样一个情节，一个男子在地铁通道内被水淹到了头部的时候在残留的最后一点空气缝隙中留下了如此遗言："残忍的希特勒。"

当时我大约十岁，尚不很清楚所谓柏林所谓希特勒，却牢牢记住了这两个当时听上去远在天边的名词。

在此时此刻这个洛杉矶的午夜时分，我儿子昨夜正好看完具有两个阅读点数的《阿道夫·希特勒：仇恨的研究》一书，算是给我们的柏林行和我的续写画上了一个句号。

一时间，我惊见回溯的船头直捣我窗，黑夜生得艰难却暗放幽香。

我不知道我对柏林城之惜之爱其实如此不舍，我不知道我对柏林墙之兴之颓竟然弗远无疆。

柏林是生死惊诧的途径。

柏林是途径。

2013年

欧洲勇猛果敢的小偷们

一

知道的人都知道，如今关于欧洲的汹涌风评，最被口耳相传的不是各皇宫和博物馆，是小偷。

去欧洲之前，对欧洲小偷的耳闻让我恐惧万分，耳闻甚至告诫说在欧洲走动，连手上的戒指都不能露，周身任何约略值钱一点的东西都可能引起当地小偷的关注。

听得害怕，去欧洲前我刻意上街去买了两个颜色污浊的拉杆箱，暗蓝色的那种，带着晦气无穷的颜色。与此同时，我又买了曾经提到过、可以紧贴前腹而挂的暗色包袋。行前的衣物选择上，我也多选色彩暗淡、毫无牌子可言的短打扮，上着阴暗T恤、下穿全黑运动短裤，整个人看上去暗淡利落，兼收旅途中装穷防盗、易干好洗的多重优点。

这种似乎有点矫枉过正的做法，使我后来在欧洲各地遇到过很多不便，比如去米兰大教堂时，我就曾因穿着运动短裤而被意大利警察拦在教堂外面过，而到了梵蒂冈面对不准露肩膀和大腿的更严格着装审查，全旅行团那天就我一人没有适当的衣服可穿。

在欧洲的富国，小偷都不是本国人。在德国等欧洲的旗帜国家，我在当地报章上时常被人提醒当地人对"外国人"有着出于各种原因的轻蔑和鄙视，我联想起自己在中国时，每每提到"外国人"心中暗暗竟然会涌出若干敬意至少是稀奇的种种古早意识，只能笑了。

　　如今在欧洲，那街头满坑满谷的各式外国嘴脸，真的让当地的人文仪态显得错综，我只能想象这时候欧洲富国中的"外国人"概念，应该是类同中国大城市中的"外地人"吧。

二

　　应该是自我防控意识一直未敢放松，因此整个欧行这么多天，我和儿子人为的物件遗失几乎没有，可说是全身而退，但我们却目睹了在随旅行团而行时，同团团友老赵被盗的前前后后。

　　在英国伦敦，我们加入欧行中唯一一个十二天游览团行程时，车进巴黎，经验无敌的导游再三告诉团中所有人，如今世界上"最危险的城市是巴黎"。老赵的故事，就发生在这种反复告诫之后，就发生在巴黎。

　　如今的巴黎乃至其他欧洲大型景点城市，小偷猖獗到连整个巴士都会一起偷走，他们尤其喜欢偷的是中国团组所乘坐的旅游巴士。拜近年来中国国内经济发达之赐，成群结队的中国人耀武扬威地拉着大小名牌物品在欧洲街头行走的场面越来越多，小偷们最为看重的也就是旅行团成员买到的大小名牌。这么说吧，小偷们摸清了旅行团队的惯常做法，那就是集体涌进名牌商店大买特买后，集体上车把战利品分头放好，然后会集体吃饭。集体吃饭之后会集体吃完饭，集体吃完饭时司机和导游提早走出饭店要为全团人开车门，这时候就会发现整个巴士已不知道去向。

　　知情人披露说，这些车直接被开到邻近国家，窃贼把车内名牌战利品扫荡一空后，巴士被重新粉刷一新再带着认也认不出来的风范被开回到被盗国。

　　整车被盗的神勇余波我其实领教过，在英国，在我和儿子进入团队之前，我遇到的一位私人导游告诉我，上个月一位他所熟悉的同行因为把车内客人买到的名牌包袋暴露在光天化日之下的车窗可视部位，结果整个面包车在伦敦的大街上被偷走，他为此大为痛心疾首，"这可是三十五万欧元的损失啊"。

而后来随团之后，团队的导游告诉我们，他们曾经亲眼看到一位团里的太太因为在罗马许愿池旁忙于照相，被一位全身名牌的美女小偷偷走了钱包。那位美女得手后，站在许愿池后面正好紧盯着前面人潮一举一动的全团人立即大声喊叫起来，那位美女手指头一松，让钱包直接掉在地上，这样一来，抓贼都无从抓起。

如今的欧洲小偷沉着冷静，即便是事主在偷窃得手的那一秒钟抓到现行，小偷也是脸上微微一笑，松手之后立即抽手出来，双手上下摊开翻上两翻，以示"不带走一片云彩"。

我在想，对偷窃行为的抓治不利，其实也是纵容偷盗行为登房上瓦的根源性因素。欧洲人闲散，浪漫不缺，缺的是铁腕，在浪漫治理之下，盗贼和警方比的是谁狠和谁狡猾。

三

我们团的盗窃受害人"老赵"，西安人士，随和无畏，是和他在加拿大生活的儿子一起参团的。他儿子十六岁，木讷寡言，一路上没什么话。老赵健谈，我曾眼见这一行中他和不同的团友分别把酒交心，一副侠肝义胆。

他是一个生活不拘的人，无视人言，在队伍行进途中，我曾几次看到他的肩背式学生背包拉链半开，也在行进中多次提醒过他并帮他整理，但这人看上去散漫惯了，因此据导游私下散布的说法，他一直就是小偷觊觎的重点对象。

多少次，全团人从火车站等人口稠密地区穿行，他时常被人尾随，面对毫无经验的我们，导游还曾为大家指点他周围的可疑人士做相关经验谈，但此老赵从来不爱侧耳聆听，我却记下了那些窃贼的通常仪容，他们多半黑发、黑眼、消瘦，南欧气质。

我后来才知道老赵的不以为意是因为他一路上把钱包和护照此"二宝"放在了背包最靠近自己皮肉的地方，也就是最深层的内侧，他的想法是，小偷如果真的想偷他，一是在操作上有巨大困难；二是一旦操作起来，他必有所感。

他和他儿子的上述"二宝"是在我们刚到巴黎卢浮宫时丢的，后来他和导游分析，觉得窃案事发应是在团队一进入卢浮宫导游要大家先吃早饭时，而且他们确切地觉得，"二宝"一定是在大家乘坐通往餐厅的上行电梯时丢的，因为那是我们从出酒店大门到进入卢浮宫人口稠密地区之间唯——次和公众接触的机会。

这时候想起导游语调平静却振聋发聩的叮嘱，他说，当你看到一个人和你一样手拿地图、身背背包露出四处找路的样子，他很可能就是小偷。

这样的人，在欧洲遍地都是，真可谓乱花迷人眼。

一说欧洲的小偷小摸作案人员很多是吉卜赛人，尤其是吉卜赛女人，甚至是吉卜赛孩子，小时候在电影《叶塞尼亚》中见到过吉卜赛女郎主角的样子，那人美得怪诞，说话阴阳怪气，加上中国配音演员的刻意造作，"吉卜赛"三字更显诡异。

四

老赵出事的那次，我和儿子刚吃完饭就知道了，也就是说，我们从酒店出来之后到达卢浮宫，全团人乘坐扶手电梯上到二楼餐厅吃饭，吃完饭老赵就被传出事了。

其实加上他儿子的钱包和护照，老赵丢失的应该是"四宝"。我们那时候正要在预定的地点集合，只见团里若干手脚麻利者先行稀拉地等在那里了，这时候，团里一对平时和我素无交集的广东籍老夫妇中的"老妇"贴近我，告诉了我，"赵先生把东西都丢了"。

仔细再看，但见那老赵正在离人几步开外的地方埋头打电话，他几乎从来没在众人面前说过一句话的儿子一个人在稍远处垂头思索，走近前去问这儿子到底丢失了什么，对方忽然迸发出如此咬牙切齿的一句："他的，我的，护照，钱包，没了。"

刹那间大家滋生了兔死狐悲的凄凉。

这种事情发生后传播得其实很压抑，粗一看整一群人没什么波澜，窃后的少许惊慌和怨怒在人们的嘴角和眼边游移，大面上唯一能看到的异样是老赵其人一直对着电话或陈述或咆哮，后来知道他一直是在打电话回中国逐个取消丢失了的信用卡。这就是我所遭遇的身边最近一起欧游失窃事件，小偷做得干净、完得利索，过手之后痕迹不留。在我们兔死狐悲且悲天悯人的同时，该小偷说不定正在五米之外的某餐桌边淡定饕餮。想到此，头皮拔凉。

总的来说，还好这是旅行团团员的失窃，受害人事发后还有个倾诉的去处，如果是个体旅游者，发现东西被盗，似乎更该无从伸张，只能在事发原地出现短暂的面部阴霾后匆匆认栽，撤离现场。

我一直觉得窃案给人在感受上的打击相当致命，就好像多年前我在纽约的住宅曾经失窃，我在此之后对住宅所在的整个建筑都狐疑不已，好在那时候我的银行账户存款和零也差不太多，事发后不久，我搬家了。

话说回来，"有个倾诉的去处"乃至搬家，又能怎样？

也是，莫斯科不相信眼泪，巴黎不相信哭号。

五

事情的走向必然是我们一行人在饭毕到齐后整队进入卢浮宫参观，老赵一路上掉在队尾不停地给中国打长途。细看导游，这时候的他不惊不怪，大约这类倒霉事他已经见得太多了。

我们的队伍一进入卢浮宫就依照几乎所有华人旅行团的"卢浮宫三宝"路线去看蒙娜丽莎、维纳斯及胜利女神，这时候用余光告别掉在队尾的老赵，他还在跟国内急扯白脸地雄辩滔滔，说是"即便客人忘记了原始开户资料也应该尊重客人的意见先行关闭信用卡"云云，他的麻烦闹大了。

如果说巴黎已经成为世界上盗贼最多的地方，那么卢浮宫内的蒙娜丽莎巨作前可说是盗贼作业的重中之重，旅游团式的参观一概是流水进程，没有细部，只有粗览。当我们一行人被带到蒙娜丽莎的微笑前时，在只悬挂了这一幅巨作的单扇白墙上，还没来得及细看名作，我先让名作斜上方一左一右竖立着的两个"小心窃贼"的大号警告牌震慑了一下，从稍远的距离看，这两个守护在蒙娜丽莎著名微笑之侧的警告牌图文并茂，和蒙娜丽莎构成了一个人面的眼睛和嘴巴，把微笑变成了张着个大嘴的惊愕。

也得佩服小偷们的胆大心细和想象力的无羁，仔细想想，到了这种地方，远道而来的人们除了迫切地想趋前照相均不做他想，这时候也是人心不设防，最缺乏关注阴暗的时分，大胆动作，就得手了。

其实，我最讶异的是执法者的窝囊。在这种位置这类级别的地方，如果法国警察对窃贼都无从执法的话，那在哪里还能执法呢？那游人去哪里才能找到不非得自赎自救的净土呢？那这个浪漫却越来越颓败的国家要警察干吗呢？一说平均而言，发生在蒙娜丽莎微笑前的盗窃案一个上午是六起，这怎么不是对着法国警察脸上猛抽的六个大嘴巴？是什么原因造成这种风气的甚嚣尘上？警察局长是否曾经或者将会为此引咎辞职？

下一步，就剩下明抢。

六

当我们以旅游团应有的节奏步出卢浮宫，又看到还在打电话的老赵，有别于我们走前见到他的那种慷慨激昂，此刻的他正低着头用中度音量隔洋商榷。

小别重逢，我用手从后面拍拍他的肩膀，哪知道他回过头来张口就告诉我，他的护照已经被找回来了！！

找回来了？怎么可能？怎么找的？谁作的案？抓到没有？

老赵说，他的护照是被人送到卢浮宫顾客服务中心的，我们团的所有团员在一入团时，导游就分发了一张写有他本人所用各国手机的电话号码清单，这张纸条人手一份，老赵得到的这一份至关重要，卢浮宫小偷在偷窃老赵得手后拿走了他钱包里面的钱和信用卡，然后就有人把护照等没有什么价值的东西送到卢浮宫的顾客服务中心了，服务中心按钱包中的纸条致电导游，导游带着老赵遂去领回了失而复得的护照。

这真是谜一样的进程，可仔细推演，谁说不是最切合行规的做法呢？

送护照回来的人是小偷本人，还是小偷把老赵的包袋随手扔在了某个角落之后，被别人捡到送至服务中心？无数疑问围绕着老赵事件的发生和演变，可以出现各式"罗生门"，这时候的老赵无比感慨，连连说着："我遇到的是好心的法国小偷。"

我看他竟然几乎就要泪下。

这个时候整个案件已到尾声，老赵也慷慨激昂地取消完毕所有的中国信用卡，他总结性地告诉我，这一折腾，他一共损失了一千欧元。

再后来团队集体到达意大利的威尼斯，我见到这位曾经愁眉苦脸达到极致的老赵，坐在威尼斯漂满大街小巷的特色小船贡都拉上竟眉飞色舞得不可控制，卢浮宫给他的痛苦，已然烟散。

人的命一好，连小偷都能遇到好的。

七

后来这老赵在出事之后沿途多有花费，在很多地方甚至兴致高昂地买下过若干物品，这不免让人疑惑。究其钱的来处，他说"是向导游借的"。这更加出乎意料，须知导游之类都是非常参尽人性者，借钱给人算是他们的大忌讳了。

问过我们的这一位导游，对方说确实如此，但他也承认不是每个导游都会这么看得开。就此，我记得我和他在梵蒂冈教堂之外中等晒度的阳光下作过如下对话。问话当时我背着阳光，就像是在背对着许多人性的阴冷，我们身边不远，恢复了元气的老赵正面向梵蒂冈大教堂整装待发。

对话之后，心中有些说不出所以，这是一个挺难搞的事端，可足教训也可借镜，拿捏分寸必须万分在意。

以下是对话全内容：

你是不是经常这样借钱给团友？

经常。

你还记得自己最多一次借出去过多少？

几万欧元。

每次借出去之后，对方都还了吗？

我比较幸运，最后都还了。

所有人还钱都准时吗？

只有一次，一位太太说回去就还钱，结果拖了三个月之后才还回来。后来这位太太还到我的公司去投诉，说我一路上没有关照好她。

八

我朋友的朋友母女去年在巴黎坐地铁时，被两个吉卜赛女人冲上前来就抢皮包和行李，几番争夺之后对方在下一站仓皇跑掉。她们母女摸着路走到警察局报案，警察局的人对他们说，"什么东西都没丢也就算了吧，很多人丢了东西都没什么办法"。

非但巴黎，欧洲所有热门城市比如意大利诸城也都存在类似的盗窃团伙无法无天的故事，比如意大利的米兰，如果到达米兰之前没有听到过导游告诫我们"不要在米兰大教堂广场买鸽食"一说，我和儿子十有八九要栽在米兰。导游说，当地团伙会先故作友好地把鸽食"让"给你，然后在鸽子刚把你手中鸽食叨走的一瞬间吼出几十欧元一小把的天价。

当我们到达那个著名的教堂广场时，远远就看到了著名的鸽子和传说中的"鸽食强卖者"们，我看现在他们快比鸽子著名了。他们人数大约在十人之内，黑发黑眼，符合导游先前告诉我们的所有欧洲小偷标准特征。他们似乎也是有所分工的，各管一面颇有默契地把守着整个广场。

为了给儿子照相，为了照片能取到教堂全景，我们因此还是必须横穿广场，这样一来，我们和这些"强卖者"出现过数次正面遇见。他们看到有人走过，立即眼中带光，从远处直插到我们眼前展示鸽食，在我们多次强调"绝对不要"的数个空当中，失望至极的他们中某些人甚至曾经抓过儿子的胳膊，把鸽食硬塞在儿子手中。

这是这样一种景象，阴暗和典雅并存，丑陋和高尚相携。当你看到闻名遐迩的欧洲古迹高贵地俯瞰万物，无数阴险低级却在祖先的注视下大肆浑不吝，高度的反差在你面前打你个措手不及。

此情此景给人的腻味，不知从哪年开始？

我说过，仔细清点我和儿子的这整个欧洲一路，不知该拜特意而选的丑陋箱包所赐还是我们的多所警惕，总之我们的所有行李及大小物件都完好相随，没有任何丢失。只是在丹麦的时候有一次在tivoli乐园和朋友吃饭，饭后在乐园走动时某个瞬间忽然觉得周身少了东西，仔细想想，应该是一个随身的红布小背包放在餐厅坐椅后背忘记带走了。仔细想过那里面可能也没什么值钱东西就准备放弃，但想来想去，最终因为距离实在不远还是决定就近去取。

一取，就有。我的记忆没错，里面果真只有一瓶矿泉水。

我喜欢对一事一物进行分析，在社会现状类别上也非常爱和美国比对，我已经多次说过，我真心觉得，惩治不力是造成恶事成风的罪魁祸首，把这些罪恶放在美国，歹徒只须回味一下美国警察毫无笑容的尊容，所有阳光下的狰狞都会被一把掀起，无葬身之地。

谁敢？！

九

终于从欧洲回到美国的时候，我松了一口气，我知道我的反扒心防，终可解除。

我们从佛州奥兰多进入美国国境，儿子吵着要在那里的迪斯尼总部大玩特玩。

在奥兰多一入境，我心瞬间宁静，我知道我的四周开始有了我熟悉万分的美式治安威严，这种威严我已经沉浸其中二十多年，很周到，很牢固。

几天之后，我们告别艳阳中的儿童乐园堆飞回洛杉矶。奥兰多到洛杉矶的飞行距离在美国本土算是最远的，我们的飞机到达洛杉矶的时候天色已经很晚，飞机停靠洛杉矶LAX机场，随着同机各位蜂拥进入地下层等行李时，我无意中发现我颜色暗淡的大号拉杆行李被排在了首位，第一个现身在行李转盘上。这可是我从来没有过的经历，让我意外。

回到家中打开箱子正要收拾行李的第一瞬间就发现我从奥兰多CHECK IN（办登机手续）的时候亲手送上行李传送带的拉杆箱没有了锁。

我记得我在奥兰多机场时负责地目送我的带锁行李在柜台人员身后的黑色传送带上慢慢滑走，我历来如此，永远会滴水不漏地监护自己的行李暂别，我也一向对自己的箱子上锁，因为我深知机场装卸工人的时薪远不具备高薪养廉的意境。可是我在洛杉矶国际机场和我的箱子再见时，拿出一向放在钱包内的钥匙向着拉杆箱上锁的部位一伸手，我却摸了个空。

我的心也突然空了一下。

也就是说，假定我的行李在奥兰多就已经被装卸黑手下了手，这样一来我的行李在长途飞行当中，一直处于任何人随便就可以拉开的状态。

想到此，马上打开行李箱，果然一眼看见箱子上盖的"贵重物品"存放栏拉链被拉开了一个大大的三角，这样的大型三角其实也透露了拉开者的匆忙，箱子的拉链围绕着长方形的三个边，而被拉开的部分是一个整整的横边加一个整整的竖边。

那个时刻我站在箱子旁，心里有些发空，想象着有过一只陌生的黑手伸入过我的隐私，惊讶和气愤自不必言，这种事情也曾耳闻，但真正发生在自己身上，则多了一种恶心。

而且，事情竟然发生在我所强调治安威严的美国，极度郁闷。

这时候回头看自己对欧洲小偷的憎恶和对美国治安的恭维，幽默。

十

每次清理旅行箱包的时候，我的习惯是把箱子中的种种东西都先搬上桌面，这样一来可以避免不计其数地弯腰而为，二来可以将所有物件的细部观察明白。我从奥兰多回到洛杉矶发现行李箱锁不见了之后的几个小时就在遵从这样的习惯，这时候的我强压心头恶火，把欧行一路的疲惫一一摊开。当我在清理桌面上的最后几件物品时，我赫然看见，我那个不见了的拉杆箱箱锁，忽然出现在某本书的下面。

再度惊讶。

这只陌生的黑手，确凿了。因为这就排除了我上锁记忆的偏差和旅途中锁被外力撞落的可能。

比照奥兰多与洛杉矶两机场在我上下飞机的时间点，比照"阳光下"和"半夜里"的偷窃便捷度，我对洛杉矶机场的怀疑更多一些。如此，我只能顺着这样的思路设想：我的行李是在洛杉矶机场被人动了手脚，做事人应该是负责我们飞机行李装卸的某搬运工，他们从众箱当中随机地抽取了我的箱子，先是把锁扭掉（实在不能想象，锁是可以扭掉的。但业内人士告诉过我，其实搬运工的偷窃，一般不关注锁与不锁，他们只须迅速破坏掉拉链即可得手），然后把锁扔进行李箱中（不然还得费事掩藏锁本身），再迅速打开"贵重物品"栏的拉链手摸眼看，前后动作不超过一分钟，让他失望的是我的"贵重物品"栏中除了我所认为的无价之宝柏林墙碎块之外，都是儿子沿途收买的儿童玩具刀剑类俗物，失望万分的他估计差点一把火烧了我的箱子。

他最想找的是什么？我猜是所有种类的小型电子产品，这种东西与时俱进，老少通吃。

当然，奥兰多机场的内贼把我的行李最后一个装进机舱，并扭断我的锁，进行上述步骤在推演上也有可能，但从几率上来看，洛杉矶机场的涉案嫌疑较大，因为它已经被列为美国内贼机场的正数第三名。

详细地说，这项调查是由美国交通安全局（TSA）所做，全美各机场因为偷窃等罪名被逮捕的内贼多达四百多人，其中洛杉矶的所占名额为二十四人。而内贼猖獗机场的其他前十六名，都是美国最繁忙、客流量最多的前二十大机场。

美国还是欧洲，其实类同。小偷还是良民，一线之隔。

什么玩意儿？

什么品德？

什么世界？

2012年

我在台湾十一天

　　就在我临去台湾的前一个晚上，我哥哥告诉我，他的一位朋友去了台湾之后，直说台湾是"最后的一片净土"。听话当时我先信了大半，去过之后信了全部。

　　我这半生中认识的台湾人为数众多，二十多年前我在纽约当记者时根本就算是在台湾人堆当中打滚。当时我就觉得自己和台湾的各界人群有着天然的投契、生命中有着奇怪的交集点，那时下笔拟稿甚至也被报社台湾籍老板要求展现台腔，因此，我心目中的台湾至少在口中笔下，感觉已经算是熟悉的陌生人。

　　2011年8月9—19日我人去了海峡那边，这趟夹杂在儿子那年暑假档期众多旅行目的地中的台湾之旅，让我明白中国人原来还可以被锻造出有如台湾人这般面目迥然的一面。

　　遗憾的是此行其实应该还有母亲同往，但那几天我们一家刚从西安、延安方面回来，我和母亲在大西北土地上先后大病。我是水土不服导致的严重过敏，母亲则是通身燎泡，这些燎泡毫无痛感却被北京的三家医院异口同声诊断为"带状疱疹"，这也导致母亲成为为数不多"自由行"陆客的向往，瞬间告吹。

抵　达

　　我们抵达台湾的时间是在上午，坐的是国航早已常规化了的飞台航班一天两班当中的早上一班。

　　飞机几乎满员，遍地中国脸，夹杂在如此众多中国脸中一路飞出，去台湾，其实并无异域之感。母亲因为"带状疱疹"原因必须作废的机票不准退换，让人扫兴。

下了飞机，鱼贯排队进关，进关人被核实各项人生细节。对方海关手法干净利索，没有被欢迎与不被欢迎，中国人查验中国人，语言通畅，几无悬念。

通过海关，真的进入台湾，同行诸位先行拍照，这时候我心中开始有些隐隐的冲动，但冷眼看到同机的人们大多表情平素，全无额外亢奋，我自己的感受也就压了下来，未形于色。

看惯了大陆一窝蜂新修的众多高档机场，台北的桃园机场在壮观指标上乏善可陈。这个机场原名为"中正机场"，为台湾主要的国际客货运出入吞吐地，是台湾最大与最繁忙的机场。也因为世界各国与台北间的航线大部分在此起降，因此，在各国航空公司的航线及航点图上经常将此机场标示为"台北机场"。中正机场1979年交付使用时曾经是亚洲最现代化的国际机场之一，一说当年建成之后甚至吸引新加坡、泰国、中国香港等地相关人士前来观摩，新加坡如今同样具有地标意义的樟宜机场据称即是参照桃园机场规划而建。但樟宜机场我是去过的，该机场目力所及之辽阔，实在看不出桃园机场的影子。

2006年的8月，台湾时任"总统"陈水扁指示当时的行政院研议为中正机场更名，明眼人一看便知此举为政治较量的细部化，较量当时，国民党方面曾试图力保"中正"二字不被摘走，却终于未竟。但从如今两岸通航的角度来考虑，此一更名，也真还方便了大陆来客，也算是未在预期之中的"一石两鸟"吧。

无独有偶，此次赴台之前的西安游，我就看见"西安事变"中蒋介石从行馆逃出飞奔上山后所藏的那道著名石缝旁的"捉蒋亭"，已被更名为"兵谏亭"，相信主要用意也旨在化解台湾客人的游览尴尬。

其实，两岸互动彼此需求，如果进行当中广存善意，还真让人心中一暖。

出租车司机

和北京的出租车司机非常不一样，台北的出租车司机具有相当罕见的知性品位和儒雅外观。明确地说，他们年龄大多在中年上下，给人的群体感觉甚至具备一般意义上的知识分子式矜持，我据此总在怀疑台北的出租车司机们应该都是教授改行，这类猜测也让我有了一个小小的内心游戏，在台北街头，我每次动手招车前先会自行猜测，究竟该来的出租司机将儒雅到哪个层级？

我曾问过当地人有关出租车司机个个"儒雅"的谜底，得到的答案之一是：很多司机其实都是公务员退休后谋寻的后继职业，联想到所见司机中确实有年近甚至年过六十者，"儒雅"的悬念姑且算是有了部分答案。

台北的出租车中没有司机与乘客间的防范隔栏，车中的广播"背景音"也永远不是评书类的市井消遣，基本上都是纯音乐，我甚至还听到过交响乐。将近一半的出租车内都还有着暗黑色的窗帘，车内全部暗色，个个空调十足，加上教授一般的司机在司机座位上给出的一个温和眼神，大太阳底下才一拉开门，心头立即蜂拥解暑的惬意。

我也曾问过台北的出租车司机们在安全方面有什么提防，对方中很多人对我略带诧异的回看让我有些惭愧，觉出自己出处的"苦大仇深"，有些没品。

也是，在到达台湾的第一夜将近10点，当时的我正离台湾极具口碑的诚品书店某分店一步之遥，忽然看到距我十米左右远的地方停下了一辆银行押钞车，夜幕中只见一中等身材的警卫腰别小棍一根，伴随另一提拿大号方形袋状物者匆匆上车。

我立刻在想，如果有异，那根小棍能堪抵挡？

台北治安，让我瞠目结舌。

台湾的出租车和几乎所有各型公共车辆都在车前车后标注了司机姓甚名谁，尤其是出租车，非但所有车辆都被要求将有照片的司机营业执照张贴在车内客人的座位前，而且很多车辆干脆把司机的名字油漆在了出租车的门上。

台北出租司机的执照甚大，安放在一个巨型塑料袋中大大咧咧地摆在副驾驶座位的身后，和客人近在咫尺，有点赫然，每次入座之后我会反复观摩司机的名字和照片，猜测此一"儒雅"究竟是不是台湾本省人。结果他们中，大多数都是本省人。

最难忘我和儿子从中正纪念堂中出来伸手招到一辆出租，对方年纪不大却胡须髯髯，我惧怕速度，更惧怕由别人掌控的速度，因此一如既往地上车甫定就告诉"胡须公"我有点晕车。

对方巨酷，也不说话，埋头就走，大约三分钟之后他忽然从驾驶座位上回过头来，伸出右手向我展示着一个略有污迹的饮料瓶盖。

见我万分不解，他还是简单地提示："药，治晕车。"

我这才看见他手中瓶盖内靠近我的方向内侧，竟有两粒灰黑的药片。心，一动。

下车掏钱时分面对车窗内的他深表感谢，鄙人虽然灰黑药片未吃，却将一番盛情照单全收。哪知对方胡须一撇大声吼说："我开车，你付钱。谢的是什么？"

这台湾人心，直接也间接。

陆 客

"陆客"是台湾方面对大陆客人的特别称谓，有点言简意赅的意味。但直到我看到台湾岛内出现巨幅书写"陆客"云云的横幅之前，都不非常确定这词当中是否含有稍微的贬义，仔细地说，我其实不能确定这是不是台湾内部对大陆游客的私下一呼？

但陆客的声势在台湾却实在波澜壮阔，台湾街头每天都有无数满载陆客的大型旅游车辆呼啸而过，车前窗口都无一例外地写明车内客人来自的省份。在全台湾各地景点也只有陆客成群出没，处处可见满载同胞的大型旅游车比肩而停，必能看到一个面目斯文的台籍导游手举小旗口中念着"沈阳（或者是中国任何一省的省名）的朋友请跟我到这边来"。与此相比，我眼所见各景点看样子像是本地游客的人从来没超过十个。相信如果没有陆客的成批抵达，整个台湾的旅游事业早已命悬一线。

在台北的圆山大饭店，号称从来只接待国家元首或者欧美高规格团队的这一雄伟之处，此次我却在门口迎宾大牌上看到每天写满的都是前往下榻的大陆团名录，那满牌的团名非常壮观，字体大红，横纵两向饱满激奋，与旁边的台湾方面贵客名录只有三行、两行或根本没有的局面比，陆客的声势绝对地铺天盖地，将冰窖激动成熔炉。

而台湾民间对陆客的期待也似乎迫切，几乎每次上得出租车后，我被司机首先问到的都是"你们是不是自由行的陆客"这句话，他们明言，"只有自由行的人来了，我们才会被帮到。"

在台湾的政策方面，为欢迎陆客所做的动作也相当大，例如为鼓励陆客来游，苗栗县政府补助自由行陆客每人每夜五百新台币的住宿费；桃园县补贴新台币约三千五百元，条件是陆客在旅行期间至少有一天在县内消费、游玩；新竹县部分饭店对自由行的陆客住宿打五折。

但我去台湾的时候陆客自由行的开放才刚成事实，具体地说还只有一两个月的时间，印象中只有一位司机说他载到过一次"自由行"的上海一家三口。除此之外，"自由行"对他们而言都还是纸上谈兵。

从具体数字上看，从2011年6月28日台湾方面开放陆客自由行之时截止到8月10日，自由行陆客总共只有1700人，比照台湾当局煞有介事限定的每日允许进境500位陆客，实在是差距大矣，有点冷幽默。

想想世界真的变得不敢认了，曾经那么仰视台湾种种的大陆人，也成了台湾力挽狂澜的经济支撑。但即便如此，我还是听说有大陆人真的到了台湾之后跳机而留的，看来两岸经济的沟壑一日不平，两岸的互动一日不宁。

圆山大饭店

在台湾满满的行程中，我特意划出两晚是住在圆山大饭店的。那是在参加完随团台湾环岛游后，我真正成为自由人的第一晚和第二晚。

从书本和照片当中，我虽然早知道圆山底细的来龙去脉和外观的高大威猛，但真正面对圆山时还是觉得意外，潜意识里瞬间自卑无比，顿时怀疑自己的入住资格。

台北的圆山大饭店创立于1952年，饭店的地址原为日治时期的台湾神宫所在，国民政府于"二战"后接收台湾时，拆除当时已遭毁坏的台湾神宫，原地改建台湾大饭店；1952年，饭店改由以蒋宋美龄等政要为首组成的"财团法人台湾敦睦联谊会"接手经营，并改名为圆山大饭店。当时圆山大饭店的建筑规模不大，到1963年饭店的基础设施全部建设完毕。1968年，圆山大饭店被美国《财星杂志》评为世界十大饭店之一。1973年10月10日，由建筑师杨卓成设计新建的14层中国宫殿式大厦落成，正是此大厦让我觉得宏伟得意外。此中国宫殿式大厦为圆山大饭店的"前门脸"，大厦甚至改观了圆山的面相，成为当时台北市的重要地标。

在蒋家昌盛期间，此饭店其实就是蒋家尤其是宋美龄直接掌握的超级乐园，号称豪华盖世、政治通天，集神秘与高档于一身。直到今天，直到我在台北穿梭来往于圆山周遭，遇到的出租车司机在言谈话语中都还会充满对圆山的景仰。也难怪，曾经的圆山大饭店通常冠盖云集，来台的许多国家政要均选定圆山大饭店为下榻所。美国前总统艾森豪威尔和克林顿、约旦国王、泰国国王等政要均曾是这里的住客，新加坡前总理李光耀亦是圆山的常客，他估计最少下榻过圆山二十四次。

而最早主导经营圆山大饭店的台湾敦睦联谊会，虽然是一个以私人名义捐款成立的财团法人，但实际上由台湾"交通部"管辖，所有捐款人均为当时的台湾当局要员。因为与政府的特殊关系，圆山大饭店长期成为台湾，乃至于台湾当局对外的国际招待场所。

我的圆山房间是在美国上网订的，单从价钱上看并不起眼，没想到真正面对圆山的时候，才惊觉自己是在用豆腐价买了块绝色好肉。

满心激动地在圆山的前台登记入住，拿到手的竟然是一把沉甸甸的铜质钥匙，这一细节也让我意外而感佩，毕竟是老牌的高级，言谈举止永远散发着永不消逝的庄严。

用这沉甸甸的钥匙打开我的房门之后才知道我订到的房屋是那么的小，难怪价格不那么惊心动魄。而且在后来又点点滴滴发现圆山之弊的过程里，我才知道自己买到的，还是块豆腐。

圆山的客房门窗都是旧的，样式也是无比庸常的一类，门框和衣柜的油漆已经有了些厚度，上面显出被不很讲究地刷过很多遍油漆的样子。好在客房内卫生间的面积算是不错，台面也都换成了大理石的，但淋浴还必须在浴缸中进行，而淋浴帘依旧还是塑料质地，并且是需做两面围拢的中古样式。

最为可怕的是圆山的客房隔音难以置信的差，在我入住的这两天里，这一特质让我吃尽苦头。

我入住的第一晚就在深夜1点时分听到祖国同胞的某省份团队夜归圆山挨门找房直至就寝的所有细节，这些男男女女在不可思议的时间里操着完全猜测不出出自哪县的口音高喊着房门号喧哗而过，接下来的半个到一个小时里，又持续听到不知男女者在自己的房中例行排泄、洗漱，等等，一切的一切声大如鼓、振聋发聩、触及心脏。

一切即完，已届不能再晚的晚，一向睡觉过轻的我和失眠搏斗直至更晚。

第二天一早6时许，不知是不是昨晚同样一干人又重复几个小时之前夜归的洗漱种种，让我隔房再听真切之后，又三三两两操同样不知所以的口音喧哗而出。

柔软的城市，忽然怪异。这让我觉得陌生的反而熟悉，熟悉的干脆陌生。

圆山的不可替代性不用多说，直到今天它都还是国际级别的场所，在我们后来随同圆山当值大厅经理上下参观，看着举止得体的她骄傲而刻意略显谦卑地站在地毯陈旧的总统套房中表明至今仍有

　　"国事"在其中进行的时候，我又被惊到了，思维有些狐疑。因为我们所见的圆山总统套房之平俗，在我所见所知当中，史无前例。

　　我敢向马英九保证我所见到的圆山大饭店总统套房实在是个低矮俗气的场所，在布局上也不独到，要想进入此总统套房者必须从庄严无比的圆山大前厅拐到圆山的后半楼，两楼之间的连接处结构牵强附会，所必经过的玻璃门还是古早样式，清汤挂面。

　　过此古早玻璃门之后，"总统"或同级别者还必须穿过两旁一望便知是宰客行家的若干无名珠宝小店，然后进入（注意，真的是必须"进入"）大名在外的金龙餐厅内，再然后要穿过大部分时间都其门大畅的饭店储藏间（里面充斥着闲来无用的陈年桌椅和桌布），总统套间，就在该储藏间隔壁。

　　在总统套间的客厅部分内，我们被告知靠窗而放的两张椅子是老蒋的家用物品，被介绍到的这时我刚好位在该二椅之一旁，闻听连忙出手细摸，一秒钟之后就知道那不是上好木料，油漆很厚，样式也不灵秀。

　　总统套房地面上暗红的地毯有些起毛，毯间的连接处还有脱了丝的白线头裸露飘摇，我们能够参观的只有饭厅和客厅这相连的两间，但仅仅就这两间都还是风格迥异的两类家具风格。

　　女经理说到自认为该谦逊处的时候，我听见同行的人中有人脱口赞叹了一声，我立即怀疑这人是假装的。

　　与正面外表看过去浑然一体的风格相比，除了入场大厅外，圆山的内部格局是凌乱而且牵强的，除了饭店因为加建原因出现了有些奇怪的后楼形状等外伤，即便是主楼内也随处能让人看到规划者强为的痕迹。比如，圆山主楼二层的客房走廊内为了不让一块外伸的平台浪费，饭店当局在客房楼道里干脆调理出了一个咖啡厅，结果是那里天棚低矮、光线晦涩，一天中的任何时间去那里视察，永远都是阴霾重重、空无一人。

我不得不认定圆山的真正执掌人必定是一位或多位长者，因为这里的布局透露出无数只有老年人才会有的琐碎与凋零，审视我自己如今的一把年纪竟也跟"老年人"一词隔河相望，这圆山之老，该有多老？

金玉其外和败絮其中相抵，我也不知道自己买到的圆山究竟是个什么，介于平庸豆腐和好肉之间的东西，有吗？

城　市

台湾的城市尺寸之小令我满腹狐疑，多年来我一直知道台湾政客在竞选过程中有"扫街拜票"的风气，一向就疑窦丛生，在我的想象里，即便以一个规模中等的大陆城市而言，逐户拉票这种办法在施行上也实在天方夜谭，用脚想想即刻便知，一己之力能走多远？

但到了台湾之后，领略了台湾城市之小，也就知道这其实不是壮举。在我此次的台湾之旅记忆中，哪怕是一个名城，比如名字超级奇怪的"花莲"，车行中我们的车子才拐了几个弯就基本上杀到了城市边缘。每当这时我都会猜想身后这一城的人彼此应该都不生疏，哪家店铺一说便知，在这样规模的城市中，有限的地标一卡位，东西南北全然明了。

而且，台湾城市给我的感觉有些残破，从南到北走在各市街道中，满耳虽然也人声鼎沸却难掩烟熏火燎多年后的都市残妆。其实，台湾的破旧，外人一出桃园机场就历历在目。人到台湾，飞抵桃园，乘车沿着机场路往市区内走，你必定看到车行路过的道边满是被岁月烧黑了的小型楼房。如果比纸面上的市容老迈，欧洲的无数城市最是老迈年高，但因为欧洲为政者勤于梳妆，城市的风貌新旧参半，相当雅致，至少也算风韵犹存。而台湾的零落是一副懒于打理的姿态，和欧洲（或者就说美国的纽约）比，一个是持续地自然衰老，另一个是不停地抽脂、镶牙、隆鼻，一刻不闲。

老虽都老，两种风貌。

与此对应的，台湾在酒店业流露出的陈旧也非同一般。在声名在外的台北福华饭店，客房浴室内淋浴所用可拆卸莲蓬头手柄，竟然是泛黄旧塑料制品，地面瓷砖也是市售尺寸当中的最小一号，这些"最小一号"傻里傻气地镶嵌在这个闻名遐迩的"五花"酒店中，四周边沿甚至均匀地包围着无可救药的陈年黑垢。

而此次也看到了福华饭店声名在外的高级下午茶，也不过是五六十座儿规模的普通简易自助餐，费用不过十六七块美金一人的架势，根本不可能让人望而生畏。有时候在传媒中看到台湾政商要角或演艺名人洋洋自得地标榜自己"在福华喝下午茶"云云，真怀疑他们究竟见没见识过壮观的奢侈。

我们到达的时期正值台湾各酒店在进行星级评比，正在把多年贯彻的用梅花评级标准改为国际通用的星级标准。这举动仔细去看其实是一个大动作，等于是把已形成格局的酒店业重新筛过。可以想见的评选基准中，所谓曾经的"五花"酒店其实就对应"五星"。我在那里的那些天前后，圆山已获评五星，整个酒店为此略显喜气洋洋，并悬挂出若干自我祝贺的大轴横幅。

对此，福华还正待字闺中，但就此事进行关切，一问之下福华人几乎个个都志在必得。联想到圆山经理对其陈旧总统套房赞扬有加的真诚，只能说"见识"这功课对台湾酒店评级当局者而言，应是永无止境的学问。而台湾酒店业诸公到了20世纪80年代中期，似乎就已经了断"学业"了了，因此，他们的专业淡定似乎来得太浅和太早。

客观地比较，台湾日月潭边号称"六星级酒店"的大涞阁应该和大陆大型城市的四星酒店相平（当然，我认为大陆的不少四星级酒店洗涤品质普遍存在问题，实在有待提高）。

而且接踵而来的恶果是必定上行下效，如果福华的平庸都让业内人士觉得拿"五星"犹如探囊取物，其他星级的酒店大可依此类推。

这样不好，可惜了满城高级无比的彬彬有礼。

台湾厕所

台湾的公共厕所一律被称为"化妆室"，走行旅途，这也算城市风貌中最细微而紧要的一项。

刚开始到台湾，一看见"化妆室"三字赫然耸立，甚至还间歇会出现"男化妆室"字样，我总不免笑翻，虽然知道这是日本盘踞多年遗留的字义文化，却还是觉得整个形容相当不妥，南辕北辙得离谱。也是所以，旅游台湾，一路上大家时常会互相探问："你化不化妆去？"

在当前的日本，"厕所"一词仍使用着"化妆室"三字，在这个意义上，台湾的"化妆室"也就不能堪称"遗留"了。在日本，对厕所的称呼通常有四种，从"便所"直至"化妆室"（中间的两种为通篇日文，无从理论）都对。但是如果按文雅程度区分，则"便所"为最低，"化妆室"是四种称谓中最雅的一个，多指比较高档的厕所。但台湾的厕所，无论硬件品质高低一概以"化妆室"标之，似乎失之笼统。

在台湾找寻公共厕所，完全可以不倚靠嗅觉，这在我觉得算是亚洲国家和地区的一大高级。在台湾的日子里，不知道有多少次我都已经走到"化妆室"门口了，却因为毫无嗅觉征兆而狐疑自己的方位所在，多少次如此，多少次惊讶。

跟中国内地的同类场所比，台湾的公厕虽然人进人出，也并未见有人急忙善后清洁，却就是毫无遗味，让人觉得有些不可理喻。因为概念中的中国人厕所都是半干不净的情状，虽然近年来在中国国内，公厕里路人如厕，也开始习惯动手冲刷（在国内的女厕所内，我曾多次看到前一位上过厕所之后留给后一位的"遗物"若干），却总让人觉得厕所之所，必尿味深锁。抵台湾前我在西安的兵马俑博物馆外，被唯一的"厕所"堂皇二大字指向某岔路，随着众人游行一般涌了过去，见接待众"便者"的三五壮汉又卖"农夫山泉"饮用水又兼收取高额尿费职责，两手多劳，一厕多用。

兵马俑厕所的装饰稍有讲究，堆积成山的饮用水和尿池子之间遮拦了一块白布帘，如厕者必须用手掀动中段已然灰黑的布帘才得进入，而成箱的"农夫山泉味道有点甜"敦敦实实地垛在了距离白帘不足三米远的地方，我断定这地方的农夫山泉，一定"味道有点臊"。

空气的参悟，其实要命。

我曾仔细观察过台湾厕所和大陆厕所的冲刷水量，觉得二者其实没有多少水量方面的区分，那么大陆厕所那些千厕一面的共通之处，比如四处污渍乃至"十里飘香"等是怎么持之以恒的？也令人费解。

也曾见到过国内为数不多的不倚靠嗅觉寻找的厕所，但其中必有保洁员分秒把守，待人便过，该保洁员必随后进入大费周章做好一番擦拭，局面很累。

无味的厕所是一种文化，涉及眼界和积习，我始终认为，当生活进行时，便处的洁净度是面大旗。不管你承认还是不承认，它是神秘无比的高级指标。

服务态度

台湾人的客气一看便知绝大部分发自内心，这似乎是一种水土习性，他们具备香港人为人为事的周到，却不显得那么鞍前马后。

只有在圆山，在出品宋美龄最爱吃松糕的圆苑餐厅，入住的第一个晚上8点10分的时候，卸下行装刚要进入，却被一位出言全不讲究的五十上下男性侍者当场喝住，他软中带硬地说："你们可要想好，我们是9点钟下班。"

见我们多少有点进退两难的尴尬，他紧接着说："我们这些人从早上10点上班到现在，一直都没有休息过。"

唯有"乃去"。

出了圆山，一切都客气，哪怕男士言语都软糯入耳。我说过我曾因为"儒雅"问题就问过本地人，对方有些曲解我意地直言：你用"儒雅"一词还算客气，人家说我们都是"娘娘腔"耶。

喷笑。

非常难忘的事情是我和儿子第一次去坐台北捷运，懵懵懂懂地凑合着买完票后又犹犹豫豫地商量着去问坐在写着"询问处"字样窗内的窗中小姐，那小姐当时正脸戴浅色口罩低头而坐，原本只是希望她能把我们买票的金额正确与否确定一下，哪知这小姐一直追问我们的去向。

我们对话的当时她原因不明地几乎完全失声，口罩背后的口腔内相信已经声嘶力竭，我们却只能隔着玻璃窗听到正常对话音量的一成。她执意问出了我们的目的到站，马上用笔写下大大的"板南线"字样，隔着玻璃窗确认我已经看清之后，并没有立即放我们走。她紧接着又示意性地伸出三根手指头在窗内向我上下摇晃，我猜说，"往下走三层？""要乘三站地？"

　　最终，她在听到我最后一个解读后放下手指，从口罩后面不具表情地目送我们远去。

　　无独有偶，我的另外一位上海朋友一家在那几天也曾停留台湾，他告诉我，当他们一家在捷运站内向一位扫地的女工问路时，对方虽然无解，却立即用对讲器跟知事者通报，最终，我朋友一家得到了一张描述得非常详细的指路纸条。他说他"感动透顶"。

　　在台湾街头，在我们逗留的那些天里，我的各次问路从没有撞见过不耐，对方一概是工工整整地把路途交代清楚后才含笑离开。无论你来得及或来不及说"谢"，他们多半会习惯性地跟上一句："不会。"

　　对台湾人善良本性的感激其实贯穿整个一趟台湾行，如果一一把细小的每个感激拿出来说又略显细碎，总之，深埋心头的是庞大的善良群像。相比起来，大陆尤其北京的"大爷式"服务最近几年虽多经治理，让人的消费过程变得舒适不少，但越到近来却又时时让人感到有些矫枉过正，挺"强为"的。比如说也是在临离北京的前夜，在刚刚拜北京中央商业区东移而成为京都商业中心的新光天地，晚上整10点的下班时间我正好从那里出来，但见得几乎所有在岗的营业员忽然一字排开，向鱼贯出店的客人实行反复不断的日式鞠躬，这瞬间让人觉得商业中心方面苦心虽好，却极别扭。

　　礼貌的密码其实不那么简单，在于人心和人心度过的每一个交接。

垃　圾

　　其实，"矫枉过正"并不是中国大陆在更正道路上包揽的项目，台湾也有类似的状况。尽管在回到美国之后和台湾朋友议论起台湾的垃圾桶时，对方一直笑着说："有啦，还是有啦。"但我到台北的第一天就惊讶地领悟到寻找街头垃圾桶之难。

可以这么说，在台北街头寻找公用垃圾桶之难，难到了让人火冒三丈的地步。让人困惑异常的是，作为路人一旦手中产生了必要废物（小如儿子擤鼻涕的柔软干纸巾，大到大人孩子喝完水的塑料瓶），这垃圾绝对让你难受到家。台湾街头几乎没有公用垃圾桶的别扭，从此刻开始一定不由分说地和你纠缠到底。

后来知道，这是台湾方面自十几年前开始推施"垃圾不落地"理念的终端表现。这其实挺让人倒胃口的，与北京的新光天地职员做日式鞠躬的举动比，此别扭，也别扭。

这一段必须从台北家用垃圾的严苛处理说起。

台北自1996年起推行的"垃圾不落地"政策重要表征是取消了原先固定放置在小区门口的垃圾桶，改由垃圾车定时定点收取垃圾。但如果某人因为某种原因耽误了"时"和"点"，那则惨了，因为他将几乎找不到任何地方可以把垃圾处理掉。而面对如此"不落地"政策，台北市民鲜有越轨之举，因为如果有人将整袋垃圾丢弃路旁，就有可能被环保部门的稽查大队查到，他们会打开垃圾袋翻检，如果里面有肇事者的地址、电话等任何线索，执法机构就会循着线索找人重罚。非但如此，不使用政府指定的垃圾资源袋丢垃圾也会被罚，罚款从1200～6000元新台币不等。

接下来的一环是，因为家用垃圾的严格设限，衍生出来家用垃圾可能被处理进街边公用垃圾桶的问题，而这一环节才是直接导致我手中的"垃圾"无处弃放的关键所在。为了提防有人把家用垃圾倒进街头垃圾桶中，有关方面大大减少了市区街头垃圾桶的数量，由此，则做过了。

过虽过了，一直就这么做了；做了之后，当地人也习惯了。

　　听说除了稽查大队，政府也鼓励民众对垃圾处理不当者积极举报，如果有人能够拍照到任意弃置垃圾或不用专用垃圾袋者，如证据确凿，可获得实收罚款50%的奖金，最发财的情形是每个个案可拿3000元新台币。我听当地人说，台湾城市里的有些人就根本不用上班，每天坐在自己的车里对着街头车辆一通乱拍，哪怕拍到有人从车窗中扔出一个烟头都能发财，集腋成裘，不怕麻烦。

　　据说，在推行"垃圾不落地"运动前，台北方面也是把垃圾桶摆在小区门口，等候清洁队夜间收运垃圾，但接踵而来的问题是，暂存的垃圾惹人讨厌，垃圾桶摆在谁家附近必招抱怨。而且，自2000年开始，政府方面也不再向民众单独收取垃圾处理费，而是把垃圾处理的花费分摊到垃圾袋中，也就是说从民众购买垃圾袋的行为中收取垃圾处理费用。台湾的垃圾袋也分若干尺寸，越小价格越便宜，最具规模的垃圾袋甚至一个就需要花费数块美金。

　　但我自始至终对街头不设垃圾桶的做法心存疑虑，觉得实在因噎废食，如果仅仅是因为防范贪图小利者的个别行为造成全民不便，则实在代价过大。真的，没去过台湾的人实在很难想象到作为一个街头行走者抑或是商业建筑中的采购者，在没有垃圾筒环伺的格局中穿梭有着多大的不便。

　　曾经有一次，我好不容易在九份的商业窄街上看到了街边某角落里遗落着三两个喝剩饮料的大号纸杯，一直就因为垃圾处理问题和台湾导游有所争端的我，猛然兴奋地对着导游说：你看，这不就是街头没有垃圾桶的恶果吗？

　　导游却告诉我："这绝对不是台湾人干的事。"

　　"那，是哪儿人？"

　　他顿了一下，看了我好一阵才说："比如日本人。"

　　我盯着他迅速转过头去留在我眼前大汗淋漓的后颈说："你，

骗人。"

这让我想起前不久曾经读到过的有关日本过敏素质的只言片语，类比起来竟有些神似。说是有中国记者曾经质疑一向号称全民自律极好的日本人，在关东地震灾害中为什么还是出现过一两起抢劫事件，当时，某日本市井小民的回答是：那一定是外国人做的事情。

日本人面对着中国记者说："比如韩国人。"

我千真万确地当然知道这些回答都因为对就问者的国籍多有闪避，人生的每一个裂口必引发钝痛。

阳光下，我的导游他没再回话，我看见他炎热中的后脊已然全湿。

蒋　家

蒋家男丁在台湾的凋零一向诡异，不光台湾人，整个华人世界都在为其批卦，此次又听说蒋系的衰败全是因为两蒋的陵墓悬棺放置对后代不好的原因，有那么几天我还真觉得终于水落石出。

前几年一直听说章孝严似无奈似自豪地放话表示要独撑蒋家男丁大局，以免给人蒋家真的已经无后的口实，庆幸其人在苦难离奇的亲情之海中载沉载浮多年，有了说得过去的结局。

二十多年前我在纽约采访过章本人，当时的他未露半点悲天悯人，反而思维宽泛、谈笑畅通，漫谈之中我曾漫问过一句他的祖籍，他看着我笑眯眯地跟上了一句："你去打听打听就知道了。"

那时候我才刚出国，台湾野史了解一些，章亚若的悬案也还真的知道，莽撞出言之后，立即后悔。

多年前也曾看过章孝严描述自己和弟弟孝武在无父无母状况下艰难求生的自传《蒋家门外的孩子》，当时的我已为人母，相当痛惜弱小孩子受到的欺凌，此书文字流畅、内容辛酸，记得我读到他们小兄弟两人最后连学费都交不起、家中唯一的电器就是一个没有灯罩的电灯泡时，内心恸哭多回，觉得两个庶出皇子的苦难不忍卒读。

读书之后，对章孝严曾经被动制造的"王筱蝉事件"等离奇作为，统统体谅。

此次在台湾的最后一天在去机场搭机回京前我去了慈湖的两蒋陵寝，查寻地图之后知道慈湖和台北市区及桃园机场说是顺路，却又分列在大三角的三个端点，任意两个端点间的奔波耽搁都在四五十分钟的样子。

所谓"两蒋的慈湖"，话有点笼统，其实小蒋是葬在头寮，而且，比照老蒋的陵寝地点是在慈湖宾馆，小蒋的地点也是头寮宾馆，两处相去不远，开车五分钟之遥。

其实，慈湖的思考，在于死者的志向。作为一介败者，流亡的冷战一直未歇，回乡的热望一世都有。

1975年老蒋去世之后，遵其遗愿，"灵柩暂厝于慈湖，俟来日奉安于南京紫金山"。这种遗愿在我看来既卑微可笑也波澜壮阔，表明了一个人对信念和约定的嘴硬强说和至死恪守。

可笑或者可叹，还是恪守。

我去看到的老蒋包括小蒋陵墓中所谓"悬棺"，也就是一个摆放于地面的巨大黑色大理石长方棺材，两蒋款式同一，理念的力量让这父子二人当众上演着有如悲剧一般的人生大戏，联想到来台之前在延安我曾惊讶于已经到了1945年中共中央还在陕北的破旧窑洞中工作，真觉得宛若有一只上帝之手把中国执政的乾坤做了忽然的扭转。

两蒋悬棺而葬的同一之处还有他们都没有夫人的棺木在侧，黑色的简单几何图形把父子二人的灵魂孤独地框住，好似两个匆匆的慈湖过客。宋美龄后来选葬在了美国纽约上州的芬克里夫公墓，按照宋美龄生前的意愿，她的灵魂被安放在该公墓的芬克里夫室内陵园。此处与她的大姐宋蔼龄和姐夫孔祥熙墓室相毗邻。

离台若干天前在阳明山上走动，曾看到山上著名的老蒋铜雕，当时就觉得铜像的朝向奇怪，导游说台湾岛内老蒋雕像的面向大都会刻意朝向大陆，他小心地补充说，"这表明他时刻都在怀念家乡"。

步出慈湖宾馆，沿湖而回，在邻近停车场的郁郁葱葱当中，还有我所向往的另一重点：雕像公园。此被冠名为"慈湖纪念雕塑公园"的地方其实是一个笑话，该公园于2000年2月28日举行园区首座高雄县政府捐赠铜像典礼，迄今已容纳超过200座包括蒋介石和蒋经国二人的塑像，其中大部分都是蒋介石的雕像，高度大小不一，有超出真人比例体现老蒋骑马打仗身姿的，也有半身胸像。其实事情出于陈水扁时代推行的"去中国化"乃至"去蒋化"决策，新政一出，全台数以千计的老蒋雕像遭到空前清洗，台湾各地的大小蒋像大部分被焚烧，只剩下少部分制作精良者被收容到了这里，这里因此被讥为"全台蒋介石的碰头开会处"，让人心头不得已掠过笑意。

在从台东到花莲的火车线路上，在充斥着瑞穗、池上、富里的埙碎站名中，竟然有一站叫做"光复"，不知道真的是原始地名还是后来遍及全台的蒋系志士的移情寄望。而哪怕是在慈湖宾馆，两蒋的棺材其实也是坐东朝西方向，老蒋带着小蒋至死都没忘彰显自己的未竟，坦白得感人。

小蒋方面再加上一个"忠贞追随"的分量，就事论事地说，超级孝子了。

这父子俩，竟像孪生的汪洋。

那些、那些滔滔的水啊。

山 路

台湾路之险峻，到过的人都呼"害怕"。在我抵台之初做环岛游的时候，跟随的是一个在美国组团的国铁、高铁加台铁旅行团，虽然各"铁"云集，但在台湾境内的部分路段，尤其是从南到北的回程之路，仍需靠巴士代步。记得从台东到花莲的一段，司机带着我们一车人开出没二十分钟，就一头扎向深山做迂回盘桓了。

整个山路期间我一直无法入眠，其实，车才一开，同团的人们悉数昏睡，唯有惧怕险境的我大睁双眼，生怕司机有个闪失。

我们的车连环地在山间绕行，从一个山头盘向另外的山头，大半时间车辆都处于一面是高山峻岭一面是汪洋大海的艰险。汪洋大海的一面毫无遮掩，防护显得毫不介意，一个不小心整个车直飞入海并不困难。

其实，仔细地去想，台湾在自然景观方面不外是观山和看海，但到了台湾之后觉得这两种台湾的自然，挺狰狞的。

观山这事情其实对来自大陆的人而言有些不寒而栗，满载陆客的阿里山小火车就在我们游台的前四个月被压翻的例子，成了一块压在心头的巨石。

阿里山，正确的叫法应是"阿里山区"，地理上属于阿里山山脉主山脉的一部分，东邻玉山山脉，北接雪山山脉。阿里山区包含大塔山、塔山和松山等15座高度超出1400米的山峰所围绕的地区，众多的山峰中尤其以大塔山最高，海拔2663米。整个阿里山区的面积广大，高达30000多公顷，这些山脉当中的山路和台湾的各处山路一样险峻无比，不少不明就里的陆客到台之后坚称自己的必看之处就是阿里山和日月潭，但当他们嘴里唱着"阿里山的姑娘美如水"

的歌才盘桓在阿里山区第二座山峰的时候就开始后悔,但此刻退路已经无从谈起了。

而山路本身的狭窄难走其实还在其次,最威胁山路行车的是顺山而下、无从提防的滚石,滚石落下一砸砸在车上,必酿大难。2010年轰动两岸的陆客旅游车被塌方滚石砸落事件,就是以最难于接受的结局收场,塌方落石将正排队等候前行的某旅游车队中的一辆砸下深海,造成20名大陆游客尸骨难寻。

而在台湾,观海方面也陶醉有限,因为大部分我所见到的台湾海滩都空无一人,很多地方的山和海之间毫无过渡,不少山海相连处说是一上来就是二十千米的深海。在台湾沿海,即便有着海滩意义的海滩,海浪的浪漫也早被其自身的击岸力度撕破脸皮,为了减低强大的海浪对陆地的冲击,在台湾,我第一次知道了什么是"海浪消波块"。

那是一种被台湾人称为"石头粽子"的三角形钢筋水泥庞然大物,它们在当地很常见,被密密麻麻地堆放在海滩之上意在减少海浪力度,龇牙咧嘴相当地煞风景。

说回到盘旋着的我们的车,走到某个昏天黑地而且短时间内看不到尽头时我终于按捺不住冲口就质问导游:"你为什么要带我们走这么危险的山路?"

在我以为,之所以挑选铁路旅途就是为了规避巴士的风险,为什么躲来躲去还要上车舍生冒死?

导游从司机的副座上戴着老花眼镜回头诧异:"不走这条,还能走哪条?这已经是最安全的一条路了。"

他一口给了我终极答案,大体上说,台湾之路,全是这种路。

台湾公路中最让人闻风丧胆的是苏花公路,前述陆客旅游车被砸入海案件的事发地也在这条公路。这当然也是一条山路,最早修建于1874年，在很长一个年代内都是单行线。"二战"之后，此路改称为"苏花公路"，其最窄的路面仅有三米半，弯道的最小半径仅有十五米，行走起来非常惊心动魄。苏花公路直到80年代才开始逐步拓宽，到1990年最终开放双线通车。但从1997年至2008年5月1日期间，在已经大大改善了的苏花公路上发生的交通事故还是造成了1000多人死亡，13000人受伤。

当地人说，当年单线的苏花公路就出了名的难走，在好多个路段都设有单向管制，轮流放行。而且放行时必做的要务是清点将行的车辆总数，等行过之后下站的接收处还需核对到达的车辆总数，常常，这两个数字就会对不上！

空气的暧昧包裹着路途的叵测，我不知道古老而时尚的危险，是恰巧还是命定。

联想到我们在日月潭周边游览时曾遭遇一场瓢泼大雨，大雨持续了半个小时左右，我们冒雨在少数民族村落且走且行。雨过之后再行上车，车开未久就看见路边横着一棵被雨水浇倒的大树。联想到阿里山小火车被大树压倒事件，才更加明白险象环生根本就是台湾住民的生存常态。

这时候又想到当年的老蒋败走麦城，不得已来到如此自然恶劣之地，而台湾本地人也对外来者多有抗拒，两相交手，不难才怪。蒋当时由南京来台的凄凉，必定难以言尽。

也是命定？

仪仗兵

在台北走动，最不能不看的是各庄严去处的仪仗兵们活似电影慢动作一般的换岗仪式。虽然说各处仪式看来看去都大同小异，但因为仪式细节乃至军种约略的不同，故此还算是具备了一定的新意。

在台北看的地方多了就大概知道这种仪式大多数在日间人潮汹涌的每个整点进行，而且，更高级别的场所诸如中正纪念堂、忠烈祠等处必定配备，即便是在被陈水扁已经有意简化到不能再简的慈湖两蒋陵寝也有仪仗兵换岗仪式，只是那里远离闹市，加上对蒋家的评价见仁见智，因此，不要说围观仪仗兵了，就连游人也寥寥。

比较可笑的是两蒋陵寝虽然游人寥寥，却存续着最后的虚幻尊严，比如说，即将和大黑棺材见面的那一时刻，你竟然发现身旁忽然出现大型立式看板："请自动致敬行礼。"

我的天，这都什么年代了。

实话实说，都到了尤其是小蒋的陵寝连路怎么走都快没人能说得很清楚的时代，要求"自动行礼"，实在自取其辱。拿我本人来说，当我忽然看到写有上述字样的大字招牌时都不太敢信，将信将疑地问寥寥无几的卫兵，"我一定要行礼吗？"对方先是正色起来，见我真的坚持，遂用眼角看了我一眼，小声说"不用"。

既然可以"不用"，写那种贻笑大方的东西所为何来？

海风被年轮撕成碎片后，再复归成海风，该有多难。

也不对。

台北市内的仪仗兵初看让人很诧异，因为他们的换岗动作缓慢而怪诞，如果如此缓慢而怪诞出现在异国他乡比如丹麦王宫似乎还能用"不同的民族文化底蕴"来诠释，但这是在台湾，这是在和我毫无文化隔膜的同文同种之内，这些动作奇怪得让人初看时哑然失笑。那些仪仗兵把守的建筑，每当整点快到人潮开始越来越拥挤时，忽然听到附近不知哪里爆响一声鞋与地相碰所迸发的巨响，时辰就到了。

台湾的仪仗兵体形精瘦，眼睛都大，除去换岗程序中的集体

"耍弄"之外，最终他们一边一个分站在岗位上讲究身体一动不动、眼睛一眨不眨。

其实这两个外在要求有难易之分，前者是基本，后者简直是公然在违背人体工学最基本的原理。

对"眼睛一眨不眨"这一要求我曾就问管事模样者，这人相信也是军人，他们为数不多，散站在当值哨兵附近，长相和哨兵类似，猜测他们该是换班下来的"同类"，对方言之凿凿地告诉我，"我们的要求是站岗期间眼睛不能眨一下"。

"将近一个小时的站岗时段之内一次都不能眨？"这样一个追问我相信自己一连问对方不下十次，对方到最后都有些起疑。

我更起疑，如此要求，正常人的正常体魄真能做到？

我还有一个追问也挺关键："他们一个月的薪水是怎样的？"

对方毫无遮拦地直言："一个月不到六千台币。"

如此一说，我有些发蒙，火速转过身去用手机权充计算器算了多个来回，总觉得哪里不对，因此一直和得数较劲，因为得数显示也就是两百美金的样子。

回头再跟对方核实，对方浅浅地笑了："他们也就是普通军人。"

"眼睛不能眨""身高要求一米七八以上""每月不到两百美金的津贴"，这些关键的坐标卡位基本概括了仪仗兵的全部。幼稚地再问：如果未被选为仪仗兵，他们的日常都在干什么？

对方又笑："整天待在军营里没事干。"

在台湾，每个人似乎都绕不开兵役的话题。台湾的兵役制度发展到今天已被多所改动，改革之前的兵役制为强制性的"义务"兵制度，那个时候每个台湾年轻人都对兵役闻风丧胆，因为当时的兵役制度规定每个青年男子（健康原因或被法院判处7年以上徒刑者除外）在年满18岁或大学毕业后都必须服兵役，陆军兵役时间为2年，海军、空军为3年。服完兵役后，可回"地方"，但此后虽未在军营服务，需要时却必随时回营。

这种多年服役的后果是很多年轻人丧失了相恋多年的女友，台湾青年人恋爱过程中的所谓"兵变"说法盖出于此。从进入新世纪开始，台湾的兵役制度历经多次改动，到2008年，兵役期缩短为1年。在此基础上，台湾"国防部"方面两年前又曾公开表示，2015年，台湾将迈入完全募兵制时代，年满20岁以上达到服役年龄的男性，只需完成四个月强制军事训练，纳入后备兵力即可，眼看着困扰台湾年轻人数十年之久的兵役制度，马上将成为历史文物。

其实对应着兵役制度，台湾大学生中一直流行"延毕"对策，也就是想方设法延期毕业。因此，每年台湾大学研究生考试报名期间，各招生点都人满为患，人头攒动当中无不彰显当事人的用心良苦。

在慈湖陵寝夏日炎炎的室外，我恰好和一位身穿深色中山装的年轻人比肩同行，凭直觉张口就问其是否也是军人。对方告诉我他虽然如此着装，仍是在服兵役。太阳底下他眼含兴奋地告诉我，他"还有两个月就要退伍了"。

但事情总有其好坏参半的一体两面，我后来遇到的一位出租司机就曾告诉我他儿子如今一直身在军营。"当副连长，月薪五万。"

他说这已经是他儿子的职业生涯了，这儿子25岁，未婚，以眼下的铺陈继续前行，远景应该也不错。

这个和平年代的年代啊！

最好的中学

很早以前在纽约当记者的时候，我就知道在台湾人社区中活跃着打着"建国中学"招牌的社团，自那时起，"建中"的名号在我心中即隆重耸立。那个年代，我离为人父母之路还远，道不同不相为谋，因此对上乘的教育，有些不屑。那时候的我绝对想象不到，时隔二十多年后，我会带着也一心向好的儿子前往朝拜这方圣地。

和"建中"同样大名在外的高中名校是台北的"北一女"，前者是最好的男校，后者是最好的女校，无论哪校，其实在纽约我都认识从那里毕业的不少学生。在纽约谋生的日子里，年少轻狂的我也曾多次被这两校校友们教导过人生并和他们相处出友谊。

无论在美国的东岸还是西岸，此两校校友一向活跃而自豪，人到中年个个却都还在热衷校友聚会等事项，20年前如此，20年后更如此。想想也必然，多年研磨而成的荣耀点滴在心头，既是弘扬以往，也在感念过去。再加上马英九也是"建中"毕业生，而他的老婆和女儿乃至众多的姐妹竟然统统"北一女"毕业，这实在让人倒抽一口冷气。精英之精，不用言表。

而这种彰显精英的传统教育轨迹，让历经"文革"无法从小拼起的如我一辈无比艳羡。

我和儿子前往"建国中学"和"北一女"的时候刚参观完"总统府"，对两校地理位置懵然不知，我们的车从"总统府"前面的凯达格兰大道才稍微一拐，一个起步价之内，两校全到了。

此时虽也是暑假期间，"建中"门口仍有不少学生穿着看上去相当蹩脚的"建中"制服进出，这让我有幸目睹了活生生的建中"在地人"。

"建国中学"是台湾最有名望的高级中学，也是台湾最早设立的公立中学。在台湾每年夏天举行的国中基本学力测验当中，排名前百分之一的中学毕业生才有机会进入该校就读。在国际竞赛中，该校学生们也有着优异的表现。台湾选派参加国际科展的正选代表，大多为"建中生"。在台湾举办的各种竞赛当中，"建中"选手也总是囊括各学科前三等奖项。

台湾男人对"建中"肃穆有加，一说起来一派景仰。听说"建中"之内也会有高雄等地的考生考过来，而且这样的少年精英们每天会通勤一个半小时左右的单程路途赴校，或者父母就在台北租房方便他们独居。

"建中"的学生制服颜色奇怪，靠近土黄，上衣一律塞进裤子里，这在我看来很有点"农民企业家"的味道，不知当年英挺俊俏的马英九穿上这个，是不是也那么军不军民不民。

"建中"校服上绣有学校名称、学生学号和学生大名，拜台湾风气固守的原因，他们的名字都像我们大陆如今这一茬人的父辈大名，草根而古旧。另一个相连的问题是，习惯了隐身于世的成年人世界，猛然看到涉世未深的建中学子们被要求连名带姓行走于闹市，立即为他们的处境担忧。

"北一女"的全称比较冗长，为"台北市市立第一女子高级中学"，"北一女"现有校友六万多人，在欧洲、美洲都有校友会。

该校每年约招收一千名学生，其中只有五百名能够登记入学，她们必须是在基本学科测验中名列前茅的学生；剩余的四百名需要甄选入学，除需达到基本学科测验分数外，还要通过"北一女"自己的甄选测验。除此之外，学校还保留了四十名申请入学名额，这些名额是开放给具有特殊才艺的学业优秀者，而所谓"特殊才艺"是指在体育、音乐、语文等领域参加地区性比赛获第一名、参加全台比赛获前三名的学生；除此之外，"北一女"还有数理资优保送生四十个名额以及为特殊障碍的学生保留的二十个名额。

我在美国所工作的第一个报社的老板夫妻档中的妻子一方就是"北一女"毕业，之后又上了政治大学，一看就知因为聪明过人，一路持续有好运加持。为他们工作的时候我刚抵美国，二十来岁的年纪，毛病贼多。是"北一女"的这位妻子一方教导我成熟，我性格中的很多特征说穿了大半师承于她。

后来，很明显地，这些特征又经由我感染了我所认识的不少人。

相对应"建国中学"精英男人们的勇往直前，"北一女"的毕业生因为性别原因有些人生迂回，她们其实都是极端理想主义的一些女人，多半出身富绰却缺乏现实的市井思考。但因为是精英的关系，人生道路上不乏仰慕者关注，回忆我所认识的"北一女"毕业生，她们的性格共性其实是仗义敢言、一针见血，这当然也是聪明过人的必然产物。在社会上，她们的群体表现似乎从来也没让"北一女"丢脸，台湾"中央研究院"如今的三对院士夫妇中，有两对是"北一女"校友及其夫婿。

也同样是因为精英原因，未成大名的其他"北一女"毕业生，虽然人生结局各异，却基本上都是善多恶少。

"北一女"的校服在色彩搭配和造型感受良好，绿色上衣、黑色短裙，尺寸和颜色都搭配得恰到好处，人称"小绿绿"。与"建中"学生制服所不同的是，"北一女"校服是不绣名字的，最大的隐私公布只限于学号。

台湾的名女人方面，吕秀莲可说是"北一女"的著名毕业生，但如果依照吕女士的音容笑貌就幸灾乐祸地把"北一女"女孩的外形归纳为"恐龙"型，则大错特错。在台湾政坛为数不多的美女中，"北一女"美女绝不能忽略，一度风光无限后来肇事隐身的李庆安就是"北一女"人；而另外一位曾经位及经济部长、在政坛闪进闪出的宗才怡，也源自"北一女"。

仔细看过"建中"和"北一女"的各种规章才知道，后来的"建中"有意比"北一女"的放学时间早十五分钟，为的是方便"建中"的男生去接在"北一女"就读的女朋友下课，这一安排让

人有点毛骨悚然，"建中"男生找"北一女"女生，如此强强联手
然后世代更迭，无疑会把世界连续揽入囊中。聪明人和不聪明人从此
人生越来越不交集，这不知道是聪明人的喜剧还是不聪明人的悲剧。

难怪骄傲。

邓丽君

"她住进来之后（他说"住进来"！），我们这里每天都会来
很多人看她。"这话是台湾金宝山墓园最靠近邓丽君墓地的年轻守
卫对我说的。

我从来认为，邓丽君的人文贡献在大陆远比在台湾大。在台
湾，她当年不过是蓬勃发展、百花竞放的流行音乐沃土中的花间一
束，但在大陆，她既是具备攻心内涵的政治意义，也代表着教导一
代人音乐基本元素的启蒙。

去她墓地的8月中旬某上午，园区内空无一人，和比肩接踵的其
他墓地碑林般的"住客"比，邓丽君墓具有奢侈的空旷，整个一块
地方连同休闲凉亭加一个钢琴键盘雕塑，被墓地主联合命名为"邓
丽君纪念公园"。

说实话，把钢琴键盘雕塑放在她的墓前是个败笔，意念先落了
俗套，造型也呆板无趣。只是我拉一路都在说"我觉得她唱得并
不好"的儿子刚一靠近这败笔，我所熟悉的邓丽君之歌，毫无预警
地突然响起。

当然，突然响起的歌必定是我尾随能唱的，非但是原本就爱歌
的我能唱，相信中国大陆几乎所有中国人对她的一声一唱都熟之甚
笃。她就像我一个久违了的熟人。

邓的墓地外有专门的候车棚，墓地前也专门摆放了插放鲜花的

塑料桶，为邓丽君，墓园主人已经想尽了点点滴滴。

面对墓地警卫工作状态明显的孤独和工作场所独有的特异，我问守卫，你不害怕吗？

对方流利地告诉我：你一定知道，死人比活人要来得安全。

金宝山墓园的老板曹日章曾经对外表示，购买邓丽君的墓地，邓家当年只出了象征性的一元新台币，甚至还取得过一元钱花费的发票，但邓丽君最终得到的是价值一个亿的墓园地面。

但不管承认与否，曹日章得到的比邓丽君绝对更多。年轻的守卫告诉我，且不说墓园内部的大型墓地，单是金宝山的重要建筑金宝塔内存放骨灰盒位置的价格原来卖八万的，自从邓丽君"住进来"之后已经卖到夫妻双位五十万到一百九十万了。哪怕是用简单的加法运算，金宝塔内住着几万人，单单一座金宝塔就已经让墓园主人赚得无数。

守卫其实诚实，他回顾说，以前的金宝山算不上是高级墓地，邓丽君来"住"之后，台湾人莫不以将来住在金宝山为荣。

这里其实离台北说远也不远，作为墓地，和台北的众生仍有着眺望而见的接触，算很好了。

话正说着，只见一辆载满游客的大旅行巴士从墓园中路直奔而来，据我猜测这一定是来自中国内地的邓氏崇拜者们。待车上人等鱼贯而下，果然带出来了满耳乡音，人群蜿蜒地沿着车停处走向邓丽君墓，队伍当中忽然冒出一个感慨万千的中年男声："这是、这是邓丽君的墓啊。"

我不知道这个"中年男声"与邓丽君有着什么样的多年瓜葛，相信每一个中国人都能回忆起自己和邓丽君之声的相遇相知，而且里面必定有很多不能对外言说的私人机密。

邓丽君"秘密抵达"大陆的那些年，我一直都是和家里的收音机一起做作业的，那里面除了说了上句我就能接下句的八个样板戏外，全部都是《大海航行靠舵手》和《咱们工人有力量》，只有在后期的时候出现了一些旋律平和之音，而且，压抑着的人间才华才一喷发就有些超常脱序，比如小提琴曲《阳光照耀在塔什库尔干》和《梁祝》。我和邓丽君最初的相遇差不多就在这时，我是和如今早已经在北京天坛医院当主治医生的闺蜜一起听到她的，那时候闺蜜家里有着一个"砖头录音机"，是她常年住在加蓬的外交官父亲带回来的，我们彼此发誓绝不把这个属于我们两人的秘密告诉第三人。

不知道她，我真的没告诉别人。

没告诉别人的我们比别人更早知道什么是音乐。

谢谢邓丽君。

7-11

此时此刻即将谈到的7-11和后面要提到的台湾诚品书店这两家不应该声势浩大的商业机构，这次在台湾动摇了我的一些关于社会和商业的基本构思。如果说任何经济体的存在都是有道理的，前述两项，一个是因为多而细，另一个是因为少而大。

我当然知道7-11便利店是美国出身的商业机构，但在我旅居美国的这二十多年中，老实说它和我生命的交集其实也就是十多次，只知道那里似乎卖些咖啡或者牛肉干之类的货品，而这两样和我都不大沾边。在美国，便利店的应急效用远比提供效用来得切实，我们报社刚成立的时候，马路对面就是一家7-11，天理良心，我在那里办公将近两年，从来没有光顾过它，只约略地在路过那里的时候，看见里面一年到头都只有一个中年壮汉懒洋洋地在收银台后走动。

7-11的前身名为"南大陆制冰公司"，曾经是美国的一家专门产销冰块的公司。后来为满足顾客五花八门的消费需求，他们开始兼营别样卖起了洗衣粉、面包、鸡蛋、香烟、酸奶等生活必需品，再往后逐渐发展成为美国乃至世界上第一家便利店。在零售业市场上，从1927年的孕育萌芽到1946年1月24日的正式更名，从"南大陆制冰公司"到7-11，现在回顾，这实在是人类开启便利连锁业至关重要的若干步和若干年。略显遗憾的是如今的7-11已经成为日本人的公司，1974年5月，在熟知连锁商店产业结构的日本人铃木敏文的操刀下，"日本7-11便利连锁集团"的一号店丰洲店，在东京都江东区剪彩开业，当年便有15家加盟店相继诞生，经营额高达7亿日元，到2003年，它的连锁加盟店壮大到9600多家。

随着"日本7-11便利连锁集团"在日本的超常规发展，铃木敏文不仅在1989年全权托管了自己的"母体"，也就是"美国7-11便利连锁集团"，而且主导7-11挺进世界零售市场，在19个国家和地区开设了数万家"7-11"。

2005年9月1日，日本的伊藤洋华堂成立新控股公司"Seven & I控股"，统一管理伊藤洋华堂、7-11股份有限公司及在日本的7-11，并于2005年11月9日正式收购完成7-11股份有限公司的全部股权，正式地将这家美国公司完全地子公司化，同时也正式自证券市场下市。目前，7-11全球店面数目逾四万家，为全球最大连锁店体系，其中分店数最多的国家为日本，而分店密度最高的地区为台湾。

台湾从1980年开设了第一家7-11店之后，30年来，这种小店逐渐做大，成为影响台湾人生活的大商业。第一个10年，7-11在台湾只开了100多家店；第二个10年，开了2000家；在第三个10年内，7-11的总门店数已接近5000家。

台湾的7-11店之多之方便，我虽深有体会却还是时时感到一次次超乎自己的固有概念，真可说是一事一惊奇。在台湾，在我和它打的若干次交道中，它从来没让我觉得失望，店员忙碌当中的周到，从来没让我感受冷落。比如我在西门町的某7-11曾经免费借坐过椅子吃从隔壁"老天禄"买到的鸭舌头，去过西门町的人应该都知道在那里的街头想要找到一个栖身之地该有多难，但即便是没在吃7-11店内的食品，却也并没有看到营业员的臭脸，店内还有同样在西门町难得一寻的厕所可供方便。

再比如，某一天我在觉得"今天一定要买到当地报纸一读"的突发闪念中走进7-11，一进门的左手边立即看到所需，真的就有。也是在这里，我第一次见到了在亚洲南部华人中颇享盛名的小报《苹果日报》。在临离开台湾的倒数第二夜，我也曾在深夜被儿子差去买苹果，结果竟然也是如愿以偿。面对7-11并不宽敞的店面，你时时会感叹它对消费需求直入人心的洞察。

如今的7-11成为台湾街头功能超级齐全的商业场所，非但提供午餐、夜宵，还可提款、复印、传真，取网络商店订的书、保养品等等，甚至还能代收电话和水电费等多达上百种费用。可以想见，7-11的守候，让多少台湾人度过了无忧无虑的工作与劳累、闲聊与牌戏的日日夜夜。

在倒数第二夜我们换到台北四季酒店住下的时候，楼下就有着一家7-11，已经领教了多日台湾7-11功能的我，忽然对此心有一动，觉得踏实。果真，在问询我早先入境时买到的电话卡在哪里可用的时候，酒店前台张口就说："我们大门隔壁就有一个7-11，在那里打公用电话很方便。"

想到美国7-11局限促狭且枯燥无比的日用功能，则摇头。

则摇头。

则连连摇头。

诚品书店

相比7-11的激流，在台湾最负盛名的诚品书店商业之水却是另外一种流法。

近些年来互联网网住了所有人的眼球之后，我一直对全世界的书店有着经营上的巨大担忧，当然我对我所经营的报纸业务中长期远景也抱存巨大怀疑，但和书店相比，报纸应该还可走得稍远，而书店，我对它的期望其实早已经转化为绝望。加上数十年和国内的书店们打交道下来，看到书店里每天都充斥着白读不买而且姿态嚣张的免费看客，店员的态度则暧昧不清，更觉得如果所有的书店果真都成为了免费图书馆，那书更谈不上效益了。

此次到台湾，也看到诚品的一些分店甚至还为"白看一族"提供舒适座椅，实在觉得如此为商，不死才怪。

诚品书店如今在台湾是书业龙头，是由出身贫苦渔村的吴清友在1989年创立的以售卖建筑、艺术书籍为主的书店。纵观吴本人的求学经历和文化并不相关，他台南高工机械科毕业后，因患有先天性心脏扩大症免服兵役。工作几年之后再进入国立台北工专就读，1972年从二专机械科毕业。大学毕业后，吴清友在专营饭店餐厨设备与咖啡机的诚建公司当业务员，31岁时成为诚建公司的老板，由于后来饭店数量趋于饱和，因此转行开始同时经营书店。

说起渊源，诚品其实历史不久，但自1991年扩大营业之后，该书店开设了综合书区、艺文空间乃至画廊的组合，由此建立了台湾书店经营的里程碑。

如今的诚品在台湾，每年有将近3000个场次的演出，内容包罗万象其中包括音乐、戏剧、舞蹈、摄影、建筑、烹调等。吴清友说他相信"人之所以阅读并不是为阅读而阅读,更为重要的是培养一个思考的习惯,引发人的想象力,进而通过和心灵的对话去了解自我",这些抽象思维听起来空洞而高远,让我在乍听之下觉得略显可笑,但活生生的诚品在此次台湾行中展现的硬是人潮汹涌的一面,让人觉得用塞满汉堡包的嘴去清谈,是有资格的,虚实关系毫不复杂。

这让一个"由于后来饭店数量趋于饱和,因此转行开始同时经营书店"的人干成了的书的商业机构,虽然一直都在亏本,仍旧让人仰视它"进行时"的屹立不摇。

自1999年3月起,诚品开始出现营业时间为24小时的店铺,这项被号称是"满足了现代人生活多元需求"的行为,在我看来是在提供一种精神昭示,果真一经推出,立即获得全台极佳风评。与此同时,诚品的营运模式在台湾取得成功之后,其他连锁书店也跟进模仿,在装潢、阅读空间、选书分类等方面也走诚品之路,有报道说此一跟风"把台湾本来就有的社会文学素质提到新高水平"。

精神不死,精神万岁。

到台湾,我去了诚品的信义旗舰店,进入其所在的建筑,从天到地若干层楼中已经分不清哪个属于诚品,随便在某楼层的某餐厅落座,营业员开头问的第一句话一定是:"你有诚品的卡吗?"

"诚品有什么卡?有了诚品的卡又能怎样?餐厅为什么接受诚品的卡?诚品和这家餐厅是什么关系?"这些连锁问题,其实都有答案又没答案。

答案似乎无关紧要,紧要的是诚品之品,已经有很多"品"。这种商业的蔓延和渗透,我觉得才是为商正途,否则,精神可贵,米饭也贵。

结果生性并不那么爱读书的儿子在诚品的旗舰店内看到了前一

晚和我一起看的电影*Cowboy and Aliens*的原著，在我反复表示了自己不愿意将此一厚书满世界携带的意愿之后，他坚持着坐在书店里效仿"白看一族"们把全本书看了三分之一，而我为了等他，在那里坐站交替地读完了我的朋友李建军夫人所发新书《我的丈夫李建军》。

这本书似乎和我有着无意之约，在我无比不耐地踱步而行等候儿子的漫长时间内，这期间还穿插着我一次又一次催促儿子离开的行为，某时刻当再次催促再次被他拒绝后我走得离他远了一点，一低头，就看见了它。在这个陌生的城市，在这样一个初次到访的场所，忽然能够抚摸散发着纸香的老友之作，联想到他们夫妻平素和善的微笑，不由得心中一暖。

此后的两个小时内，倒是对阅读已经不耐的儿子开始间接地问我"你准备什么时候走"？在记忆中这绝对是我第一次"白看"生涯，这两个小时里，从来没有诚品店员走来终止我的阅读，我对面同样席地而坐的两位学生模样的女孩也自始至终没有受到任何滋扰。

两个小时之后，和好友之心做长时间的免费交流完毕，掩卷之余我不免觉得愧对诚品，虽说最终为儿子买了一大本用纸张折叠机器人的中等价位教材书作补，却还是久久心存对诚品宽宏的感念。它的随意而有意，让我们毫无代价地眺望了更远处的山脊和更远处的理想。

仁者之怀，有容乃大。

后 记

台湾之后，我对自己有所质问，旅游的想象其实我从来不曾透彻，这让台湾从我的手边流逝多年。好在今年的今天我听我见，犹如把灯点进江水当中，已看到无数折射的结局。

必须说明的是，以我十一天一己之见的所观所想必有连皮毛都没说通之处，但鄙人一向刚愎自用，此刻手抚左胸保证字字据实以报，因此，不接受匡扶和更正。

随他去吧。

2011年

Ⅲ 子域

MEN QIAN RUO WU NAN BEI LV

第 三 部 分

儿子告别牙仙子

此文其实是在2009年的夏天开始动笔的，但写了几行之后，我现在怎样也想不起来后来为什么停笔了。今天是2011年的9月14日，我在我的行事历上写下"写牙仙子"四个字之后，依稀想起自己曾经为这事情开过头，但打开电脑翻回旧稿，我惊讶地发现其实我写过的只是一个开头。这事情一直伴随时光拖沓，到了两年之后的今天，我儿子和"牙仙子"之间的缘分竟然在一个普通的下午彻底了结。

生命的胡须原来可以如此神速地蔓延和终止，让人失望。

一

我在两年前的6月份写下的"一个开头"真的也仅是个开头，它是这样写的："截止到2009年的6月7日，我的儿子元宝已经换了他人生的第六颗乳牙，这六颗当中，除了其中两颗被他不小心咽下了肚子，其他的四颗都在我手里。我把它们高高地放在一个镜框中，然后挂在我在家里制作出来的'家庭照片墙'上。"

从严格意义上的字数和结构上来讲，此"开头"好像连开头都算不上。

而两年之后长到今天的儿子，从正面露齿来看，所有能见到的乳牙已经完全不见，这导致他在上一周的某个晚上忽然告诉我他有一个牙齿松动"就要掉了"的时候，我大吃一惊，因为我一直以为他的乳牙已经全部换完。

在反复问过他刚刚吃过的荔枝中是不是有很硬的东西硌过他的牙之后，他自己也困惑起来。这时候我有一点点惊慌失措，害怕我意识里他已然长好的全口新牙就此断送一颗，因为，他的真正人生还远没有开始。

查过网络才知道，他这是在开始换大后牙，这些牙齿一般孩子要九到十三岁才开始换。

如此，心归原处。

两天以后，儿子在傍晚时分忽然对我说："今天是我的不好日子。因为我的那颗松了的牙在昨晚小朋友生日聚会时已经掉了，那时你不在，我掉了的牙被Jenny阿姨拿走了。"

我当时看着他，随口一问："那又怎么了？"

哪知儿子着急地说："如果Jenny阿姨今天晚上把牙放到她自己的枕头底下，牙仙子就会把本来要送给我的好东西转送给她了。"

此时此刻我有些怀疑自己的耳朵，同时飞快地在揣测儿子此言是不是在对我的综合智商进行考评，或者干脆就是在和我玩一个语言游戏？但我分明看到他胖乎乎的脸上带着细致入微的焦急和惋惜。

儿子这年八岁半，小学三年级已经上了一个月多，课间课余已经读过超乎寻常数量的大部头书籍，在各种纷繁复杂的学业和课外科目压力交加之中，我和他关于换牙的话题，有一年多没讨论了。在我认为，这牙仙子的事情应该是早被他洞悉的小儿科名堂。

对话的当口，我以我的机警对儿子进行了飞速地审视，在既不迅速也不缓慢的反应时段中确定他应该是在来真的。确定了这一点之后，我当然也失望，觉得这个把戏其实早不该属于他。但我更相信童真的弥足珍贵，我在那一瞬间就决定自己一定陪着儿子玩下去。

我遂让他尽快把自己的掉牙要回来，以保证牙仙子肯定会来。

他果真去要了，掉牙很快被拿回。

就看牙仙子的了。

二

"牙仙子"的英文名字叫做"Tooth Fairy"，又叫"牙齿仙女"或者"牙仙女"，是在美国文化中出现的专管儿童牙务的仙女，这个"人物"的出现，其实反映了美国文化中对于牙齿的重视和爱护。整个概念的原委是这样的：几乎每一个美国小孩子在能听懂语言之后都会早早地被告知，有一个牙仙子专门收集小孩子换牙时掉落的牙齿，作为交换，牙仙子会给出一些小礼物或者小额硬币。说法中告知的详细做法是：掉牙的小孩应该把掉落的牙齿当天晚上睡觉时放在自己的枕头下面，在夜里，牙仙子会来用礼物换取掉牙，不然小孩子就会遭到厄运。

而有关厄运的另外一个版本是说，在牙仙子来收集牙齿的时候，小孩子如果看了她的脸也会遭到报应，会一直在梦中受到她的折磨。

这个传说最初从20世纪开始流行，成为每个美国儿童抗拒掉牙恐惧的良方。

统计中也说，很多美国小孩到了差不多九岁以后就明白事实上世界中并没有牙仙子的存在。但是一些聪明的孩子为了得到礼物或者金钱，也还是会和自己的父母"玩"下去的。我在无比震惊的同时仔细审视儿子的时候，脑子里多半转的其实是这重怀疑。

在美国孩子们的成长期间，有关牙仙子是真是假的耳语一直没断，坦白的父母告诉孩子真相早一点，不怎么坦白的父母则能晚就晚，比如我。对此，我曾经一直自问，究竟要耗到什么时候才会告诉儿子真相？而且，同等难度的另一个相关问题是：我该怎样开口？面对孩子失望的眼神，我会不会随同儿子告别牙仙子的悲哀而心痛？

我有一位朋友的女儿是个貌美而聪明的女孩，七八岁的时候，对牙仙子之说满腹狐疑的她在临睡前把一根细线一头拴在牙齿上，一头拴在自己的手指上，如此，等到深夜她母亲的塞钱取牙动作把她"拉"醒，她母亲告诉我："我女儿沉着地看着我说，'是你啊。'我当时就告诉她，你自己知道就行了，不要破坏其他孩子对牙仙子的梦想。"

其实，在上一次"扮演"牙仙子的时候我本人也差点穿帮，那一次，实在困乏得不想等到深夜的我，在晚上十一点时就走到儿子床前拿礼物去换牙，礼物是前几天我自己根据平素对他的了解而买的乐高玩具，但等我塞好玩具拿着掉牙转身要走的时候，儿子忽然惊醒，醒来之后马上翻开枕头看牙，整个人刚刚离开床头的我立刻陷入尴尬，赶紧大叫一声："牙仙子来过了。"

当时的儿子看到我的鬼祟仪态有些困惑，手拿玩具对我大喊一声："你就是牙仙子。"

我惊慌地说我不是。

我说我也是刚刚看到她走了。

当时六岁的儿子很快就被手中的玩具所吸引，低头把玩直至半夜三更。

我当然以为这就是牙仙子在我家最后的一次出没。

三

儿子从Jenny那里拿回掉牙，当天晚上临睡觉的时候，我曾装作漫不经心地问儿子希望牙仙子给他什么东西。

儿子说是"好玩的玩具"。因为实际操作关系，这时候的我力劝儿子今年应该向牙仙子要钱，"因为只有钱才可以买你喜欢的任何东西"。

儿子在临睡前被说服了，张口就说他想让牙仙子给他一百块钱。这一数额让我肝颤，儿子年纪不大却狮子大开口的期望真让我进退维谷。须知一般而言，牙仙子换取掉牙的钱顶多只有二毛五或者是一块钱。

但为了不让儿子对牙仙子太过失望，我只好摸摸鼻子算了。我内心隐隐地知道这牙仙子，在我家实在也再来不了几回了。

临睡前，我再次教导儿子应该怎样放好掉牙，"要放在枕头边缘的地方，这样牙仙子才好拿。"

我看着他照办了。

我则走到自己的房间去看无聊透顶的若干电视节目，等候更深的深夜。

更深的深夜到来的时候，我却没有在"原地"找到他的掉牙，怕把他翻醒，我只好放下钱匆匆走了。当时他的睡姿有点怪，枕头的位置有些靠里，弄得我几乎俯卧在他身上才能当成牙仙子。

起身时，我有些沉吟，在黑暗中觉得自己内心繁星点点。今年，牙仙子算是来过了。

这便是生活了吧。

四

牙仙子到过之后的第二天放学回家，儿子在做作业做到一半的时候忽然告诉我："我最好的朋友贾斯汀说，牙仙子是假的。"

这一问，在我听来错愕之余有些惊喜交加。我立即在心里告诉自己，这一天，终于来了。

这难道不是我久等着的儿子如此一问吗？在智力的天平上，在我前晚放钱的时刻，我非常相信这将是我最后对他的愚弄了。更正，是时候了。

儿子说贾斯汀告诉他，牙仙子其实就是自己的父母。儿子告诉我，贾斯汀举例说，他有一次掉牙，看到自己的奶奶在夜半三更的时候往自己的枕头下塞钱，他忽然的一睁眼把老太太吓了一大跳，但老太太随即用手竖在嘴前做了一个"嘘"的动作。

据此，儿子问我："牙仙子真的是自己的父母吗？"

我觉得此时此刻我曾经为儿子构筑的璀璨童年突然变得岌岌可危，"压垮骆驼的最后一根草"的童话世界之惊雷，就是我下面的如此答复，我说："是的。"

儿子明显被我的回答打击了一下，他坐着没动，脸上的表情有些灰暗，目光飘忽。

他看着我，我看着他，这当然是对真实世界的一个伤心肯定。对他，最大的打击莫过于曾经信赖的天空已无从寄托，当然他也再没有狮子大开口的借口了。对我，用一个残酷的真实来否定儿童虚幻的美丽，残忍至极。

我也坐着没动。我告诉他："我等你这一问，等了多年。"

我其实还想告诉他的是一声"恭喜"，因为从这样的一个时刻开始，儿子已经算是和所有虚幻的美丽彻底告别，今后的人生全部都是残酷的厮杀以及幸福的真实。

我明明白白地看到了儿子的颓然，他没有真相大白的喜悦，略显哀戚。

其实，我内心的失望比他更甚，答复刚一出口，我曾忽然狂想收回。忍了几忍我才做到强自镇定，因我深知，雏鸟的旧巢从不曾永恒，童年的天堂必退化成浮雕。

让我们一起哀戚地告别浮雕。

我们相约，不把这事告诉别的孩子，他们的知情权，在他们的家里。

儿子灰暗地答应了。

我的心，疼痛得无以复加。

这世界的美妙与否，全在人为。

五

2011年10月13日夜间21点43分，当我逐句把此文念给儿子听的时候，他逼着我写下此"第五"。

他要我写下他的心境，"知道了真相，我很高兴。"

浮雕也是乐园。

但愿，我的孩子。

2011年

我儿子七岁考钢琴五级的前后左右

一

2010年的3月20日，这一天我很不安。

这原本是一个平常的周六，我的儿子在两个星期前的那两个周末，分别考完了美国加州钢琴级别考试（Certificate of Merit，简称CM。它的中文全称有些让人困惑，为"加州教师协会音乐等级考试"），这一考试分乐理和演奏两大部分，因此，整个考试动用了两个周末的两天时间，前一个星期考乐理，后一个星期考演奏。我真正不安的根源，就在随后的第三个周末，也就是我所谓"平常的周六"为考级优胜者，行业内叫做"荣誉学生"所举办的音乐会。

我从来没有想到我会如此关注少儿钢琴，儿子参加乐理考试的3月6日那一天，正好刚刚过了他七岁生日十四天，也就是说他在前一年（2009年）冬天注册今年（2010年）钢琴考级的时候，他还在自己的六岁年龄段中。

六年，或者说七年之前没儿子时的我和如今实在是今非昔比，那时候的我内心坚硬、外表桀骜、热衷自我。

我没想到，几年之后，加州钢琴的一场年度考试会让我如此心力交瘁，也万万没有想到随后的这样一个平常的周末，我会在这样一场几乎不为外人所知的加州钢琴级别考试优胜者演奏会中，感受巨大惊诧。

二

　　如果快速而概括地说，整个事情的发生和发展过程是我刚满七岁的儿子在2010年加州钢琴级别考试（CM）中获得了五级考试的通过；不但获得了通过，还获得了"荣誉学生"的称号。然后，我的儿子就被要求在指定时间和指定地点参加钢琴考级优胜者演奏会，我和我的父母（他们当时正好在洛杉矶做短暂探亲）也随同而往，坐在了布置简单的演出礼堂中。

　　这就是我文前所说的"2010年的3月20日"。这一天的下午我们一行四人落座在礼堂折椅上，这些折椅是刚刚我配合着约略有些晚到的洛杉矶钢琴教师协会的负责人整齐排好的。也就是坐在这把折椅上，我忽然惊讶地知道，2010年洛杉矶区（Los Angeles County Branch，我实在不愿意把这个英文"区域"的说法写成"洛杉矶地区"，因为以我的钢琴考级分区知识而言，我知道有若干教学地点位于东区的钢琴教师加入的是波莫纳区或者其他分部，所以在中文概括上我觉得用"洛杉矶区"比"洛杉矶地区"概念来得略小一些）的钢琴考级荣誉学生，在五级层面上应该不出十个。

　　这一天从下午2点开始，考级优胜者将进行三场表演，第一场是五级和六级的考生，第二场是七级和八级，第三场是九级和十级。

　　落笔的此时此刻，我甘愿冒各种可能的"大不韪"也还是要表达我的震惊，因为从来做事偏爱瞻前顾后的我，其实在儿子参加考级之前已经想到过所有的结局，却唯独没有想到等待他的会是这样一个荣誉。

　　3月6日的乐理考试之前，我用眼角瞥到儿子在临出家门之前曾飞速地在我母亲供设在我家客厅中的佛像前，摆放了一包他当时最为热爱的"奥里奥"深褐色饼干（半个月后他的最爱变成一种咀嚼不烂的"花瓜"糖块）。

如果你亲眼看到了3月6日前往加州州立大学洛杉矶分校音乐教学楼参加CM乐理考试的应试者声势浩大的排队进场场面，你会对这两个数字的悬殊感到震惊，一个是"人山人海"，另一个是"不出十个"。

那天入场的乐理考试队伍从作为考场的音乐教学楼的北门一直排到了将近南门，其总长一直保持在二十多米，原定下午1点开始的考试从中午11点的后半段就开始陆续进人，二十多米的人龙直到我的儿子一个多小时考完出来还在那里绵延不绝地等候登记进入。我不能确凿地知道参加这一年洛杉矶区CM考试的真正人数，但我估计绝对超过数千，因为我听说在洛杉矶的其他地方当天还有一些零星的乐理考场。

当然，所有排在队列中的人并非都考五级，但如果把比如五千这样一个估算的应考学生人数除以CM考试普通而言的总共十级之"十"（十一级被业界算成专业级考试），每个级别无论如何也应有五六百人应试，其中应该还有很多成人学生混杂其中。

而且，人数的"全豹"似乎也可以从我所见到的学生"学名"上得到暗合，因为在儿子就学的音乐学校中，我看到一个名叫"Casey Chang"的大眼睛男孩被编出的学名竟为"CZHANG79"，横向比对其他孩子的学号"RCHANG32"或者"MCHEN10"，我相信所谓"79"的学名后缀，其实就是名字缩写相同者的一个排序。也就是说，2010年洛杉矶区应考的学生中，名字缩写为"CZHANG"的必定等于或多于79位。

三

直到今天我都还陷于不能全信的状态。真的，3月20日优胜者演奏会完毕，当整整一排九个年龄参差不一的青少年（三个五级、六个六级）站在你面前的时候，这些微微带笑的面孔背后粉饰的各种艰难，只有他们自己和家人知道。这些人中的每一位都必须达到乐理考试得分90%以上（我的儿子此项考试得分正好是90%，算是险胜）、钢琴演奏考试的所有五项综合总分必须高于5-（我儿子的此项得分为5）。

闻听洛杉矶区每年的这种优胜者的特别奖励都会是一个奖杯，而今年却不同，今年的是一个印质简单的奖状和一枚粉红色的绸带，这两样东西放在一起显得有些莫名其妙。获颁这两样东西的时候优胜者们被要求站成一排，接受到场的各种照相机拍摄合影。那个时刻，我看见刚满七岁的儿子满面稚气地站在左起第二人的位置，一时间我感动得喉头发堵。

我过后知道这是家住洛杉矶区东部优胜者们的表演场地，主办人告诉我在西区也有一场类似的表演，但两边的顶级获胜者人数几乎相等。2010年钢琴级别考试中五级优胜者人数在东区是三位，除我儿子之外，另外两位男女各一，男孩是和他几乎等高的（问过他的年龄，十一岁）一位，而女孩身高则已达一米六。

六级优胜者则有六位，其中年龄最小的一位，是与我儿子同一个钢琴老师教出来的儿子的"难友"。

我说他们是"难友"其实并不为过，大约就在考试之前一个月时间里的某一天，我和儿子曾亲耳听到老师在隔邻的钢琴房里对着这位难友大声地呵斥："去你妈，滚蛋！"

我们听到"去你妈，滚蛋"的时候是那天的下午4点30分左右，半个小时之后，也就是5点钟的时候就该轮到我儿子上课。他们的老师素有心绪奇差的时候"会从当天来上课的第一个学生一直骂到最后一个"的传言，因此，听到隔墙传来的大骂，我和儿子当时的内心恐惧无以复加。

但我紧接着想说的是，2010年，我所眼见的荣誉学生名单中，从五级到十级，我儿子的钢琴老师一人所教的优胜学生人数占据了整个洛杉矶区的至少十分之一强。

四

我儿子的钢琴老师姓王，是洛杉矶莫斯科音乐学校的校长，人称"王老师"，单此三个字据说就足以让方圆数十里的钢琴儿童闻风丧胆。我和儿子阴差阳错地遇到他时，儿子的钢琴正在他幼年所在的小幼儿园园长那里瞎掰。

不含蓄地说，这位被我归纳为"钢琴狂人"的老师所呈现的教学性格断然是我所推崇的，他的严厉嵌合了我对儿子的推进愿望，这类性格和愿望在当今美国这片国土上似乎越来越被指责。

我儿子跟随王老师所走的钢琴之路一开始并不顺畅，不知道有多少次，儿子上钢琴课时次次都被无情修理，练习了整整一周的手指技法被老师批得一无是处。很多个难以熬过的钢琴课上，王老师用意明显地大声质问我儿子："你知道有多少学生被我骂完，我叫他拿着自己剩下的学费赶紧走人的吗？"

当时，我们母子听着，就只剩下嗫嚅诺诺的谦卑。

就在昨天，就在儿子在他就读的小学中进行年度天才儿童音乐会排练的时候，一名华人家长在惊讶地听完儿子的排练后立即问我，"他是跟哪个老师学的？"当我说出"王老师"三个字时我感到她明显周身一震，紧接着她说，"听说他会打人！！"

名师之名，我以为必定有其原因，我绝对明理，深知"钢琴狂人"的本意是出于扶助和鞭策，也根本无从计较一时一地的小不愉快。但后来曾发生过一次让我内心受创严重的事情，导致我曾下决心要让儿子改换门庭。

那一次，王老师让儿子头一次见谱就试着双手合弹某曲，儿子的弹奏因为识谱艰难而进程缓慢，结果，老师从旁的三言两语（那次他其实并没有口出恶言，只不过曾多次大声质问："这有什么难的？！"）就把儿子说哭了。

当时伺服在侧的我也曾帮着老师训斥儿子，觉得教育的要求必定已经是量体裁衣，做学生的不应该做不到。

等儿子带泪回家第二天再弹此曲，我才知道这是一首超高难度的曲子，让一个五岁（时年）的孩子跟它头回见面就勉为其难双手合弹，根本就是"不可能完成的任务"。

我觉得这是迂回的苛求和变相的留难。

我觉得够了。

在那之后的几天之内，我开始暗度陈仓地四处为儿子寻找新的钢琴老师，我觉得我对师徒授受的耐受极点是"有理由地斥责"，而不是找茬。

结果，我那次搜寻钢琴教师的过程并不非常顺利，因为我绝对不会让儿子再回到过去的"幼儿园园长"或者与她同等水准的钢琴老师那里去继续瞎掰，也觉得所有我能联系到的不下二十个老师都不具备"钢琴狂人"那种与我情绪相连的内心，我必须承认，在我和王老师算是宁静的外表下，其实都有奔腾蹿跃的躁动内里。

一周之后，儿子去王老师那里不动声色地回课，在我犹豫着如何跟他开口说自己想换个老师的思绪飞扬中，我忽然看见在某个弹奏间歇王老师搂着我儿子的肩膀说："孩子，我教你钢琴的目的，就是要你在周围的孩子中弹到最好。"

听此言，我心一惊，话虽过于铿锵，却无疑是当今社会竞争大机制中载浮载沉者的一盏明灯。

我相信"钢琴狂人"绝对不知道我在刚刚过去的这一个星期内的背后搜寻动作，也不会知道我内心曾经有过代儿子出现的怎样不忿，在这一刻我坐在钢琴的另外一侧突然泪如泉涌，内心真的为能在这种不知道该说是"生不逢时"或者正好相反的社会大搏斗中，遇到如此突然伸出的挽扶之臂而满心感激。

我深知钢琴琴技的精湛绝不是我所要儿子做到的全部，或者说如果他真的有志日后成为郎朗，我必尽我的全力遏制，因为这世界中有太多遍尝不尽的高深领域需要去细致理解，我无论如何不认为艺术类技巧应该成为终身职业，它们应该只是生活正餐的辅料，或者说只是人类生存中的绚烂伴侣之一。

但我认为，在经济条件允许的前提下，学会钢琴是丰满人生的基本要件。

五

我曾提到过，在这个应考季节里正好我的父母亲都在洛杉矶，他们，尤其是我母亲耳闻目睹了我对钢琴旁的儿子每晚必有的狂吼日程。我知道我在这方面有着严重的心态缺失，而且日日如此对自己也是耗损，但我向毛主席保证，少儿钢琴练习的愚蠢错误，遏制不住地会让人怒火中烧。详细地说，当你看到强调了至少八遍的演奏要点儿子还在犯第九次错时，你整个人必定陷入瞬间癫狂。

事实上，直到距离3月13日钢琴技巧考试时间还有半个小时的时候，我还曾暴怒地把一叠钢琴谱先摔在地毯上后摔在钢琴上。事后，我无数次地回想当时的情景，想象儿子一面战战兢兢地一遍遍理顺他所准备的应考用曲，一面还要提防从身后飞来猛击在钢琴上的曲谱，真是难为。

那时候我们已经准备走了，用我父亲的话叫做"出发"，他这样一位老军人这一辈子都在把出门叫做"出发"，准备"出发"的他当时正在用一柄湖蓝色的廉价塑料鞋拔把他样式古板的皮鞋费力"拔"上。父亲已经八十岁了，在我怒火冲天的时候通常一言不发。

我儿子是动辄就哭的那一类人，他属双鱼座，对星座之类毫不想在行的我不知道有多少次听人说到过这种星座人性格上的脆弱。我的一位朋友甚至告诉我，她为了不想让自己的女儿成为双鱼座，还央求医生推迟了她的剖腹产日期。

我的儿子没那么幸运，他爱哭，爱无声无息地默默流泪。

该"出发"的那一刻，我也看到儿子在默默流泪。不知道有多少次，在我暴怒之后的短则半个小时长则一整天之后，大约有三分之一几率的机会我会向儿子致歉，每当此时，他会面无表情地对我说，"这样的话你已经跟我说过一百遍了"。

仔细地说，我对儿子要求之严，其实并非全因为我希望他将来能有一个好的生活，最根本的原因在于我每做一件事情对自己要求得过细。我其实知道这是我的一个"长项"，却承认未见得这就是珍惜人生的上乘态度。再举我儿子的例子，即便我如此难抑咆哮，儿子未必将来就能进入名校或者成为最好的栋梁。但对我而言，本性难移，奈何。

下笔这时，想起了毛的一句怪话："机会主义头子，改也难。"

六

我内心深处的坚硬命定我必然是压榨后代家长中的一员，我母亲从小对我的压榨，也让我感恩戴德地希望自己能把如此"家粹"一脉相传。

我的童年时代的确算是没有什么"童年"，当别的孩子在"文革"完全玩乐的生存环境中欢度他们口中的"小时候"，我却被母亲逼迫着学拉小提琴。在今天这个时候回看她当年的压榨，其实是非常能获得目前仍身处国内大竞争环境中的中国家长认同的，这不知该算是她的思维超前还是我的在劫难逃，在当时，对一个儿童而言，这无异于灭顶之灾。

今天的现实当中，有时候坐在儿子的琴旁和他一起反复做钢琴基本技能纠正，我时常在想，我的母亲必定想象不到，她当年对我童年的压榨，其实最大的用项，就是我此时此刻放诸儿子身上的施教。我深谙大部分儿子钢琴弹奏当中的所有音准、节拍乃至识谱障碍。

我还深深记得有一个下午，那时候儿子已经和王老师学琴几个月了，师徒之间乃至连我在内的三重关系已经早过了最初磨合的生涩。那天我和儿子结束了琴课正要出门，我看见王老师尾随我们一同也出了学校大门，这举动让我感到有些奇异。

当四下人稀的时候，王老师忽然示意要和我握手，他告诉我："祝贺你，你的儿子已经是我的好学生了。"

一言既出，吓我一跳。他其实是个老实人，平时生活全不雕琢，每天中午用以吃饭的是一个随处皆放（比如各类椅子上乃至学校大门口的地面上）的五毛钱饭碗，唯一让他郑重的只有钢琴。我相信，他的如此奇异"祝贺"是他所能想出的最隆重表彰。

我站在原地相当感动，一时间彻底语塞。

记得在得以成为他的学生最初的那一阵，一直听说他在挑选学生上有着严格的准则，总是在拒绝学生，对此我曾不那么相信。但跟随他久了才知道他真实的拒绝情况比我所能想象到的更加过分。他曾多次告诉我："教一个坏学生比吞下一只苍蝇还恶心，这不是钱的问题。"

七

无数报道说，如今在中国国内，也有越来越多的青少年为了将来能够更有利地转入美国学校读书，开始积极参与CM考试。

CM的钢琴弹奏教学大纲是在执行主席Helen Adele Daun的领导下于1953年设计完成的，此考试目前已经成为全美最著名的钢琴定级考试。考试共分有11个等级，分别是1、2、3、4、5、6、7、8、9、10和11级。我在前文说过，第11级被定为专业级，绝大部分的业余学琴者是不考这一级的。CM考试其实是按照儿童从七岁进入小学一年级开始学琴，以每年一级的进度成长，到十年级完成全部钢琴学习步骤而设定的考试。按照这样一个进度比例，应试五级的学生恰当的年岁为五年级，也就是11岁或者13岁的少年。

因为自己或者他人人性的阻拦，我多少想掩饰自己对儿子钢琴成就的自豪，但却根本不想掩饰由此而来的震撼，因为这确实关系到两种教育格局随时随地地戗火。这里面引发出来的一个重要问题是：儿童潜能开发的底线，究竟在哪里？

我无意钻研儿童教育，如果儿子的受教育生涯没拐弯路，我甚至再也不愿意重新回看他身后的人生轨迹究竟具备怎样的数理意义，但我面前所面对的尚有无数未知，那可真是一步一探的不归路。回顾我自己的来路，我非常明白是人生当中哪些关键点让我成为如今的我，但很多的后悔和必定引发后患的"之前"，都不可能让我及早纠偏。陪伴儿子的这些年，人生的课题，我等于和儿子重新再走。

在儿子的学校里，在一年级的分班程序中，你可以清晰地看到亚裔家长和白人家长对子女教育需求的巨大差异。在儿子升入小学的2009年，他们学校一年级的四位教师中有两位是以严格著称，最终，分班的结果是几乎百分之百的白人家长都选择了宽松型教师。

至于我的选择，你用脚都能想到。

我还听说，在学校的电脑课程中，学生必须达到一定水准才可以得到的某种荣誉特权（比如参加某一特定教育演示之类），儿子班级的达到率几乎是百分之百，而"宽松班级"则只有个位数。这难道是白人家长乃至追随而去的一些华裔家长所需要得到的结果吗？我不太知道。我的困惑是，如果我当年在我母亲的压榨下非但没有变态反而对母亲感谢有加，那么，我的儿子为什么就应该因为人在美国而领受家长的松懈要求？真的，我常自问自己有没有因为童年的压力而衍生出超乎寻常的性格缺失，或者说我如今的很多行径是不是和我童年时代缺乏玩乐有关？

我，没有。

当然，我也非常怀疑有些华人家长是出于另外多种原因而声称放任子女追求"快乐童年"，一是他们在生儿育女之后对自己的休闲时间施放仍有所保留；二是他们经过多方尝试确知自己的子女已无望造就；再或者，他们竟会看到他人子弟的优胜而认为理所当然。

3月20日，作为我和我儿子被各自家长压榨的常年旁证人，我父亲听到我的儿子得到的成绩如此出人意料，沉默了很久很久，我听见他自己对自己说："真是难为了这么小的孩子。"

八

我也不太知道，一旦不怎么抓促子女成就，白人子弟或者认同这种教育方式并真的追随而去的华人子弟一定就有了高质量的快乐童年？

我所知道的是我儿子是他周围（包括白人）孩子中第一个精通 Wii 游戏机的人，每隔几个星期，他还会随我去看举凡车程能够到达的洛杉矶各剧院的各类表演。与此同时，他有所有洛杉矶周遭儿童乐园的年票，也把零件数在三百之下、美国玩具店所有在售的乐高积木玩遍。几乎每一个节假日，我都会毫不迟疑地带着儿子外出走动，从头到尾绝不浪费。我告诉儿子的良言一如我母亲当年对我耳提面命的："学的时候必须好好学，玩的时候必须好好玩。"

我绝没有因为儿子钢琴考级考得好就误认为他必定有一个远大前程，在教育的前路上，我有的是苦路要走。但我常想，如果你对自己子女必须付出如此巨大精力去致力以学的项目（比如钢琴）毫无要求，又何以对他将来人生的大道制定高级标准？

我听过很多家长告诉我说，他们要孩子自己决定所学，我讶异的焦点在于：幼年儿童以自己的单纯脑力，能为自己的一生做正确选择吗？漫长的谋生之路上，我们每个人都曾眼见很多成年人在犯人生大错，何况儿童。

带着"教育"的疑问我时常旁观儿子，我不觉得他有那种双眼呆滞的"书呆子"症状。我把这种人生百面中的如此一面毫不犹豫地称为"症状"，信不信由你，这彻头彻尾是我深恶痛绝的一种面相，出身理工科院校的我一生见到的如此形象实在是多不胜举，他们充斥在理工科院校走向饭堂的凌晨路上和通往图书馆的深夜灯下。

之所以罗列这些，目的不在炫耀儿子乃至自己的生活风雅，完完全全是因为我不怎么明白提倡"让孩子有一个快乐的童年"一说的家长们，在实质上为孩子制定了什么样眼下的玩乐和未来的前景？

我看到此次的钢琴考级五级到六级的获奖者，九个孩子中除了一位看上去应该来自俄罗斯、似乎已经年满十八岁的女孩外，其余获奖者皆为亚裔（亚裔当中，我估计华人的数量应该占到三分之二）。把这个疑问说给王老师听，他说早在十年前他就注意到这种趋势了。

这当然是一个显而易见的现象，我们其实还可以从各种美国的青少年科学奖中看到几乎清一色的华裔身影。有些美国国家大奖比赛中早年间还有若干犹太子弟混杂其中，越到近年，他们越稀少难见。

让我觉得相当有意思的是，儿子在CM考试完毕后不久，有一天忽然对我说："妈妈，我现在有点喜欢上帝了。"

怕我不太好领会，他补充说明："就是姥姥的那个上帝。"

我问他说的是不是"奥里奥"深褐色饼干和CM考试？

他说是。

九

钢琴考级过去几乎两个月之后的昨天，当从学校接出儿子坐上车的时候，我还曾朴素地问他："你的希望是在刚满七岁的时候拿到钢琴五级荣誉学生称号，还是想每天都玩？"

儿子想也没想："第一种选择。"

这时候的他正心无旁骛地在我斜后侧从整整一天动也没动的零食盒中，取出整根条形彩虹色软糖吊放进嘴里，我满心的自我嘉许，意料之内又意料之外地班师回朝。

我车过处，车行无痕。

（也谢王老师狂躁性情虚掩着的宏恩厚德。结识你，是我的荣幸。）

2010年

我陪儿子走完的这一程钢琴之路

一

这是一个季节，夏时制即将开启，今年的春暖曲线一直出人意表。

这是一个上午，确切地说是2013年3月6日上午10点，我听完儿子的钢琴老师、洛杉矶莫斯科音乐学校校长王立告诉我，儿子在上个周末（也就是他刚刚告别九岁仅十二天）举行的加州钢琴级别评定的十级考试中，再次获得洛杉矶区荣誉学生称号的时候，这时的我正把车停在居住小区的路边，整个人激昂得心静如水。

我让自己定了定神，然后在车里无声地哭了。

这是一段怎样的路，相信所有琴童的家长都非常知道。记得有一次，因为儿子一个屡教不改的弹奏错误我对他爆发完毕之后，对着有些发呆的儿子我忽然说："你知道，我这么一直严格要求你弹这些东西是要干什么？"

儿子看着我，当时我坐在他琴凳旁边的一个酸枝圆墩上，我和他的目光处于平视的位置，"我是想用我这么多年来的心血和生命，送给你的人生，一个大礼。"

这蕴藏已久的话，我终于告诉了他。当时，儿子八岁多，我看到他不大的眼睛，慢慢地红了。

二

其实，从上个周日，也就是2013年3月2日上午的10点半之后，我和儿子多年紧绷在脑的发条倏然松弛。他的钢琴演奏考试时间是上午9点55分开始，持续三十分钟。在这场考试中，他要背谱弹奏四首大型钢琴曲和一首快速练习曲，并当着考官的面一次性完成具有多个升降号以及各种音乐演奏表情标记的识谱考试。在此前一天，他已经和所有考生一起挤挤挨挨地参加完音乐理论的笔试部分。

自从2008年5月份我儿子跟随洛杉矶莫斯科音乐学校校长王立学琴以来，将近五年的学琴生涯中，我的儿子总共参加过三次钢琴考级。当年在抉择到底是考加州钢琴考级的CM考试还是英国皇家的考试时，我几乎没有犹豫就替儿子报了加州钢琴考试，因为如果你知道这个考试在加州参考的学生真是多到满坑满谷，就知道实在容不得家长做另外的选择。

儿子的CM钢琴考级第一次考五级（此次参考过程的前后左右前文已尽述），钢琴演奏5分，乐理90分；第二次考八级，钢琴演奏5分，乐理97分；第三次，也就是这次，钢琴演奏5-，乐理97分。每次考级考试，他都是全洛杉矶分部的分部荣誉学生，2013年我所打听到的洛杉矶地区荣誉学生数目相对全面，整个洛杉矶地区获得"荣誉学生"头衔的考生共有五十三位，平均下来，每级的获胜者一如往年地还是只有几位。毫不离谱地说，在所经历的三次考级当中，儿子总是获得"荣誉学生"这一最高奖励者当中年纪最小的那个。

对我而言，这算是为人父母道路上的人生第一个答卷，也是对我本人过往五年琴童之母生涯的一个艰苦总结。从过来人的角度分析，儿童学钢琴这事情，其实对大人的考验尤为严峻，无论对大人先天的音乐素质还是后天的持久耐力而言，都是如此。

一如我曾经说过的，这五年琴童之母的生涯当中，我一直在想，当年我母亲费尽心机地让我学拉小提琴，是不是就是为了让我今天来有素质地训练我儿子的钢琴。而且我很明白地知道，我童年脆弱的小提琴功底彻底改变了我的人生品质。我对音乐的全部热爱，发源地在那些年和母亲无休无止的争吵之中。

也只有在这几年我才彻悟了我自己的那几年，彻悟了我母亲曾经寄予我的一片深情。

我深知，如果没有母亲的紧逼，我的人生将会失去很多意义重大的高层面质地，如果没有音乐的伴随，我对自己生活的满意度，也会下降诸多个梯次。

我一直告诉儿子，因为音乐，今天的我对我自己的母亲充满感激。

三

如果说我母亲当年施加于我的音乐教育是出于朴素的理念，那么我对于儿子的钢琴教育，则是蓄谋已久、目标坚定。

我是一个事事喜欢及早绸缪的人，记得怀孕的初期我就去心仪已久的钢琴店去看钢琴了，整个过程环环相扣而有条不紊，直到把整个商店内的每架琴搞到熟悉得像是家里的亲戚。

儿子出生之后，我日复一日地算计着他可以弹钢琴的时间。那个年岁的孩子手指小小，连完整思绪都没有，可我深知，如果我这时候选择放任，儿子将来必定对我有所埋怨。一如我母亲如果当年贪图自己的清静而选择对我放弃，我真的真的会怪罪于她。

我们那时候的女孩子喜爱跳皮筋和扔沙包，愚鲁一点的还会和院子里的男孩一起攻占煤堆，那时候的孩子们可真是下课就玩，晚饭回家。我们院子里几个玩在一起的女孩子那些年还爱练习倒立，只记得双腿一上楼侧面的砖墙，裙子们就全部垂了下来。

我记得我当年的小提琴进度生涩而缓慢，每次逃避到老师那里回课的狡诈就是拿出"我没带眼镜来，看不清谱子"等理由搪塞，即便那样，音乐给予我的陶冶，还是沁入心脾，我可以负责地讲，如果有"之前"和"之后"类比的话，我对音乐理解的比值应该一比一百。

那个时候，我母亲凭借一己朴实的本能，要我把童年全部交出来。我母亲当年的苦楚在于她有不能迟到和早退的职业，再有就是她只是一个音乐爱好者而已，在音乐理解和提琴演奏方面于我毫无帮衬，因此，我发明出的很多对付母亲的伎俩，在那期间反复施展。

童年的我，如果说有所错失，错失的都是我的狡诈造成的如此这些，如果套上今天人们爱讲的所谓"失去了童年"云云，当年和如今，畅想和回顾，如此"倒立童年"，失去得了无遗憾。

在美国学童的家长界混久了，你会发现很多千奇百怪的说法和状况，犹若层层迷雾，集结了人生众多的障眼烟云。

就在上个星期，我的一位私下里为自己孩子请了超过三个家教的家长朋友，在谈到另外一个技能全面的孩子时还悻悻然地说："那孩子很可怜，每天排得很满，家长一直在逼。"

我当时头皮一紧，又来了，这一套一套的夸夸其谈又来了。如果你有孩子你就会知道，在充满着激烈竞争的家长圈子里，如此埋怨他人孩子进步、充满着"伪白人"之虚伪的论调实在普及。我当即告诉她："以我的看法，每天只会坐着打电动的孩子才可怜。"

难道不是吗？如果让我儿子以自己的一己之见做出选择，他的所谓"玩"，百分之两百是打电动。类比我们当年的"倒立童年"，他们有的是"电动童年"，如果我们没有在他们还不具备高度自省能力的时刻代其把关，如果我们放任他们无休无止的"电动童年"泛滥，别的孩子我不敢说，我儿子长大之后一定不会原谅我。

现在的我和未来的他都一定明白，我这时候的放任，涂炭了他人生的最好时机。还是那句话，让一个未成年的孩子来操控他自己的未来，我认为是不公平的，尤其是只有四五岁的孩子。

不是过来人很难想象，当看到自己的孩子年年被选中在学校天才秀和校级大型演出中做钢琴独奏表演时的满面春风，我相信再懒惰、再爱用"快乐童年"做借口的家长，都会由衷兴奋。而这种兴奋带给儿童本身的激励也是重大而意义深远的。我的儿子在这些年的学琴生涯中，遇到过很多很多这样的激励，我告诉儿子，人生的路上，我陪着你能走多久就走多久。

四

不知道有多少家长，在听到我儿子的年纪再听到他钢琴考试的级别之后都叹息说，"看你把孩子逼成什么样了"！几年来密切关注儿子思维动向，同时对儿童教育多所琢磨的我坚定地认为，儿子的钢琴无论从技巧还是从理解，绝对没有被拔高。他对自己所弹的贝多芬可能和高中学生的理解有所出入，但我觉得已经足够。

因为这是一个永无止境的类比，我永远不认为硬实力如果先行抵达则还必须去苦等思维岁月，人在自己的各年龄层对事物都有自己层面上的理解，比如青少年时期的人和行将就木的人对《红楼梦》在感悟上有着天壤之别，但我看谁也没非得等到临死前把人生看尽后才去读《红楼梦》。这是同样的道理。

我也从来不曾希望借助我的儿子来完成我年轻时候的梦想，我的梦想根本就不是弹钢琴。而且，我也毫不需要用儿子的辉煌来达成自己的炫耀，我大半生艰苦卓绝地自赎自救，自认为有着大把比"我儿子会弹钢琴"更可资炫耀的光荣。

　　我本人会弹一些钢琴，技巧不是那么好，却也足够自娱一己和蒙蔽外行。如果把弹钢琴这事揣测成我的梦想，这是对我梦想的低估。

　　我的梦想，比这狂野。

　　不知道有多少次，我陪在儿子身边练琴的时候觉得无穷对不起自己，也曾经为因陪练儿子的钢琴而耽误了自己的阅读和写作时间内心不平。我一直告诉儿子，"我是在用自己的命陪着你的命"，对此，他有时候能懂，有时候不太懂。

　　其实在儿童练琴方面，我越到后来越觉得不需要持续地每天拿出很多的时间，因为我知道很多家长每天都让孩子练琴超过两个小时，而我儿子，说得真实一点，尤其是在上了四年级之后功课繁忙，其实整整一周才弹两个小时左右的钢琴。我想，节省时间最关键的诀窍在于保持有限的练琴时段之优质。这种话说起来笼统，做起来有些讲究。每次，当我看见儿子练琴的时候眼神游移思绪纷飞，我宁愿儿子停下来整理一下情绪，我需要的是一个纯净的钢琴时间。

　　仔细地说到栽培，其实是人类的一项苦差。那是一种劳心与劳力的双重挤压，多少次我问自己，我真的要对儿子那么负责吗？我真的不能像一些白人家庭那样放弃对孩子的约束吗？我不能忘记的是，有一天，儿子的某白人同学到我家来参加聚会，我看见他满脸新奇地一屁股坐在了钢琴的琴凳上，当即问他会不会弹，他迟疑了半秒钟之后点头说"会"，结果，当他的手一放上钢琴，我立即知道他完全不会。他紧接着指着琴谱架上放着的五线曲谱问我："这是用来读的吗？人怎么能读懂这种东西？"

　　即便白人的孩子，以如此年纪的思维对未有接触的高深音乐也是喜欢说"会"的，那么家庭中如果不积极地制造这类由"不会"

到"会"的机缘，怎能知道儿童的潜质？

　　我也见识过确实在跟随白人思维而行而蹈的亚裔家长，我觉得出现这样的家长观点的症结主要出于三个原因，要么从没见识过高层面生活品质可以制造出的人生光辉，要么懒，要么早已意识到自己的孩子在所致力培养的方面接受能力不佳。

　　但我始终怀疑，无数在阳光下说自己从来放任孩子玩耍的家长是不是真的心口如一？成为一个十岁孩子的母亲之后，我说过我知道身边有太多的家长言不由衷，因为如此做法会兼收如下两个好处：一可以躲避亚裔家长总是鞭策孩子的口实，二可以为孩子的栽培结果不理想找到开脱。

　　这种心头尤虚的"伪白人"，不应出面和真实对话。一如我那位请了三位家教却反指别人孩子"可怜"的朋友，这又是另外一个层面的学童家长中麻痹与反麻痹"对手"的韬晦了，表面上很堂皇，本质上却很技术。

　　技术的根源是某种程度上的虚伪，可惜这种虚伪还在甚嚣尘上。技术的动力是某种程度上的丑陋，可惜这种丑陋还在发扬光大。

　　让我眼睁睁地假借"快乐童年"之名行浪费光阴之实，我不能够。当年我母亲对我就不能够，作为一个长袖善舞的时间操纵者，对儿子，我更不能够，我怕儿子的时间被我纵容得飞驰而过之后我们双方遗恨终生。如此紧密地操纵时间，即便我的孩子将来没有进入到公众意义上的名校，即便我的孩子将来没有成为一檩高于别人的栋梁，我也绝无后悔。

　　一个人，仅此一生。一个孩子，成长之后，再没机会。

　　愿意用自己孩子唯一一个童年做自欺欺人实验的，祝君好运。

五

一如上文所述，我时常为自己花费在儿子身上的大把时间而感到内心焦虑，在匆忙的人生进程中，我还要抽出绝大部分时间来均摊在孩子的音乐等各种教育以及儿童"玩在一起日"（PLAY DAY）和生日派对上，可我知道自己的人生还有很多方面需要去完善。真实地说，当儿子开始接受教育的同时，我就开始了自己每天只上半天班的生涯，很多日常会议和重要见面自此被从日程表中完全删除不说，需要我一一浏览的资料也日复一日地堆积如山。就在写此文的此时此刻，我手边还有去年7月份，也就是堆积了将近八个月之久的各类报章杂志没有看完，而儿子能遇到的所有儿童聚会我必带儿子前往，在这种双重的压力下，我也有把持不住的时刻。

我和儿子之间最大的一次爆发发生于此前不久，说得准确一点，那其实是我的爆发。

那一天儿子在大提琴老师那里因为被发现练琴时间过少而遭到老师埋怨，这时候儿子忽然看着我说："妈妈她生我气的时候推过我一下。"

这种风马牛不相及的回答和理由让我顿时不悦，其实儿子为了保证业和钢琴的进度，大提琴一直属于因为需要参加乐队的关系才维持，练琴时间过少是当事三方都知道的问题。这其实属于时间安排上的技术层面调度，但在领受老师的揶揄之后我已然心头愠怒，再被儿子忽然奇怪地一提，不由得火从心头起，一时却又不便暴露。

等到出门坐上车之后，我压抑着情绪问儿子："你觉得我过去推过你一下和你今天练大提琴挨老师骂有关系吗？"

儿子有些支吾，说是"没有"。

这一瞬间，我忽然把手边的不知什么书往汽车座椅上一摔高声怒斥："那你为什么在这时候要把我给推出来？"

儿子一下子被吓住了，历经短暂的低头不语之后忽然号啕大哭。他很多年都没有这样号啕大哭过了，这种小小孩式的哭法其实很没面子，嘴张得很大，完全素面朝天。

现在分析起来我真的是多年的积怨一夕爆发，这个小小的契机像是一个引爆点，把我无处可说的任劳任怨彻底点燃。我一瞬间满脸是泪，哭着历数自己对儿子的点滴苦心，那些旧日的挣扎和欢乐、失意与成功，随着我的诉说伴着儿子的号啕——被摊开在我们之间。到了后来，我听见儿子的哭声越来越大，在一个瞬间，他忽然大喊起来："妈妈，我知道我错了，我知道没有你，我根本不会有今天。"

闻听此说，我顿时有些诧异，认真地想想，儿子应该没有跟着我看过中文电视剧，因为这是我穷此一生都不会观赏的文化旁枝，可他这言情的道白从何而来？与此同时，我也努力厘清着这里面有没有谄媚的痕迹。

这是一个周末的下午4点多钟，我们的车停在洛杉矶东区的某寻常路边，周遭的家家户户应该都在准备晚餐，而我还需要在一个小时之内送儿子到几英里之外的篮球场去和学校的同学打篮球，这活动每周一次，赛季期间周末还有系列比赛。

顺势就说到篮球这事，此事可以说他所欲我也所欲，他所欲是因为有玩伴，我所欲是因为他可减肥，因此我真的觉得，家长的栽培最终能够成为孩子的享受，乃栽培的最佳境界。

至于他口中所说所谓他的"今天"究竟为何，参见本文第六和第十一节。

我把这个下午的这一次，叫做我和儿子之间关于栽培的最大发泄。我不能说我们之间有所胜负，但我觉得，我和儿子之间，事情已经说开。

六

不止一次，我告诉儿子，"将来如果你有孩子了，你把其中的一个给我带，我保证我带的这一个比你其他的多少个都优秀。"

儿子每次都恳求我："我想每个都让你带。"

我接着就问："可不可以不让他们学钢琴？"

他说不行。他说："你要让他们把该学的都学会，所有我学过的，你都要让他们学。而我想过我自己的和平的生活。"

我不知道衡量一个儿童（对我而言是男性儿童）有没有"童年"，矛头直指的是哪些指标，如果让我归纳，不外是见识多、听闻多、运动多。我可以负责地说，在我最大限度地安排好儿子的学业日程表之后，所有上述三项，我的孩子全部超标。

尤其是在运动方面，除了上述篮球的每周为之外，每周的项目还有网球、游泳和高尔夫（如果把童子军也算上的话，则还有耗时繁多的童子军活动，今年是儿子童子军生涯的第五年），这其中，高尔夫占据了儿子周末日程两天之中的绝大部分时间，而且几乎每周末或者每两个周末他还要参加环绕整个大洛杉矶地区的少年高尔夫巡回比赛，每场九洞比赛连带着一来一去的车程时间，一定耗时四五个小时。这是一项需要一轮轮打赢资格赛才能获准成为南加州少年PGA高尔夫选手比赛，儿子历经了八九个月的各种巡回比赛，打足了九洞场地赛三次加七杆的过关成绩，已经正式成为少年PGA选手。在这一关中，我亲眼看到无数青少年年复一年地走不出局面。与此同时，他在网球和游泳方面也有所斩获，已经是美国网球协会会员的他如今已经进入网球高级训练班训练；游泳方面，儿子也已经成为他学校所在的富勒顿市游泳队的一员。

　　而在其他方面，去年一年，儿子曾经在加州水利局举办的海报绘画比赛中获得了第一名，并曾获得橙县老龄委员会举办的儿童画画比赛的第一名，他的绘画优异名次也上过学校的年度报告。

　　他同时也在学拉大提琴，目前正在准备大提琴的六级考试。他的大提琴上一次的级别考试是他在八岁时考下的三级，当时他获得的是乐理满分、演奏五分的顶级成绩，和钢琴考级一样获得了"荣誉学生"的称号。

　　在他的生活中，我告诉他，我希望他每天能在临睡前保持看半个小时电视的时间，因为我认为这是一个人关注周边文化的最有效且最直接的办法，我绝不希望他是一个不识人间万象的可怜虫。

　　我一直都有美国连锁电影院AMC的电影会员卡，新片一出，我几乎总是在出片的第一个周五晚上带着儿子去影院。没有新片推出的时候，我会系统地把世界以往的著名电影分门别类地介绍给他，每个月里总有若干个周末，我会告诉他，我这一星期要推荐给他的电影名片是什么，此片获得过怎样的奖项以及这部影片的意义何在。他就是这样看完了《楚门的世界》《肖申克的救赎》《阿甘正传》《拯救大兵瑞恩》《拆弹部队》《比利伊力特》《国王的演讲》《荒岛余生》《角斗士》和最近的《菲利普船长》等数十部流传甚广的成人世界好片，其中在我这个年纪的人看来都略嫌枯燥的《楚门的世界》和《阿甘正传》等片中的无数台词，都成为他后来朗朗上口的日常引用。而这些电影我敢说对很大比例的成年人而言都不堪卒睹，其中讲的，大部分是人生背后的故事。

　　毫不讳言，很多时候，我会对自己所推荐的电影分级过高而苦恼不已，我时常会因为一部电影分级在R上，沉吟思索好几周，整个人陷入权衡再三的僵局。

　　除此之外，儿童的童年还应该包括什么呢？相信没有一个家长会因为自己的孩子电动打得好而夸耀自己的孩子童年没有虚掷。

飘飘荡荡的遮掩，其实不堪。

七

一年中，分别历时两个半月和三个星期的寒暑假，我希望儿子是完全不碰日常功课事项的，在这加起来颇为漫长的几个月时间里，我把儿子的所有校内外课程全部取消，通常我会带着儿子出门远游。我希望儿子能够利用这些长长的日子放纵自己的随性，我永远告诉他我们家传的那一句老生常谈："玩的时候好好玩，学的时候好好学"，我说过这是我母亲在我小时候告诉过我的。

也因为我的这句名言，在假期期间，偶尔我希望儿子能打理一下功课哪怕钢琴的时候，他马上引用如此名言，搞到我登时无语。那些日子是他真的埋头苦干地在过自己"快乐童年"的时辰，我记得去年整个夏天的两个半月，他的iPad天天都被他玩得发烫，必须时时恋恋不舍地暂时停手来寻求降温。

这种时候在我看来真的是他"最可怜"的时段，终日无怨无悔地高强度废寝忘食，看着他从事我所谓"人和机器作对"到茶饭不思的地步，我深深知道，如果我这样的为人父母者引导孩子走的是这样的随性人生，我真的不应该让他出生。我时时告诫自己，对儿童人生选择的放纵，也是一种伤天害理。

这种"人与机器作对"真的是这个年龄儿童的真心选择，也就是说如果你让他选择他所认为的"快乐"生活，以他目前的智商和情趣一定是这个活法，奈何。我告诉过他多少次，"你是在拿命陪着机器玩。"换句话说，"机器一充电，你就把命送了过去。"

当然，我真的时时也在告诉他："我希望你玩电脑也要玩得高超。"

我的用心很明确，对此我也一直提了又提，即便我的孩子将来辜负了我的期望未成一个栋梁，我要对得起的，其实是我自己。因为，在他人生道路上最需要我的时候，我倾全力相助了，这一生我对他了无遗憾。

这么说吧，即便我儿子将来是一个麦当劳中端盘子的，我也希望他是一个思维内涵丰富、人生层面广博的男侍。

八

生而不养，我不觉得是好父母。这个年纪的孩子思维局限，很多时候甚至还会显示出儿童于事的漫不经心。拿钢琴的事情举例，我虽然理解儿童对社会是没什么大责任的，却时常实在不能忍受儿子一而再再而三屡教不改的演奏错误，因此，我前文也已经提到过，在陪练钢琴的时候我时常是上一分钟还和风细雨，下一分钟已然怒不可遏。人生的那么多节拍，我对儿子的帮衬实在是处心积虑。

这么多年来，我听到过各种各样的善意劝阻和讥讽，我虽然对很多家长以自己的原因不愿真正伴随孩子的成长不以为然，却也能理解他们认为这样的努力可笑而无益（口是心非的"伪白人"除外），我甚至也曾经因为怕别人说自己在逼迫孩子、不入美国白人的放养洪流而尝试辩解，不知有多少次干脆停下车来跟电话中的"善意"舌战。

如今想来，这是我的愚蠢。

最为近身的舌战来自我与我的两位最要好女友，最初舌战开始之时，她们的孩子都还在大学就学，而我儿子还在幼儿园，她们和我，在子女教育的争执上都没有实例论据。

没过多少年，她们的实例先出来了。我看到其中的一位女强人朋友，她儿子因为听到她持续灌输"一定要做个普通人"或者"大家都去做优秀的人，差的人谁来做"等理念之后，进入了居家周边的一所录取分数线很低的学院攻读艺术类专业，毕业后又因为就业艰难转学护理，最终，年过三十仍无法进入自己的工作，还是到自己母亲的公司上班了。

这样的前因后果对我而言实在犹如醍醐灌顶，我绝对不希望我的后代到我这一介中年来美之新移民创立下的非主流作坊接班，这不是美国教育优于全世界水准的教导精髓，相信我们所有人，要的都是子女的青胜于蓝。

而另外一个好友的女儿，同样在一所分数线很低的大学毕业之后持续多年没有工作，终日沉湎于居家绣花，去年早些时候干脆嫁人，如今已经当了全职妈妈。

如此父母，在我看来真是生活在他人人生中的掣肘。我时常在想，如我儿子之类能被激发能被促进的孩子设若投胎到一定要求他们立志去做"普通人"的父母家门，这是不是对他人生的断送？

我绝对不会糊涂到因为自己的认知迷雾影响孩子的重大前程，我还是坚定地相信每个孩子的人生从来都没有第二次，所有遗憾，必定终身为害。

上述此二位女友真的都算是我心灵的契合者，但我实在毫无必要和如此立志而为"普通人"的家长就子女问题再行舌战，她们给我看到的是人生我认为最具意义的那一种失败。

而且，如此家长的如此雄心，必能全然超标达成。

道不同不相为谋，说的就是家长们在子女教育观念问题上的南辕北辙吧。

九

在我儿子的学琴履历中，我说过，他最大的荣幸是遇见了王立老师，我也说过由于王老师对待儿童音乐教育的专注与做事喜欢直奔主题的我有着天然的契合，使得我们对我儿子相辅相成的钢琴教育取得了绝大部分的理念重合。事实也如此，他在琴童普遍认为最难摸清的触键指法和识谱技巧方面的独门诀窍，让我儿子获益巨大。

在钢琴的演奏境界上，王老师一直强调俄国的钢琴教育家、莫斯科音乐学院前院长涅高早在80多年前就说的一句真谛，那是他在《论钢琴表演艺术》中写到的："在我看来，钢琴上最难的无非是弹得又快又响。"

在这种思想的指导下，在指导儿童的演奏技巧上，王老师无不把"快"和"响"作为学生们最初入门的头一大步，我和他都不欣赏俄罗斯教派的细腻钢琴教学法，比如让琴童把一首低难度的曲子一弹就是大半年，一小节一小节地从严细抠，而这让王老师说起来，算是"两条路线的斗争"。王老师永远挂在嘴边的话是这样一句："我这一生什么都不会，只会教钢琴。"

五年来和王老师每周一见的过往，有着两次重大的冲突，第一次我说起过是在儿子五级考试之前我曾私下里从事过移师之前的投石问路。第二次是在学到第四年的中段，也就是儿子的钢琴介于八级到十级之间的时段，我们真的又经历过一次彼此关系濒临崩溃的超级严重冲突。

事情的起因是在那"一次"前后的一段日子里，实话说我对钢琴这事有些厌烦，而王老师对很多弹奏细节的要求也让我很不耐。

人的耐受能力似乎时常会有这样的周期反复，就好像一个人工作久了必定向往假期一样。

记得那一次上课之前，临时抱佛脚的儿子在即将上课前几分钟还在潦草地粗摸上堂课留下的钢琴作业，磕巴连天。结果，上课伊始我先告诉王老师，上节课他交代的家庭作业中儿子有很多曲子没有弹好，接着，在他检查《少女的祈祷》一曲中最为高深的华彩乐段时，我又告诉他儿子整个乐段都没有练习。这一来，他真的火了。

他真的火了的状态看上去反而平和淡定，记得他当时悠悠地拿出一把指甲刀顾自剪起了指甲，下面的课也无从再上，我很明白当时的他强压心内的波澜，他这样说："我的要求就是这样，如果你完不成，你应该找外面的老师上课。"

我当即告诉他，"我出了这个门就不会再回头。"

他说他知道。

在此之前和之后我们之间还有些其他的言语顶撞，我记得当时我还说过，"多少年之后，当孩子的人生早已走过这一段，再回头想想这些年来一个键一个键地抠弹奏细节我都觉得可笑"，此后，我就带着儿子走出了教室。

那个晚上我记得自己相当激动，为此，我和其他的琴童家长也有通话，整个人激愤得心潮难平。

其实从一开始就可以想见，我和王老师这样两个火爆脾气的北京人相遇，彼此关系擦枪走火的几率，几乎百分之百。

十

然而，我和王老师的关系，却又迅速冰释。

转机是因为我们冲突发生两三天之后的一个突然而至的电话。

这时候的我已经在周遭的钢琴教师那里又用电话"走"过不少位了，实话说，一如上一次和王老师冲突之后遍寻新老师的扫兴，我找不到我所习惯了的"王式"钢琴教学大理念，不少老师的说法甚至连基本的治琴观点都让我不太能苟同。比如我听到了如下这些几乎所有琴童家长都必定听说过的说法，说法一："我和我的钢琴学生都是朋友，我从来不给他们压力"；说法二："我的学生们上课的时候愿意弹就弹，不愿意弹大家就像朋友一样坐着聊天"；说法三："家长回家之后指导孩子练琴的时候不要逼迫他们，每个曲子一天只让他们弹两次，不然他们会恨钢琴的"。凡此种种不胜枚举，在在都是卸除家长和儿童负担的冠冕堂皇。

举凡这种温吞的教学方法和进度，我认为极度不负责，对老师而言无疑是保住了一个可资持续的饭碗，对家长而言也减轻了抓紧的急促，而学生的钢琴则一直拖至高中最后一年，甚至到了这最后关头也不能完成，钢琴之旅成为永远拉不完的磨，如此的无休无止我认为会让孩子对钢琴更加厌烦。

钢琴这东西尤其在未练成器的时候当然集枯燥、刻板等所有人类不良感受之大成，我也从来没见到那些真的每天只弹两遍曲子的孩子最终热爱上了钢琴。

回头说我提到过的突然而至电话，我说过这是我和王老师之间的关系转机。这一通电话来自另外一个琴童家长，她的三名子女都是我儿子温和的好友，她几天来一直试图在我和王老师之间做居中调停，她告诉我王老师事后为自己的态度挺后悔，但又怕贸然致电给我会遇到波澜。

话说至此我忽然情绪决堤，手握话筒泪流满面却无言以对，我上文简要描述过那堂半途而废的钢琴课当时当刻的波折过程，我在那之后越多回味内心越万分清楚，三方之中，错在家长。那几天，我也曾经把整个事情在电话里讲给我的母亲听，电话那边的她一如以往，声色俱厉地要我仔细想想，"人家到底是为了什么？"

记得当时这位居中朋友解劝到最后我几乎有点放声大哭的意思，实在是为了如今充满竞争的人生道路上，老师、家长和孩子三方都必须承担的压力与委屈。我至今清晰地记得我在感叹他是"良师益友"的时候，声音完全走样。

如果这世界都还是原始部落，如果人类都还是荒蛮一群，如果钢琴这种我认为人生应知应会的响器还早没被发明，我会披着树叶带着儿子满山抓狼和血吞下，但如今我们身处的社会已经发展到手指一触即能遥控星球之外，满坑满谷的学问等着我们的下一代去逐一消化，试想一下，如今的儿童面临的知识之海，仅仅是电脑类别的浩瀚学问就比我们每天带算盘上学的年月增加了多少？压力之压，你不能忍受别人能忍受。

我在脑海中把这称之为"人生最明亮的恐怖"。

十一

我内心深处是非常感谢钢琴的，在儿子学琴之初我就听说学钢琴的孩子数学都好，当时觉得这不过是琴童家长之间的打气与互勉，直到我的儿子随着年级的增高可见到的数学成绩开始真的优异起来，我才有点疑惑着信了一些。如今，只有五年级的儿子在他们学校推行的"进阶数学"（AM）中已经在做高中九年级的数学题，他的全美标准统考数学成绩永远是在顶尖的百分之一之内。同时，在他们学校推行多年的"进阶阅读"（AR）项目中，以去年为例，儿子作为一个四年级学生的成绩达到了1000多个阅读点数，一人囊括了别的年级必会由两位孩子分别获得的"全年最多书目阅读奖"

（全年231本书）和"全年最多词汇阅读量奖"（全年6927424个英文词汇阅读量）。

举凡学校加入了美国的AR阅读项目的家长应该知道全学年1000个阅读点的阅读量得之不易。举例而言，一本深受美国少年儿童喜爱的Stephenie Meyer所著*Eclipse*厚达727页，阅读点数为22点。如果刨去美国学校每年两个半月的暑假、三个星期的寒假和一个星期的春假，整个学年只有8个半月（大约255天，包括周末和长周末），要达到1000个阅读点的孩子平均每天（一周7天无论寒暑）的阅读量需要在130多页。而从阅读书目数量而言，要达到我儿子那种全年阅读231本图书的量，大约每天都要阅读一本书，须知这些书中绝大部分是超过1个阅读点数的大部头著作。

今年5月，儿子在美国名校约翰·霍普金斯大学CTY全球天才儿童搜寻考试中，同样得到了超出我想象的好成绩。这项考试主要是以美国学生为首的世界范围（也包括中国在内）学生参加的一项统一测试，学生们大多是由学校推荐参加考试，但必须是在美国基本统一考试中获得98%以上优异成绩的学生。儿子的学校从四年级开始让学童参与这项考试，而儿子年级当中获得参加聆听约翰·霍普金斯CTY动员资格的学生也只几位。

这项波及全球的考试是美国境内最著名的天才儿童考试之一，主要考核学生的英文和数学两项，全球采行同一张考卷。结果，在全球的参考人成绩当中，儿子的成绩获得了自2011年起两年内考生总成绩的前25%，约翰·霍普金斯大学CTY方面为这样的高分优秀学生在美国境内各州另行举办单独的优异学生颁奖仪式。

而且我暗暗地发现，最近的将近半年来，我每天用车载着儿子从学校回家的时候，他都会把我的手机借走，快速找到他心有所属的歌曲之后即刻旁若无人放声大唱。这时候的他已经有了自己的音乐好恶和挑选标准，一经入目，踊跃跟唱。

这个岁月里，我已经成为儿子唯一可以吐露全情的知心朋友了，我甚至会为他厘清和分析他所单恋的学校中某女孩，帮他分析白天在学校中的每个与他人沟通细小关节的处理技巧。

从量上考虑其实也有巨变，以往儿子得到来自大人给的iTunes卡之后会迅速大把挥霍干净，时常是下午刚给了他一百块钱的iTunes卡，还没到晚上就报称只剩下不到三块了，这种花费真个是惊心动魄。但如今，我已经很久没有给他iTunes卡钱了，偶尔听到他说他如今的钱都用来下载歌曲了，九毛九分一首。如此额度的花费，因为需求层次的加高，小钱就变成了大钱，电动就变成了音乐，滥情就变成了品质。

我不知道这是不是完全得钢琴之功，但我清楚地明白，音乐在他人生中已经潜移默化地变得油然。

记得去年夏天我和儿子在欧洲的时候，仔细地说是在荷兰的阿姆斯特丹街头，在运河边上的一个普通拐角，我忽然听见儿子低头对我说："妈妈，我真的真的挺喜欢我的生活。"

我当时瞬间满脸是泪，却又强装一无表情。这时我把他胖胖的小手攥紧，感受血脉深沉。

十二

钢琴十级一考完，我决定不再让儿子学下去了，临近最后考试关头的那几个月，我帮儿子一直计算着离学琴生涯结束的日子还差多久。

其实就钢琴考级的整体而言，音乐理论部分我认为是最要命的部分，因为它的难度我认为不亚于解数学方程式，需要无数奇怪的思索技巧。

在音乐理论部分，占有将近十分之一分数的是听力考试，这需要的根本就是天生的听觉禀赋。即便是单纯教授音乐理论的老师也会明白地告诉你，在这个环节，几乎靠的是"天生的耳朵"。听到这里的时候，我心一虚，我儿子的耳朵，大概不会是"天生的"那种。

最终下决心终止学琴的考虑，也是历经多方权衡，我一直在提我不可救药地认为举凡文体之类，都是人生的点缀，作为职业，即便经营得有声有色也不过是项娱乐，如果儿子立志为文体事业奋斗终生，这则是我最大的噩梦。在我大半生泛"文艺"的生涯中，周遭哪怕高雅如作家（除非是严重意义上的商业作家乃至文艺），其实职业生涯中也都有着下意识的渴望"被资助"心理，这其实是整个社会机制赋予这类职业的一个弱势生存框架。这样一来，这类文艺职业在普遍意义上就显现出了"孔乙己"之类的穷酸一面。

早年，在我成长的岁月中，无课可上的学生们将文体之途视为重大出路，那时候北京的文艺团体是所有青年心目中的圣殿。文体盛行的年代，也是北京青年"拍婆子"的年代，但那时候的无所事事和如今的千万条大路的社会景观有着天壤之别。

如果在这样的前提下，我还怂恿或者逼迫我的孩子为"被资助"的那一类职业而奋斗，我真该先去检查自己的脑子。

文艺的特例，应是电影，尤其是美国电影，在商业的重压下它早已变成隆重的商业基地，成为大众瞩目的小众炮制。好莱坞掌握在特定的那一群人的手中。而"那一群人"的圈子何其难混，即便是已经成名的业界大佬，票房的成败也会完全左右着他的这一部和下一部，厮杀之惨烈，罄竹难书。

这么说吧，好莱坞，其实是商业。

2013年3月2日的考试一过，我迅速地把儿子涵盖钢琴种种的旧日程废弃，把新日程错落有致地填入，那种时间与时间的比较和分析，比对五年前钢琴被列到议事日程上的往昔岁月，似曾相识。

从此之后，我希望儿子与钢琴的关系是一种不疾不徐的"朋友之需"，轻缓而松弛，彼此可成为疲劳时分或者闲暇之余的终身爱侣，再没有同仇敌忾的挣扎与缠斗。

我心中几年来疾徐不定的心潮之海，一夕平静。

多年纠结，一朝了结。

再见，钢琴。

十三

3月6日是个周三，这样的下午本应是儿子的每周钢琴课时间，我将附近某超级市场中的几大箱韩国新高梨全部买断，这是一种深受儿子热爱的水果，在普通意义上来讲，这种水果精致而昂贵，这也是我思忖已久的实用谢师小礼。

当我把若干装满大梨的纸箱费力搬进王老师教室的时候，正好撞见一位个头刚过大人胯骨的小小男孩结束上课，那孩子蹦下被垫高了的琴凳左右搜寻玩具的姿态很像小时候的儿子，我的心头一热，知道王老师的全新征途，又开始了。

记得2月最后的一个周三傍晚，也就是2013年2月27日的傍晚，那是儿子钢琴考级前最后一次上王老师的课，听到课程结束王老师一如往常的那句"孩子，你回家吧"的时候，我知道，一切的一切，都将化为回忆。这是我们的最后一次。

"祝你好运！"王老师对着儿子已经走出教室的背影说。儿子转过身来对着充满他音乐悲喜的教室牵强一笑，一瞬间，我看到他眼中带泪。

才一出门，我听见儿子忽然扭头对我惊天动地地说："我还要学钢琴。"

见我疑惑地看着他，一副怀疑他已经变成了"受虐狂"的神情，他对着我清晰地说："我还要和王老师学琴！！"

"算了吧孩子，"我在心里对他说，"这一段路程，这一截人生，你做得很够了。"

有了钢琴的粗磨，我相信儿子已经能坦然面对人生中的许多障碍。作为一个男人，我也希望他通过练琴的痛苦初具争强的秉性。

十四

回到本文开始的那个开头，在我把车停在小区路边和王老师通话询问 CM 考试成绩的时候，我告诉了王老师儿子上述的这样两句，为着我们三人共同的沮丧和欢笑、沟壑和坦途、失败和胜利，为着我们共有的这个五年，电话两头，似乎他哭，确凿我哭。

也在这时，王老师也说："是该做点别的事情的时候了。"

我的内心此时此刻波澜起伏，很多厚重无比的尖锐在这瞬间被一齐打碎。这是一种很奇妙的感觉，多年来累积的重压，轰然解除，你觉得到它们，却又说不清它们。儿子这五年的钢琴生涯，很多的磨炼与苦行、很多的感动与哭泣，这在我自己的人生路上，何尝不是重大经验。

我永远铭记钢琴教会我和儿子的诸多耐受和感怀，铭记王老师对我儿子以及其他麾下琴童视若己出的推举和鞭策。

就在儿子参加完为洛杉矶区钢琴考级荣誉学生举办的小型音乐会之后的若干小时，回到家中我独自一人把家里的钢琴盖无言地合上。这个盖子五年来从未合上过，黑白相间的琴键们占据着醒目的严肃，像是一张大开的索取之口，又像是一面打开的得胜旌旗。此时此刻儿子正在电脑上和朋友连线电动喊声震天，而我的世界里空白而静谧，心跳犹如擂鼓，声声入耳。

万千纷飞无从出口，我敏锐地看见我和儿子忙乱的过往刹那间疾驰天外。

这个三月，终生难忘。

2013年

IV

事域

第 四 部 分

MEN QIAN RUO WU
NAN BEI LV

世博三天

在描述我去世博的那三天完整故事前，我觉得有必要把我对上海的一些内心情结详细交代清楚，因为在我下文所要说的我在上海的故事中，有很多心态细节的铺排和扭转，都跟我对上海的内心感觉有关。

我是越来越尊重上海这个城市的那一种人。按说，我的高等教育是在上海完成的，我应该一直对它怀有敬重之心，但在20世纪90年代中期之前，我相信我和几乎所有北方众生一样对上海多有藐视，觉得那里的女生过于自赏，男生则个个都是声名远扬的"娘娘腔"。

但是尤其进入2000年之后，我每年回国都习惯性地会把停留上海当成天然的一项安排，我也不知道为什么自己每次的行程表中都要出现上海，似乎也不只是因为上海的地理位置恰好居中的原因，不知道有多少次，等我人真正到了上海，我竟然连自己也说不清楚所为何来。虽然几乎每次去上海我都会回到如今已跃升为"同济大学沪西校区"的母校校园内一走（有一次还兜头撞见了我原来的班主任），但每次从越来越陌生了的校园回来，我心里都知道，其实此行沪上，我全不是因为这个。

如今我分析起来，似乎我对上海越来越好的印象根源还是来自上海出租车后排座椅护套的雪白整洁。我在本质上是一个相当看中细节的人，记得多年前第一次见到如此干净的座椅护套那一刹那，我倒抽了口冷气。我瞬间明白，这上海已经是一个治理得相当清楚的城市，官愿管，民愿顺。

后来又陆续听说了上海为限制交通流量所采用的必须购买汽车牌照等让人脑内一亮的做法，而且，每次在上海如果身陷城内，跟随那里的人自动在出租车等候区站成小小一队的"高级"也让我心动，因为我所说的这种排队的"高级"可以发生在梅龙镇广场外，也可以发生在任何一个略具规模的办公大楼前，"队员"们加入队列的天然和随意，让我感动不已。也经由这些浅浅涟漪，造成我对上海管理当局产生与日俱增的感佩。

再说世博。

在我去世博之前，我觉得我基本上能够想象得出人们深入其中所能品味到的大印象，我当然知道如今"地球村"的庞大概念和通过场馆来展示概念性概念的无力（看过世博之后，其中各场馆的风采对我的猜测基本做了几乎百分之百的印证，世博真的也就是世界范围的投影比赛。即便说到最受追捧的沙特馆，说穿了，看点也只是因为它的立体投影申影屏幕尺寸和形状设计得出人意料）。

我和我爸、我妈及儿子一行四人，2010年自7月底从北京南下厦门，自此之后，我们在沿途各重点城市且行且走一路往北，历时将近一个月。此前的几天，当我们还没到上海的时候，在浙江紧邻上海的一个城市的电视上曾经看到上海市市委书记俞正声在接受上海多家电视台联合采访时发表的长篇大论。和中共各官员枯燥的访问节目比，这个访谈看点很多，我有些惊讶地发觉这一位上海的最高官员竟没有过多的八股（这是最让我深恶痛绝的言论方式之一），对记者的每一问都答得算是趣味盎然，其中还穿插了若干小段故事，让人饶有兴趣。

但在回答他对上海世博总人数的追求之问上，我觉得他还是不可免俗地虚假了一回。因为他回答说他其实根本不在乎参观世博总人数。这种说法和他领导下的世博管理当局在上海地区（据说北京等地也是如此）广发免费入场"大礼包"的做法相悖，让人不知哪个是真的。作为决策者，处于胜利在望阶段流露出来的"遮盖"之举可以理解，但当你作为一个普通的世博参观者置身于园区内见头不见尾的庞大人龙中，你会对那些"大礼包"或在其他名义遮盖下却行"大礼包"之实的动作相当嫌恶。

在此次世博会中，主办者对参观人数进行了多方激励、以期办成历史上观博人数最多的一次世博会的心态实在是司马昭之心。但我认为，无论是人数激励也好，还是激励之余出面遮盖也好，人数即便登顶，又能证明出什么？我在整个世博园区内游走几天下来，其实很少看到一两张外国人面孔，因此，所谓世界博览，只能算是面向国内大众的一次团体"看大建筑"和"看大电视"，期望能以此提高中国承揽世界范围公众活动的水准甚至提高中国的国际地位，是不是有点缺乏世面感？

也听说很多上海人把单位发的世博会入场券直接卖掉，根本不去，我倒觉得这种魄力也是魄力。

我和儿子及我爸、我妈算是没有魄力，儿子小、父母老，这两个年龄层的人都想利用最初或最后的时光多看看世界，在设计儿子暑假行程的最后关头，我犹犹豫豫地还是把上海这个城市和世博这个项目加了进去。再加上看到过各种新闻中的世博各馆建筑造型的磅礴和乖张，看建筑这重诱惑，给我犹豫不决的世博去与否的天平上，放进了最后一根"去"的稻草。

参观世博第一天：8/13/2010

本人参观世博园时段：下午2:00至晚9:00

当日参观世博园人数：38.32万

当日最高气温：40.0℃

气　温

直到我已经回到洛杉矶，此时此刻正靠回忆撰写回忆的时刻，翻查记录，我才知道我们参观世博会的这个第一天，竟然赶上了上海气温有记录以来的第二高温。也就是说，上海气象文明有史以来第二热的大热天，让我们在室外经受了。

知道记录之后我立刻想到的是八十岁了的我爸，心里掠过无穷内疚，如果我知道我们世博首日赶上的气温如此具备统计意义，我是不会让我爸出门的。我们这次在上海住的是美国同事闲置在沪的一套空房，我看到我爸从一进这套空房的门就显露出无限惊喜，几个小时之后就告诉我们他已经把此房封为"避暑胜地"，此后每天从那里起身，他脸上总闪现出多重不舍。

入　场

面对动辄就上数十万参观人潮的流量，我早从新闻中知道，进世博的第一道难关，就是进门。

早上9点半过后，我们从"避暑胜地"出门看最后一眼电视的时候，已经知道此时的世博虽然早已开门，但靠近欧洲诸馆的"后滩"入口（也就是八号门口）还聚集着将近38000人等候排队入内。

和关注世博的人数相比，我们没有太偏重查看气温，那些日子里，已经回国将近一个月的我和儿子早就被整个中国的热气腾腾烧烤得有些知觉麻木。从北京往南方且走且行之前，在北京的电视上看到洛杉矶的气温是18℃，心里有些哭笑不得。

这一天中,以我为主我妈为辅的决策团队有意拖延了我们四人的世博入场时间,因为稍加比较之后,我们都倾向于晚入晚出的出入格局,这在对抗气温乃至体能保存上都应该能让我们把损耗降至最低。

我们是先到家住浦东的当地朋友家取了对方赠送的六张入场券并在那里吃了中午饭,之后,将近下午2点钟时我们才到世博园区。这个时间段后滩的门口当然没有长龙,但进口处呈现的阵势端的是波澜壮阔,供排队之用的层层叠叠迂回的栅栏,有点一望无际的意思,想到几个小时之前这里还是人头攒动,看到我爸、我妈,一位八十、另一位七十二的雪白华发在烈日下现出些许微弱银光,有些心悸。

我们和世博长达三天的相交,自此开始。

轮 椅

轮椅之功在我们后续的行程中居功至伟、意义深远,地位要多重要就有多重要。更直接地说,它是把我们一行人观博痛苦指数减低到最小的唯一利器。

其实,轮椅这事在我还没从北京出发前就和我妈有所研究,我妈听她去过世博的邻居建议说,一定要在上海买一个轮椅带进世博园,四百多人民币一个。我当时相当疑惑,因为当时已经有很多关于世博轮椅的租借说法了,也曾听说懂得个中门道者其实为数不少。在世博刚开的时候,由于把出租轮椅对象的年龄界限在远比后来的限定年龄低的年龄段上,造成很多人一入园区立即冲向轮椅出租处抢先排队的景象。

我们最后决定去世博方面租轮椅,主要是考虑观博之后轮椅的处理实在是个问题,加上对父母的岁数够高持有自信,因此,我最终决定向世博方面试试看。

　　果然轮椅是能租到的，只是必须经过严格的审查，凭身份证证明七十五岁以上者才能租用。手续很简便，预交五百块人民币押金，还轮椅地点可以自选，押金最终全额退还。幸亏没听邻居的。

　　此后，我们四人依靠推着我爸的轮椅得以在一天之内进馆颇多，基本上已经达到"梦想有多大现实就有多大"的境界，看见世博馆中外观别致或国名显赫者，想进就即刻得进，由此，这一天我们在世博园区逗留的七八个小时内，分别集体进入了美国、意大利、法国、加拿大、西班牙、波兰、英国、丹麦、俄罗斯九个馆。此时此刻说起各种参观往事看似平淡，但当天的彷徨和对前景未知的担忧虽知无甚大碍，却也时刻在心。

　　有点可笑的是，我爸近年来耳聋问题日渐严重，很多日常资讯必须靠大喊才能传达。因此，在我和我妈从南到北的旅途一路上商谈轮椅事宜的时候，我猜测我爸根本没有听清过一个字。因此，当我在世博后滩大门入口处附近，汗流浃背地把轮椅第一次推到他面前并示意他就座的时候，只听他即刻触电一般地连声大叫："我不坐，我不坐，不然我人生的重大转折就在此时此刻。"

绿色通道

　　因为轮椅，我说过我们老少四位成了想象的巨人，而且此次世博，几乎所有场馆都必有绿色通道，在绿色通道行使管理之责的人但凡看到轮椅人士百分之百都是中国人，基本上对我们一概挥手放行。世博园区的各馆虽然各自掌控放人尺度，但总的说来让人觉得耳目一新，习惯了以往国内大权在握者专门为难自己人的"积习"，我所遇到的世博各工作人员态度都相当宽容，非常国际，极其体面。

美国馆的全部展示内容其实不过是三部电影，我知道国内方面曾经为了让美国馆最终建成给对方施加了压力，而且美国等国也几乎是在最后一刻才开始赶建国家馆的。这样一来，建筑的造价和效果，有些含糊。

在人们蜂拥而进美国馆第一道门（也就是从门外跨入门里）的时候，一位金发碧眼的美国女郎操着稍带美国口音的汉语给馆内必须再次排队的芸芸众生猜了两个谜语："什么马不能骑和什么茶不能喝？"（答案见本文文底）

后来听说我上海一个朋友正上高中的儿子也参加了世博的志愿者队伍，担任的就是世博园内最为"基层"的"小白菜"（从上海电视诸台中听来的对世博园内为观展客人提供基本咨询服务的志愿者的统称，这些志愿者多为80后和90后，统一服装的颜色为绿白相间，下白上绿酷似白菜），闻听这些孩子真正是零收入，我为他们不求所图的精神感佩。虽然在世博园内我曾经有过就问"小白菜"一些资讯对方却完全不知的时候，但这种时候实在很少很少。

问过朋友他放手孩子当"小白菜"真正的动机，对方也只是一语带过："这对他好。"

问他这话的时候，我们一群十二人正在上海新装修过的某宾馆顶楼旋转餐厅被旋转着慢进晚膳，上海近年来重又浮现的纸醉金迷正在我们的眼皮底下风流掠过，此时此刻我们后代中的"小白菜"是否正逗留在创纪录的桑拿园区内汗湿周身？

你看不看沙特

进入世博园区，最不能回避的一个问题就是：你看不看沙特馆？

早在从北京出发之前，我妈就用一张皱纸写就了一个"好馆"

名录，这当然必定也来自"轮椅邻居"，上面罗列了对方所认为好看的场馆，在她把纸条拿出多次品味的时候，我曾看见劈头第一个就是"沙特馆"。

对沙特，我们有着内心纠结，我们对所有场馆其实都没有那么的非看不可，但面对别人要排九个小时队才能得进的地方不免还是好奇，这造成了我们一路对沙特馆的问题一直"语焉不详"，不知该怎么办。

我们进入世博园之后，从后滩入口一路西行，时间接近晚上7点的时候还是来到了无论如何必须面对的超热场馆"沙特馆"。

一路且行我一路忐忑，须知这是此次世博会中极端著名的"九小时长队"的所在。从这种意义上说，到了世博园却不去沙特，说不定会遗憾。

之所以忐忑，是因为我心里不确定这个场馆是否也有绿色通道，其实，如果没有也在情理之中。因为我们的确曾经在前往德国和瑞士馆的时候吃了闭门羹，那里提供的是经过预约之后的绿色通道。

但我们无论如何是不想去排队的，我已经想好，如果具备机会，我一定站在最后的被选择位置上，也就是说，如果有可能入馆，那么顺序应该是先我爸，后我妈，然后是儿子。有时候想想都为自己感动，在人生的涵义里，中年的栋梁意义眨眼间来到面前，推托不过，只好顺水推舟地以身作则。人类的一代又一代也似乎都是这么过的，我妈昨天还告诉我她真的还记得自己小学时候的事情，可是弹指之间，她已经年过七十。

结果，沙特竟然是有绿色通道的。听到消息，直觉得这是应该当中的不该，看到整个排得看不到底、一直蜿蜒进入远处高架桥下的四列沙特长队，心里相当不忍。

自然，我们四人立即喜出望外地左右腾挪去了绿色通道，到了那里才知道该通道只准许一辆轮椅带一个"正常人"进入。可能是因为历经太多的恳求和怨气，沙特的绿色通道人员说话具有斩钉截铁的特征，绝无商量。

当时的通道口聚集着若干各怀心思的人，空气中带有小小焦躁，绿色通道的人告诉我们必须尽快决定"带一个"的人选，对方直接对我建议说"我建议你推着轮椅进去，因为里面有很多上下坡道"。

我的"中年意识"此刻空前膨胀，我当即让母亲接过轮椅的推手，带着儿子和二老挥手道别。

我妈这时看我一眼，也高兴，也迟疑。

（第三天的一个间歇时间，我作为新一次的"带一个正常人"和我爸最终进了沙特馆。而我儿子因为名分不配套原因，与沙特最终擦肩而过。此一小节，后面会再提。）

决 定

从下午两点开始到我妈、我爸最终从沙特馆出来与我们汇合的晚间9点，我们一行四人在这一天中的七个小时之内累计入馆量分别上探到"九"和"十"。天热，人有些不耐，也觉得整个场馆的内部设计无论如何也都还在一个可以圈定的想象范围之内，四个人当即商定，世博之行，再不了。

回到车上，我把剩下的两张世博入场券一股脑地塞给也是朋友的司机，告诉他，这地方，我们几个到此打住。

回想紧张而张皇的过去若干小时，我已经觉出有亲历了大事的满足感，尽管亲历的方式如此平民和卑微。我爸、我妈的满足感更不在话下，因为在他们所住的干休所里，很多老人都是为此专程来上海一趟的。这种意义上，我们的所谓"顺便"，顺理成章得很划算。后来听说我家楼下的一对老夫妇的"世博专程"，整个花费了人民币一万块，想象着该二老无人看顾必定遇到的种种旅途艰难，就很为我爸、我妈高兴。

第二天的一早，习惯早起的父亲在"避暑胜地"他的卧室才一起床就看到，几乎我们能接收到的所有上海方面电视台都开始在屏幕下方滚动如此字幕："鉴于当前的极端高温天气，中暑人员增多，建议年老体弱者在高温期间不要去世博园参观。"

待我起身的时候，先听他说，觉得有些郑重其事，打开电视，果然。几个人为此有些哑然。

作为"极端高温"的亲历者，我觉得其实过去的那一天似乎没那么极端。这时候的上海人天天面对的都是只要出门前后衣襟必全然汗湿的处境，我在想，我们这几个人是不是已经到了另外一种受热境界：一旦全然汗湿人就有些豁出去了的内心冲动，对热的尺度，反应也没那么灵敏了。

但让我记忆犹新的是前一天的晚上夜间9点才过，踏上归途的我们已经置身于车内。车过南浦大桥的时候我偶然摸了一下自己的脸，惊觉有一些颗粒物细密广布，这把我吓了一大跳。

稍做思索，我觉得是盐。

参观世博第二天：8/16/2010

本人参观世博园时段：上午10:00至晚5:00

当日参观世博会人数：42.71万

当日最高气温：36.9℃

新决定

我们对于世博的新决定是在介于8月13日周五和8月16日周一之间的整个周末中做出的，主要原因是在周末这两天的一次饭局中有朋友说，世博的浦西诸馆更为小孩子热衷。再加上一两天的周末过下来，我们发现我们几个人在"避暑胜地"中只剩下看电视和等饭局这两件事，极端无聊，因此又集体觉得与其白白浪费在上海的时间却不去世博再转，无论如何是错误的决定，因此，我们一行又集体口头同意重回世博园。

世博的浦西完全由非国家场馆集合而成，竟然也有"可口可乐馆"一说，进入此馆之前，预料馆内必定完全是广告宣传，去之后一看果然如此。

但很奇特的是在可口可乐馆中，我们竟然被教导着如何让刚从冰箱中取出的塑料可乐瓶中的可乐水，在开盖之前瞬间结冰。馆内的讲解人员在刚发布这一说法的时候我完全不信，而且我们一行四人在随后即行的实验中全部功败垂成，四瓶中无一例结冰成功，正在向工作人员追问的时候，我赫然看到身边的一位女士的瓶中可乐，竟然在工作人员的指导下真的结出微小冰凌，让我惊讶得无以复加。

区区广告场馆还能让人感受惊讶，难怪可口可乐以其咳嗽药水的口味却能征服全球。

其实这一号称"人少"的浦西园区也不是省油的灯，在我们参观的这一天，石油馆等浦西多个热门场馆的排队时间也达到了三四个小时之多。我们一行四人最终还是依靠轮椅为入场道具，先后参观了浦西的世博会博物馆、城市足迹馆、日本产业馆和上面提到的可口可乐馆。

整个一天波澜不惊，这源于我们对这一天的浦西行程所抱期望不高。但我没想到在这样的一天，我会遇到我在世博园区内最感受深刻的一幕。

加 塞

在让我"最感受深刻"的事情发生之后，在其余的整个后半段世博日程里，我都被一种略微躁动的情绪环绕，心绪麻乱。

在国内，凡遇公众排队场面我能时常遇到加塞的人，这行为在大部分中国南方地区的口语中叫做"插队"。无论地铁买票甚至是如厕及各种生活中必需的排队场合，加塞之风遍地开花，我曾在自己以往的文字中多次怒不可遏地提此恶行。确实，看到这种公然的恬不知耻，每次必让我气愤难平，而且也必口出恶言。

这样就必然出现两种结果，一是对方转身就走；二是对方假装没听见，后脑勺伫立不动一直捱到达成目的。以前，遇到过若干第二种结局的结局，结果是我一直吼到对方"目的"达成的最后一瞬。所幸此次在世博园区中遇到的加塞纠葛最终都以第一种结果为结局（只有一次例外，下面一节专要说的就是此"例外"），而且我所遇到的对方均为女性，特征是，一旦出现指摘，对方转身就走。

当然，除此而外还会有第三个结果，那就是我和对方对骂，甚至拳脚相向，但迄今为止还没出现这种结局，这似乎也间接地对我的正义之胆起到了推波助澜的作用，对骂或者对打事情一旦出现哪怕一次，也可能导致之后我再不愿正义。

事　件

　　我所说的"最感受深刻"的事情发生在我们在浦西世博这一天中所到的第二个场馆，它有一比较涵义宽广的名称：城市足迹馆。

　　这是一个高达三层楼的场馆，甚至有来自敦煌榆林窟、中国故宫博物院和欧洲多个博物馆的文物，这么高端的场面很多时候是禁止拍照的。连我爸没有闪光灯的录像机录像行为也被安保人员阻拦过，直弄得兴味索然（但在历史的层面上，本人坚决拥护对各种文物的严格保护措施）。

　　即便兴味索然，我们还是漫步了几乎整个场馆。中午1点过一点点的时候，我推着父亲坐的轮椅避开滚梯洪流滚滚的人潮，走向馆内三楼垂直电梯的门口等候下楼。

　　我们到达的时候看见有一些人已经等在之前，不想彼此拥挤，让过一部电梯之后，我才带着老人和孩子手推轮椅站到了电梯门前。这之后，一件事情发生了。

　　就在电梯即将到达的半分钟前，电梯旁边忽然出现两位身穿白色衣服（却不是笔挺的白色衬衫）、胸挂似乎浅绿色工作牌子的人物，一高一矮，高瘦矮胖，这二位毫不犹豫地站到了我爸的轮椅前面横挡在电梯门口。

　　加塞！！！工作人员还敢加塞加在老年人轮椅前面！！！这状况登时气得我心火飙升。

　　半分钟后电梯抵达，这一高一矮立即进入，各把一角靠墙舒适站好，我带着白发苍苍的我妈和七岁的儿子推着八十岁的我爸也跟随挤入，进入之后我立即对一高一矮说："你们是怎么接受培训的？怎么能加在老人轮椅的前面？"

　　这时这一高一矮中的"一高"说："没有培训。什么培训不培训。"

一句不咸不淡的话登时让我怒气更高，从此开始一直到"一矮"在二楼下梯，然后电梯再开到一楼停止，我和这"一高"大吵了起来，这人说"随便你告到哪里，我都不怕"云云。我告诉他，"你放心好了，我一定告。"

投　诉

从一楼的电梯门一出来我喝令两老一小在原地等我，我即展开在馆内的四审投诉，母亲刚开始还一路跟着我连说"算了算了"，我满心带火地对她说"这些不要脸的人都是让你们给惯坏的"。

我先是跟着那"一高"进了场馆内的办公区，他其实还是在意这事情的，回头看见我竟然跟在身后，表现得略有慌张。这里的入口处顺序排列着将近三四十人的打卡卡片，这让我有点觉得这其实是颇有秩序的处所，只可惜让　些境界低下的人搅了局。我深知此次投诉前路渺茫，因为我根本不知道"一高"姓甚名谁，更不知道他的职务。

在这个办公区，我进入第一间有人、有电脑的屋子，我朝着最靠近门边的一位女士直白诉说了我之所遇，外加上我妈傻呵呵地面向我也面向"电脑"们连连说着"算了算了"，现在想想的确突兀可笑。

我心知肚明电脑房对方第一不会是什么高层，也不便把高层引见给我甚至因为正值吃饭时节高层很可能根本不在，果然屋子里没什么人接我的句子，多数人看过我一眼之后又把目光转向电脑。这女士在没头没脑地听完我的说辞之后，指点着让我去馆内的总台投诉。

总台设在城市足迹馆一楼的门前，我略想了一下，虽然"女电脑"显然是在踢皮球，但似乎"去总台"也确实是普通百姓投诉的不二选择，因此，我把我妈喝退，自己一人走向总台。

这时的路上，我真觉得自己是在跟一个积重难返的重大命题抗衡，这个旁人看来鸡毛蒜皮的小事一桩，会只因为我内心感受不佳就开始引人注目？

我随即有些腿软，即便去了总台又怎么样？即便总台记录下来了又能怎么样？我能要到的是什么？

总 台

总台的人不错，看得出来的确是有过培训。他们听说我来投诉，立即找出一位看上去的确像是主管年纪和装扮的人物，这人物态度良好，听我把事情经过大致讲了一遍之后，特别询问了我登上垂直电梯的时间，他告诉我，通过时间和服装描述可以确定究竟是哪个部门的人和我发生过纠纷。他甚至说他已经知道对方是哪个部门的人了，他本人每天都会和那个部门的主管交换情况，明天一早的交换情况时间里，他会向对方转告我的遭遇。

他的一番说法让我气愤而茫然的内心忽然展现些许曙光，我不知道我在不知对方职位和姓名前提下的投诉最终结果如何，但我觉得哪怕是让这一个部门的负责人把手下集合起来告诫他们一些文明常识，比如"不该加塞加在老年人轮椅面前"，也是好的。

但是当我仔细琢磨总台主管对我滔滔不绝陈述所做的笔录时，看到他只写下了一个时间"1点10分"和"说话态度不好"简单的两排字，我开始怀疑他可能会把这种在我看来极端恶劣的事情由大化小。

从总台回到两老一小旁边的时候，我妈还在喋喋不休，"算了算了，不算了你还想怎么的？"此不算完，几十分钟之后她竟然天真地说出她的新观想，她开始让我回忆，"是不是那两个人是要先进电梯帮我们开门？"

随后，在可口可乐馆内，当几乎所有的人争先恐后地进入电影院把几辆轮椅和一个瘸着一条腿的人挤到队伍的最后，我让我妈看清楚，在这种洪流中你觉得能指望谁？我妈无言。

其实从总台回来我又去过一趟"电脑房间"，我只是想尽我所能找到能真正解决问题的人，因此虽知多半徒劳无功却还再想一试。这一次电脑房间坐在最里端的一位中年男士最终向我走来，我其实知道他也未必真正有权决定一切，但确定他是想让我尽早结束扰乱满室安宁，他说："我们会解决这个问题的，该批评的批评，该开除的开除。"

与此同时，我听到某"电脑女"的如此一声，"连名字都不知道怎么行？"

我记得自己当时苍白地回复了中年男士一句"我可不是傻子"之后完全语塞，不如此，又能如何？现在想来，当时中年男士的出面安慰意在平息，他既不知肇事人是谁，也绝没有愿望听完事情的全部，其实也还是把我当了"傻子"。

面对善意的狡猾，唯有悻悻乃去。

电　话

这一节涉及两通电话，第一通是我于加塞事件事发后的第二天早上打给世博公布出来的"世博服务热线"86-21-962010的。事情发生之后的整个半个下午和一个晚上，我断断续续地思忖过自己是否还要把这件事情再进行下去的问题，但想到"一高"在电梯内的张狂，我在第二天清晨起床的时候还是决定把事情做到以一己之力所做不动为止。

这时候已经到了8月17日的凌晨6点，我在这个早上毫无原因地凌晨即起，最后再给了自己十分钟的思忖时间，还是决定拨通"世博热线"。

电话一通，即刻有人接听。

接听的是位女生，我的精神为之一爽。果然，上海办事是有规则的。

我把加塞事件的整个过程再次详述了一遍，电话那端的女生听得出是在做记录，并对一些细节进行了重点查问。我的心再次被希望卷起，有些飘扬。

奇怪的是耐心听完整个原委之后她让我等一下，似乎她要在这凌晨6点多钟就为我把事情解决掉。结果，三分钟之后她回到电话中来，告诉我"因为你提供的资料不详细，所以我们无法确定对方是什么人"。

我这时又把在前台听到的"只要确定了时间、地点和大致着装就能确定工种"的概念向她灌输了一番，她再次让我等在电话上，而她自己则疑似再次去搞"现场解决"了，未几，她再次回来，坚定地重复了上一次的说法。

我告诉她，"我不需要你立即做出解决，我只希望你方能详细排查一下，不能让工作人员在工作岗位上干出令人厌恶的事。"

对方官样地告诉我，"我们会在三到七天之内给你答复。"

事情至此，我基本绝望，"排查"一说做起来谈何容易，而且归根到底我最不能确定的是，加塞这事，在断事人看来算不算大事。

我的大事，凶多吉少。

另一电话

和这通电话相关联的电话发生在8月18日下午。这本应该位于另一个分列的单个篇章中，但为了阅读的连续延伸，我把它放在此处。

这第二通电话有别于第一通电话时的我拨出去，是有人拨进来的。这通电话被拨进来的时间是在8月18日下午我从上海刚回到北京，确切地说，是我正从北京机场坐车行驶在机场高速上的时候。没错，这通电话是世博方面打给我的，这一时刻距离我的那通投诉电话，过去了两天半的时间。

这个电话是个声音雄厚的男人打给我的，开口就是"请问您是陈燕妮女士吗"，听上去非常像我被分在铁道出版社的大学同学钟加栋的声音，这钟如今在那社似乎已经做了"总书记"之类的崇高职务，我当时"钟加栋，你少来这套"这句话都几乎冲口而出了，却在他一上来就不容喘息的长篇自我介绍中忽然听到了"世博"二字。

实话说，这时候的我对于世博遭遇已经略有淡漠，不知道这是否是因为内心对投诉这事情没有什么信心，或是时间的截杀。

电话里这人说，"我们的人那天做得实在实在太不对了，我代表我们中队向你表示深深的歉意。"

这时候，我的心有些怦怦轻跳，到底我面对的是也重细节的上海政府。但我随即而来的逆反疑问是对方真的已经核实了我所陈述的整个事件确定属实？而且他提到的所谓"中队"究竟是怎么编制？

他告诉我他们已经对当事人进行了处罚，除了扣除当月奖金还扣除了另外的一些"金"。他说他们是世博的安保部门，我的加塞事发之前，"一高"因为和其他客人在三楼发生过争吵，因此，在电梯里把所有火气都向我发泄了。

果然，上海市政府的井井有条没有浪费我对它的崇拜。

电话那边在长串道歉之外又提到"大队长"和"大队"云云，这下让我更加受宠若惊，我才知道我所认为的加塞大事，世博也如此认为；我才知道，我所崇拜的市井文明，政府也呼吁遵之如仪。我真的真的为世博当局感动。

巨大精彩。

心中的收藏，驱赶荒芜。

参观世博第三天：8/17/2010

本人参观世博园时段：上午11:00至晚5:00

当日参观世博会人数：39.76万

当日最高气温：36℃

中国馆

中国馆是需要预约的，这意味着所有能在中国馆外排队的人手里都捏着一张已经写好特定参观时间的预约券，这也就关系到另一场更为激烈的"战斗"。闻听每天中国馆的参观券都会在早上9点一开门就被哄抢一空，不禁让人望而生畏。

好在前晚的一项集体饭局中某德高望重的友人出手援助，三言两语用一个电话搞定了中国馆的预约，这第三天的我们一行四人再访世博园，即成定局。

我们得到的是所谓"团体预约券"，这种券听说也历经改革多次，到我们手里的时候已成一张盖了红印、简单的A4薄纸，纸上规定我们在上午9点到中午12点之前必须进入中国馆。

一如指定时间到达中国馆时，我们走着走着就成了队伍中人，但即便是从"团体"的入口入场，我们步履跟跄的四人还是跟随众人排队走了超长的一段路程，以至于我们根本无法腾出时间去租借轮椅。

老实说，中国馆有些大而无当，在参观完确如他人所言波澜壮阔的《清明上河图》活动人形图之后，随着众人挤入一个平移滚梯，跟随平移了十几米之后迎面看到一架名为"国之瑰宝"的中型马车。这玩意被戒备森严，模样簇新可疑，因为对中国馆的底细摸查未足，觉得此瑰宝看阵势应该是旧的，但看成色却断然是新的，就疑惑地问随即遇到的第一个工作人员是新是仿，对方大义凛然地告诉我"不知道"。

后来补查中国馆资料，才发觉这是"秦陵一号铜车马首次离开秦俑博物馆"，而且铜车马展室的各个角度号称都安装有探头，还配备有两名专职人员每天24小时几乎目不转睛地进行监控，同时，所有温度、湿度等信息都即时传输回陕西秦俑博物馆，由专家进行远程监控。那么，这么郑重其事的意义下，那位解说"不知道"者真不知居心为何。

这又何必。

后来往41米的中层参观，在被誉为是充满惊喜的"智慧之旅"的梦幻轨道车上，约10分钟的"骑乘"旅途中看到了若干制作粗率、极欠细琢的中国传统城市营建元素展示，老实说，此一部分应该是中国馆最大的败笔，流于"追随'迪斯尼小小世界'"的形式不说，展示的还是不知所云的低质货色，令人摇头。

总的来说中国馆庞大虽则庞大，除了《清明上河图》具备可移动的惊喜之外，整体感觉空泛流俗。

当然，在当今信息多途径传播的时代寄情于物的形象推广确实有流于形式的弊病，这就又回到世博这一国际狂欢是否还有存续必要的根本命题了。

大 雨

午后，在世博园中我们遇见了奇怪的大雨。

那时候我已经决定再次利用我爸的轮椅便利以一带一的方式进入沙特馆，也就是说，我爸作为道具将第二次进入别人梦寐难求一进的馆中之馆。看我爸的表情似乎也没有过多的为难，事情就这么定了。

原本和我妈商量着也把儿子一同带进去，可以以他"年龄过小、必须跟在身边"为由形成借口，但在绿色通道口上仍旧被见多识广的人员们三言两语就拆了招，他给我指出的明道是"把孩子送到问讯处让他在那里读报纸"，随后他还做了让我有些惭愧的补充，"在外面排大队的孩子太多了"。

我敢拿自己的脑袋担保他把我儿子看成十岁甚至十岁以上的儿童了，因为我随后看到我身后不远就还有一个样貌娇小的男孩跟随家人站进了队伍，我同样敢拿脑袋担保，这孩子一定比我儿子的年纪大。

以七岁半之龄、根本无法实施"到问讯处去读报纸"之能的儿子被我妈带走之后，大雨就到了。

其实，如果没有一位素不相识的中年妇女搅局，我和我爸根本是能够躲过这场大雨的。大雨前，在我们的"轮椅队伍"走到了稍微人稀的地方的时刻，从外面围栏中忽然跨栏跳进一个中年女人，这女人和我前面的轮椅"一带一"相熟，彼此一个眼神就沟通了千言万语，十秒钟不到整个事情就办得毫无涟漪、滴水不漏。

但也就是因为这个中年女人，我们在又间歇行进了十多米之后，有"人员"在复查"一带一"的时候发现了她。查询的人立即用步话机和通道放行人员联络，气急败坏地说"她说是你们的人放进来的"。

"你们的人？"旁观各项的我有些触动，原来这区区二十多米的通道路线中，也还存在着多部门的协同调配，那这世博究竟惊动了多少的方方面面？

这时候我前面的中年女人有些恼羞成怒，连番质问"前面跟我一样的那两个男人怎么说"，结果，"你们的人"和"我们的人"瞬间汇合，随着中年女人立即向前寻找"前面跟我一样的那两个男人"，整个绿色通道队伍因此全线止步整顿。

因为这个原因，轮椅队伍整整耽误了半个小时以上的时间，大到实在有些让人吃惊的大雨恰在这个时候不期而至。

我们因为大雨被迫停顿、改道、重整、等候不说，整个的沙特馆的顶楼也因此而关闭，给出的说法是一句反问句式："被雷劈到谁负责？"

闻听沙特馆顶楼有不少如梦似幻的棕榈树，这一下，只能失之交臂。

再说我妈那边带着我儿子和我们同时遇雨，一老一小在我们进入沙特馆的漫长时间内开始越来越严肃地和风雨搏斗。那场雨实在是我多年来遇到的最大一场，伴随着电闪雷鸣场面宏伟，乃至我后来从沙特馆出来致电母亲，她那边竟然完全听不见我说的话。

也因为这场雨，我们最终中断了所有后续的参观，四个人辗转腾挪躲进道路高架桥下避雨。那天的雨伴随着大风呼啸着冲向所有的人，即便身处大桥下我们也因为风向的随时改变而多次调整所在位置。

我们与世博相交的短短三天就遇到了分属两极的高温和豪雨，回想种种，无从评价。

沙特馆

在刚到上海还没有进入世博的时候，曾在"避暑胜地"看到世博的系列专题电视片，其中的一个小专题是讲影像技术在本届世博中的作用，当时我就怀疑把整个世博最为倚重的影像技术作为世博的一个小专题来讨论，似乎有"用铅笔刀切牛"般本末倒置。看过沙特馆之后，我更确定了自己的预见，也为自己的料事如神有些暗暗佩服。

沙特馆的轰动，更准确地说是影像的轰动，它轰动的核心部分是一个半球形屏幕从观众的右侧面下穿脚底一直延伸到了左边的整个地面，当然，这种轰动也可以说是关于屏幕尺寸的轰动。

你实在不知道沙特馆当时在民众的口耳相传中已经到达怎样的神化地步，单看它的排队等候时间似乎就能说明问题。遇大雨那天我去沙特的时间是下午时分，这正是世博观看中最正常的时段，我所见的沙特馆队伍比最高纪录中的九个小时要好，是五个小时，雨前的高温里，我看到其中竟然还有似乎三个（顶多不超过五个）欧美人士参加，想到这条长龙只是因为年纪不够苍老而备受折磨，嗟叹。

2009年4月才正式确定参博的沙特馆号称是世博诸馆当中投资最多的一馆，虽然馆方否认这一说法，但10亿人民币的投资量应该出入不算很大。而且，该馆奇特的船只造型建筑只用了一年多一点点的时间就完成了施工，也是个壮举。

该馆的主设计者为中国人，他承认自己在设计的时候没有预料到沙特馆的人流会如此之大，以至于在后来的几个月份中，馆方因为怕人流行走速度太慢过于凝聚重力而把屋顶花园永久关闭了。设计者认为："这个花园设置本身有非常浓郁的阿拉伯风情。在这个标高18米的地方看所有展馆，特别是A片区，视野最好。观众看完展厅以后可以对整个上海世博会有一个鸟瞰，这是我们当初设计的时候一个重要的亮点。"

我和父亲离开沙特馆时，我们的出口和我妈及儿子的留守之地恰分在沙特馆粗壮长队的两侧，为团圆，我们必有一方须绕行两个一百米才能如愿。沙特馆的队伍长长地并成四列，面向不一且错综复杂，只有身在其中者才知道谁是他的"上家"。来回绕行的队伍中，为了稳定秩序，每隔十米都会有正规的武装警察（绝非手无缚鸡之力的"小白菜"或同等规格人员），活似在国境线上一般目不斜视地面向众人等距伫立。

走出沙特，除了在瓢泼大雨中找人，非常明白科技是在让我们感受科技，强国之强，永远靠钱。

明白地说，科技沙文主义已经成型，远在天边，近在眼前。

结　尾

为世博，中国上海方面的说法是，各种相关环节和建设的总投资是286亿人民币。国际间得失之算，各有算盘。而世博参与诸国自身得到的，早不为宣传，为参与和被参与。

除去这个层面，世博的意义对中国国民而言，仅限于使全民沸腾。

我得承认，我也曾沸腾。尤其看到9月之后的世博人数竟然上了百万，我甚至庆幸我曾沸腾。

"那一年的浪头，淹没了镜中之沙。"

（谜底：不能骑的马是"奥巴马"，不能喝的茶是"警察"。）

2011年

MEN QIAN RUO WU
NAN BEI LV

V

灾域

第 五 部 分

汶川大地震时我正好身在成都

前　言

我开始动笔写下此文第一个字的时间是2008年5月15日上午差10分12点，此刻的中国国内电视台们还在持续地报道四川地震，我也是昨夜刚从成都回到北京时，才知道我无意中撞到的这场灾难是多么大的一件事。

从2008年5月12日下午2点28分开始直到今天，我都还不能确定对自己迎面遭遇上这一事件该秉持怎样心态？作为一个亲身经历这场灾难的四川"外人"，我想我的感受可能更特别一些，既没有当地民众对小家园危机的多重大忧，也没有真正"外人"端须依靠电视来了解大灾情的隔岸观火。但在我澄清我与四川地震偶遇的整个来龙去脉前，我仍须将我下文中所涉及的不多几个人物做一番事前交代，为叙述方便，也为查询方便。

（人物一）元宝（文中称谓）：本文作者的儿子，年龄为五岁零三个月。

（人物二）我父亲或者老陈（文中称谓）：本文作者的父亲、离休军人，年龄为七十八岁。

（人物三）我母亲或者老李（文中称谓）：北京市退休人员，年龄为七十岁。

（人物四）小王（文中称谓）：成都市退休人员，年龄为五十七岁。

（人物五）小王丈夫或者小唐（文中称谓）：小王的丈夫、成都市退休人员。

（人物六）表妹（文中称谓）：小王的表妹，国内多种著名品牌服装成都经销店负责人，年龄为四十五岁。

（人物七）赵同学（文中称谓）：小王表妹的丈夫、小王的同学、永远的文学爱好者，年龄为五十六岁。

（人物八）老欧（文中称谓）：本文作者的丈夫、现居洛杉矶人士，年龄不提也罢。

（人物九）我（文中称谓）：本文作者、现居洛杉矶人士，年龄打死你我也不说。

我深深知道，此次地震引发的媒体关注是中国历年灾难中的重中之重，而且，在资讯无比发达的今天，铺天盖地的灾区新闻已让大家或多或少产生了视听疲劳，但我还是想把我的成都亲历付诸文字，对自己是一个回忆，对其他人，算是地震惊天动地中的边缘补白。

抚摸伤口多半能看到鲜血的艳丽，人的遭遇总能被说成也悲也喜。我的此次，正好如此。

我想了一下，在后来的叙述中，为了便捷起见，我必须采取边记录时间边记录作为的办法顺延进行，此法虽然平庸，但下文中若不如此，叙述中穿插行走的时间跳跃必让读者时空错乱。

事情要从2008年的5月1日说起。

2008年5月1日早9点至2008年5月9日中午12点30分

这一天，劳动节在新中国的历史上头一次放假不超长。

这一天，北京天气预报称"晴转多云，北转南风二、三级，气温21℃至11℃"，标准得无与伦比，这让我们一家搭飞机的预计毫无悬念。

当天早9时，我爸、我妈与我及儿子元宝约定各自从自住的住宅出发去机场，开始我们四人从5月1日到5月18日的大型旅行计划。我们一行将去的地点根据我、我爸、我妈三人的个人格局编排成串，行程跨越三个省，也就是江苏省、浙江省和四川省。

我之所以弃简就繁地从头说起，最真实的原因是希望我后来关于地震到来的叙述看上去随机和随意，世界上很多事是在平常中突然迸发，我想凸显人的猝不及防，使得这次的突如其来不再具备任何借口。

平素在与第三人日常沟通时，我喜欢按其所属姓氏把我爸、我妈私下称为"老陈"和"老李"，后来这"不敬"有些流传到两位当事人耳中，冷眼看去他们还算淡然，我也就放心乱叫下去了，也算本人家宅中的社会新潮和"逆反"。

在我和老陈、老李共同而去的第一个地点江苏省常熟市，我将参加平生参加过的首个真正意义上的同学会，和上海铁道学院机械系铁道车辆专业的同学在离别N多年之后重新相聚。行程中的第二个地点浙江省衢州市是我母亲的故乡，在那里，她要和她留在那个城市、彼此已见过不知道多少面的高中同学相见。第三个地点就是四川省成都市，这是为久无旅行动作的我爸安排的，自5月12日直到5月17日，老陈将和据说多达两百位老军人为曾经担任朱德警卫团团长、离休前职务为四川省军区副司令员的李基中祝贺九十大寿。

但这第三个地点四川省成都市和我也不是完全没有关系，先是我一定会去看望一位叫作"小王"的人，再就是需要按照父亲的嘱咐在他们的老战友聚会上"说一些话"。父亲说他的很多老战友都是读过我的书的，而李基中本人就曾和父亲核实过"你的女儿陈××是不是就是写书的那个陈××"，因此一路上，父亲甚至还多次旁敲侧击地逼我打过当众讲话的腹稿。

这些年，国内相当流行这种相聚，很多同学会的发生发展过程中，还让我听说了男男女女衔接大学情愫的浪漫故事。

此行的前两站和最后一站相比忙乱而平俗，不提也罢。最终，我们乘坐的飞机从上海即将降落成都的时候，我对我爸说："你的部分，到了。"

2008年5月9日15点35分

成都，双流机场。

我们在5月9日下午15点35分乘东航的5405航班到达成都，在机场如约见到了前来接机的小王和她丈夫小唐。

行文至此，必须交代的是小王是我儿子元宝自三个月大开始，我们在洛杉矶请到家里来一直把孩子带到三岁半的人，最终，她从我家回国再不返美。在此期间，她和元宝结下的情谊难于言表。那些年里，有一句经典的问答其实可以印证他们之间的这种情谊：问孩子"妈妈喜欢谁"，孩子答"宝宝"；再问"爸爸喜欢谁"，再答"宝宝"；再再问"宝宝喜欢谁"，再再答"小王阿姨"。

这种意料之外情理之内的问答其实刻画了我的幸运，能和小王相识，是我从2003年2月开始的艰苦育儿道路中几乎从头就遇到的福分。

这次看到的小王头发烫出卷了、脸上有了一些淡妆。她告诉我，从美国回成都后她和丈夫都已完全不工作，两口人加上小王八十多岁的老母亲一起在成都一处中等级别的商品房内安了家。因为他们的房子位于七层之上，而整幢楼又没有电梯，他们已经交了定金另买了城中心一幢新楼的一套单元，这新单元还完全没有形状，我们后来在一次饭后的时光去看过那里，她的新房如今还是个被高墙围起来的基建大坑。

他们还没有买车，实在是因为三位老人平淡的日常生活没有必要，他们开来接我们的是一辆银灰色的奥迪，这是小王做生意的表妹的车。这表妹我在洛杉矶就时常听小王讲起，她生性灵敏，做服装生意，生意不错到甚至能负担独生子在美国的大项开销。表妹共有三辆车，分别为两辆轿车（含此奥迪）、一辆小型货车。

我之所以在此不厌其烦地絮叨这些，实在是在后来这三辆车和我们这一票人的抗震生活无比息息相关，它们成为我们白天流窜、晚间安枕的唯一避难场所。你会看到，在那时刻的成都如果能有一辆车则堪称绝大万幸。

从双流机场开始上高速，一路上都是小唐开车，他不会说普通话（我发现在四川，不会说普通话的人相当多），讲一口外人完全听得懂的成都方言，在临过退休生活之前他曾经做过出租车司机。小唐不擅表达，在往后长达几天的相处时间里，我本人只和他有过如下一次简单的单独对话，那次是小王和我妈正好下车如厕，在这样的一个少有的间隙，沉闷已久的他继续沉闷了一阵忽然开口："听她说，她在美国好要得很，你们常一起出去玩，对外也以'姐妹'相称。"

我正不知道如何回答是好，小王回车，我们的唯一对话就此打住。

我一直觉得四川、湖南等地多有一些当地人也说不清楚的诡异之处，简单地说，他们的地名或者人名中，常能蹦出精辟得没有道理的组合，比如"双流"二字，我第一次听到它后就再没忘记。

在四川，我们选住的是锦江宾馆，建设于1958年的它曾经是中国西南地区第一个五星级宾馆，入住过的中共上层从毛泽东以降可以列出长长一串。这地方是我在洛杉矶的自家电脑上认真搜寻出来的，一来看中它的地点与我父母即将入住的四川省军区招待所

（对外名为"华川宾馆"）相去不远（后来知道是公共汽车的两站地），二来也能迎合我到了中国完全无意入住西式连锁酒店的心态。

我到了成都才知道锦江宾馆似乎曾经还是那里居民心目中的一方圣地，在后来一天晚上和小王表妹夫妇相聚时，曾是小王同学的表妹丈夫、简称"赵同学"的就说起他们小时候曾经背过的成都童谣："锦江宾馆九层楼，层层住着高级人。"

他说这个童谣在成都家喻户晓。

其实，以国际人的眼光来看，锦江的价钱属于同级别酒店中的中下等，不能和"全盘西化"的其他五星级比，其中的原因我想可能和我的"无意"相悖，症结反而在于它的不西化，在中国本土做本地人的生意，太本土了可能不显极致。

因为想吃地道的当地饭菜，因此，一到酒店我们即行吃饭，前台告诉我宾馆九楼有一个中餐厅，"挺有名的"，即刻杀往。

这九楼餐厅去得有些曲折，我们一行在楼层内精巧整洁的回廊里走了不知多少路才到达目的地。我们到得早了一些，这时候是当地时间的5点，还没出面见客的服务员们正巧黑压压地挤满了整整一个厅堂，只看得我们眼前人影幢幢、人缝全无，我相信这九曲十八折才能到达的宾馆最高、最内的地方至少聚集着五十多人。地震之后，在久久不能回到宾馆房间去的时候，我时常仰望高高的"锦江宾馆九层楼"里一直还亮的灯光，心里五味杂陈。

这里的菜品不非常好，菜价超乎想象。

2008年5月10日

这一天兴味最盎然。

我们的行程是要去成都周边大邑县的刘文彩庄园和建川博物

馆，这两处位置不远，老岁月和新时代相扣相钳，前者是因为主人公传说爱喝人奶及有一个关过女佃农（我至今记得那人名叫"冷月英"）的水牢而让人难忘；后者则是我离开洛杉矶展开国内之行前的某个晚上，在我一位生性淡雅的朋友家吃饭时偶然知道的。国内富人用一己之力兴建博物馆的事情我不是没听过，只是少见到。

结果，我在这个博物馆中除了馆设饭店、商店之外似乎唯一赢利的"老旧报刊出售处"买了个重大高兴。那是一份我生日当天、我出生地的报纸《浙江日报》，再三确定过必定是原件。

没想到我在自己人生接近后半截的时候忽然看到了这样一个东西。这东西放到如今，发黄是一定的，但保存基本完好，只是内里的标题似乎显示着当年的我的出生地一定是只关注农渔并举的省份，该报当天的头条新闻是：《善始善终完成棉麻收购任务——国家、集体和个人三者兼顾，及时收购同时安排》，报纸的右报头显著位置上放的是让人泄劲透了的：《修船添网迎接冬汛》。

看着这份来自数十年前的物件，觉得手中添了几分沧桑，人在生长自己的同时一定会把来历带出，我的来历，这就是了。当天的天气："阴偶有小雨，东到东南风2～3级。"奇怪的是整个报纸内都没有标明当日的温度，反而标有未来一天的温度。真不知这是报纸编辑的误勘还是那个年代人群的思维。

本想也给小王买一份1951年她生日的那一天的报纸作为留念，结果看到那样的一份价格高达3800元人民币，而我爸、我妈出生的"民国时期"老报纸则标明"议价"，即刻胆寒。

我的生辰年代还好，一份688元人民币。其实在买报的当时我还有其他选择，除了《浙江日报》之外，当时我还可以选生日当天的《北京日报》和《人民日报》，但是细想那时的我在西湖边上的117军区疗养院中混沌初开，地理上离北京还远，心理上离《人民日报》的高级就更远，遂放弃了。

晚上，小王在一个叫作"大蓉和"的连锁大型餐厅请饭，表妹、赵同学同来应酬，席间就听到赵同学谈到前文提到过的那首有关锦江宾馆的童谣。

而我妈此行中神情坚决地多次要求去九寨沟，这一天来要求的频率和坚定度都有提高。对这个山路险峻之处我从来敬谢不敏，还在美国的时候小王就无数次提到，虽然小唐曾开出租车多次带人前往，但是她本人就是因为九寨沟的路况难题而从没去过那里。我爸方面对九寨沟此次也不明原因地坚决不愿去，结果，九寨沟之行就成了老李孑然一人的独游。

本想就这事情对老李讲明利害，让她放弃初衷，但她每提此事必斩钉截铁，而且老陈也私下告诉我，老李近些年来在北京的时候就曾遍寻伴侣同游九寨沟未果，由此看来，她此行必誓达目标。

那就翻查当地报纸，很醒目地就找到相关项目，共分价格相差几乎一倍的飞机团和汽车团两种，老李毫不替我这个"赞助商"考虑地选择了昂贵的飞机团，四天行程，飞机往返，1580元人民币。

团队众多，我还是留了心眼，挑选的是号称"成都中国旅行社"的电话号码。电话打过去，对方态度优秀，说会上门到宾馆收钱签约，出于对老李首次独立出行的担心乃至对自己"赞助费"的不舍，对方人来并多次不着痕迹地提高若干收费时，我还曾轻度地"恶言相向"。

对方是个女孩，只是一笑。

老李的九寨沟行程为：5月14日凌晨飞出成都，5月17日飞回成都。

这天的晚些时候，我去锦江宾馆代理机票的地方订好了我和元宝的回程机票。由于和老陈预估老人聚会安排我的"当众说话"日程会在5月12日报到之后的晚餐上，因此，我把我和元宝的回京机票订在了14日中午，因为要照顾老李独自去九寨沟17日才能回来的原因，我把父母的回京机票订在了18日。这时候的我，做梦都想不到这样一个数字：九寨沟与汶川直线距离为181.8公里。

我万万想不到"汶川"这两个字两天之后让我铭刻在心，且声震八方。

2008年5月11日

早上十点钟，小王来接我们去成都的熊猫基地，这对我而言是个兴趣级别中等的去处。

自从早上起床，元宝就频繁叫嚣着到了基地之后要抱BABY熊猫照相，原以为此念对于国宝是百分之百的不敬，哪知道上了基地的游览车之后讲解员竟告诉我们"可以"，代价是1000元人民币一抱。

这话让我觉得有些感想复杂，因为，国宝与钱其实还不具有那么大的关系，就好比，真的拿到一个乃至很多个1000元人民币，国宝就能多吃到一些新鲜竹子？举国之力，哪里在乎"1000元人民币"？而有钱人的一抱，得法不得法、对幼年国宝的身体伤害是不是完全没有？这事情究竟有没有人深究过？

用BABY熊猫身体做代价的这无数个"1000元人民币"，该不会发了包括开游览车人在内的熊猫周边人等的奖金了吧？思绪无数，元宝的一抱不了了之。

中午，我们去了小王的家。王家果然在七楼，果然没电梯。回这种家，人需要慢慢迈进，我看见老陈走到六楼结尾七楼在望的地方停下本来就缓慢沉滞的脚，喘息良久。这种楼层、这种回家的办法，怎么说怎么不合适。

　　这也导致了我们在二十多个小时之后的地震发生后，全体人在脑中推演的小王母亲的各种逃生法有了可依据的想象点。

　　午饭之后，人吃得有些恍惚，我本人就倚靠在王家客厅里居中的那张中外家庭必备的电视前三人沙发上神飞情散，迷迷糊糊中又断续看完了赵同学编录的最近两年他和小王等人重回插队农村的录影带，他在某带的尾巴上用了这样一句奇怪的结束语："这正应验了张艺谋的话，成都是一座来了就不想离开的城市。"

　　当时的我听到这样的结尾心绪稍动，一来思索张姓其人确实这样讲过吗？二来感慨文艺名人的话语威慑权果真强大，原来可以处处深植。而这样的一句话在12日惊天动地的事情发生之后，立即成为小范围的公众笑柄。

　　下午一行人到表妹的服装店门市参观，他们所拥有的成都市内的三家店面全部位于六层居民楼的底层，门向街开，三间紧邻（地震之后，这里成为表妹一家的避难基地）。

　　这表妹是性情中人，我因为晚上要和父母一起去军区干休所先行为李基中老人送礼物，因此，在老李一直神态别扭地喋喋不休"注意点"的提醒中，我要表妹给我一个"物件"遮住前胸。造就我此"前胸"的衣领形状用美国的眼光看上去其实算是密实，但在老李看来活似半裸。记得表妹在吩咐手下做有关事宜时还不忘对我解劝："这样没啥，让人家看得见摸不到，心如刀绞。"

　　她是用四川话表达上文的，说时脸上露出的狡黠神色，让人觉得其实这妹妹的心智段数，"女强人"三字决不致点破。

　　晚上，表妹做东，在一个叫作香港福兴酒楼的地方吃饭。席间大家约定，明天（5月12日！）下午将去表妹位于六、七层高的跃层住宅参观，晚间应我的强烈要求抛弃大酒楼式的餐饮，进入成都日常菜系，目标就是本地风味的自助火锅。

　　再晚，我们一行人去了城里干休所的将军楼先行看望李基中老人，父亲把带来的和我孝敬他他又转送出来的东西都贡了出去，光是逐一交代这些南一件北一款的"贡品"就耗时十五分钟。

　　行将九十岁的老军人想来物欲不强，我猜想等父亲一走，他八成转身就把父亲在北京多月来精心勾画的礼物组合分拆个七零八落，令其四散旁落。

2008年5月12日

（一）上午10点

　　自此，必须细说。

　　这是个平常的日子，稍热。小王、小唐如约到达锦江宾馆门口，这天的我有些快快然。实在说，对成都这个"来了就不想离开的地方"我已生倦怠。因为，整个成都城里似乎已经无甚去处。我是平生第二次来这里，对很多城里的闻名遐迩处都已是熟客。

　　刚到这里当天的晚饭之后，我们曾经在大动作的间歇去了"老外都特爱去"的锦里，看到入眼崭新而被约略做旧的"老房"觉得十分无聊，这是这里这几年的"新作"。这种全国几乎在同一时间觉醒而突击赶工建造的崭新"旧景观"，跟天造地设给人的纯旧蛊惑差远了，反正我到了这种地方时常生出被玩于他人股掌之感，活似是在为他人对旅游收入的巴望"填空"。

　　我们最终还是决定去成都的边缘温江。温江位于成都市中心往汶川大方向走约16公里处，是成都市下辖的一个区。前一天，在讨论今天上午的行程时，我其实对这个地方也没什么兴趣，这里有的只是一个叫作"国色天乡"——以儿童游乐场为名开辟出来的房地产项目，虽然又是在为他人对收入的巴望"填空"，但在别无选择的境地里还是不得已选择了它。

曾经在言谈当中，小唐问我要不要去都江堰（与汶川直线距离为46公里、此次汶川地震的重灾区之一），这问甫出，我脑海中瞬间闪过美国的"胡佛水坝"类枯燥场面，对水利从来就没兴奋点的我马上否了。

我这一否，实在是回避了不知到底有多大的横劫。

我已说过，成都这地方混到这时候我已经兴趣不再，我既不喜欢全新匠造的假古迹，也不喜欢被动过大手术的真堤坝。

这时候的我，已经分分秒秒地想走了。

（二）上午11点

按照预先计划，这天应该是老陈、老李去老战友聚会的宾馆报到的日子，准确的报到时间定在下午两点，因此，按通常意义，此次参加李基中成都祝寿会的老军人都应该在12日2点之前到达成都。

为了报到，老陈、老李昨天晚上就把自己的聚会行头一一收妥，上午出门时分，他们把自己的所有衣物、行李都放进了小王的奥迪后备箱中，这石破天惊的一天，就这样载着人和物平淡无奇地开始了。

危机黑暗，在这个明媚的早上从来没有给我哪怕些微的暗示，以无忧出名的成都和我完全不知道，我们从锦江宾馆的这一出之后的再一回，物是人非。

就跨进车座，车开，乃去。

临出成都市区的时候我指着公路上的一个写着"什邡"的牌子问小唐这两字中后一个字的念法，小唐笑了，准确念出。想不到，五个小时左右之后，这地名和另外几个与其邻近的地名挟汶川之威，刹那间名闻天下。

路标在显示的意义上濒于融化，如果你真的相信上文所提到的暗示，择路的随机，必定是了。

在路方面，出了成都，路标上出现了连字带画的"青城山"（与汶川直线距离为57.3公里），这时候认真地和小唐谈到青城山的玩处，只听见他淡然地说，"也就是爬山"。闻此，我确定再不三心二意，专注于"国色天乡"。

我们的道路因为遇见若干修建项目而让小唐走得有些迷迷惑惑，将近中午12点的时候我们才赶到"国色天乡"。这时候天开始有一些太阳，虽不大，但讨厌。说实话，从洛杉矶迪斯尼老巢城市出来的我，看到世界上任何儿童乐园都不会大惊小怪。

到了"国色天乡"，看到的果真是那些和世界上任何城市几乎都雷同的儿童游乐项目，兴趣更小，我们老少四人在时有时无的太阳下走了一转之后，还是决定退回大门进口处租一辆四人自行车。

四人自行车骑行需要八足并用，可怕的是当天的我着很短的一条裙子，却别无选择地必须充当主骑者兼舵手。想想看吧，我们老少不均的一行四人踩蹬着个庞然大物，为首的妇女还有点衣不蔽体，迎面看上去实在骇然。为避免骇人级别飙高，我本人一路上对裙下方面做了无数功夫，避、扭、转、躲乃至夹紧和放低无所不用其极，正狼狈不堪时，坐在我正后方的老李幸灾乐祸地说："这事，可就没人能帮你了。"

在短暂的踩蹬、狼狈、幸灾乐祸背后，我们身边危机的海水浸泡着分秒不差的时间，蓄谋深深地正濒最后的成熟。

（三）中午1点

蹬踩绕场一周之后重回大门处，和一直等候在那里的小王夫妇汇合。小王提议到园中非快餐的中国菜馆内先行吃饭，除元宝之外，人人赞同。我正乐得找借口延后在稍热阳光下裸晒的时段，实在说也是希望能对几位成年人百无聊赖的心情做一个缓暇，让大人好歹积累些兴味。可怜元宝该位5岁零3个月的幼小儿童夹杂在累加岁数总也有三百岁、零头都比他大的五位人物当中，只好听天由命。

这时候的乐园内人头不多，可能因为当天还不是周末，在12点过一点儿的时刻我们走进一家看上去模样端庄、名叫"愚头记"的餐厅。

整个有两层楼高的"愚头记"在"那个事情"发生之前和"那个事情"发生的时候都算是空无一人，一楼餐厅中只有我们一桌客人，年轻无比的服务员们在空空如也的厅堂中显得有些落寞。稍微让人感到惊奇的是，这看上去不那么出奇的餐厅居然还豢养着老虎，我们刚一进餐厅的时候，服务员就告诉我了这一惊，这倒让我们在这个让人昏昏欲睡的中午，神经为之稍振。

那老虎是真正黄黑相间、头写"王"字的正规虎，我们进入的时候它正在被餐厅环绕的大型天井中昏睡。它的睡眠似乎很沉，面朝我们所在的桌椅方向，四肢自然伸展平放在身躯之前。它和整个餐厅隔着一道落地窗玻璃之后又隔了一道绿色铁栅栏，虽然明知懒兽午休周身都恹恹的，但与虎同食，人的心内仍略有不静。

菜肴这时候陆续上来，到这种生地方进生菜馆，菜的叫法我多半依赖"看图识字"，好吃坏吃的或然率完全没准。好在席间的一道"脆皮糯米"让元宝感兴趣，但因为完全不会用筷子，遂请年轻无比的服务员拿一个叉子来。

服务员递上叉子，元宝没有说"谢谢姐姐"，而且在后来的多次提醒之后也执意不说，此行为招致除他而外的所有中老年人高度不爽，先是老李絮叨，后是小王帮衬，最终导致我的暴怒。

　　磨蹭当中，耗时费力，老李和小王曾数次偏向于对儿童妥协，但我坚持不肯，虽然也多次看到元宝的口中想下一个台阶似的迸发出"谢谢姐姐"的无声口型，但我还是没饶，因此，这位5岁零3个月的人眼看着五位累加三百多岁的人把桌上所有盘子一一吃空。

　　这时候，天井老虎不知什么时候已经翻身向内继续再睡，我曾向全桌人提示，"看那老虎"。

　　（四）下午2点20分

　　这时候的饭局已近收场，和元宝的僵局迫切需要寻找冰释借口，最后采行的和解办法相当折中，只是象征性地质问他"你是不是错了"，他点头，台阶终下。

　　在此之前，我已叫服务员拿来账单付了个干净，这时候再看一直泪流满面、饥肠辘辘的元宝觉得不忍，就重新再叫过一盘"脆皮糯米"为他"压悲"。

　　"一盘"的概念在这个专项意指"半打"，这时的我站起身带元宝去二十米开外的卫生间洗手，办理饭前例行清洁手续。

　　这时偶尔看老虎，见它不知什么时候在身体的位置不变的前提下，把头已然折成将近180°的后仰，这样一来，它成了脸和我们面对、身体却和我们背离的奇怪姿态。它这时候的眼睛是睁开的，无神、没有悬念和邪念，那种眼神事后想想，其实就是人们恭维人物画作时常说"无论你在他面前什么地方，画中人的眼睛都好像在看着你"的那种。世上拥有如此著名眼神者颇众，比如蒙娜丽莎。

　　我又向全桌人提示，"看那老虎"。

　　数个小时之后我又曾惊恐不宁地回味这一眼神，这难道就是老虎给我们最后的一个眼色？这难道也就是低级动物给人类最后的灾难预警？

这也太平俗淡然了吧。

二十米开外的卫生间状况不错，可以不依赖嗅觉找到，元宝手快脚快，洗手完毕从卫生间疾步回桌先行上椅，我则因为多少需做善后事宜拖延了一个不过分的滞后期，等我回桌时他已落座，桌周围累加三百多岁的其他人等正多此一举地就"半打"对他好言劝进。

我回到桌前稍站片刻，心无旁骛地把手上的洗手水仔细擦干。

就在这时。

（五）下午2点28分

就在这时。

这也是日后回到洛杉矶当我反复向好心追问受灾当时当刻情景的朋友们叙述时，元宝在旁童声童气地斥为"骂我骂到地震"的最终时刻。

就在这时，正待坐下的我猛听到坐在我右侧的小王说："哎哟，怎么了？地震了？"

紧接着我听到整个两层楼高的餐厅二楼所有地方猛然发出"吱吱呀呀"的声音，感觉整个楼房的所有桌椅板凳都扭动起来，我所熟知的地震特有的轰鸣也来了。这种轰鸣后来让无数身在四川的人闻其色变。此事无以为师，全靠自己恰好在灾中恰好聆听，我自己觉得这轰鸣似乎就应该算作"地声"了吧。小王告诉我，她后来在无数次余震中无数次和此声不期而遇，"这声音真怕人。"她说。

这其实是我太熟悉的声音，当年，也就是1976年唐山地震的时候，我曾不知多少次听见过如此声音。精准地描述，这声音就好像是一辆十轮大卡车在你身旁只发动未前行的声音。如此一比其实有凭有据，无论唐山还是四川，震后的人们都曾经无数次因为门外过大型集装箱卡车（国内如今已经改叫"集卡"了）而误认为是地震产生误跑，因为车震通过地面传给建筑物内人类的感觉配以"地声"，实在太过逼真。

后来我听老李告诉我，地震当时，她只觉得自己身下的椅子像是被人从后面猛推了一把。而我当时恰好是站姿，除了来自周遭声音的恐吓，脚下并无明显的感觉。

我们全桌中我的位置是离门最近的位置，和元宝各把长方桌面的两个短边。元宝当初位置的确定是因为老虎，我则是因为付账。在小王惊叫、天地轰响的最初一刻，我独自向着身后不到十米距离的餐厅大门方向跑去，嘴里说着"我出去看看"之类的话，没跑出三四步（其实这之间的时间也就在三五秒），我忽然醒悟，紧跟着开始大叫："是地震，快跑！"

接下来，我相信我又向门的方向跑了一步到两步的距离，却忽然打住，内心骤停猛然自问："我自己是不是跑得太快了？"

赶紧回头，我看见剩下的累加三百多岁的其他组成人员正簇拥着元宝往门口快步而来，元宝橘黄色的短袖上衣在老人们苍青一片的衣服正中显得相当跳眼。这真是考验人性的时刻，回忆起来，当时累加三百多岁的老人们产生的快步而来队形是横向的一线，元宝居中，也就是说，在座六人当中靠门一侧的老陈和小唐是曾停留下来等候元宝从最内方短边桌沿冲出的。事后再想，这帮人在这种时候还能形成尊老爱幼的考究队形，佩服。

尤其是大无畏的老陈和小唐。

我这时赶紧反身向他们走去，攥紧元宝的手带领众人狂奔而出。

地震后很多天我都在自责当时的自己在最初时刻独自向门猛走的作为，当时当刻天理良心，我是想看看到底发生了什么状况，但

"独自向门走"这动作却引人遐想，连我自己都不知道如何自我诠释，这种自责心结甚至导致我怀疑自己还是不是一个真正具备社会使命感的成年人。灾难之后，有关此举的自我纠结隐痛逶迤不断，使我时时陷入短暂的郁郁不快当中。

这种局面的最终改变还是等我回到洛杉矶之后，直到一位医生朋友给了我如下解劝，才让我全然放松。他的解劝如下：你最初之所以会向门跑是人类的下意识，而你过了几秒钟之后的扭转回身才是人类思维的真正关键。他说："不能原谅的是，在这几秒钟的清醒之后，有的人会独自加速向门跑得更快。"

闻之默然。

这样的解劝让我以为到位而科学，在此之后我虽然还是对自己"人类的下意识"有所局促，但在道德意义上，无论对5岁零3个月还是累加三百多岁的其他组成人员，我都不再自惭。

地球的格局，为我们所有人赋予特征，在表露之中似乎才能自我认清。

也算好事。

只是，"就在这时"衍生出来的宿命意识，给我无与伦比的无力感。

此真乃，地球的格局。

（六）下午2点29分

遂冲出门。

冲出门后，我们迎面看到刚刚还游人寥寥的餐厅门前已经拥挤不堪，人潮不知从哪里蜂拥而来，一时间我们身边人头稠密得几乎没法转身，从没有见过地震的成都人彼此不知所措地互相愣眼看着。

　　大言不惭地说，我可能是这一大片几百号人里最知道地震是怎么回事的人了，我要求惊魂不定的家里人赶紧离开房边、屋下等位置，因为我在洛杉矶就曾无数次地设想过，地震来时，在即便没有墙倒的风险下，也要防止屋顶大瓦坠落砸伤的可能。在洛杉矶为自宅建房时，我曾重重地拎起过屋顶建筑用瓦，这种水浪形状的玩意儿真的很沉很沉，如此重物带着重力加速度从屋顶俯冲而下砸在人身上，真好比活挨一锤。

　　这时刻，在我看来已经算是余震的陆续震动连串登场，我们在人群中正巴望着要远离"屋顶大瓦"而挪不太开的时候，忽然看到众人身边一个将近十米高的黑色轻型铁塔犹如风吹杨柳一般浮动着摇晃起来，大家被人群彼此"捆扎"着兜头面对不得不看的如此参照物，四下皆惊。我这时冲着身边不知什么时候眼圈已经红红的小王说："你们四川的地震怎么这么厉害？"

　　在人群中，这一刻，很多女孩已经哭倒在身边身份暧昧不明的男人怀里，而大部分的男人们虽然充当着支柱却表情木然。我没有地方可以哭倒，面对我身边的非幼龄即高龄，我应该就是可以让他们哭倒入怀的"男人"。

　　与此同时，小王在成都的表妹也经历着自己平生首次地震的历练。2点28分的她正手拿抹布在自己的跃层公寓中为我们的到来进行先行清理。他们家内部的二层，也就是整栋楼房的七楼，有一个当初地产商免费赠送的屋顶平台，这类"待遇"在中国各房地产项目中都有出现，只不过得到者总是少数，而且受益人也必须是花费颇巨的顶层跃层居室买者。

　　地震到来，表妹夫妇方寸全乱，竟然手拿抹布从自己所处的六层向更高的七层跑去。当时当刻，地震使得她家里的电视和假山等带有指标意义的物件瞬间倒地摔得粉碎，他们从六楼跑向七楼时生性豪迈的表妹失态地一路大哭。当事后小王向我叙述表妹夫妇向楼上跑的这一举措时，我曾追问："他们要干什么？"

回答是："他们要去免费赠送的那个凉台上抓住葡萄架上的葡萄藤。"

危机时刻还能想到"葡萄藤"说明思维还在，但想到去更高的楼层上去"抓葡萄藤"，思维还在吗？多天以后当表妹第一次回家，看到她在地震时仓皇带来带去的抹布还真实规矩地放在葡萄架旁边。

这可能是最奇特的地震"下意识"了吧。认真地说，地震此灾似乎是考验人类"下意识"的一个经典时刻，"抓葡萄藤"属于重度意识不良，我听到的其他中等程度的意识不良也让人匪夷所思，比如如下这般：我听说我朋友的成都亲戚夫妇在地震来时立即兵分两路，一位"下意识"地护住冰箱，另一位"下意识"地护住彩电，以防此二物遭遇不测。

表妹夫妇在奇特"下意识"引领下如愿以偿之后，在房顶葡萄架旁却难得一见地看到了全成都的地震实景，表妹后来告诉小王，地震当时，全成都所有楼房都在大幅度晃动，表妹给出的晃动幅度度数是"60°"。这以后很多天，小王在叙述时都还使用这样一个来自表妹口中的淳朴角度数字，但是有一天我忽然对她说："你知道，60°，该有多大？"

小王随即比画了一下，自己都被吓了一跳。

不是60°，那则是6°？10°？

不论这一数字是多少，表妹还是在真正意义上被吓垮了。具体表现是她在此之后连续很多天之内一直呕吐不停，而且对高楼大厦有着空前恐惧，绝对不敢再行进入。

在大地变得不可靠时，表妹选择了离天更近，可能也是对的。

而且，人类在受到高度惊吓之后，竟会呕吐？

（七）下午2点50分

人世的欢颜宛若突遇电击，四川的相关好事都凝固在2点28分之前，我们，包括5岁零3个月的元宝，在这个下午感受了人非都有的重大感受，除了看到儿童受到惊吓觉得内疚之外，我这时的内心深处，甚至有着一丝隐隐的参与骄傲，中国最大的两次地震，我做了两次见证，这样的人说好听点将来似乎能被转化成史料。

短暂的惊恐之后，我们周围的人都开始低头拨手机，这时候是灾难关头资讯最饥渴的时段，在四川并无亲人的我，最想知道的是状况究竟发生在哪里？

小王最先拨出的是在成都七层楼上的母亲的号码，她母亲曾经粉碎性骨折过，因此平日里就已抱守"轻易不下楼"的准则。此次动荡，这老人的感受必定艰难而独特。但这时候，几乎所有的成都号码都拨不通，最终还是我拨通了此时此刻正身在北京的老欧（本文作者的丈夫）的手机。

这时候的他正在北京的某高尔夫球场上（也是站姿），听到我们的急切电询，甚至觉得无比茫然。但十几分钟之后他致电过来，说是CNN方面的消息称，地震震中就在四川，北京的高楼也稍有感觉。

知道了这些，我心里有些稍定，虽然小王的母亲还没有联系到，但事情的眉目已有准头。这时候的我们有些举棋不定，不知道是该回成都还是继续在原地待着，这一时段内，我们心目中的疑问还包括：成都会不会就是震中？有没有房屋倒塌和人员死亡？早上才和我们分别的成都，还回得了吗？

这一刻的老陈有些眼神疲惫，而且，在此后几个小时之内，他都是面无表情眼皮下垂无言无语。身心的大躁必定存在倒影，心情波涛起伏得平若止水当然是境界，或许，重灾之中，老陈的神情才最标准。

〔本文写成之后，先在美国的《美洲文汇周刊》上连载，因为篇幅过长，截止到7月下旬才刚连载完第二部分，而就在第三部分即将送原版到印刷厂的前一天，也就是7月29日中午11点42分，洛杉矶发生了里氏5.4级的地表浅层地震，震中就在离我洛杉矶位于钻石吧市（DIAMOND BAR）的家四英里之外的奇诺岗（CHINO HILLS）。

事发当时，我正在办公室内忙得昏天黑地，忽然觉得地面大大地一震，我们的办公仓库位于一个仓库集合群中，时常会有有装卸要求的邻居进行装卸，这种不定时发生、类同小型地震感觉的装卸物与地面的冲击时时引发我的惊诧。每次，我头脑中紧绷的地震之弦都会被这些动作或轻或重地深刻一拨，内心忽然抽紧，稍后释然。

但这一次我觉得邻居"手重"了，我心一沉，果然，顿了一下之后觉得整个办公室被人托起来一样开始晃动，我大叫着"就是它，就是它"从二楼办公室内飞奔而下。绝对是因为"有备"的原因，在时间差上，我跑到楼下大门口的时间，比其他同事从一层跑到门口的时间还短。

我相信，已成地震惊弓之鸟的我，省却的是地震开始之初人类通常共有的"一愣"的时间。

冲出办公室后，我看到停放在办公仓库门口的我的车不住地摇晃，不包含我们从房屋内奔跑而出的时段，单是看车摇晃的过程，我觉得持续了将近一分多钟。中途，它曾暂停过片刻，紧接着又晃了起来。

车子停晃之后，我的第一个想法是决定冒险进屋拿手机打电话出去问儿子的状况，而且，老欧的办公室位在高层办公楼的四层，虽然四顾周围，目力所及的洛杉矶建筑都完好无损，但不听到活人的声音，我还是不太放心。

我冲上二楼的时候，看到我办公室的所有装饰摆设，凡高度超过一米者全部受震落地，一些开合效果润滑的抽屉已经被震得半开半闭。恰在此时一个稍强的余震又告开始，对此的恐慌迫使我再次从二楼飞奔而下。

手机这时又是打不通的，这其实也在我的预料之内，四川震后通信堵塞乃至手机台出现停摆的前车之鉴仍历历在目，我只有持续不停地向外拨号，以求能得到忽然的一个幸运。我在这期间还曾冒险到室内用座机拨号，结果，徒劳无功。

我第一个拨出的号码是老欧，是忙音；再拨儿子幼儿园的前台，也是忙音。在此之后，我大概反复拨给这两个号码二十多次，终于，最先拨通的是儿子的幼儿园。幼儿园告诉我，目前所有的小朋友都在外面，没有任何人受到伤害。

事后，元宝告诉我，地震到来的时候，老师让他们都钻到桌子底下去，等到晃动稍停，老师让他们赶紧跑出教室门。"钻在桌子底下的时候，我的屁股被波迪老师看到了。"元宝跟我描述的时候，对此表示相当沮丧。

未几，某一次的拨号尝试中，老欧的手机也通了，他和他的同事当时已经全都避到楼外了，他说他看到元宝幼儿园同班级一个女孩子的妈妈，脸色铁青地和大家一道下楼，这一次冲击，想必对任何人都是一次心灵敲打。

在这之中，我接到在我家里帮忙工作的小彭的电话，她说，家中整个房子在地震时全部轰隆作响，所有的抽屉都被震成半开，楼上箱柜上摆放的花瓶之类的所有物件全部倒下，游泳池和鱼缸中的水泼洒出来不少。她语调惊恐，声音别样，相信这是她胆小怕事的一生中遇到的最大惊险。

我觉得我要去找元宝，在这心绪恐慌的艰难时刻，我要和他待在一起。

我三言两语交代好公司的琐事立即开车上路，一路上，我看到不下五辆消防车闪着车顶灯奔驰上路，这说明，虽然是事后整体统计无甚了了的地震，还是有人或有物不幸获伤。

当然，也许完全是火和水的震伤？

我相信我是第一个到达幼儿园的家长，相比之下，我应该是办公室距离幼儿园最远的一位大人，一路上我曾致电和元宝平时形影不离的男孩Matthaw的父母，问他们会不会去幼儿园接孩子，结果，这位比我年轻将近十岁、有两个孩子在同一幼儿园的母亲说，"不必了"。

进入幼儿园，我看到元宝和其他孩子正在盲目欢乐，整个场面和平时一样的童声沸腾，我这时候对大地竟然忍心威胁孩子们深感难受，我面前仍旧追逐欢乐的这一切其实应该是一个不存在任何害怕的极乐世界。

我把元宝叫到身边，这时候的他坚持要和Matthaw一起留在幼儿园。无奈，我把Matthaw哥俩和元宝叫在一起，共同围坐在教室外门廊的屋檐下，半个小时之后，幼儿园校长跟我确定"这三个孩子归你管"，我点头称是。

曾几何时，我对洛杉矶的幼儿园从来不让小孩子睡午觉时脱去鞋子而感到不解，但当老师解释说是因为担忧地震的时候，我顿觉英明。

这时刻我忽然听到小小的Matthaw问我："你是不是很喜欢我？"

我说："当然是。"

此话说时，我赶紧对同时在听的元宝挤了挤右眼，因为他曾经因为我抱过别家的孩子而被气哭。

Matthaw说："那地震之后，如果我被震死了你会不会伤心？"

此一言震耳欲聋，气得我当时就逼迫这孩子连说三声"呸呸呸"。我告诉他，谁都不会死，大家都必须好好活着。

从中午到下午，拜资讯发达及多元之赐，老欧接到无数来自美国东部、中国深圳及上海的问安电话，其中很多人都知道我曾经历险四川，因此直说，怎么你老婆走到哪里震到哪里？

谁说不是。

为什么是我？

遗憾的是，因为板块结构不稳一直说要有巨大地震的加州，此次之震还不算期望中的"巨大地震"，不禁感叹，人类，我们什么时候才能摆脱宿命的渺小。

（话说远了，回说四川。）

（八）下午3点

这是一个相对奇怪的时段，我们的周围波澜不惊，好像这是成都最普通不过的一个午后，略显炎热，还算过得去，数十分钟之前这里明明发生了大事，而此刻阳光的随遇而安却让旋涡中心的我们内心平和如水。

这时候，表现过短暂的惶恐不宁后，很多人低头盯视着手机显示屏慢慢散了开去，除了我们的身边三两个不知从哪儿来也不知往哪儿去的人孑然而过，成都的温江显示出和平时并无二致的街景。稍能鉴别有所不同的是，这时候我忽然听见远处有一个人的手机似乎刚刚和不知什么地方的人连线接通，只听到这人的大嗓门如此传来："你那边怎样？成都的温江地震了。"

小王冷笑一声："温江地震。"

即便后来回到了成都市区，我都没看到人们脸上的紧张和行动的错乱，我事后曾经很多次想到，如果不是让以乐天著名的四川人承受这次历练，我真的还能看到如此慵懒的震后平静吗？

我们一行人按照小王的提议，顺着小路走到国色天乡园内的一处纯粹天然的江水边，在这里，我们遇到一个露天咖啡厅，它在沿江的位置摆了一些临水桌椅，反复考量过周遭地理和头顶上方的危险级别之后，我们决定全体坐下。

2点28分过后，似乎听到小唐告诉过我，元宝在"愚头记"后来要的那半打"糯米"，已经被不知哪位临危不惧的服务员迅速收了个干净，只可怜老人丛中5岁零3个月的元宝此时此刻，一肚子空空落落不说，还不得已撞见了惊天动地的大事。但随我们坐定之后的他似乎也顾不上自身温饱，只是反复地向我表达一个想法并追问一个问题："我想离开这个地方了，为什么我们不现在就去飞机场呢？"

这何尝不是我的巴望，但是碍于人多事杂，我不便多说。惊魂未定，尤其是小王的妈妈还没找到，立即逃走的动作即便可能施行也不便完成，不然，给小王夫妇带来的无助感更大。况且，我相信无数恰好在此的外来人口在这一刻必然头脑中闪现同样的念头，即，我们走得了吗？双流还是"和平时期"的那个双流吗？成都成为万心闪避的死穴，人潮汹涌之际，成都机场还能容纳下我们这些身手毫不矫健的妇孺吗？

比震后平静更加莫名其妙的事情是，当我们在沿湖而设的露天咖啡桌椅旁平喘消惊的时候，竟有咖啡厅的服务人员来问我们是否要点东西来喝，"不然的话，你们不能坐在这里"。

此一两句剧烈不合时宜的话，让一向脾气暴烈的我听得火往上蹿，当即恶言恶语顶回了对方。

（九）下午3点30分

我们在这个时候一直木然而坐，除了元宝有所想法和有所要求之外，其他人都觉得整个事情的脉络需要让人有时间去梳理，但真要思考的时候，却发现这时候什么都想不进去。

小王和小唐一直在向外打电话，他们的亲属中，在上海的女儿家的电话是可以通的，她女儿刚刚生产，说是上海"也震了，高层可以感受到"。但小王母亲的电话却一直通不了，在此后的数个小时之内，小王所打的包括母亲、兄弟们等所有成都电话中，手机一概不通、座机绝大部分不通、绝少部分通了却没人接。对于座机，打出电话时小王也知道，家人因为躲避地震原因必定不会困守家中，但不作此为，又能怎样？

因为放心不下，小王的女儿后来干脆每隔一小段时间就给小王一个电话，她告诉小王，她每次的来电都是刚放下前一个和小王的通话之后，几乎立即再行拨号，即便如此，女儿的每个电话间隔也相差将近二十多分钟。在考虑大家手机的电池损耗后果之后，我们干脆害怕接到来自上海的电话了，每次每次，听到小王手机出现铃声我们都无比兴奋，而她一看告诉我们"是女儿的"，大家就又长叹一声。

我们最终决定还是立即回成都，虽然在这个下午的后半截，北京老欧曾经数次来电要我们"必须想办法尽快离开成都"，在告诉他省电起见尽量少打电话进来之余，我们还是觉得回到成都先找到小王的母亲，才是符合多方思维立场，而且也切实可行的正确下一步。

地震过去很多天之后，我竟时常听到老陈对我说"你当时作出回成都的决策是英明的"云云，说得我心思有些恍惚。首先，真的是我作出的决策吗？第二，回到成都难道不是我们当时唯一的出路？但当时我们真的还曾犹豫过是不是要回的问题。

也是这样的一说，让我觉得父母都老了，无形中，我真的就是个"男人"了。

再后来，回到洛杉矶之后，一些亲密的朋友在听完我的整个成都历险记之后忽然发问："老欧这时候没和你们在一起，完全是你一个人指挥着老人和孩子吗？"

我在被问得瞠愕之余，自己也忽然起了一身冷汗。

（十）下午4点

下午4点，我们动身返回成都。

我们一行人从国色天乡已经只剩下三辆车的空阔停车场开动了我们的车。汽车的轰鸣声中，小唐扭开汽车收音机，在这一刻，我们竟然听到了成都人民广播电台有关地震的播音，只有到这时候，我们才陆续全面地了解了地震之后发生在我们周围的细致状况。

难忘的是当时我们听到的是一个女声，她在播报中不断地说出自己的名字"孙静"。

在汽车中，在惊恐不定却又万物安缓的成都空气中，这种柔和的女声给了我们最大的定力。"孙静，成都人对她的主持风格争论很多。"小唐这时候说给自己，也似在说给大家。

事后，在我动笔开始写这篇文字的时候，在我查阅当天成都人民广播电台的网上记录时，我见到了这位果然和几乎所有广播人一样貌不惊人的女主播，在心里，我对这位无畏的同行表示最大的敬意。与此同时，我也看到该台的网页上刊登了这位毫无畏惧的女人地震当天的表现，那实在是一种正义。

摘文如下：

"刚才大家都吓着了吧，我也感觉到了摇晃。"12日下午2时55分，女主播孙静坐进直播间后说的第一句话，"我想告诉大家的是，请千万不要害怕，更不要慌张。不管你在哪个区域，千万别把自己暴露在不安全的地方……"

"直觉告诉我这是地震。但没有得到官方证实之前，我们不能擅自宣布相关消息。"（该电台）频道副总监石建蓉说。她和导播颜菁菁以及工作人员刘强和方芳一行来到二楼直播室，首先向政府有关部门打电话核实情况，但是通信完全中断，甚至连网络也一度中断。"我们只能简单地告诉孙静，不能引起民众无谓恐慌，而应更多地提供逃生和救护知识，为市民搭建一个信息中转和互报平安的平台。"石建蓉说。

节目开始5分钟后，打进来了第一个热线。一个司机朋友告知"清水河大桥一线交通情况一切正常"。固定电话的通讯状况得到一些缓解之后，打进的热线开始增多，而热心听众也不断通过短信平台向节目传递市区各个区域的交通情况。孙静告诉大家，双流机场已经关闭，而火车站目前聚集了成千上万的人，整个进出成都的火车已经停开。

26分钟后，工作间的网络终于畅通，新华网上的权威消息显示：在汶川发生了地震。孙静在第一时间将该消息通过电波告知了市民，并反复提醒市民注意安全，从网络上下载的有关地震常识也被反复提及。

节目进行了32分钟后，因担心大楼的安全，所有工作人员再度撤离。8分钟之后，孙静再次回到了楼上直播间。收音机里再次传出了孙静熟悉的声音。

16时32分，楼下的直播车终于准备完毕。孙静再次调出音乐，也再次撤离直播间。3分钟后，孙静出现在直播车里，节目继续。台里也果断决定，四套节目打破常规，并机播出，孙静的声音随电波传遍市区大街小巷。此时，节目已播出100分钟。其中虽有两次断电，然而电波一刻也没有中断。

我们一行听到她声音的时候，估算起来应该是她已经在直播车里的时候了，因为我听到打进电台的电话中有人询问主播本人的安全情况，接下来，她提到了"直播车"。

我们内心的窗帘被她的指点吹拂起来，飘浮不定。

也正在这时，我们看到成都街头已经出现向城外列队开过、满载军人的车辆了。他们接下来惊天动地、长达月余的艰苦援救行动，从这一刻即告开始。

（十一）下午5点

车上路，进成都，带着一车无言和一个女声。包括元宝在内，我们这辆银灰色奥迪中的每个人都陷入各自的聆听和沉思。我开始嘱咐小唐，我们必须确保两样东西充足，那就是汽油和饮水。

我们回城的一路上都没有遇到什么加油站，临近城边仅见的一站，也已渺无人烟。

这时候，摸索进城的我们通过孙静的节目，听到了成都市人民政府发出的"一号公告"，毫无疑问，事关地震。也许这并不是她的第一次公告播报，但我们却是第一次获知，所谓"温江地震"震中的准确位置，这时我们也才终于明白。我忽然觉得成都其实一直都是个平静之城，从政府公告的编号上来讲，号码的仓促和简单似乎告诉了所有人，"一号公告"之前，这里从来百无滋扰。

　　我相信，相比小王和其他成都人的内心剧烈忐忑，我还是心有所定，只因为我是唐山地震的亲历者。那时候，人在距唐山直线距离为一百多公里的北京的我虽值少年，却把震灾之后相关的感受乃至举措深嵌入心。很奇怪，那一次地震，北京倒塌了不少老旧房屋，也有不少不可能来自官方的人员死亡消息，作为当时的《解放军报》官员，我父亲还曾亲临唐山专事探访，带回来很多耸人听闻的现场描绘。而这次的成都，离汶川距离只有94公里，却有着绝大部分建筑物几乎毫发无损的侥幸。

　　在随后一路心思飘浮的车回成都过程中，孙静对路况的提示也给了我们一车人绝大的帮助，因为，本来就已经剩下三分之一油储的奥迪，因为路况堵塞原因，曾经在成都的外围持续打转进不了城。一度，我听到身旁的小唐轻声嗟叹了一句让我听来如雷轰顶的话："这么一直向相反方向走，油都快跑光了。"

　　快要真正进入成都核心市区的时候，我看到路旁有一个蛋糕店还在冒险开门，便告诉小唐停车进货。我冲进这个小店，买光了它仅剩的三个超大规模圆形奶油蛋糕和几乎所有摆放在外的饮料。成都的物价我一直缺乏关注，但此次的豪举，仍让我吓了一跳，因为，连同此后我在相距不远的另一家饮料店门前侥幸买到的该店最后一箱矿泉水，整个的花费不过是两百元人民币。

　　这时候的成都二环线外围车潮汹涌，隔着车窗玻璃看过去，漫天肃杀风气之下的成都人脸上没有什么惊慌，公共汽车也还到站停、离站走，和某一辆白色小面包车擦肩而过的时候，我看到前座的一位女士正向窗外呕吐，除此而外其他乘客均面容安详。这时候正是平常时期的下班时间，如果没有亲身经历刚才的震荡，以平常心看过去，会觉得这只是一个车辆比平日稍多的寻常交通高峰时段，和昨天、前天乃至大前天殊无二致。

小王打给她母亲的电话仍旧没通，这前后的一些时刻倒是我陆续接到了若干知道我人在四川的亲友问好电话。这应该是我们最难熬时刻的尾声，去路的六神无主加上亲人的下落未明，每个人的思维都似乎已经液态，把整个人和整个嘴蔓延尘封。说话的，只有"孙静"这个我们已经熟悉了的陌生人。

我知道事情总会有个结局，但我不确定什么时间和什么方式乃至什么过程，而地震这事本身对我而言，眼前的回测，活像穿上旧衣服，寻找新视线。

有人后来告诉我，之所以此次地震没有造成成都的大残，是因为成都的地壳板块和引发地震的板块正巧垂直。听到这些，有些瞠目，不知道这究竟是上苍的一个有意还是无意。

幸运的是，我们都还活着。

也就惊诧地回想，这一生，我究竟库存了多少上苍的一爱？

（十二）下午6点

我们一行人真正入城的时候已濒天黑，大家一致决定全车人先去小王家寻找老人。

这时候成都的人全都拥挤到市区街面上来了，因为考虑到远离建筑物的原因，城里很多街区连最里线的快车道上也全都是人，车在市区内走，往往一个红灯要等二十多分钟，很多时刻，整个车一直就掩埋在车阵中原地发动等候，稍有前进旋即又停。

这时，我们奥迪油箱中的储油量让我们不敢再开，从城外就督促小唐尽快加油的我，这时也没了想法。而且，路上的交通堵塞局面越来越严重，所有出租车都不再载客，想来也能理解，载客事小，事情的关键是他们该到哪里去加油？

城里的很多人开始因为等车无着而走了起来，几十分钟之内，在傍晚时分的成都街头，赫然形成了人行道上的走路大军。我和小唐开始分析，如果在拥挤的汽车队伍中开着发动机继续苦等冗长的、非规则的红灯时段，我们的油未达目的地必被耗尽无疑。正在这时，我们看到左手路边有一个加油站，我要求小唐无论如何要进去加油。

车拐左，进入加油站地盘。车停之后，车内的每个人都长出了一口气。

这个加油站从外表看似乎还在运作，但当我们停车下来的时候，看到它已经成了一个徒有虚名的停车场，所有身穿制服的员工都不工作了，却又没有离开，不知道在等候什么。我们进入未几，我看到等待加油的车辆已成三四纵队一个挨着一个地排到了大马路上。

所喜的是这里有正规的厕所，知此消息，我们车上这一群惊魂未定的人相拥去了该去处。

事隔一天左右一个寻常时刻，老陈告诉我，就是在这次集体"方便"的行动中，他曾在自己所用、有封闭门的厕坑里短暂昏迷过一个时辰。"我当时完全没有了知觉，苏醒之后是靠着双手撑住厕所脏坑边缘才勉强起身的。"

一席话直说得我后脊发凉，半天半天没说出话来。

回想集体"方便"的当时，父亲确实耗时良久才从厕所里出来，包括元宝在内的所有人都在等他，而他懵懵懂懂地尾随众人往车的方向走了若干步，又被母亲发现他把数码相机彻底忘在了厕所内。

我们后来竟然就在这个加油站内找到了一个平时供加油人小憩的亭子，亭子内有自来水管和固定在一起的一桌四椅，我们这些被天灾打击得有些迷糊了的老老少少立即盘踞进去，度过了在成都城内珍贵的震后喘息期。

这个亭子位在一个高耸的铁柱广告牌下，因为担忧铁柱可能带来的危险，我在整个喘息期间三不五时地对其进行凝视，很多很多次，我都发现它的柱身在轻轻地不住晃动。

这时候，夜寒来临，老李想到她和老陈准备迁往华川宾馆的行李都还在小唐车的后备箱里，她随即打开箱子把所有已洗和未洗的衣物全部取出，不分长短无论胖瘦地分了人手一件。对着装气味过分敏感的我，接到手中的听说是一件老李想洗而未洗的衣服，接受好心授受的一刹那，我犹豫了将近20秒钟才说不清心情地匆忙一穿，而我当日所着的短裙立刻上升成为围脖。当然，这种上下衣转换的卫生思索心防，也是在那将近20秒钟之内告溃的。

小王和小唐之间这时候出现了一个商量结果，他们决定让小唐徒步回家去找小王的母亲，以确定老人家确实没有危险。

当时，我们所在地的位置据小唐表述为，"开车回家需要十多分钟，走路回家要一个多小时"。我这时听见小王在嘱咐小唐跋涉回家之后帮她拿一些衣服来，她絮絮地说着要小唐在她放长大衣的柜子里拿一件什么颜色的长大衣，然后到放短衣服的衣柜里拿另外一件另外什么颜色的短衣服，她的话还没说完，就见闷头聆听的小唐面色平静地说："我把铺盖都给你拿来吧！"

（十三）晚间7点

小唐走后，曾经一度，我们的加油站出现过中等规模的骚动，因为一直关注各种亭内安置行为和费时凝视铁柱变化等原因，骚动的前因后果我都不太清楚，只看见若干操浓烈四川口音者在某一个时辰内一直在互相战斗，最后，经过一番环绕整个加油站范围的追打和互骂后，加油站位于左侧的第一个加油泵终于开始工作。

这时候的四川人，让我看到了终于有了的惊悚和火气，等我走到近前观望的时候，但见得所有的车都憋足了一口气，为了争夺油的补给，三四个车列纵队内的司机们无论男女各有算盘，把自己的车尽可能最大限度地逼近那个左侧油泵所在的加油位置。

我们的车是手排挡，当我带着自己的算盘、打着了引擎也想开车加入火爆阵营碰碰运气的时候，却发现我无论如何也开动不了这辆银灰色的奥迪。几次气急败坏地一试再试之后，我彻底绝望。

在此之后，我的眼光再没向左侧第一个油泵那里掠过，那里灯火通明的幸运空气中没有我的成分，我的幸运仅仅停滞在眼前这个寒风四过的亭子。我的家人老小，都在这里。

小唐回来了。

他在自己家附近找到小王的母亲时，老人家正在自己家的楼下坐着。地震发生的时候，虽然已经年过八十却从没有经受过地震的这位成都人，还以为是"哪家放鞭炮炸得楼都晃了"，等她知道要往下跑并想向邻居打探虚实的时候，才看到邻居家早都没有人了，家家户户大门洞开，反倒是她一着急把家门钥匙锁在了房间里，而家里的电视还打开着。很后来，在我临离开成都的前夜，在我们一起蜷居的小车里，后座上的她曾跟我回忆当时当刻的情景，她说天灾来时她只穿了一个家常背心和短裤，下楼之后觉得有点没法见人，心里不住地想："我今天是走绝路了？"

当然因为路途的关系，这老太太没有跟小唐到加油站来，权衡再三，我觉得，至此，两家人已经到了该兵分两路的时候了。曾经，我心里一直希望我们两家在灾难的时候一定在一起，但如此时刻，我觉得他们的想法也会觉得分开会比在一起好。

何况他家还有一个孤燕一般滞留在外的老人。

当时的我实在不知道，这将是怎样的一个夜啊！

后来，在我把当时我们一群人在加油站亭子底下坐着喘息的照片拿给洛杉矶的朋友看时，我竟然发现那里面实在看不出灾难的成分，照片中我们几个人正表情多变地谈笑风生，元宝甚至还在少数照片中对着摄影镜头做出过鬼脸。但当时的我们真的身处忙乱中，身边的草地上已经开始有人把家里的轻便被子拿出来铺在地上，带着家中老幼和狗准备在草上过夜了。

地震事发之后，我们曾作过分析，一致认为此时此刻的锦江宾馆，一定是全成都最安全的地方。我们深深知道，锦江宾馆的主楼前面有一片成都市中心绝无仅有的难得空地，这块空地被宾馆方面用做了停车场，而主楼的右侧面还有更大的一片也正用来停车的空地可资调配。我相信，以锦江宾馆在四川地区地位的显赫，在此灾难当头之时一定做出了万全的应变。比照我小时候遇到唐山地震时工程兵部队迅速在我们大院内搭设大型防震棚、让全院老小即刻杂居入住的动作，我被困在城外的某一个时辰，甚至怀疑锦江宾馆内所有的宾馆客人都已经被转移到灯火通明的大棚里去了，生性乐观的外国住客甚至随身带有好酒一道转移。

我也曾邀小王一家，回城后同在锦江共渡危局。

值此艰难时刻，他们对我的邀请不置可否。

此后，小王夫妇送我们折回锦江宾馆，目送我们进楼之后，他们才走。

我吩咐老欧，不要过多地打电话过来，因为我的手机需要省电。也因为这个原因，我对后来进入的所有电话都请对方特别注意言简意赅。（我再后来觉得，这大约也是我在震区的后来两天，一直对整个地震大局面综合信息掌握匮乏的重要原因之一。）

这时候，成都市内已经没有什么店铺是开张的了，高楼大厦一片漆黑。从整体上看，这时的成都人还不乱，不光这一天，我在成都度日如年的后来两天里，成都都没有惊慌失措的氛围。

行车期间，我们竟然撞见还有一家临街饭店在开门接客，主事者把饭馆安排得气氛如常，饭桌大阵摆上了大马路，一直延伸到机动车行线的边缘，很多人都在那里灯火通明地吃喝，有凉菜、有啤酒，甚至还有些许笑声。

面对成都这时看上去的平静，我一直怀疑，几个小时之前，真的就有过地震这件大事发生吗？

我不知道，这是人类的过分坚强，还是过分软弱。

前者有赖地域个性造就，后者全靠迁就宿命使然。

到底，是哪个？

（十四）晚间8点

无比意外的是，我们回到锦江，遇到一片寂然。

震后6小时、夜晚8点的锦江宾馆，跟我一路上的千百种设想相去悬殊，这里如常，跟我们一车人回成都途中彼此添油加醋猜测中的抗震宏图相比显得奇怪。整个宾馆这时候黑灯瞎火一潭死水，完全没有匆忙的规划实施，服务员都还在岗位上和任何一天一样地动作着，偶尔地，看到大难过后历劫归来的客人，他们也完全没有天灾之后彼此相惜的幸存感，露出一脸可疑的坦然。

这是我们身在川地唯一的家。当然，有钱就还能有新家，但我们的的确确是先行安家再行遭难的，比照顺序，这是我们命运与共的安身之处。

我有些迷惑，拗不过好奇，还是追问了表情可疑的服务员们一些"地震"事宜，直到这时候，他们才言语不多地和我说上几句。这和宾馆门外成千上万市民已经开始集体睡草地和公共汽车的震后大型动作相比，实在不是一个公斤级，此也为我想象中的所谓"五星级"的抗震力度期望彻底浇上了一盆冷水。

问过才知道，从地震开始，宾馆内的员工们就被要求"坚守岗位"，跟真的似的。这种局面给了我们这些被服务"受众"双重感受，他们如此坦然和坚守，镇定周围的效果是当然的，相信他们的上级百分之百对他们有了这方面的要求。除此而外，他们面不改色的如常服务，让我们一是庆幸回到我们权且称"家"的地方，还能享受到一如既往的方便；二是觉得他们职业的听天由命，端的是倒霉到家。

这时，我不由得想起我们抵达这里的第一天见到的、高在九楼中餐厅的那些熙攘拥挤着的服务员们，这样的恐吓之下，他们还能心若止水？大难再来，他们又怎样才能在余震中从"巍巍乎高矣"的九楼脱身？我至今都还有一个无甚风骨的疑问：对生命如此要求和被要求，涉及职业道德吗？

我同时获知，今天这一天，宾馆内所有房间都如常收费，差一毛都不行。而且，此时就问店方能否因为我有孩子和老人而为我调低楼层，对方果然不出我内心所料、相当"官样"地告诉我"没房间了"。

与往日略有不同的是，此时酒店的一楼大厅聚集了若干人等，但顶多不超过十五个。就在我环视大厅盘算着我一家该如何安顿这一夜的时候，我惊讶而幸运地看到，咖啡厅里的六张桌子中竟还有一张是空的，这让我家老小由此找到了慢慢链入整个大厅冗长避难程序的最初切入口。

因为后来，在一楼大厅能不能过夜，是决定大到余震应对速度、小到整夜睡眠品质的关键中之关键，因此，在迅速把最后一张桌子围满之后，除了简短的洗澡程序非上楼而不能为，我们一家原则上再也没回过六楼的房间。

这时候的宾馆电梯早已关闭不开，所有人员无论胖瘦高矮，如想上楼必须亲力亲为施行步行，这其实是相当专业而国际的做法，但这也让我们这样的如常宾客看到了基本上不应该看到的不如常景象，比如我从楼梯间上楼的时候，赫然看到锦苑楼的一楼到四楼楼梯间的墙壁已经裂纹纵横，有的楼层干脆让一道裂纹从楼顶贯穿到楼底。而细心的服务员已经把掉落一地的碎石墙皮打扫得无影无踪，虽如此，这类惊悚裂纹还是让正欲上楼者即刻肝颤。

让"和平年代"久不大动的人亲自上六楼，实在也是一件不小的体力检测。对我的"检测"在我百般想法推脱未果之后很快来临，我发现我要把我和元宝的行李拿下来。

我随后的这次六楼历险进程中，内心的自我恐慌甚于周遭的氛围恐慌成千上万倍，行程中我在内心曾千百次地提出"如果此时此刻又震了该怎么办"的自我设问，但好歹，"惊悚"和"检测"最终在我活似已经累得吐出内脏来的代价中都算过了。气喘如牛地冲到毫不打折的自己房间门口，我发现我用自己的塑料钥匙却无论如何开不了门，我即刻气急败坏地用楼层电话打到前台丧心病狂地质问究竟。

整个楼层的空旷走廊里这时候只有我一个人，距我头顶不远处的空调声音在分分秒秒制造着令我心悸的古怪轰鸣，或许这声音平时就如此古怪，但在如此时刻，任何稍微的动静都足以让我心跳如鼓。

在度秒如年的焦躁中等候良久，我才看到一位身材微胖、西装笔挺的服务员满头是汗沿着楼梯间蹒跚而上，在我极度不满的喋喋不休中，喘着大气地为我弄开了门。这时候我不禁有些内疚，不知道地震之后这是本楼住客对他体能的第几次"检测"。

门开的那一秒钟，内心深处我告诫自己，今后这楼，除情非得已，能不上我打死不上。

六楼一行，直到最终脚踏在一楼可直接眼见货真价实天日之后，忧患心结才告落地。

倒是老李在一楼大厅中仅仅过了漫漫长夜1/10的某一个时刻，忽然想起什么大事来似的"喔"了一大声，随后告诉我她无论如何要上六楼一趟，因为"有东西忘在了冰箱里"。

当时的电梯仍旧不准运行，上楼仍旧是"惊悚"和"检测"的集合，我立即予以干涉。

她说不。当然，她可以说不。

此时，我不免好奇她有什么楼上的东西值得如此大"喔"一声随即神不守舍，结果老李告诉我，是"一小塑料袋小西红柿"。

闻听此说气得我直觉得老李是在跟我找碴，风声鹤唳中还有心思搞如此名堂实在是奇想。

但老李不改自己似乎与生俱来的刚愎自用，坚持要走。这种刚愎自用后来还曾体现在老李、老陈二位铁嘴不改签飞机票提前离蓉，坚持要给李基中老人在5月16日把90岁生日过完的问题上，那时候我更觉得人的确可分两大种，一种是可理喻的，一种则正好相反。

老李毫不理会我的讽刺和愤怒，独自费力上楼去拿那"一小塑料袋小西红柿"了，结果，她带上去的钥匙到了六楼之后和我一样开不了门，不得已白"惊悚"了一回又下来了。这时候，冷眼看着在一楼大口喘息的她，心疼之余，真觉得他们这整整一代人都让"穷怕了"这三个字给害惨了。

（十五）晚间9点

没有灯火通明的抗震大棚，我们只好想办法自救。

我把大厅里的两个沙发凳对放在一起，要父母把腿支高而坐。

看着这一路和我一起东奔西跑的老人我心里相当不忍，天意的偶然让我感到人意的无奈，对他们而言，70岁接近80岁，活得该有"手转核桃臂提鸟"的幸福，而如今，他们却不得已要向地震行屈膝礼。

也就在这时候，一向心思缜密的父亲凑到我面前跟我说谈起到华川宾馆报到的事情。父亲告诉我，他希望连夜去华川，因为报到日定的就是今天。

这时候的我听到这种说法觉得实在比得知老李要为"一小塑料袋小西红柿"而拼老命上六楼还不可思议，一天的周折和奔波，全身的焦虑和恐慌，七老八十的人难道不需要喘息和平顺的时间段？连夜报到，我实在看不出必要。

我和老陈商量，如今天色已晚，天灾刚完，拖延到明天报到也在情理之中，我希望他能在报到完毕和老战友们简单叙旧之后，和我一起从这个城市尽早撤退。我问他："你带来的礼物不是都已经给李老了吗？"

他说他还有几张自己一路从北京带到浙江、举了大半个中国的写有"寿"或者"寿比南山"之类意思的、圈成一个长圆柱形火箭发射筒一般的自写字幅没有送出，而这些东西，他想交给祝寿筹委会。

我心里非常非常明白，这些父亲看来无比珍贵的条幅最终一轴都挂不上李老家的墙，他家的墙我曾眼见，似乎一辈子都那么空空如也，而筹委会方面收到的"寿"类物件尤其是自写字幅，相信多得已经闹到手臂骨折。为此而连夜报到，所为何来？

父亲告诉我："我刚才去门口数了一下，20分钟之内总共过去了10辆出租车，其中有两辆是亮着'空车'灯的，可能还能拉客。"

我历经整整一个下午加半个晚上的不安，加上奔波中带领老幼需要决策的压力，甚至再加上老李的"一小塑料袋小西红柿"事件，觉得耐力已到极限，老人们的一些举措让我当时当刻看上去都那么匪夷所思也愚蠢不堪，从来没有跟父亲高声说过话的我，这时强压内火的剧烈不敢苟同："你以为那两辆亮着空车灯的车就是等客上车的车？现在地震刚过几个小时，司机们能到哪里去加油？"

父亲这时候有些嗫嚅，答应明天一早再去华川。

在我以为我们之间的这场简单而又关系重大的谈话全部完毕的这时，父亲继续对我说："我觉得，明天的报到你可以不必去，但是祝寿聚会你可能还要露一下面。"

我这时的忍耐突然顶到了极致，我面对着他的殷切生硬地说："我这么告诉您吧，我认为没有什么事情比人的生命更值钱，我再也不会带着元宝无谓地冒险进入成都的任何一幢建筑物，如果能，我此时此刻就该走。"

人，正常的想法我相信全部如此。"聚会"和"祝寿"在平和环境中都算是锦上添花，也是人生有命前提的后续，当时当刻，想"锦上添花"的人如果连生命的存续都受到了威胁，神经正常的人应该先保住造锦原料，再谈添"花"的事情。

而且，这添"花"的事也大可以改在一个月以后或者明年。

我觉得我和父亲，彼此都被对方吓了一跳。

（十六）晚间10点

这本应该是一个闲聊加牌戏的夜晚，却因为人类懵然未知的地质原因而逼人神思别样。抗震是一个漫长而未知的旅途，漫长中，人困马乏说来就来。而未知，又鞭策了漫长。

这绝对是平常时期的标准睡眠时间，一些原本在大厅里的人挨不住"漫长"和"未知"，陆续散了回楼上的房内，一楼大厅中只剩下我们一家和另外三五个神经特别紧张人士。从社会层面分析，旅途中的宾馆是一个以单身出差男性为多的场所，在人员构成上具有不错的灵活性，不灵活的，似乎只有我们一家。

留下来的人中还包括一位黑龙江省队的田径女选手，青春而有活力。

这时候，老李终于等到大厅一侧结账台边两个难得的三人沙发之一空了出来，她立即带领我疾步而去，待我们两人一屁股坐下之后，才觉得我们有关这一夜的担忧，少了一半。

这无疑是一楼大厅入睡的最佳地点，这一刻，我们同时最先想到了父亲。在此之后，在我和老李之间出现了一番谁去说服父亲到这沙发上睡觉的争执，我们不约而同地担心内心军人气概十足的父亲是否会愿意在大庭广众之下躺平安枕，母亲心虚，要我去请，我推说"他是你老公"执意要她过去，一番嘀咕之后，老李只好心虚地起身，起身之后，我看见她的脸色旋即转换成无所畏惧。

只见她走到我们一家四口盘踞的桌前用一个手势叫起父亲，父亲懵懂之间嘴里嘀咕着"到底要干啥"跟随而来，等走到已经算是属于我家的长沙发前，母亲对父亲说"坐下"，父亲嘴里还在问着"干啥"的同时，就被母亲轻按在沙发上了，这时候，奇迹发生了，父亲这一倒竟然一夜再没起身，一觉睡到第二天凌晨6点。

父亲睡后，想到让我心绪烦乱的李老生日事宜，我希望从老李这里突破，就试探着问她："这祝寿？"

她面容奇怪地扭头看着我："寿还是要祝的。"

我真怀疑这样的一对老人物20年前从生存一线上退下来之后，就没再遇到过什么重要大事，不然他们绝不应该煞有介事地把"祝寿"一类最平常无奇的名堂看得比命重。

这时我听到老李还低头去问元宝："有一个老爷爷，今年，90岁了，你要不要去对他说'生日快乐'？"

惊骇。

（十七）晚间11点

这一夜实在说，其实是我一人的不眠之夜，我不知道此时此刻的成都有多少人和我一样，宛如急躁的母狮般地担忧看不见的未来，每时每刻我都感觉在窗外平静如昨的沉沉黑夜暗潜着匿名的窥探。

我后来知道，这一地震，整个锦江宾馆一共摔坏了13台电视机。

好在我们一家老小这一夜的安枕格局还算差强人意。到了接近午夜的时候，老李能干到把整个大厅里的4个长沙发中的3个先后"蚕食"下来，成为我家4人的度夜去处。加上占据了仅剩的另一长沙发的黑龙江女运动员和3位把座椅对接而睡的住客，此时宾馆的整个大厅里仅有8个人在表达对地震的真正敬畏。

很多人，尤其是男人，在大厅里坐着坐着就回了楼上。须知这是唐山大地震之后又一次大地震的当晚，没了抗震的耐心者在我看来统统视死如归。后来我才知道，就在这短短的十多个小时里，我们身下又曾经历了数以千计的大小余震。

这实在是我个人有史以来最难忘的夜晚，守着我从北京一开始上路就玩笑地称为"都是我的行李"的两老一小、面对着人类最强大最无常的天灾种类，我实在是难以入眠。

夜晚时分，懂事的宾馆工作人员送来了驱赶蚊虫的小小蚊香器，望着缕缕升起来后就完全不知去向的青烟，我不禁感慨万千，面对眼前的黑夜犹如面对无边的诡秘丛林。这会是一个怎样的夜？自从美国出现了"9·11事件"之后，我确凿知道世间凡事都有奔向各种最终结局的可能，这些结局可能是最好的，也可能是最坏的，唯独没有什么是不可能的。

我眼望着窗外默默无声的城市剪影，仿佛怀揣着藏着芸芸众生生存机密的邮筒，是与否，瞬息万变。

　　我又上了六楼，从还在我名下的房间中把所有能铺盖的被褥都拿了下来，先把父母裹严，再给元宝一个安顿。我已别无选择地要和元宝同睡一个沙发，须知这在当时已经是最上乘的待遇了。

　　元宝一直不睡，独自一人抿着嘴角在咖啡台上画直升机，这时候人的任何形体想象似乎带有一种悲情成分，画也一样。很晚的时候，他才睡下。

　　我在实践刚刚的这次上楼行为时，电梯已可以运行，虽然这省却了我的跋涉之苦，但我明白这真的才是余震突来的最危险所在。独自一人站在电梯内由1楼上升至6楼的短短数十秒钟之内，我忽然觉得必须质问上苍，今夜哪个瞬间如果我独自死在了电梯里，谁来担负我那"3个行李"逃亡的大任？

　　所幸，这瞬间从来没有出现。

　　这夜，似乎有一种冥冥的存续遐想鞭策着我和我们的生存，一分一秒地断了死亡之海中展示者和瞻仰者的前路。

2008年5月13日

（一）凌晨2点

　　入深夜，在元宝身边和衣歪躺之后，平时睡觉就轻得奇怪的我一直觉得不断不断地有小型的余震从身下传来，睡眠易醒的秉性让我说不清是受益还是受害，无数个瞬间，我成了周遭人等中知觉最活跃的惊弓之鸟。

　　那晚最大的一次余震发生的时候，我毫无疑问地第一个跳了起来，这时候，整个楼又开始带着声音晃动，我一手拖着完全还在梦乡的元宝，飞奔冲到大门的另一侧去狂拍正昏睡不已的母亲，就在我刚把她拍醒正准备集体挟裹父亲往门外冲的时候，余震顿停。

　　这一晚，每次余震震毕，都会有1～10个男人从楼上神采疲惫地下来，通常，他们会在电梯轻微的"叮咚"一响之后，从楼面的拐角面无表情地现身。最大余震的这一次，我看到一个中年男人身背LV长方形男挎包，带着看来是他所有的行李，摇着头嘴里连说着"我操"，一直走到我们的附近。很快，他在我身边找到了凳子，旋即再入睡乡。

　　这一夜，每隔半小时就有一阵人和地的折腾，两造的脾气，都有些焦躁。

　　四周静寂、鼾声一片中，我也曾经独自致电华川，对方的前台电话居然有人接。一听对方有女声报说是"前台"，我惊讶而且兴奋，随即跟对方说不清道不明地指明"要找一些老军人"。对方回问说，"你是不是要找那些老战友"？面对这种语意不明的说法我像抓到了救命稻草一般说，"就是就是，就是老战友"。

　　对方告诉我："老战友他们都已经报到了，人数很多，因为地震，他们都在大厅里坐着呢。"

　　坐着？一夜？

　　从本质上说，我希望对方告诉我的是如下的意思：比如，因为地震的原因，老战友们的整个聚会取消了；再比如，因为地震的原因，老干部们决定改为明年再补开类似的聚会；甚至再比如，老人们已经开始集体改票，准备明天就离开成都。

　　这时候，根本不用侧耳细听，时值午夜已过，"前台"说话时的背景杂音的确是一片粗粝的老年男人之声海，雄壮而倔强。我不禁开始为我深知秉性的父亲担忧，这些在他，都算是留下来的致命诱惑。

　　而一夜未睡，对于这些个个年过七十、人人百病丛生、有一个算一个平时连少睡一次午觉都可能导致故疾暴发的老伙计们，难道没有重大侵蚀？

他们那些响晴薄日都还总挂在嘴边的老年病呢？

这时候，天开始下雨了。

地震，包括唐山的那次，我都看到过震后暴雨的出现，这种天地人的相互制约和牵涉，让人真感到了自然的莫测。

我们在这样的大场景中寻找私下里的意义，我们有意义吗？

渺小的无力，才是真正的无力。

（二）凌晨6点

天继续下雨，还好，雨不算大。

父亲醒了。

一夜未眠的我看着他缓缓地走向楼面拐角后的大厅厕所，想起几个小时以来我一直每隔一个小时就去他的"床"边为他压被子，深感能为老人做一些手边小事的幸运。

这时候的宾馆大厅仍旧是一片寂静，元宝还在沉沉地睡着，服务人员用一夜未眠的眼睛无言地看着我们。这时候，父亲已经缓缓地回来并走向我，我向他迎了过去，对他心照不宣地说："那你去吧。"

这时候，成都的天已大亮，我甚至不能想象不远处的成都街道上运营着怎样的载客运输工具。公共汽车的司机如果睡过了这一夜，那昨夜他睡在了哪里？出租车司机昨晚如果睡了，他今天的汽油来自哪里？你还能想象得出成都这个全西南最发达的城市里，还有什么其他工具可资代步？

母亲这时候也已醒来，我向宾馆租了两把雨伞递给他们，看着父亲和母亲前景不明地走向雨中。他们没有手机，以往我也曾经为他们置办过一个，但他们两个全都"寡人有疾"，一个耳不好一个眼不灵，听电话铃得靠耳朵好的（老李），拨号码得靠另一位眼睛

335

好的（老陈），如此几次麻烦之后，他们就不再用了。

　　没有手机，意味着出去就像风筝断线，再联络起来全靠人脸和人脸再行碰上，原始得让人心烦意乱。

　　未几，元宝也醒了。

　　我为元宝决定我们必须一同冒险上楼去飞快地洗澡。

　　在楼下大厅，在我和元宝精心准备心情稍稳地往上冲的时候，我对孩子清楚地说明，我们上去之后先给他"简单冲冲"（这是他最喜欢的洗澡方式，并非非常时期的日常每天他都会如此设问：今天的洗澡是不是简单冲冲？），然后在他独自穿衣的同时，我自行"简单冲冲"，争取在最短的时间操作两个人的"简单冲冲"。

　　他真的有些怕。直到进入已在昨晚午夜被认定安全、重新开放使用的电梯里，望着电梯上红色闪闪由"1"到"6"的数字时，他还心有余悸地问我："这个时间，你说会不会地震？"

　　说实话，我也真实地感到命悬一线。我已经说过，美国的"9·11"之后我就深深地明白，这世界没什么事情是能被担保的，厄运迎面走来，不论老幼贫富，逮谁是谁。

　　度秒如年地来到了六楼我们的房间，我飞快地进入浴室对元宝实行"简单冲冲"，主要是对其身体要点做重点清洁，其他的面积一水带过。

　　完毕之后我把从里到外的五件衣物放在一夜无人问津的床上，说了声"快穿、别磨"，就飞奔回浴室着手对自己"简单冲冲"。

　　半关上浴室房门，迅速脱衣成为半裸，拿出牙具种种认为应先清理各牙，正当我刚把牙膏满满地挤到牙刷上，半裸体将塞未塞地半张着嘴，这时候忽然惊讶不已地看到已然衣帽完整武装到牙齿的元宝神色凝重地站在紧邻大门的浴室门口严肃地问我："你还没有完？我觉得又要地震了，我已经要走了。"

336

须知，这孩子平时单行穿衣这事，是可以足足耗上半个小时的。

这一夜，人之惯性的飞升全靠天之强力的死拗。

奈何。

（三）上午9点

父母后来告诉我，出了锦江宾馆后，在雨中他们没有等到出租车，也没有等到公共汽车，最终竟然找到了一辆三轮车，权以代步前往华川。

这时候已经到了锦江宾馆机票办公室上班的时间，我带着一百个不愿意再走进高楼的元宝，走到宾馆二楼票务中心商洽改机票事宜。在我的想象里，这时候的这里应该蜂拥着形色胸怀却同一愿望的人们，万众一心地想改票。

还好，这里出我意料地暂时没人。奉命坚持工作的小姐果然告诉我："今天成都到北京的机票全都没有了。"但她说："明天早上9点的机票还有，国航4101航班，时间比你原定明天中午走的票要早。"

我立即毫不迟疑地说，我改。

地震之后的我还滞留在这个城市里，感觉自己犹如坐在一个呼呼冒烟的火山之上，来自人的友情和来自天的威慑，给人以不知如何应答的尴尬。

这时候我还是决定争取老陈、老李的随同离开，虽然在昨夜我们对此已经出现了显而易见的分歧，但在改票的最后关头，我还是希望父母和我一同走避这里的危险。过去的这一夜，我甚至觉得如果能让我回到北京，如果能让我心无旁骛地在街上行走，甚至能让我安安静静地吃上一顿饭，都无比奢侈。

这时致电相信已经人在华川饭店的父母，依照老的套路我还是把电话打到了华川的前台，还是说要找"老战友"，对方还是说"他们都在这里"，只是再多问了"找哪里来的"一句。我赶紧说"北京来的"，紧接着报出了父亲的名字。

大约三分钟之后，我听见父亲的声音果然响彻电话听筒，我知道，我要开始的是成否未卜的一次有关"提前离开"的最后谈判。

结果，老陈很斯文而有条理地告诉我，他如果此时改票提前走，"似有不妥"。

后来，老李也加入进来，并做如此说："这一次，你就让你爸爸给自己做一次主吧？"

话已至此，我二话没说，转身把自己和元宝的票全部改好，并订好了第二天凌晨从锦江宾馆去双流机场的出租车，时间是第二天早上6点30分。

（四）上午10点

这时候的天仍在下小雨，雨帘的笼罩使得整个人的感受阴暗冰冷，从心绪漫无边际的此时直到明天的真正登机时分，我们可以说开始了在成都漫长的等飞机时光，这时候的元宝已经坚持不进入楼内，反复地说他知道"马上就又要地震"了。

令我吃惊的是这次四川地震余震众多的特殊化，每时每刻，细心的人只要在楼内稍坐就能感到大地时不时地会被一只无形之手反复托起，摇动之后又物归原处。

我提到过这时候的成都和当年的唐山地震之后一模一样地开始持续降雨，天和地商量好了似的对付人类的模式是，地震把人类震出屋内，天雨再把人类浇回楼房，周而复始，无穷无尽，直到人神经的最末梢都失去了顽抗的勇气。

实话说，历经一夜未睡的我这时疲乏到了极致，时常在站立的时候就觉得头脑晕眩、脚跟飘荡，恍惚之间甚至还不忘时常自警：是不是又在余震？

自然家族突然给出的真理，让人变得相当迟钝而敏感。我不知道我们是不是一群有幸而不幸地在目睹沧海桑田变迁的人类。

在这个看似如昨的白日里，不得已，我自作主张在宾馆大厅后楼连通室外的小厅堂中的长沙发上和衣而侧卧（又是长沙发），只听得元宝在我即将昏睡失去最后感知之前一秒还不住地追问："你和我穿的风雨衣后面都有'小偷帽子'（他一向认为坏人抢劫时才会把背篓似的帽子戴上），不怕下雨，为什么我们还要留在楼里？"

而我往后昏迷一般的感觉之中曾经听到过有一个女人声音的提醒，要我不要把自己赤裸的光脚摆放在沙发上，蒙眬中我记得当时我还回了一句嘴："都这时候了，你们还说这话？"

对方轻声而专业地回说："是。"

（五）上午11点

小王来过电话，说是此刻她正逼迫小唐在徒步脚力所及的半径内寻求汽油，而我相信这也是这一时刻无数成都人必抓的重中之重，小王在电话中说："我跟他吵着说'不然怎么办'。"

对成都人而言，这是一个六神无主的时段，这是地震之后的第一个早上，这是人们在重灾之后说清醒好像比昨天好点、说惶惑却比昨天似乎更甚的新一天之晨，到底是该清点过往心情还是该盘算下步动作，人在极度茫然的过程中，思维无措。

小王告诉我，一旦有了油他们就来找我们。

当时，我的身边川雨飘飘，改完了票的我和元宝脚步徘徊不知道该去哪里。在这个陌生城市的危险中逗留，我的内心简单而复杂，相当担心今天能不能安然度过和明天能不能全身而退，元宝则从地震过后只留意我们当时当刻的身处之地有无上顶这一小纠结。

可喜的是，就在这个时刻，仔细算算自己在成都的停留时间，已经可以按小时掐算了。总结自己在这个城市还有什么未了的牵挂时，忽然就想到母亲定下的去九寨沟行程一定不能成行了。

这时候我开始了另外的惶惑。因为，这是在我离开已久的中国，海外的20年异国生活使得我对国内的消费行规甚至没有了通常的思路，我完全不知道作为游客方，如果在这个人心惶惶的时候因为心情动荡原因提出退钱，旅行社方面该作何应答。

我所抱持的疑惑是，第一，我不知道旅行社方面是否允许参团者因为畏惧原因而退团；第二，如果对方坚持不退钱，如此天灾过后，这团真的还能如约而往？第三，如果上述两条中的第一条成立，那么老李的旅行费是否能够全额都退？再者，如果上述两条中的第二条答案为否定的，按照国内的思路会不会铁口强调天灾原因，不出团也不退费？

这时想想，心虚的是，当时签约时分我从老李手中拿过数纸合约仔细看过，但见得内中密密麻麻罗列了无数（相信大部分是保障对方权益的）条目，看也白看。但匆忙中，我还是看到了合约中有关客人自己退出旅游就要按比例扣钱的条款，而且还有时间方面的提前量限定。联想到国内平素常有的法制不力又人治无常的现状，油然灰心。

但说到底，我还需要致电对方。

在最终开始把电话打给对方前我又想了一阵，觉得自己务必要把整个事情推到并非出于单纯我方原因解除合约的要点之上，因此，电话一通（奇怪的是电话还能通）就追问对方，14日的九寨沟旅行团是否还能如约出团？

对方跟我支吾了几个回合，最终的说法是等他们的回电。在一个小时之后，对方回电明确表示"团不出了"，退款的问题因为当时没人上班还要"研究"。

也就是说，本人内心推测的上述"第二条"宣告成立，这其实是诸多可能中对我方退款最有利的一种格局。但是，闻听"研究"，我还是心中一凉，觉得凡此种种必是推诿的前戏。但我决心已下，除非老李跟真的似的坚定坚持，否则，即便那千八百的人民币打了水漂，我一定劝她不去。

这时候的老李在此一问题上出人意料地和我没了代沟，事后她并曾再三表示，此番地震波动让她得到一个毕生需要遵守、多少有些跑题的结论，那就是"绝对不能独自旅游"。

我们在很多天之后才听说九寨沟真的就是此次地震的重灾区，地形地貌的特殊让它成为地震的首冲之地，地震之前已经进入九寨沟的成百上千游客，地震之后曾经断绝音讯很多天，而且很多人亲眼目睹了自己乘坐的巴士怎样和山上滚下的巨石对抗的全过程。母亲时不时地庆幸自己当初还好把去九寨沟的时间定在了14日，而不是更早。

（六）中午12点

中午，我觉得该到了满街找饭吃的时候元宝也说想出去"玩玩"，宾馆内的餐厅也有饭菜供应，但需要深入建筑进入危险，相信元宝其人绝不答应。

出了宾馆大门我们才发现这时候已经有了公共汽车，我们在宾馆门口随便上了一辆公共汽车，决定随着它开向自己也不知道的地方去。

成都的公共汽车车票要求乘客必须自备数额正好的车费，人们从汽车前门的司机位置处徐徐而过顺手缴费（似乎如今整个中国早都如此）。我们对票价数额并不非常清楚，对相关的程序也并不非常熟练，见到我们一大一小从雨中匆忙蹿上，司机大度地摆摆手"算了算了"。

司机问我们去哪儿的时候我们有些无言，只说是想走走看看，司机说："如果是要逛街（？！），就得在×××下车。"

我实在是完全没听清楚"×××"所说为何，但想必是一个商业林立的去处，也就随车而往。

这时候，成都的街道上现出诡秘的平和，似乎毫无天灾的哀痛，整个城市都还是原模原样。车开了一站之后，我忽然看到一处似乎是医院的门前空地上搭设了军绿色的代用帐篷，若干（绝不非常多）病人正被医护人员秩序井然地围绕。远窥这些帐篷的内里，其中有走动不已的人，也有躺在床上的人。

我们坐了三站或者是四站地就又稀里糊涂地下车了，下来之后果然明白这里就是到了商业街区，不幸的是这时候仰头上望，我们又已经被高楼大厦环绕，不论走到任何一个角落只要抬头一望，我们都立即为自己正好身处广厦之底而心惊肉跳。

元宝这时候又开始为危险而嘀咕，这5岁零3个月的人在刚刚过去的前一个下午，我相信经历了让他能记一辈子的心灵激荡。有例为证。在我们后来成功脱离成都回到北京之后，这孩子每天都会不厌其烦地问我（有时每天3次，有时每天20次）：

"妈妈，还会有地震吗？"

"不会了，这是在北京。"

"北京也会有地震吗？"

"不，不会。"

"可是你原来说过你小时候北京也地震过。"

　　这下面立即接上的一句每次都让我无从应答，我深深知道，他期望我说的是"北京没有地震"，因为这和他当时当刻的安危紧密相连，但是以他的年纪和智力，又不希望被人欺骗，哪怕这种所谓"欺骗"仅仅是句善意的谎言。很多次这种时候我都哑口无言，北京当时还不太炎热的浑浊空气中，看着他冲我仰起的红红小脸和因为父系遗传原因略呈三角形的疑问之眼，感觉心在汩汩滴血。

　　更有甚者，等到我们5月底回到美国，将近两个月过去，也就是到了8月下旬的时候，我的好友从纽约带女儿往圣地亚哥度假，约我和儿子到那里聚合。当四人在海洋公园穷高兴的时候，我发现这个公园有比较适合儿子年龄的夜晚夏令营，当时顺口就告诉孩子，"明年，我也给你报一个夜晚夏令营，和别的小孩子一起在公园里住一夜。"

　　这话既出，以为孩子会为此立刻乐翻，不料他紧接着我才落地的话张口就来："我不，我要和你在一起。因为地震来的时候，你会带着我跑。"

　　也就是说，遭遇地震虽属偶然，但在我，因为半生职业关系虽也焦急担忧，却多少还有亲历大事件的隐约快感。而我并不具备此一潜藏动机的儿子，却因此被动地被磨砺，这对他该有多大的不公！他所憧憬的人世欢颜在地震的一刹那横遭电击，从此（至少自那时至今），他的快乐开始存在隐隐的恐惧，在逻辑学的启承转合中成为有前提的"结论"。

　　这个年纪的快乐，实在不应该有任何前提。

　　我早就发誓我一定尽可能给他我所能给出的最好，但是我不可能代他亲受天灾。

　　这也是后来回到北京，看到电视上的各种已经遭到严重删节的重震区学校灾难镜头时，特别是在网上看到很多亲临汶川一带、携带各种任务人士拍摄完成的儿童受灾惨烈镜头，我的内心有着人受己受的巨大疼痛。而这些疼痛如果放在5年零3个月之前，也就是在我没有元宝之前，绝不会那么强烈。

有时夜深，一个人独自对着那些令人发指的照片想看又怕看，只能稍觑而过的时候，我往往在之后很长时间难以入眠，想到就在我们在温江国色天乡看到老虎的时候，这些照片上密密麻麻、满面灰尘的儿童尸体都还是血肉之躯、能笑能哭，我无数次觉得人在自然界其实终究属于被调配的可怜一角。

最近一年来，我也频繁地看到洛杉矶的地震学家表情严肃地警告众生，"加州将有巨大强震"，但是具体到日期，则煞有介事地说："300年之内都有可能，可能是8年后，也可能在下一秒。"

每听此论，心中不禁暗骂："TMD废话。"

作为平民，我们只能强调人类自身与平静、幸福乃至圆满的内心链接，远比大地牢靠。

如此思路。

（七）下午1点

不很严格地说，此次惊天动地的大地震中，在离震中仅仅几十公里的成都，我所能见的地方没有看到任何倒塌的建筑物，灾后统计中说成都在此次地震中的死亡人数是4300多位，我相信这些倒霉的人多半是因为自身原因而亡，而非全部殁于废墟。

回头去看我们12日当天几乎就要前往、却被一念之差拦住没去的青城山，这里比成都离震中距离更近了四五十公里，地震造成的震撼与成都还能保持的震后从容不能相提并论。比如，当时正在青城山的一位23岁的天津女游客李娜，就曾这样描述自己的震时亲历。

以下为报载文字：

　　李娜12日早上与同事进入青城山。地震发生时，李娜发现脚下的石桥不停晃动，包括她在内的几名游客赶忙跑到一块岩石下面躲避，由于空间有限，她部分身体只能露在外面。"当时无数石块从天而降，我们的身上都被砸得青一块、紫一块。大山持续晃动了30多秒后，我们开始往山下跑，跑出没多远就发现来时的路全都被山石、泥土堵住了，根本找不到路，我们只能凭着记忆和脚印往山下走。"李娜说。

　　下山途中，李娜遇到一对兄弟，弟弟被岩石砸断了一条胳膊，身为护士的李娜马上将其他游客提供的衬衣撕成布条，为伤者止血。当时伤者的口鼻都在出血，李娜凭着专业知识判定他肯定有内伤，在当时的情形下，唯一的选择只有尽快下山找人救助。几个小时后，大家来到半山腰一处相对平坦、开阔的地方。

　　天渐渐黑了下来，这里聚集了200多名游客。附近的山民为游客们送来了雨伞、矿泉水、食物和棉被。断水、断电、手机信号时有时无，大家不知道什么时候才能走出大山，只能尽量节约水和食物。

　　12日晚，山里下起了雨，又冷又饿的李娜一夜无眠。"13日早上10点多，手机有信号了，我一下子收到无数条短信，让我觉得异常温暖，我坚信一定能活着回家。"

　　在地震发生20个小时后，包括李娜在内的9名各地游客自发组成了一个互助小组，由山民带路下山。出发前9个人约定不管遇到什么情况都要互助互救。

　　雨还在下，路上异常湿滑。一边是深不见底的山谷，另一边是悬崖峭壁，所有人只能在岩石的缝隙中攀爬前进。"我根本没时间害怕，要想活命，只能快走。"

两个多小时后，9个人终于"爬"出了青城山，一辆大巴车将他们送到了安全地点。

看到这里的时候，我结结实实地倒抽一口冷气，如此的灾后艰难险阻，23岁的年轻护士尚且如此，更何况我还带着三个"行李"。面临身上被各种石头"砸得青一块紫一块"，我都不敢设想元宝和老李会不会临阵大哭？

老欧的一个土豪朋友地震时正好也在青城山，大灾来时他看到自己斥巨资购下的别墅像"被人筛糠"一样抖动，而正在打高尔夫球的他本人也被地震弄得在原地"翻了一个跟头"（苦主原话经老欧转述如此）。

看来，我们的行程，还当是有冥冥中的照拂，不然，为什么我们四人的青城山和都江堰、老李一人的九寨沟都在规划中存在却未及？

回想老李其人数十年来一向酷嗜独自盘腿打坐并口中念念有词，难道凡此种种的劫后余生都是她那方向的来路？

不敢想，有些怕。

（八）下午2点

看着这个陌生的城市，我甚至猜忌起此地的文化中究竟蕴含着多少北方所缺乏的隐忍和怀柔，因为，如果没经历这里的昨天，你实在不会想到在眼下细雨无风的空气中，这里的每个人都把心怀中的无穷不安，轻按在了态度中庸的日常面对的身后。

如今成都人的身后，有着多大的一个事啊。

不大喜，不大悲，这难道就是成都的天然？

由于我们完全找不到可谓安全的地处，一是没有开阔地方，二是在公共汽车司机所指点的×××处没有任何一家商场开门，所以我和元宝下车未几，又不得已乱坐返回方向的公共汽车回到锦江宾馆。

那时候雨一直在下，在×××的高楼大厦之下等车也还能感到心惊肉跳，这时候，我们周遭还是有不少不知何故同样也在等车的年轻人们。

我们还是没钱买票，司机依旧秉承到手的钱额大不收、额少干脆不要的同一态度，挥挥手，话都懒得多说地让我们上了之后又下。

车几乎就在锦江宾馆的大门口停了下来，在向宾馆方向走去的时候，元宝竟先发现正往门内蹒跚而行的两个身影正是老陈和老李，情急之中元宝手指着他们二老当众大喊"妈！爸"，这一辈之隔，瞬间没了。

这大概就是在我看来几乎毫无几率可言的"脸对脸相撞"，恰巧，在成都被我们赶上了。分别一个上午，这时候相见彼此都有些心潮起伏，我们这四个久别重逢的灾民立即筹划着吃饭。

这时候的成都是一个没有条例的成都，商业乃至规则，碰到了，就是了。我们随脚而行，拉扯着拐进了锦江宾馆对面的一个小巷，没想到进入巷内走了大约50米，赫然看到一家正在热气腾腾开业的川菜餐厅，我们遂进入，在我患得患失的反复权衡下，我们找了个正靠大门的位置坐下。陈李二老背门而坐，此二座位缺点是跑动起来需要扭转身躯，但这两个座位更靠近门。我计算过，如果余震驾到，他们和我们冲出门去的时间不会超过5秒钟，而且不具备遭人踩踏风险。

席间，老陈、老李告诉我，老战友们在这个上午开过会了，大会制定了详细的未来几天"祝寿加游览"日程，会上一致决定把最重要的祝寿大会订在16日举行。在我听得汗毛林立的同时，老李还煞有介事地补充说："在刚刚开毕的此次预备会议上，老陈还因为在会上没有发言而招致对他有所欣赏的部分老军人当众不快、口出怨言，号称'××团的陈某怎么没有轮到发言？'"老陈紧接着有条有理地帮我分析，他为什么在会上没能发言的种种前因后果。

坐在川菜餐厅聒噪的门口处，时时还在担忧余震的突如其来，我看着我曾无比熟悉的父亲的眼睛感慨无穷，我面前的这一位曾经是个多么睿智的人啊，可如今，他，连同一上午冒险在华川制订"老战友"日程规划的人，竟幼稚到连人生的轻重缓急都区分不清。

人，生的意义原来是可以这么轻易地被故意忽视的，仅仅为着一个意义并不深远、其实也构架在人先生存之上的微小主题。事后多少次我都不能理解这些人在这种时候还争强好胜的意义何在，唯一沾点边的解释是，他们个个都是身经百战的无畏武士，因此拿天灾当了新的敌人。可这样的新战有什么意思？谁能保证哪怕就是我们面门而坐在川菜馆时的下一秒钟没有新的灭顶之灾不约而至？

生命是基本，意义盖过所有作为，而非反之。

我随即暗暗发誓，从今往后，我一定再不让任何一位年过七十的人为我做主，他们苍老的思维可能有其他外人所不能明澈的情怀，却已经完完全全地靠不住了。联想到此时正致力于代表美国共和党竞选美国总统、已然72周岁的John McCain，内心深处不由得连连摇头。

祝寿加游览，须知这不是上甘岭保卫战，也不是解放成都战役，这是和平时期可以随时更改时间和地点的众多高兴中的一次而已，人心惶惶地熬到16日，我真不知道谁会真的高兴？顺便一说，上述这两场战役老陈都曾亲历，而且，在上甘岭的那次他还立过二等功，这也是此次一路旅途中听母亲对别人说起的，我当时接下来就曾问她："他在上甘岭该不是因为让水给战友喝而立功的吧？"

她斩钉截铁地说："不是，是因为打仗！"

我接着问："他一个政工干部怎么打仗？"

"就是因为打仗。"

当时的我们在上海过境，正在致力于吃农家菜馆里一道叫作"油爆小河虾"的粗菜。

老陈耳朵不好，一派的没听见。

（九）下午3点

川菜馆饭桌上在听完二老就祝寿事宜作出的令人惊骇的描述之后，我和母亲提到了我们在成都还遗留的九寨沟旅游团退费的问题，老李告诉我，她上午也在华川直接致电了旅行社方面，说是自己不想随团而往了，问对方能不能退费。

正为此做深谋远虑、希望能找到对方漏洞而下手要求退钱的我，听到这一叙述顿觉前机尽失，正想埋怨老李怎能把不去的原因放在自己身上而置自己于不利当中的时刻，忽听老李接着说，旅行社方面同意亲自到宾馆来上门退钱。

吓我一大跳。

下午，九寨沟旅游团方面的人真的上门退款来了，来者是一个中年男人，微胖且和蔼，这实在是我想都想不到的事情。还是在宾馆昨夜元宝醋睡的长沙发旁，对方拿出如数的现金交给老李。

这之后，中年男人拟出一份标明"双方已满意解决问题"的纸条让老李签字，至此，我这才对对方的殷勤退款行为恍然大悟。中国如今的规范真的已经不可与过去的无序同日而语了，对方一定害怕因为他们没有依照合约出团而导致我们愤怒连带产生告诉，这种思维很国际，是过去的中国逻辑没法理解的。挺好，合法化、国际化是万事之趋，想不到国内诸君日常运作起来已经如此专业。

这时候，小王和小唐来了，他们在锦江宾馆的大厅里找到我们，商量着送留意坚决的老陈和老李住到华川那边去。一同遭遇过灾难的六口人带着对余震的分秒警惕稍坐了片刻，听说小唐一大早是用水桶外出买的汽油，然后回家仔细地加入车中的，在这个动荡无比的关头，这走的是一着好棋。

下午4点时分，带着一车的行李，小王和小唐送二老去了华川。到了那里之后，小王电话告知，老陈、老李被分配在了328房间，也就是位于三层的某个房间，说是低层一些的房间已经都被占满。

这一段时间，华川方面的总机还是完全打不通，每打过去，必没人接听，所有事宜都必须打到前台去问个端详兼带了解皮毛。

小王在电话里和我商量，她希望这一个晚上我和元宝能和他们一起住车里，考虑到这会对他们一家的自我安排有所不便，也考虑到当时的我已经又"霸"下了当天大厅里的长沙发之一，我回说了"不"。

这是我在成都所待的最后一夜，已经一夜未睡、白天仅合了一两个小时眼的我实在不知道这一夜如何熬过。这成都，这"来了就不想走的地方"。

也就在和小王通话完毕的若干分钟之后，一次我相信级别必定超越6级的余震忽然来临，这一时刻整个楼房我听到"咔"地大响了一声，我"呼"地立起身来，此时我看到大厅大门对面一侧、已经占据另一长沙发的女运动员也正好从沙发上猛蹿起来，隔着大门有些怔怔地看着我。一天多下来，我已经成为周围这些长期盘桓在大厅内外的人当中的余震权威感受人士，非但似乎是唯一经受过唐山大地震的人，也是此一两天多次余震的第一公告人，因此通常，余震不余震，他们看我的表情。

和我核对了表情之后，女运动员飞奔而出，我随即拉着没来得及穿鞋的元宝尾随出去，这时候，酒店里的工作人员都快而不乱地闪了出来，大家聚合在楼前的停车场上仰面看楼。相比之下，我看到工作人员出门躲震的表情相当同一，他们都似乎受过指示，故作遇事不慌。

这次的余震躲避相当隆重，滞留在宾馆内的大部分人都陆续出现在室外场地中，在这前后的几十分钟里，我觉得我必须另寻避难场所以备不时之需，我便绕着整个宾馆墙内的所有角落深入寻找。

结果我发现，在锦江宾馆院内主楼左侧的空地中有一片面积不小但看上去奇怪的空地，其中的主要部分和空置没什么区别，而旁边的一溜小型板棚式临时建筑又让这块空地看上去活似洗车场。可贵的是在它靠内的位置上有4个大小不一却都还算宽敞的上棚，据我肉眼估算，其中最小的棚下都可以并排放进3辆汽车。

我不确定自己在这成都停留的最后一夜是不是真的还能碰得到用它的时候，但我还是为这次发现而欣喜不已。当年的唐山地震过后，工程兵们冲进我们大院迅速搭建起来的就是如此类型的东西，只不过那一个的面积比这个大上无数倍，我们全大院的老老小小悉数涌入，在这样的地方度过了最初很多个白天黑夜。

看到这些棚的时候，我看见其中的一棚正在被衣着威严的宾馆人员围绕，他们中的一些人拿来图案整齐划一的塑料布准备将其中的这一棚严密围住，这时候还处于半敞开的棚里似乎正在举行上级面见下级的简单会议，忙乱中，有人还在做笔记。

这时候再次收到小王的电话，她那边也正在和老陈、老李在华川楼下躲余震，我不知道此时此刻老陈、老李的心态如何，我真的纳闷，还要怎样的天灾才能让这些糊涂到家的老人真正知道人生的孰轻孰重。

在这个节骨眼上，小王再次提出希望我们能和他们一家一起睡在汽车里。

我这时毫不迟疑地答应了。

这时候的我根本就觉得，成都的楼已经进不去了。

（十）下午5点

天又开始下雨。从早上到此刻，雨只停过很短的一段时间。

小王的车从华川回来了。我们上车。

这是一个漫长之夜的开始，窗外是渐渐来劲了的由缓而急的天雨，我和元宝，连同小王、小唐和小王的母亲老少五口挤进一车，在空气因为交换不利而渐趋浑浊的车里不知道该怎么办。

锦江宾馆的建筑与停车场的布局是如今成都市区中心绝无仅有的一片空旷，上个月在洛杉矶，在规划选择前往成都的落脚点之时能最终选择这里，冥冥中也似有天意指引。

车中大家商量着最好能把车停到锦江宾馆院墙内、主楼前的正式停车场上，当然，这并不是我刚刚提到的"奇怪大棚"。这个停车场是锦江宾馆围绕主楼而设的三个停车场中最大的一个，也是我所目测离楼最远的一个。在白天，我曾在路过的间隙很仔细地估算过它的面积，并假设一旦锦江宾馆楼高九层的主楼完全向前倒塌，则会不会波及此停车场？出于我对自己目测能力的怀疑，我对此疑问也有些迷惑，此时我想到了这里，车就沿着想法缓缓而去。

在停车场门口，我开始担忧值此非常时期此停车场是否会被宾馆方面挪作他用，结果强自镇定地问了停车场看守人，对方告诉我们"只能付费停车"，闻此言，不禁心中狂喜，但对方告诉我们"过夜的停车费非常贵"，紧接着追问具体数字，对方大声回答："15元。"

他的话音还没落地，我就告诉他我们要进去。

进去，停车，重新反复估算我们的车停位置与锦江宾馆主楼的位置，开始新一轮的患得患失。这时候雨力更大，我们的车窗还没过一个小时就已是雾气蒙蒙，元宝在这团雾气中、在车内仅有的一个舒适后座上刚作横躺一下，就昏睡到了第二天该上出租车去机场的凌晨时分。

而我，在这大雨带来的内外两不见的车窗中看世界，内心的感觉有些说不清楚。我在内心深深感谢小王给了我和孩子这样一个相对踏实的权宜之地，虽然这漫长的一夜我还在用分秒来熬，但我无疑觉得心随着置身环境的安全而和缓下来。

由于车内空间狭小，小唐大半时间都踱步在外面的雨水里，并美其名曰"出去转转"。再后来不知什么时候我也睡死过去，醒来的时候却恰好看到小王和小唐手里带着很多食品盒正打开车门进入车内，这些盒中是些卤味和炒饭之类的震后雨中珍稀食物，他们特别指着其中的"鸭脖子"等小型卤味说，"这些是吃（chi发汉语拼音"二声"）耍（shua发汉语拼音"一声"）的"。

小王尾随翻译说："也就是吃着玩的。"我才知道，四川人真的是逢"玩"字必用"耍"字，认真执着。

"吃耍"完毕之后，就该是标准的睡眠时段，值此兵荒马乱之际，除了吃和睡，灾民还能做什么呢？后来听说震后没过几天，四川真正的重灾区就又出现了麻将声声，真觉得人和人在"拿得起放得下"意义上的差别简直天上地下。

我是属于"地下"的那一批，原本就爱忧患的我在地震之后更加心事重重，即便我不是此行中的"男人"，这本质，也永远是本质。

（十一）晚间7点

这时候的成都五月天已处于黑与半黑之间了，雨还依旧。

带着辛苦万状的老人和劳累过度的孩子，我忽然怨天尤人，眼望窗外无边无际的雨帘，我担心我的神经还能不能捧场到底。这时候，小王的母亲因为长时间的关窗闭户感到胸中憋闷，她提议开车窗。但两难的窘境是，我们的四扇雨中车窗稍开有空隙就会在瞬间灌进无数雨水。老太太紧接着又开始抱怨自己的腿不能再长期弯曲，面对老人的呼吸、车内的空气和老人的腿，我知道我们需要找到一个有上檐却无危险的地处，这一时刻，我想到了那个白天就看到并留下深刻印象的停车场大棚，我觉得我们这些老老少少此刻必须都去那里，谁都别想挡。

那个停车场就在我们"15元"停车处的右侧，在余震仍频的雨中展现着无懈可击的可贵空旷，我请小唐缓慢地把车从我们正费力经受的大雨中开动起来，到了停车场门口的岗亭，我向看守的对方说明了去意和去向，同时希望他能向相关上级通报。

对方的脸在车窗的缝隙中这时候露出莫名其妙的表情，三言两语之后竟然先行对我们展开劝诫，说是"成都市政府说成都的房屋防震能达到7级，所以你们要回到宾馆房间中去"。

我反驳说，从不具备抗震经验的"成都市政府"可能还没我一己之识对地震更有经验，因为"我经历过唐山地震"。

这时候的对方忽然住口，详详细细地盯视着我的脸，突然将信将疑地冒出足以让我狂喜一个星期的质问："唐山地震？你，1976年就出生了？"

刹那间，心姿澎湃。

　　这人随后开始请示，从对讲器中可以清楚地听到他能请示到的人又去再向上级请示，到了第三道请示的时候，来人含糊地说"可以"。我们的车随即被放行进了大棚外面的停车场中，透过雨帘我蹿出车来，向白天让我看到有人在做笔记的大棚方面走出的人申请进入大棚之下。这时候的我们如果能如愿进入大棚之下并安度整夜，那么，这圆满将比我白天在内心给我和元宝的各种防震双人规划还要完美一些，因为，规划的时候我根本没想到能有车。

　　但这从棚外到棚里的一步之遥似乎还有最后的问题，黑暗中有人在反复盘查了我的房间号后对我小声说："这是我们的大堂副理，他是总负责人，他能决定，你把要说的话跟他说吧。"

　　这时候，我们的车已经在不同的上报当中逐步地更挨近大棚之下，相信这即将到来的最后一查，该是稽查的结尾。至此，我已不记得我为这短短的30米雨中到棚下的距离迈进经历过多少上级的上级了，却原来说来说去，我最终才知道所谓"大堂副理"才是"总负责人"。在被人小声指点下，我看到在我们车的另一侧冒出了一个更年轻的人，想来，这就是德高望重的"大堂副理"了。从前一个停车场管理员开始，这层层上报给我的感觉是逐级的上司越来越年轻。我也这才知道，平素我进出各种酒店大厅对多半缩坐厅内一角的"大堂副理"从来理也不理的行为，原来多是对酒店高层的大不敬。

　　我向眼前这年轻的"总负责人"再次表明了我的想法，而且搬出了老人和孩子这类理由，对方颇为认真地看了看已经迫不及待顾自走出车门迫切活动手脚的小王母亲，随后又面面俱到地追问我，"你所说的孩子呢？"

　　这时候的元宝正四仰八叉地舒展在车的后座沉沉昏睡，这时候对他的冗长一夜，才是开始。

　　我明白，这么一来，这一夜，行了。

（十二）晚间8点

在这艰难的整个期间，我不是没想到过当时正身处三站地之外的父母，但是，在权衡了他们留意的坚决之后，我觉得他们已经为自己做了选择，我的从中作梗只会添加破坏亲情的扫兴。须知，从此刻到祝寿大会最终召开的、遥远的16日，他们有无数个艰难时刻需要面对，但他们还是如此选择，一切的一切，只好听任。

或许我的举止在革命人眼里从来是懦夫，但我始终坚信，人对自己生命的忽视，与愚蠢无异。

这话，就这么说。得罪了谁，都是真理。

这个缓慢的时刻，我深深明白，随着天亮的到来，我和元宝将开始自己崭新的一天，从这个大棚下的安身之时起算，我眼睁睁地知道我和孩子一步步地在远离余震和危险和所有相关的不眠乃至焦虑，只是想到我们走后小王一家人的未来，不禁担忧，觉得就好像自己即将从火线上全身而退，却把战友留在了炮火当中。

在此后大约20分钟的思维中，确切而详细地说，是在我傍晚的一次回宾馆大厅的如厕途中，我在波澜壮阔却又平和如水的思维中忽然觉得脑中一亮，我何不请小王一家也到北京去避震？

我在北京还有与我们的住宅不相干扰的房子，和一辆我们离京一走就全然闲置的切诺基吉普车，再加上几张机票的花费，理论上完全可以满足他们一家在毫不提高生活费用的前提下在京无限延长期限的生活。我这时候飞快地自问，如今在中国，一家人的临时搬迁原来就可以这么简单？会不会有人查户口？他们这一走虽然短期却还会牵涉到谁？到底小王一家三老在成都还有什么放不下的牵挂？

结果我觉得，事情就可以这么简单。

恰在这时我接到了老欧的电话，千奇百怪地，他也在这个时候和我产生了同样的想法。记得老欧在电话那端高声拼死命地叫嚣："请他们来，三个退休老人，家里只要煤气和电关好了，随时可走。"

这想法的忽然而至让我心跳如鼓，想到我终于能把小王一家也从危机中拉走，从楼内厕所回车的路上，我觉得一直阴沉的内心豁然明亮。

回到车内，把这话立即转说给小王听，看着她听时的神情，觉得她果然也被吓了一跳。我后来想，这是不是中国人户籍观念在内心深处早已深植所衍生出来的思维副作用？中国大都市的家庭中，哪怕易人，也不会轻易去想易地。

小王说要考虑，"家里还有一些事要处理"。

这样的话题我们后来持续进行到大家全沉沉睡去，最终的动向，还悬而未决。

临睡的最终，小唐固执己见地自告奋勇冒险去睡了宾馆大厅，我从还在一分不差地算着我们房钱的锦江宾馆六楼客房内为他拿出当夜还属于我名下的枕头和被子。看着论年龄当然也算老人的他子孑而去的背影我有些内疚，如果不是元宝在汽车后座上无限舒展地占足了座位，甚至如果不是因为他们把我们母子邀入车里，这灰色的奥迪，容纳三人，还是空间优渥的。

漫漫长夜即将深入的大把空闲时间内，我曾走出车外偷偷掀开邻近的"做笔记大棚"围得严不透风的塑料布一角独自做了偷窥，但见该棚内摆有一桌一床，桌上了无长物，床上则铺上了雪白床单。如此大难之时，我面对如此面面俱到的"豪华"正在发呆，忽听身后传来"这种好地方，还不知道住的是什么人"的陌生声音，转身一看，却是身后的另一雨中偷窥者。

大家彼此笑笑，对方和我擦肩而过。

（十三）晚间8点30分

在为小唐上楼拿被子的时候，我曾经就"做笔记大棚"内中人物的来历问过前台，对方没有答话的时候旁边有一人突然开言，说那是"四川省国资委临时抗震指挥部"。言语郑重，吓了我一跳。

夜晚8点30分，我们开始真的睡了，几番争执之后，车内位置的分配是元宝仍旧四仰八叉地原地不动，小王倚靠车门斜斜地歪在他旁边，王母睡在驾驶座，我则睡在副驾驶座上。从格局看，我们母子绝对是占据了车内最好的两个位置。

意想不到的是，这一夜不停地有人来敲我们的车窗，先是有人来再次确定"你们是谁"；再是9点半左右的时候忽然的一次巨大余震过后，有人再次敲响我们的车窗，除了老生常谈的"你们是谁"之问，并告诉我们"这是我们的停车位"，我这时候不得已搬出"大堂副理"等来说明自己，对方沉思了片刻后要求我们把车横停，这样一来，我们所在的整个棚里就可以停下三辆车了。

我知道他们是锦江宾馆内不知哪个部门整整一脉的工作人员，个个条件不错，似乎家家有车。其实在被他们真正叫醒前的一刻钟时间里，我们三个睡睡醒醒的大人都感到了身下汽车似乎被人轻轻抬起来了的浮动，大家在迷迷糊糊中此起彼伏地相互似梦非梦地交流和验证着"动了动了"。

这一刻，挣扎着伸头细看窗外，但见黑夜中我们的车侧忽然多了一些怀抱枕头匆忙行走的人物，他们多半身穿暗色西装，一派整齐笔挺中臂下的白色枕头看上去有些搞笑，但是，余震就是以这种局面向我们核实疑问的。

所有车辆的重停事宜都是对方帮我们一手包办的，包办之余甚至还说了"抱歉"之类的话，联想到旅行社方面的上门退款服务，真让人再次感受到国内整体体制和社会机制的改变。我知道我当晚最重的砝码就是"酒店住客"，单凭这点，如今的中国就已经和曾几何时国内四处满贴的"不打骂客人"的横幅标语有着天壤之别。

（地震之后回到洛杉矶，曾经看到对震区的一些纵览，看到震时流行于成都的如下一则短讯，觉得无比传神："震不死人晃死人，晃不死人吓死人，吓不死人困死人，困不死人累死人，累不死人跑死人，到最后，余震不来急死人。"）

在这夜的临睡前，小王曾经四下致电，因为她听说成都各机关已经有所通知，说是今晚9点左右会有大级别余震，她听说之后又四下让可能没听说过的其他亲朋听说。我历来对地震预报抱持严重怀疑，因为地震预报如今在各国都还是头号难题，那成都之所谓"预报"，必是强说。

换句话说，既然科学对主震都支支吾吾，那余震的预报真的来历不明。但刚刚发生的这次"9点钟"余震，却眼睁睁地看上去相对准确，让人狐疑。

这一夜9点多之后波澜不惊，所有悬念最终被绕经月亮的平缓——纠正。

2008年5月14日

（一）凌晨5点30分

这是极其重要一天的开始。

从天刚有些泛亮我就知道，真正锤炼我的关键一天，至此才真正开始。我在心里暗暗发誓，我和儿子自12日下午2点28分就开始力行的身体居无定所、心绪颠沛流离的生存方式，我在今天让它铁定结束。

　　元宝在这相对关键的时刻"自然醒"了，从昨天下午大雨中的"15元"停车场刚把车停稳开始，直到此时此刻的"自然醒"，这在成都历经身心磨炼的孩子竟然连续沉睡了十多个小时。

　　天还没大亮的时候，我就已经听见隔邻有车发动着走了。等我真正下车的时候，我看到我们的车边还停着四五辆睡意未醒的车。在我后来下车，做不经意状往邻车内神秘窥探的时候，我看见了一些毛巾被和穿着深色裤子的人腿。我相信这是全成都昨晚最安全舒适的睡眠去处，依稀回忆起昨夜9点左右的大型余震到来，我们的车被重新停过之后，恍惚之间感觉有很多车来到了我们身边，小王说当时她听到车窗外传来的四川方言对话说的是"把太婆也叫来"。

　　那么早上我看到的着深色裤子的人腿，会是谁家"太婆"的?

　　在这雨后的东方即白当中，心安，是一种味道。

　　当我进入锦江主楼如厕回来时，隔着车窗玻璃看见元宝正大睁着双眼，在小王的怀里默默无言地"吃耍"。回来的路上，也曾去看过倒卧宾馆大厅内的小唐，见他保持着昨夜我所见到的最后那个睡眠姿势，持续至今。

　　我再三劝阻了小王要求送我们去机场的说法，并再次和她切磋起昨晚突然迸发的让他们一家也前往北京避震的计划，说着说着就到了离别的时刻。

　　前一天，就在小王他们送老陈、老李去华川的时候，大家都以为这是元宝和小王的最终告别关头。的确，当时我们两家三方都非常艰难，70多岁的二老执意把自己的命捆绑在"祝寿"这一和重大天灾相比无限可笑的理由上，小王和小唐的奥迪车似乎连汽油的储量都有问题，而我和元宝当夜的睡眠去处让我陷入深深的忧虑当中，我忧虑，心地细腻、神经敏感、疲乏至极的我们两人怎样再行支撑过这最后的一夜。

　　可以说除了对个人局面规划完全错误的老陈、老李之外，当时的每个人都忧虑着自己生命的下一分钟，包括元宝。告别的高潮图景是元宝大扑到小王的怀里，这位儿童的年龄已早不擅长高声号哭了，他像成熟的人类一样在小王的身上默默流泪，大家的劝慰声中，我看到他连耳根都红了。

　　那次过后，没想到真正的告别其实在这时这刻。

　　这时这刻是在说不清道不明的心态中度过的，我对机场秩序状况的不确定和小王对自家人去留思忖的不明朗占据了整个离别的空气，我嘱咐小王，等小唐起来之后他们全家人都到还没到最后交房时刻的宾馆房间内洗个澡。我对小王说："我在北京等你。"

　　当我拉着箱子走开时，最终还是回看了一下身后的奥迪，这个我们仰赖了多少个分分秒秒的抗震伙伴，悄然无声地守候在成都凌晨清冽的空气中，它依然会在这个城市继续挨过各种等级的恐慌，我不禁代替小王一家陷入苦思，在我走后的哪怕仅仅是今夜，他们三位该去哪儿安身？

　　小王对着我们说："欢迎再到成都来。"

　　话音未落，她先笑了。

　　各种嘱咐和劝慰当中，离别的这一刻，琐碎而过。

　　（二）凌晨6点30分

　　我所谓有关走的"锤炼"，先就直指去机场必须乘坐出租车这件事。

　　万幸，我们如约在锦江宾馆门口坐上了预订的出租车，在大灾的第二个早上，汽油来源都仍不明朗的时刻能如约坐进出租车，实在是奇迹。前一天做预约的时候，我和前台曾经约定了是打表行走（而不是趁火打劫），因此，6点30分，见到出租司机我所说的第

一句话就是再次核实此一确定，意外也不意外地听到对方简短地说
"是"。

没有经历震后订车折磨的人可能不能想象此一"如约坐进"
和"打表行走"的可贵与难得，其实在我的认知里，在这个风口浪
尖关头订车，尤其又是凌晨时分，司机方面多收费用实在也算情理
之中，可是昨天的我最早曾尝试在锦江二楼的机票处理中心订车，
结果，那里给了我一个260元人民币的天价，直让我觉得听错了。
须知，从锦江宾馆前往双流机场的出租车资不过就在四五十块钱之
间，更而且，听说地震发生之后通往机场的收费站早已免除"收费
10元"了。

虽说也能理解高档宾馆中一定会出现高档消费的各种深沟浅
壑，但听了对方高于市值5倍的开价，还是觉得被"趁火打劫"了。

愤愤之下，我又曾去锦江对面的岷江宾馆订车，对方告诉我
前台方面根本不会为非本宾馆住客订车，倒是在几分钟之后，当我
拖着元宝、迈着标准的灾民缓慢而无助的步伐步向该宾馆大门的时
候，宾馆的某门房把我拉到一边某阴暗角落，略显鬼祟地说是可以
"100元一趟"为我们准时服务。

"接受"还是"不接受"，或者更深一步地说，在坐出租车去
机场的问题上，是该"接受大豪夺"还是"接受小抢掠"，我被劫
持在两条走着都难受的道路中，犹疑不定。

当回到锦江宾馆的大门口，我忽然想到可以试着走最后一条
路，也就是灵机一动让我想起自己可以行使普通住客的权利在宾馆
大门前台享受应有的客房订车服务时，我忽然觉得眼前有了一些光
明。忐忑地拖着孩子趋前明问，对方竟然说可以订车，紧接着我甚
至更听到对方说可以"打表"行走，忽然惊讶得有些说不出话来。

离开前台之后很久我都依旧忐忑，平价出租车得来得如此开门

见喜而顺理成章，直让我害怕第二天凌晨要紧的时间到来时被骗。当然此时"被骗"的含义已经很多，比如说司机嫌赚头过少而到约定时间总不出现也是一项，但值此兵荒马乱关头，只好硬着头皮一试。

从上述的种种波折中去回味，可以看出当我准时跨上似乎已在门口等候多时的出租车时，内心的感慨有多深多大。我甚至心存疑问，作为同在这个城市经历同样级别惊恐的灾民，昨夜，他睡在了哪里？

后来在车上也曾问过他这一问题，他笑了一笑，没有回答。

机场公路收费站岗亭内果真空无一人，整整一排人去楼空，我们的车飞行而过犹如白驹过隙，最终的车费果真仅仅区区40元人民币。当司机诚实地报给我这样一个数字的时候，我真的无比于心不忍，我多给了司机20元，在这凌晨时分，我和这位大清早就给了我感动的成都人握手道别，真心实意地祝他好运。

他是一个普通样貌的成都人，他的坦然，让我看到惊悚的藩篱内冒出的丝丝绿意。

（三）早上7点

告别丝丝绿意，带着元宝转身走入成都双流机场的大门，我和他立即被机场大厅内一望无际潮水一般的人海惊呆。虽然进入此门之前我在内心深处已经做足了人多头乱的心理准备，却还是被眼前所见震撼住了，整个人活似被人打了当头一棒。

这是一个相当新的机场，候机楼于2001年在50年代的旧楼基础上经历过重建，成为西部地区设施最为完善的机场，它曾经也是中国西部地区最早的现代化大型机场。

此时此刻的双流机场聚集着无数不知要往何处去的人，唯一知道的是，每个人都巴望着能尽快离开这个城市。在我们到达的这一时刻，本该昨天离开的很多人都还没有走成，看上去无数人在这里已经睡过一夜，在凌晨的嘈杂和忙乱中，有的人甚至都还没有醒。

醒着的人都没闲着，机场大厅内到处都是人龙长长的队伍，不知道从哪里排出来的，也不知道排到了哪里去，这些队伍煞有介事地一贯到底，执着地伸进了视线所不及的人团之后，但当就问队尾的人究竟所排为何，对方却又支吾其词、似懂非懂地给出一个他自己都未必清楚的说法。

新来乍到的我们，完全不知道该跟上哪个队尾，这时候你能看到无数人在拉着行李似乎目的明确地在大厅内行走，但追上去就问其一个浅显的"要去哪里"疑问之后，才得知这竟然也是对方的疑问。

站在机场大厅尾部所剩不多的一小方空地上，拉着元宝的手我犹豫良久，由于很多队伍前面的标志牌什么也没写但还是有人在排队，因此我自己都恍惚，我如此一位带着须臾不可离人的孩子的中年妇女该去哪里？

在独自一人思索的最终，我还是觉得如果我选择前去排一个队，虽然不知对错，但也比在机场空地站着略好，因为这离我们的最终目的似乎更近一点。因此，我带着元宝跟上某队也排了起来。

也不知排了多长时间，忽然看到前面队伍中挤出来一位机场制服人士，我赶紧就问"国航4101的队伍在哪里"，对方笼统而准确地告诉我，国航的队伍应该在大厅的另外一半排。

这算是我在机场内听到的最初一句具有分水岭意义的指点，虽然粗浅，却真实而有效。

国航不愧是大公司，机场另一侧候机大厅里果然条条都是国航的队伍，数量堪比整个另一边的所有其他航空公司的总和，如今回忆细数，国航方面当天的队伍大约总也有20条之多。

　　那天，等到带着孩子转到国航一侧大厅的时候，细看国航之队，每条也都不是"省油的灯"，条条队伍的人数看上去都近百。同样糟糕的是，这里的排队者和大厅的另一侧多有相似，貌似秩序的人们还是不能被细问究竟，多数的排队者对队前的状况一问三不知。

　　我看到，在国航众多队伍们的最左边有着一个"值班主任"字样的柜台，想必这是国航机场大厅内最有权威人士的值班所在。我看见这一柜台的时候，它的稍后方站着一位不知是不是"值班主任"的中年男人，他的面前正簇拥着无数发问的人团，一波波声浪高得响彻云霄。

　　此刻的时间离国航4101起飞时间的9点相差一个多小时，我们的这班飞机是一个最终将飞往美国旧金山的航班，按照平时的概念，这应该是检票的标准时间，但此时此刻我的飞机航班号还没有出现在国航各队前的任何一个屏幕上，这队该从哪儿排起，实在是当时世界上最难解的谜。

　　还是抱持刚才的想法，我又开始找一个临近的队伍排，自始至终元宝都热得满脸通红地跟在我身边。但这么着连续排了几个队都因前面不明原因的忽然解散而告终，直到今天我都无法想象当时我的形象，一个气急败坏的女人拖着一个惊慌失措的小孩，反复地在各队的队尾周旋、打听、排上、散开，再打听，又排上，再散开，这个机场，我怕我真的出不去了。

　　正在气急败坏中，忽然听到眼前一个脸色煞白者边走边说："刚才去改票的时候我看到显示屏幕又在大晃，真他妈可怕！"

　　我坚信他说的这是余震。四川的此震非比寻常，余震之多，令人发指。原本就怕栽在离开四川的最后关头，脸色煞白者此说更平添了我内心的极度惶恐，茫然排队慌乱而漫长的分分秒秒中，我无数次抬头看着高高在上的机场屋顶，心里盘算着究竟该站在这屋顶下方的哪里，才能让孩子在危机重来的时候不被损伤？

我听见揶揄之神在黑暗中笑出声来，我看见我的迷茫在原地打转，我知道我最终总是能离开这里，但我不知道如何和何时。

（四）上午9点

从7点到9点，我在双流机场忙乱而无解的两个小时过去了，我的航班起飞时间已到，而我还在机场大厅手拿着两张未被机场人员"动过手"的原始机票四处奔走。

这时候，我面前的一条我已经排了将近半个小时的队不知道为何再次解散，我看到大厅正上方的航班总汇显示屏上，在我的航班号"国航4101航班"之后赫然出现了"取消"字样。

这样一个突如其来的时刻，我一直紧绷着的心弦反而倏然放松，这既在我意料之内也在意料之外的关键变数的出现，使得我对我们行程的迫切心境有了本质的改变。

这让我变得相当认命，既然放眼双流机场内无数昨天该走的人都还没能走成，我们母子如果果真要在这里也待够一个晚上，不算异常。

我带着已经被人潮拥挤得有些迷糊了的元宝，来到一个相对空敞、繁忙的时候主卖航空保险的柜台侧面边角坐下，我先是让他坐在自己的行李上，后来又觉得如此坐姿似乎在舒适度上有些问题，就捡来别人废弃的一个大废纸盒压扁之后让他暂且坐卧，同时，我在内心深处对这多少显得无辜的小人儿说："孩子，今晚你可能就会睡在这东西身上了。"

这是一个靠近厕所通道的地处，若干厕所该有的味道不很强烈却经久不息地还是飘浮了些过来。我在这样的一个地方低下头来也坐了下去，感到内心有些空旷而沮丧。这时候的四川地下岩层我不知道还在进行着怎样的沧海桑田之巨变前的铺垫，让我不安的是，下一秒钟的安危前景我对元宝实在说不清道不明。

在此期间，我又曾有几次机会拦住身边路过的身穿机场制服者就问航班的安排，遗憾的是从来没人能给我一个准确的答复。综合下来，我所听到的相对准确答复总共有两个：第一个来自一位年轻的机场女工作人员，她的答复是："排任何一个队都行。"

另外一个答复来自某胸挂"值班主任"小牌的长脸中年女人，她在反过来怪声怪气地询问"是你本人要出国吗"之后（如此设问只有两种可能，一种是觉得我不像，二种是觉得我不该像，这其实不关她事），听说我飞的果然是国际航班的国内航班段，立即现出一副"早知如此"的表情，此后，她面无表情地对我说："那你就自己去排队吧！"

随着话音，她用手胡乱一挥，整个大厅内所有国航的队伍们就都涵盖在其中了，觍着脸再追问她"究竟要排哪个队"，她面无表情地扭过脸去再也没出声。

看着她那张丑陋的嘴脸以及众多掩藏不住的幸灾乐祸，恶火攻心的我真想一拳把她的那张长脸打得更加丑陋。

成都，这个来了就走不了的城市。

（五）上午10点

半生以来，我应该都是一个不甘心的人，很多事情在做时甚至做过时内心都要对最终验收标准确立苛刻指标，因此，在这节骨眼上，让我坐在众脚纷沓之畔的某大废纸盒子上搂着孩子听天由命，大概只过了10分钟，我就觉得越来越不能接受。

这时候，我看见又一位胸前同样别着"值班主任"标志的中年男人在距我不足五米的地方忽然出现，我发现他的时候，他已经被六七个人团团围住，我在惊讶为什么"值班主任"如此之多，而且为什么已经不是长脸中年女人了的两个疑问的同时，觉得我该起身了。

我这一起身，让我的回京行程提早了一天。

我后来想了一想，这其实可能是上天特意为我安排的局面，试想，如果这"值班主任"突然出现的位置不是离我5米，哪怕是8米，我可能都会因为孩子和行李需要照看的双重原因而无法分身前往就问。

结果，我算是在对的地点问到了对的人。

这位主任坦白地告诉我，如今在整个双流机场内，谁也不知道任何航班的确切行程，只能是来一架飞机走一架飞机。也因此，谁都不知道下一个航班会轮到去哪里。就在他说完这些听上去更让人泄气的话之后，他还是给了我一个无比重要的信息，那就是，"到北京的人都可以走，因为我们已经决定对到北京的乘客采取来一批走一批、不分航班的政策了。"

对此，他稍微详细地解释了一下："也就是说，我们决定，到北京去的乘客装满一个飞机就走一个飞机。"

他告诉我，只要能排到去北京的队伍，不论航班，拿到座位号检了票就能走。

"来一批走一批"，老北京话把这叫作"撮堆"，我小时候所住的西城区月坛北街街头蔬菜店贱卖西红柿时常用此招。

主任此言给了我一派光明的排队导引，我叫上儿子拉着行李带着有序的心情重新挤入仍然无序的人群。

内心虽然"有序"，重新排队还是走了些弯路，先排的一个"北京方向"的队还是不明不白地被解散过一次，正在我重陷彷徨的时候，赫然看见前方出现了标明"北京4101"航班的两个柜台，而且瞬间蜿蜒出了两列有关纵队。

这实在出人意料，一个已经取消了的航班号未有预兆地猛然出现，活似"诈尸"。

赶紧排队。

因为地利，我排在了队伍的前1/3位置。排队之中，心里很急，虽然还不知道飞机在哪里，却怕错过了"这一班"飞机。

队伍进展差强人意，后来听说我们周围的几条队伍排的也都是"北京队"，因为已经有"值班主任"的说法在先，看着和我们齐头并进的浩瀚长队，我心里不免相当着急，人这时候的本能会非常本能，唯我得相当唯我。

（六）中午12点

这新一轮的排队也幸运也煎熬，我的位置已经说过正好在队伍的前1/3处，能够得到这样的地利应该归功于我当时一时的茫然，正陷入不知所措的思忖之中，忽然就有队伍在身边无师自通地蔓延开来。现在看来，这似乎还真有点天意的味道。

但是，这"前1/3处"的队伍仍旧有得可排，这天意的安排使我虽然似乎已经见到了希望，但真实处境还是不如人意，因为以元宝如此年龄，究竟能跟随我在人海沉浮中支持多久，让我无底。

在天意和无底之中排队的间歇，忽然听到就在身后很近的地方冒出一口道地的北京话，回头一看，北京话来自和我仅隔一人的一位穿蓝毛衣的中年男人。这人高大，北京人到哪儿都嘴不闲着，这高大的蓝毛衣也毫不例外。

他说他自己是"从死人堆里爬出来的"。

此言既出，轰动四邻，左右能搭得上边的大约五六个人立即被他的话牵引，围成了一个专司聆听的小小海洋。

他说他人在四川是因为要在龙门山搞一个旅游度假建设项目，12日地震时他与另一个北京人正和两位当地同伴在房间里公干，结果地震一来，两位当地同伴被倒塌的建筑当场砸死，他的另一个北京同伴被砸断了一条腿。他告诉周围的人，地震后的大雨中，他背着断腿同伴冒雨从下午走到半夜才见到救援军人。

"蓝毛衣"人虽高大，却长相斯文，戴一副眼镜，同是北京人，他的故事让我在震后第一次真正直面民间真实"死亡故事"。他告诉我，他背出来的那位断腿同伴此刻正在机场大厅稍后的位置等他在此排队换票。

当时他口中所说"龙门山"在我的地理综合知识中尚子虚乌有，他的故事进行到一半乃至全完的几次，我甚至还追问他所谓"龙门山"是否就是他"峨眉山"的口误或者我的耳误，他用牙齿缝隙告诉了我两次，"是龙门山"。

他说得尽量故作轻松，但还是看得出他内心所感受到的巨大震惊，所有的人静默在他的身畔，真的像一片无着无落的小小大海，时而追诘细节，时而人悲己悲，最终陷入一片劫后的无言。

很多天以后，在和平环境中我再重温"蓝毛衣"所谓龙门山地理，竟然惊讶地发现，此次的汶川地震竟完全祸起"龙门山断裂带"，为此，中科院还有公布出来的地震概解，内中说：龙门山断裂带是一条特别要命的裂缝。它绵延长约500公里，宽达70公里，规模巨大，沿着四川盆地西北缘底部切过，位置十分特殊，地壳厚度在此陡然变化，在其以西为60～70km，以东则在50km以下。它的东部仅100公里外就是人口密集、工业发达的成都平原地区和大城市群。历史上，它并不安分，有过多期活动。中国地震局地球物理研究所副所长高孟潭研究员说，龙门山地震带之所以会如此频繁地发生地震，是因为成都平原到了都江堰后很快进入了高山区，地形变化非常剧烈。每年龙门山相对于四川盆地都有1~3毫米的相对运动。龙门山的运动表明，青藏高原正在向东移动，一旦遇到坚硬的四川盆地的阻拦，它们之间就会发生较为强烈的碰撞，这直接导致了地震的发生。

而且，事后仔细翻查各种震因说法，龙门山一带都被直指为此次地震的震中。在地图上，龙门山脉自右上而左下地倾斜而下，所有此次地震中刹那间变得举世闻名的一系列四川城镇地名都赫然在列，比如北川、汶川、茂县、绵竹、青川，当然，还有都江堰。

所以，和被地震真正荼毒到生命的人们相比，和我有过简略交织的"蓝毛衣"实在幸运，我也一样。

我不知道很多很多年之后，我们会不会仅仅变成地球格局中的一个过客，甚至终究是会被比我们年轻数百岁的人物，当作一个曾经的活体标本而权做一例。但此时我们的内心是有惊恐和后怕的、有细节和框架的、有起伏和平缓的，这人生，生动得一塌糊涂。

（七）中午12点半

这时候的我离换票柜台只有五六个人之遥了，这真可算是我人生所排的最五味杂陈的队了，人人心急如焚却无可奈何，而脚下和天上是没人能搞清什么时候会即兴发作的天劫。

在漫长的等候中，我和"蓝毛衣"曾用两嘴京片子联合一气骂走过企图加进我们队伍中的一位青年学生和一位身着军装、左臂佩戴"总参谋部"字样的军人，同时也吓退了若干有意效尤者。而两个加塞人物前者是佯装问事情，整个人糊到了柜台前就再没走，被人识破之后竟满面充耳不闻模样阴差阳错地加到我的面前；后者是佯装详看斗大字体的航班屏幕，进了队伍就就地站定一动不动，大家识破了前者之后，接着我自己张口就点到他。

他被点到的时候，姿态标准地转回身一脸严肃地盯着我的脸看了半天，一派正义得似乎军服在身就代表公理，我内心冷笑着回看着他，感觉自己居高临下而以轻制重。

这军人站在我的面前，"正义"地回答我的"你排队了吗"之明知故问，他说："我看看。"

跟真的似的。

这时候忽听"蓝毛衣"在我身后重嗓大气地说："看什么看，这儿有什么好看的，回家看去。"

这绝对是标准的北京式唇枪舌剑，彻头彻尾是北京本地人表达内心不快的经典利器，没什么实际意义，却极大程度地既表示了不满也表示了不屑。

每年每年，每次回国我其实都会和所有我所能见到的不排队却捷足先登者恶吵无数架，我从内心深处鄙视如此行为的前因后果，有时候，气愤难平到极限时我当众说出来的话实在是句句难听。这些人被我当众"恶毒"之后，大部分人会毫无表情地转身而去，而我从来也不能明白，为什么每次每次面对如此犯了小恶的人和行为，我周围每每都是表情木然的循规蹈矩者，我看到的绝大多数情况都是其他人的漠然听任。也因此，很多次我发动的这种交锋，多半都是长距离的、跨越人头的公开愤怒，公式一般的画面次次都是几乎列在队尾的我高扬着嗓子去遏制最前柜台上几乎就要得手了的小人。

有时候也私下思忖，是不是这种小耻根本犯不着我这么大惊小怪，但是一旦事到临头，我还是怒从中来，止不住故伎重演。

好在在国内，能让我如此"恶毒"的机会已经逐年减少，今年回国由北到南地纵走，此次"恶毒"，天地良心是第一回。

青年学生和"总参谋部"最终都走了，我们的急切，也开始有了眉目，这让曾经绝望到什么恶劣结局都想到过的我们，开始觉得内心即将"面朝大海，春暖花开"。

这是一座必经的独木桥，慢慢地走过去，才是我们闪避天劫的唯一险路。

（八）中午1点

还没真正"春暖花开"的时候，在几乎轮到我亲自切入换票柜台的最后关头，我忽然又被一阵突如其来的巨大绝望几乎击垮。其实还在跟"蓝毛衣"矫正龙门山地理的时段就听说，非但我们和隔邻的另外一队是排"北京4101航班"的，自我们队以左的将近4个队伍那时候也都成为"北京队"了。这似乎从另一个角度验证了排队前遇到的那位男"值班主任"所言不虚，这就是前文已从细阐述过了的"北京撮堆"概念。

危机使人聪明，我身边所有听到过"撮堆"说的人也看出了"北京"的苗头，因此，人人变得敏感而内急，其实，那被轰走的两个加塞人等也就是在人人自危的自保意识高涨气氛下被驱离的，可以想见当时的我们该有多么的心焦肉躁。

说到我所领略到的"巨大的绝望"，是因为我这时候和柜台之间的距离已经只差两个人了，这其中，我前面紧邻的一位是山东籍贯的女大学生，她的前面是和她似乎同样年轻的小男生，后来，这人物被元宝暗暗地叫作"那个哥哥"。就在各队都在为"北京方向"比赛似的发放登机牌的时候，我万分震惊地发现，这个"哥哥"正手捧着摞放整齐的八十多个居民身份证要柜台为他所带的旅游团放行。

八十多个，有的证件还有些旁观者不知所以的"硬伤"，因此，柜台方面三不五时地要求"哥哥"把问题身份证的肉身送到眼前来亲鉴。有此要命人物横在柜台之前，活似一块巨石压在后面每一个人的心坎。

这"八十多个身份证"之说经口耳相传蔓延到队伍的各个干道和末梢，人们都躁动起来。这真是让人万分焦急的最后关头，我看到左右隔邻的队伍原先排在我们很后面的人都已经顺利拿到了登机牌，难掩兴奋地扬长而去，而我们眼前的办公人员还在一五一十地反复核对八十多个身份证所衍生的各种票据乃至行李数量。按照一般波音飞机载客量的两三百人来估计我们的登机率，我渐渐完全绝望了，我真的不知道此时似乎有点谱了的"4101"一飞冲天之后，成都双流机场接下来的"北京方向"会在几点有谱。

这队，因为这位"哥哥"，难道我带着元宝又白排了？

终于等到导游和柜台方面把铺满整整柜台台面的文件整理完，我看柜台方面竟然暂时没有停手的意思，也就是说，这趟飞机上还有登机牌可发，这让我大喜过望。

我看到轮到我前面山东女学生换登机牌的时候，柜台已经开始发头等舱的座位了，我心里非常明白，这也就是说，这趟飞机只剩下头等舱座位的机票了，如果手持普通舱机票的我也能顺利领到头等舱座位号，我还真不知是不是该谢谢这"八十多个身份证"。

听说到手的会是头等舱位置，山东女学生顿时急了，带着哭腔连连说"那得多少钱"，我这时轻捅了一下她的后腰，她机灵地立即闭了嘴。

这时候，我看到旁边的一队也开始发放头等舱登机牌，这让我又脑袋一大，我非常知道，通常国内航班的头等舱只有八个左右的座位，如果我们这队乃至周遭的若干个队伍都开始发放头等舱座位，那则不堪一发，一个回合下来，大家就都没了。

只听得这时候排在我身后再身后的"蓝毛衣"忽然抢上一步问柜台："我这里有一个伤员，能照顾一下吗？"

　　行列中包括我在内谁都没回答他的话，虽然我们对他的震时遭遇无限同情，但大家都知道现在飞机座位的格局铁定是"有你没我"，我硬着心肠严控自己的嘴让自己绝不搭腔。

　　山东女学生一个转身而去轮到我挨向柜台的时候，我的心几乎要跳出胸膛，我害怕这时候的柜台小姐从电脑上忽然抬头对我说"这架飞机的座位全满了"，而且，按照我的粗估也的确理应如此。但最终，我看见她把手伸向旁边的柜台问"还有头等舱吗"，对方竟然说"有"。

　　我眼看着她从隔邻的小姐那里拿到两张黄色的头等舱登机牌，然后她把它们交给我。这一时刻，我被这突如其来的重大喜悦冲击得无话可说。

　　深出了一口长气之后，我对元宝说："走吧孩子。"

　　元宝顺从地伴在我的身边，他把手伸向我，和我手拉手一同走过长长的、还身处劫难不知何时才能脱身的人龙。这个关节之上，我有些眼角发潮，我知道自己终于能对这次惊天动地、和我不期而遇的大灾说："失陪了。"

　　我更庆幸自己终于能对元宝完整地说一句："抱歉把你带进危险，如今我该带你走回平安。"

　　带着孩子临要走的时候，我转身对"蓝毛衣"说："哥们儿，我在飞机上等你，你可一定要来。"

　　他粗声大嗓地回说："一定。"

　　〔就在我继续要沿着预先拟定好的提纲顺延而写"（9）下午2点"中的文字时，今天，2008年11月24日，重新坐回电脑旁的我思绪飞扬，因为，仅仅在11月15日到17日，我的人生又经历了另外一个严重等级同样不低的危机，那就是洛杉矶突如其来的山林野火按照势头几乎顺理成章地应该烧掉我在洛杉矶东区耗时6年自建而成的美国住房这事。这个来得让人猝不及防的危机以及和我突然出现的关联，让我张口结舌，我除了将为此另撰肃穆长文《山林野火》之外，更加明白，人对自然的无力似乎永远是难于解嘲的僵局。

从5月12日的汶川大地震开始，或者说从我逃离成都回到北京为地震系列文字拟下写作提纲开始，然后是7月29日突然出现的洛杉矶奇诺岗5.4级地震，再然后是11月15号的山林野火。这六个月的时间里，我惊讶于我个人究竟是被什么力量安排着经历了别人一辈子只亲历其中之一都刻骨难忘的几项重大严峻事件。在这么短的时段内，这么多铁面坚硬的严重事情同时出现在我的面前和笔下，几乎耗尽了我用来描述灾难的所有流通用词。

文未毕，先预述，我想告诉你的是，灾难的过往和如今，在我周围只区分了先来后到，却每每雁过留声、狗过掉毛。〕

（九）下午2点

当我带着元宝拉着行李风风火火地到了指定的登机口附近，才发现，这里其实还有着我所谓归途的最后一个悬念，自以为已经和平安接壤的我们并非能够一走了事。

双流毫无悬念地是那种现代化的层叠式机场，像很多国内大型的现代化机场一样，它的换票厅和登机口位在两个不同的楼层，我们被指定的登机口位在楼下。经过安检的时候我们又出了一点小状况，我和另外几个人（包括山东籍女大学生在内）的换票图章有所不完善，结果，安检方面让我们表情尴尬地在另队呆立了将近20分钟才真正放行。闻听撤离成都进展又有麻烦，那女大学生立即双手捶墙、仰面长叹，这动作在我看来虽略显做作，但还算是准确地表达了我们当时将走未走、内心悬空的不踏实感。

　　我所眼见的登机口和楼上的换票大厅几乎一样，又是人山人海坐了个满地。和楼上比，这当然属于高一个级别的"人山人海"，因为，这里坐了满地者个个都是有登机牌在握的幸运人物，相较楼上为排哪队都还打探无门的人们，这里的人去意一定坚决而似乎明确。

　　所谓似乎，指的是客观方面的悬念。

　　所谓悬念，指的是时间层面的未知。

　　这里的空气郁闷浑浊，很多的人和很多的焦急把这里的气场烘焙得压抑而不洁，这时候我听见不止一个人在穿行中大声抱怨"一碗面就要六十块，真他妈的"，却不知道这些大声的人们都在哪里上的当。

　　所谓"我们被指定的登机口"此刻正放行另外某一航班的人流，群众中又出现了中国式的那种人与人密度极高的挤靠而行的排队风格，正看他们在热浪中且挤且行，忽见几个性格彪悍的女乘客和某两三个柜台男性人员原因不明地从队伍中追打而出，他们讲着不知从何而来也不知因何而起的方言，火冒三丈地从登机口内到登机口外地缠斗不休。门外就是飞机停放地，很难想象平常的日子里，为了维护机场的整体安全，谁会允许工作人员被人追打？

　　动乱之中，一切似乎都有道理，人们这时候的"理解"一词之涵盖，比平时多了很多。

　　我们的航班没有任何消息，柜台人员一如既往地说他们也不能预知飞机什么时候来，但是她警告我："飞机随时会来，一来就走，有登机牌的人如果错过了，耽误了也就耽误了，飞机谁也不等。"

　　事到此，所有的环节不衔算是好事多磨性质的小过节了吧，只能耐心再等，还是那句话，相比楼上大厅里的几十条茫然长队，我们已经算是六合彩中奖者了。

时过饭点，想必孩子早就饿了，环顾四周见一快餐厅猛然入眼，从很多人席地而坐的候机厅走过去，进入内中看到竟然还有空置的座位，无比高兴地坐实之后打听下来知道他们现在只供应面条，而且供应的是那种在热面上放一勺菜的粗制面条。

人山人海中能有座位感觉已经相当满足，至于饭菜的优质程度其实次要，请服务员拿过简易透顶的"面单"一看，才知道一直就如雷贯耳的"六十块钱一碗面，真他妈的"的真身就在我眼前。

这面也实在简单，烹饪简约得无以复加，我把要到手的东西吃了几口就觉得不如不吃。

空气闷热，整个人都泡在一种迷蒙和燥热的不安中，随着时间的推移和前路的未知，我越来越感觉这转危为安"最后一步"的等候，相当相当地难挨。走？什么时候才能走？有点越等越没底。

剔除特例的熔渣，留下来的必是惯例？

（十）下午3点

在我们的神经渐渐被等候打磨麻木了的某一时刻，我们忽然被通知可以登机了，这时候，所有拘泥于无奈的人们精神为之一振，大家迅速排好队伍走进了候机楼外通往飞机的巴士。元宝这时候已经找到一个玩伴，叫做Steven（奇妙的是，从美国回来的元宝完全是没有英文名字的，但四川的Steven的英文名字却相当国际化），听到要上飞机的消息，这小小的两个人竟然还有点被半路扫兴、意犹未尽之感。

随着人流也开始且挤且行，带着孩子慢慢熬到这一步的时候，几天来历经无数有惊无险的波折已经对幸福心存怀疑的我，这才深深地觉得，我们离整体意义上的转危为安，真的只有一步之遥了。

机场大巴把我们带到飞机的身边，我们逐一上舷梯，舷梯没有上顶，在成都这片土地上，对我们而言接下来有上顶的只是飞机之内了，我知道，我和元宝的逃亡之路，到此基本可算大功告成。

这时候，我有些委屈，想到多天的毫无色彩的奔波与忧患，自己为自己，有些鼻酸。

进入机舱，我发现我们的座位在第三排，前文已说，这是头等舱，而且，这是一眼就能看到机舱门的位置。其实，直到整个人坐妥我似乎还无从归纳我们所乘坐的这班飞机的类型，在我的飞行常识中，国航的国际长途飞机（比如洛杉矶到北京的747）一般都是头等舱在一层的前很小一部分，商务舱在楼上二层紧邻驾驶室后的位置，经济舱一如其他飞机会从机身的约前1/10处贯通至机尾；而国内的短途飞行（比如北京到上海等）飞机的头等舱在整个飞机的前部，仅仅只有约十以内的座位数量，而我们此次所乘的飞机，头等舱的位置多达数十个，整整占据了飞机的六分之一的位置，而且每个座位所拥有的空间也不那么"头等"，比通常的经济舱长一点有限，又比长途飞机的哪怕是商务舱都短上很多，但个人小电视等头等、商务舱设备一应俱全。

分析下来，我个人觉得这是动用了飞行时间多在七八个小时的中长途飞机（比如中国到芬兰），心中暗想，这到底是多大的一次全国航班大调动啊？

坐定之后，长出了口气，想想自本月的第一天就离开北京，直到今天几乎正好已有半个月的时间，看着此时从飞机小窗中望去已成远处的成都机场大楼内还有很多的人影，我知道，那里的无数人此刻正心情复杂地看着我们这些仓皇走远的陌生人。想起几天前来到这里之初的周身雀跃，实在实在嗟叹无穷，成都，让我那样来又这样走的城市。

我看到正好排在我前面的旅行团"那个哥哥",随着他身前身后两广痕迹浓厚的团员面孔尽责地进了飞机,他们向整个飞机的最后部走去,同时也看到了他的元宝用手拉了拉我,和我相视一笑,不知道该说什么才好。这些逃难中的同行者,似乎都该命定出现,在人和人生命的衔接中,彼此充当背景音乐。

我们转过身再看来路时,似乎还能看到身后大地中掩藏着的牙齿,这一趟成都的险象环生,到此了结。

(十一)下午4点

我们的飞机一直一直没有起飞。我致电北京的老欧,彼此商量好,他个人针对我和元宝俩人的接机流程是,等我确切电告他我们的飞机已经起飞,他再行前往机场接机。

此时此刻,我认真地再次想起了"蓝毛衣"。我们这些飞机上一众的逃离,应该是顺理成章的事情,等待的只是最后一项的完备,而"蓝毛衣"带着一个腿伤者此刻会在哪里?

我们的飞机很久没能起飞,空姐用机舱内的广播系统告诉越来越不耐的候飞者,我们的飞机是在等最后的八位乘客(不是说飞机什么人也不等吗)。我坚定地相信,按照我们换票排队的位置估算,这"八位"当中应该会有"蓝毛衣"。

在候机楼登机口长时间等候的时候,我曾用视力对他进行过多次遍地寻找,因为他带着一个坐轮椅的伤员,必定目标显著、处在相对隆重的位置上,但是,当时登机口的前后左右都没有他,也没有人"隆重",也因此,我心里一直为他们暗暗忐忑,能从龙门山的暴雨中背着人走下来,我希望他也能尽快从成都走出去。

拜我的位置一眼就能看到机舱门之赐,十多分钟之后,我看到机舱门处又进来4位中短身材的男士,其中没有"蓝毛衣",我有些失望。我也想过是否此时的他们已经进入机舱在经济舱的后排就座，但又觉得不大可能，最根本的原因是他带有伤员，一般地说，伤员都会被放置在头等舱等空间相对充裕的位置，而他又是排在我之后去换登机牌的，如果和我同一飞机，他必定被分到的是头等舱座位。顺着这一思路想下去，我觉得他和伤员已经上了飞机的可能性接近为零。

这时候的元宝已经开始问我要东西吃了，脸上笑得一派灿烂，他当然不知道，在这个半晚不晚的时辰，我在为一个给我讲过惊奇故事的陌生男人及他的伤残同伴而担忧。

8减去4等于4，我们的飞机还没有起飞，我明白意思是还在等候剩下的4个人，这时候我看到空姐开始弯下身和我斜前方再斜前方座位的一位就座者说话，仔细听上去，他们交谈的内容似乎是空姐在劝旅客把她所坐的那个位置让出来，那是一位一看就知道年老事繁的小程度高龄妇女，自然一百个不愿意，但空姐的话开始大声："这个位置我们一般来讲都是不卖的。"

我心里倏地一大喜，觉得伤员进舱的事情有了指标性的突破，因为那个位置是乘客进入机舱直面遇到的第一个座位，不为伤员，不会如此安排。

我甚至想，等"蓝毛衣"进舱时我一定跟他挤一下右眼，用意会的方式远距离称赞他果真没有爽约。

（十二）下午4点30分

在决定要和"蓝毛衣"挤一下右眼之后大约五分钟，飞机舱门口又进来两位男士，不是蓝毛衣也没有伤员，这时候我的心悬空而起，虽然还有两个"名额"，但连番的失望让我对自己的判断也产生了怀疑。我这时请到空姐过来询问："你们把最前面的位置空出来是不是想让一个伤员来坐？"

"不是。没有伤员。"对方虽然惊愕于我的问话，但还是迅速职业化地微笑着直视着我的眼睛这样说。

答案既出，顿时让我目瞪口呆。

就在这时，整个飞机剩下的"两个名额"在我的不察中迅速补满，飞机的舱门最终关闭。

那"蓝毛衣"该乘的下一个航班会在什么时候？这个龙门山下来的北京人在成都这个"来了就不想走的地方"，就真的没法走了？

如今说出这种忧虑似乎有些夸张，但在当时，在那种排着队都看到机场荧光屏在余震中左右晃动的焦躁不安中，时间的分秒滴答对人内心的煎熬实在是看似没有，实则满坑满谷。

但我们自己真的走成了，我不知道如此心境巨变的几天里，在这个城市给我的历练中，在我和元宝步步为营的脱离灾难的进程中，我该谢谁。

我打开手机通告老欧：飞了。

后来我才知道，距离此次地震中心汶川直线距离六百多公里（开车路程1172公里）的西安，当地人对此次地震得到的感觉几乎和成都相同。我的一位地震时分正在西安的朋友，5月12日下午正好在酒店八楼公干，地震来时他整个人随着家具一起极大幅度晃动，惊吓过度的他当晚就买了机票回北京。

平素，一向酷爱患得患失的我一旦无端担忧，我妈老李总是思路朴素地大声告诉我："咱们从来没有做过坏事，坏事从来不会找到咱们。"

我非常想相信她的如此一说，但在人生中遇到过无数人和无数事，见到很多不好的结局都绝对不是简单的"不做坏事"之朴素思路就能化解的，就很惶惑。真诚和纯善，这一生，尤其是懂事之后的后来"生"中我自认为都尽力做了，这已为的和正为的一切谁知道？谁还不知道？谁最该知道？

美国的"9·11"之后，我对人类命运戏剧化的期望已经完全破灭，灾难这事对谁都一样，无论贫富、无论老幼，如果在劫难逃，必定在劫难逃。

这个时候，忽然泪如雨下。

内心滂沱。

（十三）晚间7点

历经万难带着心情各异的我们往北直飞的飞机终于降落北京，停到刚竣工不久的三号航站楼，这里是个簇新之地，大红柱子和大块玻璃的效果都被我喜欢，只是进入其中，旷大的空间让人有点不知道自己刚从哪儿来，要到哪儿去。

当飞机带着我们离开成都地面一飞冲天的时候，我的心忽然平静得宛如一潭凝固的湖水，从5月9日到达，到5月14日离开成都，我已全然了解了我所亲历的整个世纪重劫之一开始的声音和结束的颜色。作为一个常年以记录人生为业者，这种身临其境，算是重大幸运之一种。

在北京机场，看到老欧，只见他把元宝一把入怀，他是一个拙讷于言的人，想来这就是最激烈的感慨表达了。

元宝也有些表情艰涩，这种场合，对他既是第一次，我也希望是他的最后一次。

也就是在这时，老欧告诉我，"这次，是很大一件事"。其实，在没见到老欧、没听他说这句话之前，作为亲历者的我对整个地震在全国构成的大局势和大发展一无所知，地震之后我再也没有和平环境中给手机充电的那种随意和放松，我们当时的状况很简单，手机充电这事在建筑物中细做人会很紧张，而挪在车里做又不可能有充沛的汽油消耗额度，因此，手机的外联内传都变得奢侈。好在老欧本人的口拙个性，也让很多表达都省略了。

如果说身在灾区中心的我们听到过相关新闻的话，只能追溯到从"国色天乡"回成都的路上在汽车里听到过的那些我已约略叙述过的成都台广播，再有就是13日重新回到小王的车里之后短暂又听到的一两次汽车广播，但总揽性报道的缺乏，让我们对整个大局面的了解无从谈起。

而在此之余，我们听到了无数发生在口头上的、个个来历可疑、条条像是谣言的民间传播讯息，而电视，我最后一次看到它黑色俊朗的正面轮廓还是在和元宝13日凌晨进入锦江宾馆六楼房间"简单冲冲"的某个瞬间。

也因此，在北京机场听到老欧说，如今整个中国的新闻媒体每天谈的都只是这件事时，我有些目瞪口呆，就好像是旋涡中的人似乎永远不会真正明了岸上的人看旋涡的广度和深度。后来的几天，我的很多饭局都是订在王府井旁边的东方广场内，每天路经王府井书店的门外，我看到总有无数人们仰着头凝神细看高挂在墙上、超大规模的电视屏幕中播放的抗震节目，每当此时，我像一个幽灵一样从人们身边绕行而过，我无数次地在心里想，他们哪里知道，我这样一个和他们擦肩而过的人，竟然就是刚从死亡边缘走回来的地震幸存者。

而元宝本人，从四川回来之后就再也不太敢进入北京的高楼大厦，而且日常各时依旧一如既往地设问："北京会不会地震？"

谁说不会？谁又能说会？

这含混暧昧的应答里，人类之于天命的无奈，尽显其中。

（十四）晚间8点

老欧把车开出机场，看到平稳而坚实的大地，和几小时前躁乱盲动而危机四伏的成都比，这时候的北京透露着宁静异常的温馨。几个小时，两重天地。

当时雨后成都凌晨的空气污浊而潮湿，我们度过的可以说是当晚成都普通百姓中高质量的一夜，那么今夜，我暗红色的北京床上被褥会陪伴我度过怎样的睡意沉沉？

此时此刻，想到不得已全家都还黏在车上的小王小唐们，还是牵挂。而我作为灾民的资历到此也就叙述完毕，一个惊天恰巧，造就此文。

老陈老李比我晚回来了很多天，因此，当我回到北京平静的建筑中，时常气定神闲地致电他们问安时，不出所料地，他们每时每刻都还在经受余震的折磨。华川方面已经开恩把他们的房间楼层调到了二层，但在我看来，一旦大震，这区区的一层楼之差也是枉然。

只能祈求天帮忙了。

他们于5月16日开完正式的祝寿大会之后，迫不及待地把原本18日飞的机票往前提到17日，此中他们历经了有关机票的各种票据改签，在航班延期，甚至取消过两次之后，最终平安回京。

老李回来之后告诉我，在老军人祝寿大会隆重地往寿星李老手里热情地塞着写满吉祥话的匾时都还正好遇到大型余震，老李说她自己"不好意思跑得只剩下寿星一个人"，就在晃动当中强自镇定地坐着没动。

我深深怀疑，在重大余震中祝寿应该断然不是90岁李老本人的意愿，完全是一群说糊涂不糊涂说清楚不清楚的70余岁离休军人们的热情过度。

闲人出门在外，不就是寻找愉快？

惊吓之下，人能愉快？

还能活着说"愉快"，真算是天帮忙了。

后　语

我于5月26日由北京回到洛杉矶，一回洛就陷入工作的疯狂中，一说有的人经由这次大灾改变了后来的人生，而我，似乎都还没有什么灵魂深处的变革，仍旧对着中文文字字斟句酌，平凡执着。

而此时，小王终于已被我们接到北京，和我与元宝的离京返洛正好有一个时段的重叠，老欧甚至为他们买了成都到北京来回的头等舱机票，原因是"普通舱机票全卖完了"，而他们在北京长居预定的回程日期在7月份。小王的妈妈已经被送到小王女儿上海的家里去暂住了。

对于他们一家的抗震安顿，我认为，算是超级圆满。

到北京后，小王夫妇住在我们另外的房子里，距离我们的住处步行可达。我们5月26日回美之后，北京的车子归了小唐。

我和元宝临走之前，为了让小王夫妇领略京味，我和小王小唐、老陈老李、老欧的父母等人去了全聚德，挑了一个平常的周六、挑了一个中午、挑了远离游览区的和平门店、挑了11点开门我们老老少少10点20分左右就蹒跚到场的各种最佳用膳方案，结果兜头还是撞见满满一餐厅的人，整个餐厅中仅仅只有一个大桌还空着。

记得全聚德去年的价钱还是150元人民币左右一只烤鸭，用餐前我私下想来一桌鸭宴也不会有多少破费，哪想到进入其中落座之后，服务员指着最便宜也要1800元人民币的"团队套餐"餐单警告我说"这样点才经济实惠"，吓我一跳。

不信，遂弃"团队套餐"而另点，其中包含了泡菜等权且算菜其实又不太是的便宜货色，点毕果真，稍不控制整个账单就上了2000。问对方"贵宝号的餐价怎么变得如此高昂"，对方答非所问地回说，"因为我们集团上市了"。

重金大餐毕，出门之后再看小王，仍觉得值得。我不知道，我对她抗震的如此安排，是否已将她给我和元宝的重大恩情还上了些许，但唯如此，我心里才有稍安。

几天之后，小王夫妇已经完全适应了北京，完全达到可以自行采买自行下厨的状态，对四川似乎可以乐不思蜀。只是在当年"串联"时期到过北京的小王在我离京时，正和小唐预计着要去故宫。

这一完全平安的结局娓娓道来真像好莱坞俗片的尾巴，但事情就这样发生而发展了，"天帮忙"的种种，我在这里谢了。

从大灾发生之初，我说过我一直甚至就有种竟然参与其中的庆幸，此时写结局，更让我觉得荣幸，因为未来，当时间长河推举我成为历史老人的时候，我的人生经历比同辈许多人更显曲折高竿。

感谢在上者让我存在、让我参与、让我幸存、让我丰富。

人则永生。

则永生。

2008年

图书在版编目（CIP）数据

门前若无南北路／陈燕妮 著. – 北京 ：北京十月
文艺出版社，2015.5
ISBN 978-7-5302-1472-5

Ⅰ．①门…　Ⅱ．①陈…　Ⅲ．①随笔－作品集－中国－当代
Ⅳ．① I267.1

中国版本图书馆 CIP 数据核字 (2015) 第 053592 号

责任编辑　章德宁　郭爱婷
责任印制　李远林　管　超
装帧设计　Lily 工作室
内文制作　品欣工作室

门前若无南北路
MENQIAN RUOWU NANBEILU
陈燕妮 著

出　　版 北京出版集团公司　北京十月文艺出版社
　　　　　北京北三环中路 6 号 邮编 100120
发　　行 新经典发行有限公司
　　　　　电话 (010)68423599 邮箱 editor@readinglife.com
经　　销 新华书店

印　　刷 三河市中晟雅豪印务有限公司
开　　本 630 毫米 ×970 毫米　1/16
印　　张 25
字　　数 295 千
版　　次 2015 年 5 月第 1 版
印　　次 2015 年 5 月第 1 次印刷
书　　号 ISBN 978-7-5302-1472-5
定　　价 35.00 元
质量监督电话 010-58572393